LA PRIMERA ESTRELLA DE LA NOCHE

Amor y Aventura

OTROS TÍTULOS DE LA AUTORA

Serie Chicago Stars

- *Tenías que ser tú*
- *Heaven, Texas*
- *Nadie como tú*
- *Apenas un sueño*
- *Este corazón mío*
- *Cázame si puedes*
- *Nacida para seducir*

La primera estrella de la noche

Susan Elizabeth Phillips

Traducción de María José Losada Rey

VERGARA
GRUPO ZETA

Barcelona • Bogotá • Buenos Aires • Caracas • Madrid • México D.F. • Miami • Montevideo • Santiago de Chile

Título original: *First Star I See Tonight*
Traducción: María José Losada Rey
1.ª edición: febrero de 2017

© 2016 by Susan Elizabeth Phillips
© Ediciones B, S. A., 2017
    Consell de Cent, 425-427 - 08009 Barcelona (España)
    www.edicionesb.com

Printed in Spain
ISBN: 978-84-15420-52-1
DL B 23269-2016

Impreso por QP PRINT

En recuerdo de Cathie Linz: amante de los gatos y de los Beatles; de las botas rojas y los cumpleaños; de las bibliotecarias, los amigos y los buenos libros. Como cantó Paul, «Tú y yo tenemos recuerdos más largos que el camino que se abre ante nosotros». Gracias por el entusiasmo y el apoyo sin fin que ofreciste a tus colegas escritores. Y tus seres más cercanos te damos las gracias, sobre todo, por habernos dado a De.

1

La ciudad era suya. Cooper Graham poseía esa ciudad, y el mundo era perfecto. Al menos eso era lo que se decía a sí mismo.

Una morena con voz de gatita sexy se arrodilló ante él y le rozó el muslo desnudo con su larga melena oscura.

—Esto es para que no te olvides de mí —ronroneó ella.

La punta del rotulador Sharpie le hizo cosquillas en la cara interna del muslo mientras miraba la parte superior de la cabeza de la chica.

—¿Cómo iba a olvidarme de una mujer tan hermosa como tú?

—Será mejor que no lo hagas. —La vio apretar los labios contra el número de teléfono que había escrito con tinta negra en su pierna. Tardaría una eternidad en conseguir que desaparecieran aquellas cifras, pero apreciaba a sus admiradores; por eso no la había apartado.

—Lamento no poder quedarme a charlar contigo —le dijo educadamente a la joven mientras la ayudaba a levantarse—, pero tengo que seguir entrenando.

Ella llevó las manos con reverencia a los lugares que él había tocado.

—Puedes llamarme en cualquier momento del día o de la noche.

Coop le brindó una sonrisa mecánica antes de seguir trotando por la ruta pavimentada que recorría la costa del lago Michigan por debajo del magnífico *skyline* de Chicago. Era el hombre más afortunado del planeta, ¿verdad? Claro que sí. Todo el mundo quería ser su amigo, su confidente, su amante... Incluso los extranjeros sabían quién era. Berlín, Nueva Delhi, Osaka... Daba igual. No había nadie que no conociera a Cooper Graham.

Dejó los embarcaderos de Burnham Harbor a la derecha. Era septiembre, por lo que los barcos saldrían pronto del lago pero, por el momento, se balanceaban anclados a los muelles. Aceleró el paso, asegurándose de que sus zapatillas de correr botaban sobre el camino frente al lago con un ritmo perfecto. La coleta rubia de una mujer se balanceaba delante de él en la pista de *running*. Piernas fuertes. Buen culo. Desafío cero. La adelantó sin alterar su suave cadencia.

Era un buen día para ser Cooper Graham, aunque todos los días lo eran. Se podía preguntar a cualquiera. La bandada de gaviotas que sobrevolaba la costa de Chicago bajaba las alas en su honor. Las hojas de los gigantescos robles que daban sombra al sendero se agitaban como si estuvieran aplaudiéndole de forma frenética. Incluso los pitidos de los taxistas que iban a la carrera por Lake Shore Drive lo alentaban. Adoraba esa ciudad, y ella lo adoraba a él.

El hombre que corría delante de él poseía la fisonomía de un atleta y avanzaba a buen ritmo.

Aunque no lo suficiente.

Le adelantó. Aquel tipo no aparentaba ni treinta años; Coop tenía treinta y siete y su cuerpo estaba un tanto deteriorado tras una larga carrera como jugador de fútbol americano, pero no lo suficiente como para dejar que nadie le superara. Cooper Graham había hecho el *draft* con los Oklahoma State, donde lo habían fichado los ojeadores de Houston. Tras ocho años como *quarterback* titular en los Miami Dolphins, se había convertido en el fichaje millonario de los todopoderosos Chicago Stars, a los que, después de tres temporadas, había impulsado a ganar el anillo de diamantes de la Super Bowl. Una vez que tuvo en su dedo aquel ansiado trofeo, hizo lo más inteligente y se retiró cuando todavía seguía en lo más alto. Y era lo mejor que había podido hacer: abandonar el juego antes de convertirse en uno de esos patéticos deportistas que trataban de aferrarse de forma desesperada a sus días de gloria.

—¡Hola, Coop! —le saludó un corredor que se acercaba en dirección contraria—. Los Stars van a echarte de menos este año.

Coop le devolvió el saludo poniendo el pulgar hacia arriba.

Los tres años que había estado con los Stars habían sido los mejores de su vida. Era posible que sus raíces estuvieran en las tierras de Oklahoma, podía haber madurado en Miami, pero había sido en Chicago donde había demostrado su valía. El resto era historia del fútbol americano.

—¡Coop! —La preciosa morena que venía directa hacia él apenas logró mantener el equilibrio cuando lo reconoció.

Él le ofreció su sonrisa para fans.

—Hola, cariño. Estás muy bien.

—No tanto como tú.

Su cuerpo había sufrido duros golpes en los últimos años, sin embargo seguía siendo fuerte, con los mismos reflejos rápidos y la actitud ganadora que había llamado la atención durante su época universitaria. Y la atención que recibía entonces solo se había hecho más intensa con el paso de los años. Era posible que se hubiera retirado del fútbol profesional, pero eso no quería decir que su juego no fuera el mejor, aunque ahora lo desarrollaba en un nuevo campo, uno que estaba decidido a conquistar.

Corrió dos kilómetros. Y dos más. Solo los ciclistas eran más rápidos que él. Los demás eran sus cortesanos, despejando el camino para que él lo disfrutara esa tarde de septiembre. Nadie podía igualarlo, ni los jóvenes *brokers* que movían la bolsa de Chicago ni las ratas de gimnasio llenas de tatuajes que presumían de bíceps.

Superó con éxito dos kilómetros más y un corredor fue capaz de seguir finalmente su ritmo. Era joven. Quizás universitario. Se sintió provocado y aceptó el reto. Nadie le superaba. Y eso era todo.

El joven lo miró de reojo y, cuando vio quién estaba junto a él, casi se le salieron los ojos de las órbitas. Coop apretó los dientes y siguió corriendo, dejándolo atrás.

«¿Viejo yo? Ni hablar.»

Oyó unas pisadas a su espalda. Otra vez el mismo muchacho, que se puso a su altura como si quisiera pavonearse.

«Hoy me encontré a Coop Graham haciendo *footing* y le di una buena lección.»

«Olvídalo, nene. Eso no va a pasar.»

Aceleró. No era de esos jugadores idiotas que se creían que los Stars habían ganado el anillo de la Super Bowl gracias a él, pero era plenamente consciente de que no podrían haberlo hecho sin su ayuda. Y eso era así porque, por encima de todo, era un ganador nato.

Ahí estaba de nuevo aquel joven. Era alto y flaco. Con piernas y brazos como palillos, demasiado largos para su cuerpo. Debía de tener quince años menos que él, pero eso no era una excusa, así que apuró el paso. Cualquiera que dijera que ganar no lo era todo es que estaba loco. Ganar era lo único importante, y cada una de las veces que había perdido había sido tóxica para él. Sin embargo, no importaba lo mucho que perder le hiciera hervir por dentro, siempre se conducía como un deportista modélico: autocrítico, galante al elogiar al adversario, sin quejarse por los insultos, los compañeros de equipo, los ineptos o las lesiones. No importaba lo amargos que fueran sus pensamientos, cada palabra venenosa moría en su

12

boca, jamás la dejaba salir. Los lloriqueos era lo que distinguía a los auténticos perdedores. Pero, ¡joder!, odiaba perder. Y no iba a ocurrir en ese momento.

El joven poseía una zancada larga y constante. Demasiado larga. Él entendía el arte de correr de una forma que no lo hacía ese joven, por lo que era capaz de reprimir el impulso de dar pasos demasiado largos. No era estúpido. Los corredores estúpidos acababan lesionándose.

De acuerdo, sí era estúpido. Un punzante dolor le abrasaba la espinilla derecha, tenía la respiración demasiado agitada y le palpitaba la cadera mala. Su mente le susurró que no tenía que demostrar nada. Pero no podía permitir que ese muchacho le ganara; no estaba preparado para ello.

El trote se convirtió en una carrera. Había luchado contra el dolor durante toda su vida profesional y no iba a ceder ahora ante él. Y menos el primer septiembre después de retirarse, mientras sus antiguos compañeros se partían el culo ejecutando simulacros para estar a punto un domingo más. No pensaba ser como otros jugadores retirados, que se contentaban con disfrutar de su dinero mientras se ponían cada vez más gordos y ociosos.

Diez kilómetros. Lincoln Park. El joven estaba de nuevo a su lado. Le ardían los pulmones, la cadera le mataba y tenía las espinillas en llamas. Comenzaba a sufrir síndrome de sobrecarga tibial, el más vulgar de los calambres en las piernas, pero no había nada ordinario en esa clase de dolor.

Dejó atrás al joven, pero este volvió a alcanzarlo. Lo hizo rezagarse de nuevo, pero el muchacho lo atrapó una vez más. Estaba diciéndole algo. Él lo ignoró. Bloqueó el dolor como hacía siempre, concentrándose en seguir moviendo las piernas, en aprovechar cada molécula de aire que entraba en sus pulmones. Su objetivo era ganar.

—¡Coop! ¡Señor Graham!

«¿Qué cojones...?»

—¿Podría... hacerme... un... *selfie*... con... usted? —jadeó el joven—. Es... para... mi... padre.

¿Solo quería hacerse un *selfie* con él? Sudaba por cada poro de su piel. Sus pulmones estaban a punto de explotar. Disminuyó la velocidad, y el muchacho le imitó hasta que los dos se detuvieron. Coop quiso tirarse al suelo para acurrucarse en posición fetal, pero el joven seguía de pie, y antes se pegaría un tiro en la cabeza que ceder delante de él.

Una gota de sudor le resbaló por el cuello.

—Supongo que no debería... interrumpir su entrenamiento... aunque... significaría mucho... para mi padre.

La respiración del joven era casi tan jadeante como la de él, pero la disciplina aprendida tras quince años en la NFL hizo que Coop esbozara una sonrisa.

—Por supuesto. Hazle feliz.

El muchacho sacó el móvil del bolsillo y lo colocó en la mano mientras le contaba que su padre y él eran sus mayores fans. Coop se concentró en hacer funcionar sus pulmones. El joven resultó ser un atleta de primera división, lo que le hizo sentirse un poco mejor. Tendría que ponerse hielo en la cadera durante un par de días, claro está, pero ¿qué más daba? Había nacido para ganar.

Así y todo, seguía siendo un buen día para ser Cooper Graham.

Salvo por aquella molesta mujer.

La volvió a ver en el Museum Campus cuando regresó a recoger el coche. Allí estaba, sentada en un banco, fingiendo leer un libro.

El día anterior ella se había disfrazado de sin techo, con el pelo blanco. Sin embargo, hoy llevaba unos pantalones cortos negros, mallas y camiseta larga, lo que la hacía parecer una estudiante del Art Institute. No veía su coche, pero no le quedaba ninguna duda de que estaba estacionado en algún lugar no muy lejos de allí. Si no se hubiera fijado en aquel Hyundai Sonata de color verde oscuro con el intermitente trasero roto —uno que había aparecido aparcado en las cercanías demasiadas veces durante los últimos cuatro días—, no se hubiera dado cuenta de que estaban siguiéndole. Pero ya estaba harto.

Sin embargo, cuando se dirigió hacia ella, se interpuso un autobús. Quizás aquella mujer tuviera un radar, porque se subió al transporte urbano, y él perdió la oportunidad de atraparla. No le molestó demasiado; estaba bastante seguro de que volvería a verla.

Y así fue. Dos noches después.

Piper cruzó la calle hacia la entrada de Spiral, la discoteca que Cooper Graham había abierto en julio, seis meses después de retirarse de los Chicago Stars. La ligera brisa de septiembre le rozaba las piernas desnudas y se colaba por debajo de la falda del vestidito negro, corto y sin mangas. Lo llevaba encima del que debía ser su penúltimo conjunto de ropa interior limpia. Le tocaba poner ya la lavadora, pero por ahora lo único que le importaba era captar cada movimiento de Cooper Graham.

Le picaba el cuero cabelludo; había escondido su pelo, corto y oscuro, debajo de una peluca morena que había encontrado en una tienda de segunda mano. Rezó para que la larga melena negra, el vestido de escote redondo, el *eyeliner* que hacía que sus ojos parecieran los de un gato, el lápiz de labios color escarlata y el sujetador *push-up* fueran el impulso que necesitaba para traspasar a la forma de vida primitiva que vigilaba la puerta de Spiral. Un obstáculo que no había logrado vencer en los últimos dos intentos.

Esa noche estaba de guardia el mismo portero. Tenía la forma de un torpedo del siglo XIX: cabeza gorda, cuerpo alargado y dedos extendidos como aletas. La primera vez, la había despedido con un gruñido al tiempo que dejaba traspasar las puertas dobles de bronce a un par de rubias de bote. Ella, por supuesto, lo había desafiado.

—¿Qué quiere decir que está lleno? A ellas las has dejado pasar.

Él había mirado su corto pelo oscuro, su mejor blusa blanca y sus vaqueros con los ojos entrecerrados.

—Justo lo que he dicho: que está lleno.

Eso había sido el sábado anterior por la noche. Piper no podría llevar a cabo su trabajo a menos que entrara en Spiral, pero dado que el club solo abría cuatro noches a la semana, no había podido volver a intentarlo hasta el día anterior. A pesar de que se había peinado y puesto una blusa y una falda, no había impresionado al gorila en lo más mínimo, y eso significaba que había tenido que elevar las apuestas. Así que había comprado aquel vestidito negro en H&M y cambiado sus cómodas botas por unos tortuosos tacones de aguja, que había combinado con un diminuto *clutch* de su amiga Jen. La cartera no era lo suficientemente grande para contener otra cosa que el móvil, un carnet de identidad falso y un par de billetes de veinte dólares. El resto, todo lo que la identificaba correctamente como Piper Dove, estaba a salvo en el maletero de su coche: el portátil; una bolsa de lona en la que llevaba los sombreros, gafas de sol, chaquetas y bufandas que utilizaba con los disfraces; y un dispositivo de aspecto semiobsceno llamado Tinkle Belle que le evitaba tener que buscar un baño.

Spiral, que recibía ese nombre por el largo pase en espiral que era la marca de la casa de Cooper Graham, se había convertido en la discoteca de moda en Chicago, y siempre había cola detrás de los cordones de terciopelo. Cuando se acercó a cabeza de torpedo, contuvo el aliento, enderezó los hombros y elevó los pechos.

—Esta noche pareces ocupado, jefe —le arrulló con el falso acento británico que había estado ensayando.

Cabeza de torpedo se fijó primero en sus pechos, luego en su cara y, por fin, dejó caer la barbilla para tomar nota de sus piernas. Aquel hombre era un cerdo. Bien. Ladeó la cabeza y esbozó una sonrisa que dejó al descubierto los dientes blancos y rectos en los que su padre se había gastado miles de dólares cuando ella tenía doce años, a pesar de que le había rogado que utilizara el dinero para comprarle un caballo. Ahora, que ya había cumplido treinta y tres, el caballo seguía pareciéndole mucho mejor opción.

—No dejo de sorprenderme de lo grandes que son los hombres estadounidenses. —Con la punta del dedo índice, se subió las gafas de estilo *vintage* que había añadido al disfraz en el último minuto para disimular todavía más su apariencia.

Él la miró de soslayo.

—Me mantengo en forma.

—Es... obvio. —Deseó poder estrangular a aquel capullo con el cordón que impedía el paso a Spiral.

Por suerte, la dejó acceder al lujoso interior negro y dorado del club.

A Piper jamás le habían gustado las discotecas, ni siquiera cuando tenía veinte años. La alegría desbordada que se manifestaba en su interior la hacía sentirse de alguna forma apartada, desconectada. Pero en esa ocasión se trataba de trabajo, y Spiral, a pesar de su megafamoso propietario, no era más que una discoteca normal y corriente. El lugar estaba diseñado de forma inteligente y, además de las dos pistas de baile, había también otros espacios para hablar o ligar sin tener que gritar por encima de la música para hacerte entender. Taburetes de cuero móviles y rincones más privados con sus mesitas de cóctel, en forma de cubo suavemente iluminado, estaban ya a rebosar con la multitud que llenaba el local la noche del jueves. El DJ de turno ocupaba un *stand* situado sobre una de las pistas de baile, donde los colores apagados se fundían y movían como amebas calientes.

Pidió una bebida en la barra central; un Sprite por el que le cobraron seis dólares. Por encima de ella flotaba un techo formado por barras LED que parecía un OVNI dorado. Observó durante un rato al camarero y luego se abrió paso a través de la multitud hasta un rincón apartado entre un par de apliques de pared —en color bronce y con forma de carámbano—, desde donde planeaba vigilar al anfitrión en cuanto hiciera acto de presencia.

Un tipo flaco, con el pelo engominado y una botella de cerveza Miller Lite en la mano, se colocó delante de ella, ocultándole la vista.

—No me encuentro bien. Creo que necesito *vitamíname*.

—Piérdete.

Él pareció dolido.

—Espera... —Lo detuvo al tiempo que lanzaba un suspiro.

La expresión del hombre se volvió patéticamente esperanzada. Ella se ajustó las gafas y siguió hablando con mucha más amabilidad.

—La mayoría de las frases para ligar que encuentras en internet son demasiado idiotas. Te iría mejor si solo dijeras «hola».

—¿Eres real?

—No, soy una fantasía.

—Zorra —le dijo con los labios apretados.

Eso por intentar ser amable.

El joven se alejó en busca de una presa más fácil. Ella tomó un sorbo de Sprite. Cabeza de torpedo había dejado el puesto de portero y ahora ejercía de gorila. Su especialidad parecía ser conversar con rubias de piernas largas.

La sala VIP del local se encontraba en una entreplanta abierta. Forzó la vista intentando localizar allí a su objetivo, pero él no se encontraba entre las personas que estaban sentadas cerca de la barandilla dorada. Tenía que conseguir subir allí, pero un guardia rubio se había situado en la parte inferior para mantener alejada a la chusma entre la que, por desgracia, estaba incluida ella. Frustrada, se abrió paso entre la gente y se dirigió sobre los tacones al otro lado. Fue entonces cuando lo vio.

Cooper Graham destacaba como un faro en una fábrica de velas incluso en medio de una multitud. Era tan masculino que resultaba ridículo. Más que ridículo. Era el Santo Grial de los hombres, con aquel espeso pelo castaño con las puntas decoloradas en color miel. Tenía la mandíbula cuadrada, los hombros anchos y el consabido hoyuelo en la barbilla, era un cliché tan típico que casi daba vergüenza. Vestía su uniforme habitual: camisa perfectamente abotonada, vaqueros y botas de cowboy. En cualquier otra persona, usar en Chicago botas de cowboy sería un símbolo de amaneramiento, pero él había nacido y crecido en un rancho de Oklahoma. Sin embargo, a ella no le gustaban aquellas botas, ni las largas y musculosas piernas que parecían surgir de ellas y, como fiel seguidora de los Chicago Bears, tampoco le gustaba el equipo en el que había jugado. Piper había tenido que trabajar muy duro para conseguir cada centavo a diferencia del arrogante, egoísta y privilegiado ex *quarterback* de los Stars y de su larga lista de amiguitas procedentes del mundo del cine.

Llevaba casi una semana siguiéndolo y él había acudido a la discoteca todas las noches que estuvo abierta, aunque dudaba que esa actitud se prolongara mucho tiempo más. Las celebridades que poseían discotecas tendían a desentenderse de sus negocios cuando había que enfrentarse a la rutina del trabajo real.

Vio que Graham estaba haciendo una ronda típicamente masculina de palmaditas en la espalda y coqueteos con todas las mujeres que se alineaban a su alrededor como si fueran *jets* en las pistas de aterrizaje de O'Hare, el aeropuerto de Chicago. No le gustaba juzgar a los demás miembros de su sexo, pero en ese momento eso era parte de su trabajo, y ninguna de esas chicas parecía poder aspirar a ser un futuro director general de nada; demasiado tinte en el pelo, demasiado aleteo de pestañas y demasiadas tetas. Al verlas agradeció no tener ningún deseo de liarse con nadie en ese momento. Lo único que le importaba era su trabajo.

La multitud que rodeaba a Graham era cada vez mayor. Miró a su alrededor para ver dónde estaban situados los gorilas, pero los únicos que estaban a la vista parecían ocupados en profundas conversaciones con clientes femeninas. Hasta el momento, ninguno de los clientes de la agencia la había contratado como guardaespaldas, pero había hecho un largo curso de formación, y se dio cuenta de que la falta de seguridad alrededor de Graham rozaba la irresponsabilidad, aunque iba a ser la razón de que pudiera acercarse a él.

Él parecía sentirse a gusto, a pesar de la aglomeración, pero de vez en cuando escaneaba la multitud, como si estuviera buscando un receptor para su pase. En un momento dado, su mirada se detuvo en ella, pero luego siguió su camino.

Cuando la multitud que lo rodeaba se acercaba a un nivel peligroso, él consiguió librarse de la situación de alguna manera y se dirigió a la escalera que separaba la planta baja de la sala VIP. Ahora que él estaba dentro del club, su incapacidad para seguirlo iba a hacer que se volviera loca.

Piper se dirigió al cuarto de baño de señoras, donde no oyó nada más interesante que cotorreos sobre quién había llegado a conocer la colcha de piel de la cama que Cooper Graham había confesado que tenía en el despacho. Alguien le tocó el hombro cuando salió.

«Cabeza de torpedo.»

Al igual que el resto de los gorilas, llevaba pantalones oscuros y camisa de vestir blanca que debía de haber sido confeccionada a medida para ajustarse al grueso cuello que lo identificaba, tanto a él como al resto de sus compañeros, como antiguos jugadores de fútbol americano.

—Tiene que acompañarme.

Salvo ofrecer algunos consejos muy necesarios al chico de la Miller Lite sobre cómo ligar mejor no había hecho nada para llamar la atención sobre sí misma, y eso no le gustó. Huir sobre tacones de aguja era algo difícil de conseguir, así que recurrió a su acento falso.

—¡Oh, Dios mío! ¿Por qué?

—Control de identidad.

—¡Cielos! Ya te lo mostré en la maldita puerta. Aprecio mucho el cumplido, pero tengo treinta y tres años.

—Es necesario comprobarlo.

Eso no era un control rutinario. Pasaba algo. Estaba a punto de intentar zafarse con más ímpetu cuando él señaló con la cabeza los escalones que conducían a la entreplanta; estaba dándole, sin querer, la oportunidad que había estado esperando para acercarse a la sala VIP. Le mostró una sonrisa resplandeciente.

—De acuerdo, entonces. Subamos y resolvámoslo de una vez.

Él soltó un gruñido.

En la parte superior de los escalones que conducían a la entreplanta había un par de columnas doradas señalando la entrada de la zona VIP, pero cuando estaban acercándose a ellas, él la agarró del brazo y la empujó hacia la esquina, obligándola a atravesar la puerta sin adornos que había a la izquierda.

Se encontró en un despacho impresionante donde unas persianas plegables de madera cubrían la mitad inferior de un par de ventanas y un televisor montado en la pared emitía en silencio la programación de ESPN. En el escritorio había un iMac frente a un sillón con dos cojines. Por encima, una camiseta enmarcada de los Chicago Stars con el nombre de

Graham en la espalda. Los colores de los Stars, azul claro y dorado siempre le habían parecido afeminados en comparación con los de sus amados Chicago Bears: azul marino y naranja.

—Espere aquí. —El matón salió y cerró la puerta a su espalda.

La sala VIP estaba a pocos pasos de distancia. Contó hasta veinte y agarró el pomo.

Justo entonces, la puerta se abrió ante sus narices. Trastabilló hacia atrás y se concentró en mantener el equilibro mientras la puerta se cerraba de nuevo antes de que fuera consciente de quién había entrado. Cuando lo vio, un silbido le rompió los tímpanos.

El mismísimo Graham Cooper.

Se sintió como si le hubiera golpeado una supernova y odió la sensación. Después de haberlo visto, de seguirlo durante seis días, debería estar más preparada. Pero una cosa era verlo a distancia y otra tenerlo a metro y medio.

Fue como si él absorbiera todo el aire de la habitación, aunque a ella no le dirigía la sonrisa de chico bueno que reservaba para sus seguidores. Esta era la expresión que tenía en el campo de juego. Una cosa era cierta. Si Graham quería verla, no se trataba de un simple control de identidad.

Enumeró mentalmente las razones por las que podía estar allí y odió cada una de ellas. Sin embargo, se dijo a sí misma que Graham no era el único presente en la habitación que sabía interpretar un papel y, a diferencia de él, ella se lo estaba jugando todo.

A pesar de que el corazón le latía tan fuerte que temía que lo notara, trató de aparentar que eso era lo más emocionante que le hubiera pasado en la vida.

—¡Cielos! Quiero decir..., estoy pasmada.

Los ojos de Graham, un poco más oscuros que el tono decolorado de su cabello, la recorrieron de arriba abajo, desde la larga peluca bajaron por sus pechos hasta sus piernas. Piper sabía que no poseía una belleza deslumbrante, pero tampoco era un adefesio, y, si tuviera una pizca de vanidad, se habría sentido desmoralizada por su evidente desdén. Por suerte, no la tenía y no lo estaba.

Clavó los tacones de aguja en la moqueta cuando él se adelantó dentro del despacho. Llevaba el espeso cabello castaño un poco despeinado. No era producto de ninguna moda, sino el desaliño típico de un hombre que no se preocupaba por cortarse el pelo cada dos meses ni por utilizar un montón de productos de cuidado personal.

«Mantén la calma. No pierdas de vista tu objetivo.»

Sin un aviso previo, él le arrancó el *clutch* de las manos, haciéndola soltar un suspiro de consternación.

—¡Jolines! —gritó ella, unos segundos demasiado tarde.

Se quedó mirando aquellas enormes manos masculinas, que medían veinticinco centímetros desde la punta del pulgar hasta el meñique. Y lo sabía porque había hecho los deberes. Del mismo modo que sabía que esas enormes manos habían lanzado más de trescientas anotaciones. Y eran las mismas manos que estaban rebuscando en su bolso y sacando la *Green Card* falsa.

—¿Esmerelda Crocker?

Un buen investigador tenía que improvisar y cuantos más detalles ofreciera, más convincente sería.

—Me llaman Esme. Lady Esme, en realidad. Esmerelda es un nombre de tradición familiar.

—¿De verdad? —La voz se derramó de sus labios como el agua sobre una pradera reseca de Oklahoma.

Ella asintió de forma temblorosa.

—Transmitido a través de generaciones en honor a la segunda esposa del quinto conde de Conundrum. Murió en el parto, la pobrecita.

—Mi más sentido pésame. —Él siguió rebuscando en el interior del bolsito—. ¿No llevas tarjetas de crédito?

23

—Son tan vulgares... ¿No te parece?

—El dinero nunca es vulgar —replicó él, arrastrando las palabras con aquel acento de cowboy.

—Qué americano resultas.

Él volvió a rebuscar de nuevo en el interior del bolso, algo que no llevaba demasiado tiempo ya que había dejado su billetera a salvo en el coche, y era allí donde se encontraba su recién estrenada licencia de investigadora privada, así como media docena de tarjetas de visita.

INVESTIGACIONES DOVE
Desde 1958
La verdad trae la paz

Las tarjetas de visita originales ponían: «La verdaz trae la paz.» Su abuelo había sido un brillante investigador con una ortografía pésima.

Graham olía a dinero y a fama, no es que ella pudiera describir a qué olía eso exactamente, pero sabía detectar cuándo estaba oliéndolo, igual que sabía que el futuro de su negocio dependía de lo que ocurriera a continuación. Inhaló las pocas moléculas de aire que aquella magnífica presencia masculina no había agotado.

—En realidad no me importa que te dediques a curiosear de esa forma, pero me intriga qué es lo que estás buscando.

Él le devolvió el *clutch*.

—Algo que me explique por qué has estado siguiéndome.

¡Había tenido cuidado! Sus pensamientos se aceleraron. ¿Qué la había delatado? ¿Había sido algún error de novato lo que la había hundido? Tanto trabajo para nada, dormir en el coche, alimentarse de comida basura, orinar en Tinkle Belle y, lo peor de todo, invertir todos sus ahorros en comprar Investigaciones Dove a su falsa y detestable madrastra. Investigaciones Dove, la agencia de detectives que había fundado su abuelo, que su padre había hecho grande y que habría sido suya desde su nacimiento si su padre no hubiera sido tan obstinado. Cada uno de sus sacrificios habían sido inútiles. Se vería obligada de nuevo a vivir en un cubículo, con la carga adicional de saber que un deportista mimado como Cooper Graham lo había hecho mejor que ella.

Notó que se le revolvía el estómago, pero se las arregló para fruncir el ceño como si estuviera desconcertada.

—¿Siguiéndote?

La figura de Graham quedó recortada contra la enmarcada camiseta de los Chicago Stars que colgaba en la pared, a su espalda. La camisa azul que vestía hacía que sus hombros, ya formidables, parecieran más anchos, y las mangas enrolladas dejaban al descubierto los fibrosos músculos de los antebrazos. Los vaqueros le quedaban como un guante —ni demasiado ceñidos ni demasiado flojos— y exhibían a la perfección sus largas y poderosas piernas que habían sido diseñadas por Dios para ser estables, fuertes y rápidas, y muy perjudiciales para los Chicago Bears.

Su mirada era tan sombría como un invierno en Illinois.

—Te he visto aparcada delante de mi apartamento, me has seguido al gimnasio y también hasta aquí. Y quiero saber por qué.

Y ella pensando que había sido imaginativa con sus disfraces. ¿Cómo se las había arreglado para descubrirla a pesar de ellos? Negarlo sería inútil. Se dejó caer en el sofá y trató de pensar.

Él esperó. Con los brazos cruzados. De pie ante el banquillo, viendo cómo se desmoronaba el ataque de su enemigo.

—Bueno... —Ella tragó saliva y lo miró—. Lo cierto es que... —Soltó el aliento con un silbido—. Soy tu acosadora.

—¿Mi acosadora?

Sintió que una descarga de adrenalina atravesaba su cuerpo. No pensaba rendirse sin pelear y eso la hizo levantarse del sofá.

—No soy peligrosa. No, señor. Solo estoy un poco obsesionada.

—Conmigo. —Era una afirmación, no una pregunta. Él ya había sufrido eso antes.

—No tengo por costumbre acechar a la gente. Esto es... involuntario, ¿sabes? —No sabía todavía cómo la iba a salvar esa táctica, pero se dejó llevar—. No es que esté chiflada, ya me entiendes. Solo... un poco desequilibrada.

Él ladeó la cabeza, pero al menos la estaba escuchando. ¿Y por qué no iba a hacerlo? Los lunáticos siempre resultaban fascinantes.

—Te lo aseguro, estoy loca, pero solo un poco —dijo sin aliento—. Soy absolutamente inofensiva. No tienes que preocuparte, no soy violenta.

—Así que tengo una acosadora.

—Me atrevería a decir que no soy la primera. Un hombre como tú... —Se interrumpió e intentó no atragantarse—. Un dios.

La mirada que había en sus ojos indicaba que no era hombre que se dejara influir con facilidad por las adulaciones.

—No quiero volver a verte cerca de mí. ¿Lo has entendido?

Lo había entendido. Todo había acabado. *Finito*. Pero aun así, no podía darse por vencida.

—Me temo que me resultará imposible. —Hizo una pausa—. Al menos, hasta que empiece a hacer efecto la nueva medicación.

El hoyuelo que Graham tenía en la barbilla se hizo más profundo cuando tensó la mandíbula.

—Lo que haces es ilegal.

—Y humillante. No puedes imaginarte lo mortificante que es estar en mi posición. Nada es más doloroso que... un amor no correspondido. —Las tres últimas palabras fueron un graznido que esperaba que él atribuyera a la adoración, porque todo lo que se refería a él la irritaba. Su tamaño, su buena apariencia, pero sobre todo aquella arrogancia típica de personas acostumbradas a que les besaran el culo porque habían nacido con algún talento natural.

Él no mostró ni el más leve destello de simpatía.

—Si vuelvo a verte otra vez, llamaré a la policía.

—L-lo entiendo. —Y lo hacía. La de ella había sido una táctica inútil desde el principio. A menos que... Asintió con la cabeza, mostrando una simpatía fingida—. Entiendo lo terrible que debe de ser para ti.

Él se balanceó un poco sobre los tacones de sus botas de cowboy.

—Yo no diría eso.

—Pamplinas. —Quizás había encontrado la grieta en su armadura masculina—. Tienes miedo de que me lance a por ti cuando vayas caminando por la calle. Que pueda salirte al paso empuñando una de esas odiosas pistolas que los estadounidenses chiflados insistís en llevar como si fuera un chicle. —Como la Glock que había dejado en el maletero de su coche—. Jamás lo haría. ¡Cielos, no! Pero claro, tú no puedes estar seguro, y ¿cómo te defenderías de mí?

—Creo que podría arreglármelas —dijo él con sequedad.

Ella se las ingenió para parecer desconcertada.

—Si eso es cierto, ¿por qué te preocupa que una idiota inofensiva como yo pueda seguirte de un lado para otro?

Él ya no parecía tan relajado.

—Porque no me gusta.

Ella trató de parecer complaciente y simpática.

—Por lo tanto, te resulta aterrador.

—¡Deja de decir eso!

—Entiendo. Es un terrible dilema.

En sus ojos vio aparecer unas letales chispas doradas.

—No es un dilema en absoluto. Mantente lo más alejada de mí que puedas.

—Sí, ya —insistió ella—, creo que lo he mencionado, pero eso no es tan fácil hasta que la medicación haga efecto. El médico me ha asegurado que no tardará mucho. Pero hasta entonces, no puedo hacer nada. ¿Qué te parece si hacemos un trato?

—Nada de tratos.

—Una semana como mucho. Mientras tanto, si me ves, finges que no estoy. —Se frotó las manos—. ¿Qué? ¿Estamos de acuerdo?

¡Vaya sorpresa! No la creía.

—Cuando mencioné a la policía lo hice en serio.

Piper se retorció las manos, esperando que el gesto no pareciera tan teatral como creía.

—He oído cosas horribles sobre las cárceles de Chicago...

—Pues habértelo pensado mejor antes de empezar a acecharme.

Podría deberse al estrés que suponían tantas noches sin dormir, o incluso a que tuviera más azúcar en la sangre debido a toda aquella comida basura. Lo más probable era que fuera debido a la amenaza de perder todo aquello por lo que había trabajado. Bajó la cabeza, se quitó las gafas y se secó las mejillas secas con los nudillos como si hubiera empezado a llorar, algo que no haría ni en mil años, no importaba lo horrible que se tornara la situación.

—No quiero ir a la cárcel —dijo con un hipido—. Jamás he tenido siquiera una multa. —Eso era mentira, pero era una conductora excelente que no tenía la culpa de que los límites de velocidad en las circunvalaciones de la ciudad fueran estúpidamente bajos—. ¿Qué crees que me podría pasar allí?

—Ni lo sé ni me importa.

A pesar de sus palabras, detectó cierta vacilación en él, y fue a por todas.

—Sí, bueno, ya puestos, podrías llamarlos ahora, porque no importa cuánto lo intente, sé que no seré capaz de evitarlo.

—No digas eso.

¿Había percibido cierto temblor? Logró fingir otro hipido y se secó los ojos con el dedo índice.

—No te deseo que ames de esta forma a nadie.

—Eso no es amor —replicó él con gesto de disgusto—. Es una locura.

—Lo sé. Es absurdo. —Se limpió la nariz, perfectamente seca, con el dorso de la mano—. ¿Cómo puedes querer a alguien con quien solo has hablado un día?

—No es posible.

Hasta que la echara, no pensaba abandonar.

—¿Y no podrías reconsiderarlo? Solo una semana, hasta que las nuevas pastillas me devuelvan la cordura.

—No.

—Por supuesto que no puedes. Y yo quiero lo mejor para ti. No puedo tolerar la idea de que tengas miedo, que tengas miedo a salir de tu apartamento porque te aterre verme.

—No me voy a sentir aterrad...

—Estoy segura de que seré capaz de sobrevivir en la cárcel. ¿Cuánto tiempo crees que me tendrán allí? ¿Existe la más mínima posibilidad de que puedas...? No importa. Sería demasiado pedir que fueras a visitarme mientras estoy tras las rejas.

—Estás como una cabra.

—Oh, sí. Pero soy inofensiva. Y recuerda, es solo temporal. —Habiendo llegado tan lejos, bien podía ir a por todas—. Si te sintieras atraído por mí físicamente... No lo estás, ¿verdad?

—¡No!

Su indignación era tranquilizadora.

—Entonces, no te ofreceré... satisfacción sexual.

«¡Agggg!» Iba a lavarse la boca con jabón cuando todo esto hubiera terminado.

—Busca ayuda —gruñó él.

Lo vio dirigirse a la puerta y llamar a su matón. Unos minutos después, Piper estaba en la calle.

«¿Y ahora qué?»

2

Cooper había conocido a muchos chalados a lo largo de su vida profesional, pero esa mujer se llevaba la palma. Parecía haber salido de una casa llena de murciélagos con los cristales tintados y un gran agujero en el techo. Sin embargo, debía reconocerle una cosa, iba de frente. Había expuesto su locura delante de todo aquel que quisiera verla.

Tenía que volver a bajar al club, pero siguió sentado detrás del escritorio. Después de dos meses en ese negocio el olor que había en su despacho seguía resultándole extraño, era demasiado diferente al del caucho, el sudor, el de los preparados especiales que se usaban para el dolor, el del cloro de las bañeras de hidromasaje. En ese lugar flotaba en el aire el olor a papel y a pintura, a tapizado nuevo y tinta de la impresora. Pero por mucho que echara de menos esos olores familiares, no iba a aferrarse al pasado. La inauguración de Spiral había sido su forma de anunciar al mundo que no se había convertido en un fracasado sin otra cosa mejor que hacer que participar en algún programa de radio para retransmitir partidos que ya no podía jugar. El negocio de las discotecas era su nuevo campo de juego, y Spiral era solo el principio. Tenía intención de levantar un imperio, e igual que en el mundo del fútbol, fracasar no era una opción.

Se inclinó de nuevo sobre su ordenador y escribió «Esme-

31

relda Crocker» en la barra de búsqueda de Google. En la *Green Card* ponía que tenía treinta y tres años, pero parecía mucho más joven. Pasó de una página a otra y, por fin, encontró su nombre en una lista de ex alumnos de la Universidad de Middlesex, en Londres. No había más datos. Ni tampoco ninguna foto que le mostrara aquella boca por la que solo salían locuras, la mandíbula firme o esos ojos astutos casi del mismo color que los Pop-Tart de arándanos que le exigían que se dejara atraer por su mundo de locura.

Si no hubiera estado tan irritado, se habría reído de su ofrecimiento para proporcionarle «satisfacción sexual». No necesitaba más chiflados en su vida. Además, después de ocho años viendo cómo su nombre salía en las páginas de la prensa rosa, estaba tomándose un descanso en lo que a las mujeres se refería.

No tenía intención de convertirse en un cliché, en otro *quarterback* retirado de la NFL liado con una hermosa actriz de Hollywood. No era su intención caer en eso y así habría sido si se hubiera limitado a acostarse con una. Pero después de que esa primera relación hubiera fracasado debido a las agendas de ambos, a la excesiva publicidad y a las infidelidades (de ella, no de él), había conocido a otra mujer de esa elitista lista. Y luego a otra. Y otra más.

En su defensa debía decir que las cuatro estrellas con las que se había enrollado habían sido tan inteligentes como guapas. Le gustaban las mujeres brillantes y agudas, con éxito, y tan hermosas que detenían el corazón. ¿A qué hombre no le gustaban? Y ser *quarterback* en la NFL le daba acceso a las mejores uvas de la cosecha. Sin embargo, ahora toda su atención estaba centrada en hacer crecer un imperio de discotecas. Las mujeres traían aparejado demasiado drama, demasiados medios de comunicación y demasiado perfume. Si era el *quarterback* del mundo, debía ser una eminencia en la materia, y pensaba que las mujeres debían oler a mujeres.

Esmerelda no se había puesto perfume, y dados los disfraces que usaba, ¿quién sabía cómo sería su pelo? Pero tenía una cara interesante y unas piernas bien torneadas. Aun así, todo aquel episodio estaba haciendo que notara una incómoda picazón en la nuca, justo como le ocurría siempre que se le escapaba algo.

Piper se quitó la peluca y condujo rumbo hacia su casa desde Spiral mientras los pensamientos daban vueltas en su cabeza. Otro enfoque. Un disfraz mejor. Pero a él no le llevaría mucho descubrirla. Si no se le ocurría algo con rapidez, pronto volvería a estar trabajando en un cubículo frente a un ordenador, algo en lo que no soportaba pensar. Su último trabajo como directora de estrategia digital para una cadena local de venta de coches había sido interesante al principio, pero después del segundo año empezó a parecerle aburrido, y el quinto año se había encontrado soñando con un apocalipsis zombi.

Su padre siempre le había negado la carrera para la que nació —trabajar con él en Investigaciones Dove— o incluso a las órdenes de alguno de sus competidores, algo que él se había asegurado que no ocurriera. Era bien conocido en el mundillo y Duke Dove había sido tajante: «Cualquiera que contrate a mi niña o le encargue una investigación que la obligue a no estar delante de un ordenador tendrá que vérselas conmigo.»

Pero Duke había muerto y ella era ahora la propietaria del negocio que él no había querido que tuviera; un negocio por el que había pagado demasiado a su madrastra solo para descubrir, demasiado tarde, que la lista de clientes de Duke ya no estaba actualizada y las prácticas de contabilidad de su madrastra eran, si no fraudulentas, lo más cercano a ello. Piper había comprado poco más que un nombre, aunque era un nombre precioso para ella, y no se rendiría sin luchar para sacarlo adelante.

En el momento en que se durmió, había tomado una decisión. Iba a seguir siendo Esmerelda Crocker y que fuera lo que Dios quisiera.

A la mañana siguiente se duchó, se puso unos vaqueros y una camiseta y se pasó los dedos por el pelo; ya no era necesaria ninguna peluca. Después de coger un café y un trozo de pizza de tres días, estaba lista para marcharse.

Su apartamento —que no podía permitirse el lujo de mantener mucho más tiempo— estaba en el segundo piso de una casa de piedra rojiza de cinco plantas en el vecindario de Andersonville, y se jactaba de tener su propia plaza privada en el aparcamiento. Mientras dejaba la bolsa en el asiento del copiloto junto con el termo de café y el trozo frío de pizza, se preguntó si acabaría el día en la cárcel. Era un riesgo que tenía que asumir.

Graham ocupaba los dos últimos pisos de un antiguo seminario rehabilitado, en una calle arbolada de Lakeview. Lakeview no era el barrio más caro de Chicago, pero atravesaba su mejor momento con muchas tiendas importantes, restaurantes de moda, un trozo de costa y el Wrigley Field. Piper estacionó el Sonata en una especie de aparcamiento junto a una oficina de correos y comenzó a mordisquear la pizza acompañándola de tragos de café. Los días de darse la buena vida desayunando en Starbucks habían terminado.

Apartó un mechón de su pelo de verdad, corto, en capas, del mismo color castaño que Duke decía que tenía el de su madre antes de que la asesinaran en un robo callejero. En aquel momento, Piper tenía cuatro años, por lo que apenas se acordaba de ella, aunque su violenta muerte había tenido como efecto un sustancial cambio en su crianza.

Duke le había enseñado a ser dura. La había inscrito en una clase de autodefensa tras otra, además de enseñarle todos los trucos que él había aprendido en los últimos años. La había obligado a ser fuerte incluso cuando era muy pequeña, y nunca se había inmutado si se le ocurría llorar. Sin embargo, él había recompensado su tenacidad al aprender a disparar y asistir a los partidos de toda clase de deportes de pelota dejando que lo acompañara al bar de la esquina y riéndose de su terquedad. Pero no había tolerado lágrimas, ni lloriqueos, ni le había dejado ir a jugar a casa de una amiga hasta después de verificar todos los antecedentes.

Así de desconcertante y contradictoria había sido su crianza. Exigiéndole una gran fortaleza al tiempo que se mostraba exasperantemente protector. Lo que había sido una fuente constante de conflictos entre ellos cuando ella creció y él se plantó con firmeza entre ella y sus ambiciones. Le había enseñado a ser tan dura como era posible y luego había tratado de envolverla entre algodones.

«Este negocio es demasiado sucio para una mujer. No me he gastado una fortuna en tu educación para ver cómo te dedicas a fotografiar desde un coche a un idiota engañando a su esposa.»

Sintió un nudo en la garganta. Lo echaba de menos. La inquietante combinación de dureza y sobreprotección había provocado estragos y años de discusiones entre ellos, y siempre la había hecho sentir como si no fuera suficiente para él. Aun así, nunca había dudado de su amor, y seguía esperando oír su voz por teléfono advirtiéndole que no se le ocurriera caminar por la maldita ciudad por la noche o meterse en un puto taxi sin asegurarse que el taxista tenía la licencia en regla.

«Me volvías loca, papá. Pero te quería.»

Se obligó a tomar un sorbo de café para tragar el nudo que tenía en la garganta y trató de concentrarse en transferir al portátil la última de las notas que había manuscrito el día anterior en vez de pensar en su ruin madrastra, que ahora disfrutaba de una casa en Bonita Springs, comprada con el dinero que ella le había pagado. Pasó una hora. Quería tomar más café, pero eso significaría usar el Tinkle Belle.

También había empezado a preguntarse si Graham aparecería en algún momento cuando vio que su enorme Tesla azul metalizado de más de cien de los grandes emergía del callejón donde estaba situada la salida del garaje del edificio. Pero en vez de perderse en la calle, se detuvo. La luz del sol que se reflejaba en el parabrisas no le permitía ver mucho, pero estaba aparcada a la vista y él tenía que haber detectado su presencia.

«Ha llegado la hora de la verdad.» ¿Llamaría él a la policía o no?

Se obligó a bajar el cristal de la ventanilla y hacerle un gesto de saludo con el pulgar hacia arriba. Esperaba que eso le hiciera pensar que Esmerelda estaba loca, pero no era peligrosa, y que debía limitarse a ignorarla mientras seguía con sus asuntos.

El Tesla seguía parado y ella no sabía si Graham estaría hablando por el móvil. Si se alejaba ahora, sin que él la hubiera detenido, estaría cediendo y eso no formaba parte de su carácter.

Vio que el otro coche comenzaba a moverse y puso en marcha el Sonata para seguirlo hacia Uptown, aguzando el oído por si oía una sirena. Mantuvo tres vehículos de distancia entre ellos, sin tratar de ocultar su presencia, pero sin atosigarle. Vio que el Tesla giraba bruscamente hacia el carril derecho y trazaba una curva cerrada para enfilar hacia una calle residencial. Ella puso el intermitente y repitió la maniobra.

Había coches aparcados a ambos lados de la calle y un hombre con una camiseta naranja empujaba un cortacésped sobre la alta hierba que crecía en su jardín delantero. Condujo otro par de manzanas hasta que vio el Tesla en una calle perpendicular, a la derecha. Otro giro rápido y el coche desapareció. Graham quería hacerla creer que podía perderla de vista cuando le diera la gana. Pero él no sabía que ella había asistido a millones de cursos de ataque y defensa, y de conducción a alta velocidad, otro buen pellizco en su presupuesto, pero eran habilidades que consideraba que debía dominar. Un exceso de presión por parte de Esmerelda transmitiría un mensaje equivocado, así que retrocedió. Además, estaba bastante segura de dónde terminaría.

En efecto, cuando él llegó no mucho más tarde al gimnasio que frecuentaba, ella le saludó desde el otro lado de la calle. Graham la miró y ella hizo el signo de la paz, «Estoy loca pero no soy peligrosa», mientras él caminaba hacia el edificio.

Lo siguió durante el resto de la tarde. Le dio suficiente distancia para que no estuviera tenso. Se quedó lejos cuando él se dirigió hacia las zonas menos recomendables de la ciudad, donde ella lo había visto un par de veces manteniendo conversaciones con unos camellos en las esquinas de las calles. Era difícil creer que tuviera que adquirir la droga en la calle, pero había anotado cada encuentro en su registro para que lo viera su cliente.

A última hora de la tarde, él desapareció en el interior de un edificio con la fachada de cristal de espejo, en North Wacker, donde tenía sus instalaciones un importante grupo de inversiones. Sabía que Graham estaba buscando patrocinadores para poner en marcha una franquicia a nivel nacional de discotecas para pijos asociándose con otros deportistas famosos. Como tenía más dinero que el tesoro de Illinois, seguramente podría financiar él mismo una gran parte, pero quería que el mundo de los negocios se implicara también. Le gustaría entender qué le impulsaba a ello. ¿Por qué no se retiraba a una isla paradisíaca y se pasaba el resto de su vida fumando porros en la playa?

Un poco después, Graham volvió a salir. Mientras se dirigía hacia el aparcamiento, la luz del sol se reflejó en su pelo y la fachada de espejo del edificio reflejó su larga y segura zancada. A ella no le gustaba darse cuenta de esas cosas sobre un hombre con tantos defectos: presuntuosa confianza en sí mismo, aire de soberbia... Una escandalosa fortuna.

Había llegado la hora punta. Él conocía Chicago casi tan bien como ella, y regresó a Lakeview por calles secundarias. Sin razón aparente, el Tesla aminoró la velocidad en una calle de dirección única a pocas manzanas de Ashland. Vio que él sacaba el brazo por la ventanilla del conductor y lanzaba lo que parecía una pequeña granada por encima del techo del vehículo. Lo que fuera aterrizó en una parcela vacante entre un salón de belleza y una asesoría. Tres misiles después, el Tesla siguió avanzando.

Había ocurrido tan rápido que pensaría que se lo había imaginado si no lo hubiera hecho con anterioridad. Se lo había visto hacer dos días antes, en Roscoe Village. Había anotado el incidente en su registro, pero no sabía qué nombre ponerle. Aquellas pseudogranadas pasarían desapercibidas a menos que alguien estuviera buscándolas a propósito. ¿Qué pretendía él con eso?

Justo en el momento en que decidió regresar para investigar, oyó una sirena a su espalda. Miró por el retrovisor y vio acercarse un coche patrulla. Se echó a un lado para dejarlo pasar. Pero la poli se detuvo detrás de ella y le hizo luces. Aquellos agentes iban a por ella.

Maldijo por lo bajo y giró hacia un pequeño centro comercial. «¡Menudo cabrón!» Había estado jugando con ella al gato y al ratón. Desde el principio había tenido intención de llamar a la policía.

El coche patrulla la siguió hasta el aparcamiento, y las luces rojas se reflejaron en los cristales de la estación de metro y de una consulta dental. La realidad de la situación la alcanzó. Todo había acabado. Graham iba a presentar cargos en su contra. Había perdido cada centavo de sus ahorros y no tenía nada a lo que recurrir, ningún otro cliente rico esperando para ocupar el lugar de la que estaba a punto de perder.

Usó todas las maldiciones que había aprendido en las rodillas de su padre mientras buscaba el carnet de conducir en la cartera. Los documentos de identidad falsos estaban a salvo en el cajón de su ropa interior. Sin embargo, llevaba consigo la Glock. Llevar armas ocultas era legal en Illinois, pero aun así le dio una patada a la pistola para esconderla debajo del asiento del conductor al tiempo que rezaba, pidiendo que ocurriera un milagro.

Mientras el policía examinaba la matrícula, ella sacó el permiso de circulación y el seguro de la guantera. Cuando el hombre se acercó por fin, vio que debía de ser de su edad, treinta y pocos años, y que era uno de esos polis buenorros que podría haber sido *míster* Enero en un calendario de desnudos del Departamento de Policía de Chicago. Bajó la ventanilla y esbozó su sonrisa más amable e inocente.

—¿Algún problema, agente?

—Señora, ¿podría enseñarme su carnet de conducir, el permiso de circulación y el seguro?

Ella le entregó los papeles. Mientras él examinaba la documentación, el olor de su colonia se filtró por la ventanilla abierta. Piper se sintió claramente trastornada porque los acordes de *It's raining men* comenzaron a sonar en su cabeza. Se preguntó si el uniforme se sostendría en su lugar gracias a unas tiras de velcro.

—¿Sabe usted que es ilegal sujetar con cinta adhesiva un intermitente roto?

¿Todo eso era por culpa del intermitente? ¿Graham no la había denunciado? El alivio la hizo sentir cierta debilidad.

—Veo que ya fue advertida por ello en agosto —continuó el agente—, pero no lo ha arreglado.

Las rubias de bote que había visto la noche anterior en Spiral seguramente saldrían del paso con solo abrir la boca, pero ella estaba tan aliviada que ni siquiera lo intentó.

—No podía permitírmelo, aunque sé que no es una excusa. No tengo por costumbre pasar por alto las reglas de tráfico. —Salvo cuando se trataba de los límites de velocidad, pero dado que él había comprobado su matrícula, ya habría descubierto otras transgresiones, además del hecho de que tenía permiso para llevar armas ocultas.

—Conducir un vehículo inseguro es peligroso —añadió el poli buenorro—, no solo para usted, sino para...

No escuchó el resto del sermón porque un Tesla azul metálico de cien mil dólares entró en el aparcamiento del centro comercial. Cuando se detuvo frente a la consulta dental, ella se estremeció de miedo. El agente conocía su nombre real, y lo que había resultado ser una simple parada de advertencia estaba a punto de convertirse en un desastre mayor.

No fue la única que vio que el antiguo *quarterback* dejaba el asiento del conductor como una especie de pantera urbana. El agente dejó de hablar. Ella vio que se le expandía el pecho y que toda su sangre fría policial se evaporaba cuando Cooper se acercó con la mano tendida y se presentó, como si tal cosa fuera necesaria.

—Cooper Graham.

—¡Sin duda! Soy uno de sus más rendidos admiradores. —El musculoso policía estrechó la mano de Graham sacudiéndola como si se tratara de la bomba de una plataforma petrolífera—. No puedo creer que no juegue con los Stars este año.

—Todo lo bueno llega a su fin. —El acento de Cooper parecía sacado de una pradera de Oklahoma. Casi esperaba verle sostener una brizna de hierba con la comisura de la boca para mantener la ilusión de que era inofensivo.

—Como ese partido contra los Patriots de la temporada pasada.

—Gracias. Fue un buen día.

Los dos hablaron de varias jugadas y pases como si ella no estuviera allí. A pesar de ser tan minucioso con respecto a cum-

40

plir las reglas de tráfico, el agente buenorro no era tan exigente cuando se trataba de observar el procedimiento policial durante una parada rutinaria.

Graham tenía su propio guion cuando se fijó en su pelo corto, que había estado oculto por la peluca la noche anterior.

—¿Qué ha hecho?

—Tiene roto el intermitente trasero y no lo ha reparado. ¿Conoce a esta mujer?

Graham asintió.

—Claro. Es mi acosadora.

El agente lo miró con atención.

—¿Su acosadora?

Graham clavó en ella una mirada penetrante.

—Es molesta, pero inofensiva.

De pronto, el agente buenorro mostró una actitud muy profesional.

—Salga del coche, señora.

Ella reprimió una retahíla de obscenidades. El agente ya la había oído hablar; sabía que no tenía acento británico, pero si Graham escuchaba su diatriba con su deje del medio oeste, cualquier pequeña posibilidad que le quedara de salir indemne de esa situación se iría al garete.

—Levante los brazos, por favor.

Piper apretó los dientes para contener todas las palabras que no podía decir. El agente buenorro no ordenó a Graham que retrocediera como debería haber hecho. Al parecer los jugadores de fútbol famosos podían hacer su santa voluntad.

Por suerte, el policía solo le hizo un registro visual. Hasta que vio un bulto sospechoso en el bolsillo de sus vaqueros.

—Señora, voy a tener que registrarla.

Ella no podía decir ni una palabra en su defensa, al menos mientras Graham estuviera allí, observando la situación con sádica satisfacción. Piper apretó los dientes cuando el agente buenorro le dio unas palmaditas en el trasero.

Era un profesional y solo utilizó el dorso de las manos. Aun así, era humillante. Allí estaba, a merced de dos hombres viriles, uno estaba tocándola mientras que el otro lo miraba todo, sopesando de cerca lo que estaba viendo.

El policía sacó el paquete de cacahuetes de su bolsillo, lo examinó y luego se lo devolvió.

—Sin duda no apreciamos lo suficiente el gran trabajo que hacen los agentes de policía para mantenernos a salvo. —La falsa sinceridad de Graham le dio ganas de vomitar.

—¿Cuánto tiempo lleva acosándolo? —preguntó el macizo.

—Es difícil de precisar. No me di cuenta hasta hace un par de días. Por el intermitente trasero, precisamente. —Mientras ella apretaba los dientes ante su propia estupidez, Graham seguía apretando la soga alrededor de su cuello—. Anoche, cuando me enfrenté a ella era una marisabidilla respondona, pero ahora parece no tener nada que decir.

El agente buenorro se concentró en ella.

—¿Le importa si echo un vistazo a su coche?

Ella conocía la ley. No podía registrar su coche sin una razón, pero la acusación de Graham le había dado una. ¿Cooper seguiría creyendo que era inofensiva si sabía que llevaba una Glock? Tenía que decirles dónde estaba antes de que el agente comenzara el registro.

Empezó a toser, y se golpeó el pecho con el puño para hacer todo lo posible para amortiguar sus palabras y que pasara desapercibida su falta de acento británico.

—Haga... que él se vaya... antes. —Más toses—. Luego puede... mirar...

La falsa tos consiguió que se atragantara de verdad y el policía tomó sus palabras como el permiso que necesitaba para registrar el vehículo, pero estaba disfrutando demasiado codeándose con uno de los deportistas más famosos de la ciudad para decirle a Graham que se alejara. Así que el agente buenorro le ordenó que se dirigiera a la parte trasera del coche patrulla.

Ella observó a través de la ventanilla manchada con creciente temor cómo el policía abría la puerta del copiloto bajo la atenta observación de Graham. Al agente le llevó menos de diez segundos encontrar la Glock. Graham se volvió entonces hacia el coche patrulla y, a pesar del estado de la ventanilla, su furia fue muy visible.

El agente buenorro abrió el maletero, dejando a la vista la bolsa repleta de disfraces. Observó el Tinkle Belle con cierto desconcierto. A continuación, ambos hombres mantuvieron una larga conversación. Por último, Graham estrechó la mano del policía y se dirigió al Tesla sin mirar atrás.

El agente buenorro, que resultó llamarse Eric Vargas, confirmó por fin la profesión a la que se dedicaba Piper y, después de retenerla tres horas en la comisaría y ponerle una multa por no haber reparado el intermitente, la dejó marchar. Por regla general le gustaba la hogareña comodidad de su pequeño apartamento con sus techos altos y las ventanas y suelos de madera, pero ese día estaba demasiado enfadada para sentirse cómoda. Mientras sacaba una botella de cerveza Goose Island del frigorífico, escuchó un golpe en la puerta.

—¡Piper! Piper, ¿estás en casa, cariño?

Adoraba a la vecina de ochenta años que vivía abajo, Berni Berkovitz, pero durante las últimas semanas, Berni había comenzado a mostrar algunos signos de demencia, y ella se sentía demasiado derrotada en ese momento para ofrecerle la atención que necesitaba. Aunque tampoco era que tuviera elección. Berni estaba sola, pero sus ojos seguían siendo agudos, y sabía que había entrado en casa.

Caminó hasta la puerta para abrirle.

—Hola, Berni.

La anciana no esperó una invitación, sino que entró. El corto pelo anaranjado de su vecina mostraba la raíz gris, algo atípico en ella, y sus labios ya no mostraban ni pizca de lápiz labial carmesí, marca de la casa. Antes de la muerte de su marido, Berni usaba ropa exótica, pero ahora, en vez de pantalones de harén, camisetas de gondolero o faldas de vuelo, se había puesto una vieja chaqueta de punto de Howard y unos pantalones de chándal.

Piper alzó la cerveza.

—¿Quieres una?

—No después de un día de trabajo. Pero no rechazaría un vodka con hielo.

Le quedaba una botella de Stoli Elit de sus días de prosperidad y fue a por ella.

—Tu generación sí que sabe beber.

—Es un orgullo.

Forzó una sonrisa. De alguna manera, Berni seguía siendo la misma persona que era antes del último crucero, cuando Howard sufrió un ataque cardíaco en las costas de Italia. Le gustaría que todo volviera a ser igual para su anciana vecina, pero también deseaba otras muchas cosas que no podía tener.

—Últimamente has estado fuera mucho tiempo, casi no te he visto —se quejó Berni.

—Ahora me vas a ver mucho. —Dejó caer un cubito de hielo en el vaso de vodka y se obligó a decirlo en voz alta—. La he pifiado en mi gran trabajo. —A pesar de que Berni no conocía los detalles del caso, sabía que tenía un cliente importante.

—Oh, cielo, lo siento. Pero eres muy lista. Conseguirás salir adelante.

Ella quería creerla, pero la realidad era que al día siguiente tenía que comunicar a su cliente que Graham la había identificado y que el tiempo empleado había sido un desperdicio, por lo que la despediría.

Sonó otro golpe en la puerta, un sonido que fue puramente de cortesía dado que su vecina Jen entró sin esperar invitación. Todavía estaba vestida con el uniforme de trabajo, un ceñido vestido verde esmeralda que se ajustaba a la perfección a su delgado cuerpo. El cabello oscuro se balanceaba sobre sus hombros y el maquillaje seguía igual de fresco que cuando se lo aplicó por la mañana.

—Mañana habrá lluvias dispersas —comunicó con pesar—. Necesitamos que llueva, así que es bueno, pero va a ser horrible para las alergias. —Olfateó el aire como si ya lo estuviera sufriendo. Diecinueve años atrás, Jennifer MacLeish había sido la meteoróloga más deseada y sexy de la televisión de Chicago, pero ahora tenía cuarenta y dos años, y su rostro ya no era una novedad, por lo que estaba convencida de que el director de la emisora estaba a punto de sustituirla por una chica más joven.

—Howard tenía un montón de problemas de alergia —comentó Berni—. Me pregunto si seguirá teniéndolos.

Jen intercambió una mirada con Piper y luego se dirigió al sofá. Los tacones de sus zapatos color beis repicaron sobre el suelo de madera.

—Cielo, Howard ya no está. Somos conscientes de lo mucho que lo echas de menos, pero...

Berni la interrumpió.

—Sé que pensáis que está muerto, pero no es así. Ya os lo dije. Lo vi la semana pasada, justo en medio de Lincoln Square. Llevaba una de esas porciones de queso de espuma en la cabeza. Pero Howard odiaba a los Green Bay, y no quiero pensar que pudiera ponerse algo que llevaría un seguidor de ese equipo.

Jen miró a Piper en busca de ayuda. Habían escuchado esa historia varias veces, pero dado que las dos habían asistido al funeral de Howard Berkovitz, estaban poco dispuestas a creer que había resucitado, y menos como seguidor de los Green Bay.

Mientras Piper servía a Jen lo que quedaba de Stoli, sonó otro golpe en la puerta, en esta ocasión titubeante. Berni suspiró.

—Es ella.

—Adelante, Amber —la invitó Piper. ¿Y por qué no? Solo la presencia de sus amigas impedía que estuviera llorando.

Amber Kwan, su vecina de abajo, entró con timidez en el apartamento.

—¿No os importa? No me habéis invitado, pero...

—A ellas tampoco las invité —señaló Piper. Amber tenía la piel de porcelana, el pelo negro y brillante, y un poco de sobrepeso para sus veintisiete años. Toda la inseguridad que mostraba desaparecía cuando se subía al escenario como miembro permanente del coro de la Ópera Lírica de Chicago.

La mayoría de las amigas de su infancia ya no vivía en la ciudad y Piper agradecía poder disfrutar de esas tres.

—Hola, señora Berkovitz. ¿Qué tal está?

Berni la saludó inclinando la cabeza con los labios apretados. A la anciana no le gustaba Amber porque era de origen coreano, pero dado que Amber pensaba que la edad de Berni era la responsable de sus prejuicios raciales, no permitía que Piper o Jen la recriminaran al respecto.

—Se me ha acabado el vodka —dijo Piper—. ¿Una cerveza?

Amber se sentó en el borde del sofá.

—Nada, gracias. Solo me quedaré un minuto. —Amber se había instalado en el edificio hacía algo más de un año, pero continuaba comportándose como si fuera una intrusa en el grupo a pesar de que Piper y Jen le habían dado la bienvenida—. Me detuve a preguntarte si sigues pensando en alquilar el apartamento —mencionó en tono de disculpa.

—¡No! —gritó Berni—. Piper no va a ir a ninguna parte, Amber, no deberías insistir.

—No quiero que lo alquile —se apresuró a aclarar Amber—. Pero ella dijo que se veía obligada a hacerlo, y tengo un amigo que es profesor invitado en DePaul. Está buscando un apartamento.

Tenía tantas ganas de dejar su acogedor apartamento como de clavarse un puñal en el corazón, pero a diferencia de Berni, que quería resucitar a su marido muerto, Piper era realista.

—Déjame consultarlo con la almohada y te digo algo mañana.

No había mucho que pensar. Ya no podía permitirse el lujo de pagar la hipoteca del apartamento tras años escatimando para comprárselo, y no pensaba imponer su presencia a sus amigas, a pesar de sus ofertas para que se instalara con ellas. Si alquilaba el piso y se mudaba al sótano de la casa de su horrible prima Diane, en Skokie, sería capaz de evitar tener que venderlo, al menos durante un tiempo, y también conservaría a sus amigas.

—Lo último que necesitamos es un desconocido viviendo aquí —dijo Berni—. No lo pienso permitir.

Jen no expresó ninguna objeción. Entendía que se trataba de su último recurso.

—Es un amigo de Amber —señaló—, así que no será un desconocido.

—Fue profesor mío en Eastman —explicó Amber—. Es un hombre muy agradable.

—Me da igual —afirmó Berni—. No necesitamos hombres por aquí.

Al parecer, los recién casados homosexuales de la planta baja no contaban.

—Que Piper lo alquile es mejor que obligarla a venderlo —intentó razonar Jen—. Y sabes que no va a irse a vivir con ninguna de nosotras. Solo será hasta que consiga sacar adelante el negocio. —Descruzó sus largas piernas—. Por desgracia, entonces yo estaré en paro. Es por mí por quien debemos estar preocupadas, no por Piper. Es más fuerte que yo. Y más joven.

Aquella afirmación no estaba tan centrada en sí misma como parecía. Jen estaba echándole un cabo.

—Conozco muy bien el mundo de la televisión —continuó Jen—. Cuando más rubia y más tonta, más posibilidades hay de que te contraten. Y al tonto del bote le pirran las de veintiún años. —Jen llevaba tanto tiempo refiriéndose al director de la emisora como el tonto del bote, que Piper ya había olvidado su nombre real.

Jen dio un sorbo al vodka.

—Estudiar meteorología es la nueva moda entre las chicas guapas que tienen cierto interés por la ciencia. En las universidades están enfocándolas hacia ahí a patadas.

—El talento es más importante que la apariencia —intervino Amber con lealtad—. Y tú sigues siendo guapísima —añadió con rapidez.

A Amber la juzgaban solo por su voz de soprano, y eso hacía que se mostrara ingenua sobre la industria televisiva. Piper trató de animar a Jen, pero ser la hija de Duke Dove le había permitido ver todas las facetas del sexismo masculino. Jen estaba siendo sometida a un criterio diferente al que sufrían sus compañeros masculinos en la cadena, y tenía razones para preocuparse.

Berni se levantó del sofá.

—¡Ya sé lo que voy a hacer!

—¿Obligar a que el tonto del bote me renueve el contrato? —preguntó Jen con tristeza.

—¡Voy a contratar a Piper para encontrar a Howard!

Piper la miró llena de consternación.

—Berni, eso no...

—Te pagaré. Estaba buscando algo especial en lo que invertir la devolución de la renta de este año. Nada es más especial que esto.

—Berni, no podría aceptar tu dinero. Howard está...

Hubo otro golpe en la puerta, esta vez más fuerte que los otros. No invitaba a nadie a su casa, y sus visitantes habituales ya estaban allí. Dejó la botella de cerveza y atravesó la alfombra. Giró el pomo.

Él llenaba el umbral de la puerta con sus largos músculos, sus anchos hombros y su poderoso pecho.

—Hola, Esmerelda.

3

Piper sintió que le daba un vuelco el corazón. El bárbaro estaba ante su puerta.

—¿Cómo has entrado en el edificio?

Él clavó en ella unos ojos dorados como los de un lobo, listo para devorar a su presa, no porque tuviera hambre, sino por el placer de hacerlo.

—Tus vecinos de abajo son seguidores de los Stars.

Y no eran los únicos. Berni cacareó como si hubiera puesto un huevo.

—¡Cooper Graham! —La anciana se levantó de un brinco del sofá, ágil como una adolescente—. ¡Oh, cómo me gustaría que Howard estuviera aquí! ¡Oh, Dios mío!

Cooper la saludó con un gesto de cabeza.

—Señora.

—Howard era fan de los Bears como Piper —explicó Berni—, pero nació en los suburbios en los días en los que casi nadie vivía allí. Soy Berni Berkovitz. Bernadette, en realidad. Seguidora de los Stars desde siempre. Y Howard siempre simpatizó con ellos... A no ser que jugaran contra los Bears —se corrigió.

—Es comprensible. —Él parecía una amable celebridad esperando pacientemente a que su fan dejara de divagar. Jen, sin embargo, cruzó sus bien torneadas piernas y dejó que le colgara el zapato de la punta del pie mientras se echaba hacia atrás el pelo oscuro, esperando a que él la viera. Amber, por el contrario, parecía desconcertada. Podía nombrar a cualquier compositor de los últimos cuatro siglos, pero apenas conocía Chicago, ni siquiera estaba al tanto de que allí había equipos deportivos profesionales.

Berni seguía farfullando.

—¡Oh, Dios mío! Piper dijo que tenía un cliente importante, pero nunca imaginé que...

—No soy cliente de la *señorita Dove*. —Cooper pisoteó su nombre como si se tratara de una cucaracha—. Soy la persona que tiene que investigar.

«Gracias, agente buenorro, por ser tan bocazas.»

Berni se atragantó y luego volvió hacia Piper su mirada acusadora.

—¿De verdad, Piper? ¿Por qué estás investigando a Cooper?

Mientras ella trataba de encontrar las palabras, Jen se levantó con gracia felina del sofá.

—Jennifer MacLeish. Presento el tiempo en el Canal Ocho. Nos conocimos en una cena benéfica para recaudar fondos para chicos sin hogar el año pasado, pero estoy segura de que no me recuerda.

—Claro que me acuerdo de usted —aseguró Cooper tomando su mano—. Me alegro de verla de nuevo, señorita MacLeish, aunque no puedo decir lo mismo de la compañía que frecuenta.

Amber se precipitó hacia la puerta.

—Me voy.

—No va por ti, Amber —intervino Jen—. Se refiere a Piper.

Graham asintió.

—Es cierto.

Piper apuró un sorbo de cerveza, deseando que fuera Stoli.

51

Parecía que Berni no podía soportar la ignorancia de Amber.

—Amber, este hombre es Cooper Graham. Uno de los jugadores de fútbol americano más famosos del mundo. Incluso tú tienes que haber oído hablar de él.

—Oh, indudablemente lo he hecho —replicó Amber, aunque no parecía muy segura de ello.

—Amber es cantante de ópera —explicó Jen—. Su desorientación resulta sorprendente.

—Apuesto algo a que la he oído cantar —dijo Graham.

«Sí, claro, ¿y qué más?», pensó Piper. Graham no oscurecería con su presencia los salones de la Ópera Lírica más de lo que fallaría a propósito un pase.

—Señoras, a pesar de que me ha encantado conocerlas, tengo que hablar con la *señorita Dove*. —Volvió a pisotear su nombre como a una cucaracha—. Se trata de un asunto de negocios.

Amber comenzó a volverse hacia la puerta, pero luego se detuvo y se colocó junto a Piper. Jen hizo lo mismo.

—Quizá podamos ayudar —indicó con firmeza.

Sus amigas se pegaron a ella, ninguna se alejaría hasta que se lo dijera. Berni se unió a ellas con renuencia. Formaban una unidad: una meteoróloga de la televisión, una cantante coreana con voz de ángel y la fan número uno de los Stars. ¿Cómo podía irle mal en la vida cuando se tenían amigas así?

—No pasa nada —les aseguró—. Puedo ocuparme yo sola.

—¿De verdad? —preguntó Amber, que de pronto parecía tan formidable como la Brunilda de Wagner.

Aunque no estaba completamente convencida, Piper asintió.

—Solo son negocios.

—Estoy segura de que se trata de un simple malentendido —aseguró Berni, antes de bajar la voz hasta convertirla en una especie de susurro—. Te dejaré el cheque de la renta en el buzón, Piper. Es así como se hace, ¿verdad?

—Ni se te ocurra, Berni. Hablaremos mañana. —Aunque superar el día en curso ya era todo un reto.

—¿Piper? —la interrogó Jen.

Por mucho que apreciara la preocupación de su amiga, no podía permitir que Graham la considerara un ser débil. Se obligó a hacer un perezoso gesto señalando la puerta.

—Hasta luego.

Al salir, Berni miró fijamente a Graham.

—Piper es muy buena persona.

—Ha sido un placer conocerla, señora Berkovitz —se despidió él.

La anciana le tocó el brazo.

—Preparo genial la pechuga. Si alguna vez le apetece pechuga, avíseme.

—Eso haré —repuso él con la odiosa sonrisa que reservaba para los fans.

—Y, si le gusta el dulce, hago un *toffee* para chuparse los dedos.

Él sonrió, pero cuando la puerta se cerró tras ellas, cualquier rastro de afabilidad desapareció. Piper sabía que la única defensa era un buen ataque, así que irguió los hombros y cargó hacia él.

—La vigilancia que llevaba a cabo era legal. Sí, puede que no esté del todo claro en el caso de Spiral, pero es un espacio público, y tendrías que demostrar que mi presencia te provocaba una angustia extrema. Y no creo que ningún juez se creyera eso de un ex jugador de la NFL.

Él se cernió sobre ella, su uno noventa contra su uno sesenta y siete.

—¿Quién te ha contratado?

Ella enderezó la espalda, tratando de ganar unos centímetros.

—No te lo puedo decir. Pero te aseguro que no desea hacerte daño.

—¿Y por qué será que eso no me consuela?

—Es la verdad.

—Y tú eres experta en la verdad, ¿no es cierto, Esmerelda?

Ella se esforzó en mantener la calma.

—A nadie le gusta que le engañen. Lo entiendo. Pero estaba haciendo mi trabajo.

—No me vengas con rollos. ¿Para quién trabajas?

—Como te he dicho, para nadie que suponga una amenaza para ti.

—Eso lo decidiré solito.

—No tengo nada más que decir.

—¿De veras? —Parecía haberse cansado de ella—. Te lo voy a explicar de otra manera: o me lo dices ya o se lo dirás a mis abogados.

Tenía que saber que una demanda la destruiría. Trató de parecer una próspera empresaria.

—Los juicios son una pérdida de tiempo.

—Entonces, dime lo que quiero.

No podía hacerlo, pero tampoco podía caer de rodillas ante él y suplicarle que no la demandara.

—Mira, haremos un trato. Si retiras esa amenaza, te diré quién es tu verdadero enemigo. Y no es la persona que me contrató.

Él le dirigió su mirada más glacial mientras esperaba. Ella luchó contra la sofocante sensación de que ese hombre cada vez aspiraba más aire de la estancia.

—Esa modelo con la que estabas saliendo —dijo ella—. Rubia. Pechos grandes, caderas estrechas y piernas tan largas. Lo sé, solo es un ratoncito en una convención de quesos, pero ese ratón se hace llamar Vivian y tú has tenido un montón de charlas íntimas con ella.

—¿Y qué?

—Después de esnifar unas rayas en el cuarto de baño de señoras, les dijo a todas sus amigas cómo va a jugártela para quedarse embarazada. ¿Quieres saber quién supone una amenaza real para ti? Ahí la tienes.

—Nadie esnifa nada en el cuarto de baños de señoras —afirmó él—. Para eso tengo al equipo de seguridad.

—Les estás pagando demasiado.

—Y tú me estás poniendo las cosas muy difíciles.

—¿En serio? ¿Y cómo llama tu equipo de seguridad al negocio paralelo que ha puesto en marcha al menos uno de tus empleados? A tu costa.

—¿Qué clase de negocio paralelo?

—No metas en esto a los abogados y te lo cuento todo.

—Ya los he metido.

Ella tragó saliva.

—Haz lo que quieras. Pero te recomiendo encarecidamente que hagas tú mismo el inventario de botellas de licor al acabar el trabajo. Y cuando veas las que faltan, recuerda esta conversación.

—Es un farol.

No la creía, y cuando lo vio volverse hacia la puerta, supo que tenía que ofrecerle algo mejor.

—Controla al barman pelirrojo. Luego, llámame y discúlpate.

Eso lo detuvo en seco. Su rostro se endureció con una expresión de ira.

—¿Keith? Estás mintiendo. Y has elegido mal sobre quién mentir. —Con el dedo extendido señaló a su cabeza—. Te doy veinticuatro horas para que me digas el nombre de la persona que te contrató o tendrás noticias de mis abogados.

La puerta se cerró a su espalda.

Cooper recorrió el trayecto hasta el club hirviendo de rabia. Ella mentía. Keith Millage era uno de sus más antiguos

55

amigos. Habían jugado juntos en la universidad. Era un hecho conocido que los barman solían sisar a los propietarios de los clubs, y él había llamado a Keith —que se había desplazado desde Tulsa— solo para tener a alguien de confianza vigilándole la espalda. En cuanto a Vivian..., él no sentía interés por ninguna de sus clientas, pero si lo hiciera... A diferencia de algunos de sus compañeros de equipo, jamás se dejaría enredar por uno de esos embarazos «accidentales».

Sopesó la pregunta más importante. ¿Quién había contratado a un detective para vigilarlo y por qué? Sabía que el negocio de las discotecas era feroz en Chicago, pero ¿qué pretendían averiguar sobre él?

Cuando llegó al club, se instaló detrás del escritorio. No le gustaban los misterios, y le gustaban todavía menos mientras trataba de atraer a un inversor. Y no a un inversor cualquiera, no, al mejor de la ciudad. El único con el que quería trabajar.

Había llegado el momento de poner los pies en la tierra. Él era la tarjeta de presentación ante sus clientes, y aunque otras celebridades que habían invertido su dinero en discotecas solo aparentaban dedicarse al negocio, él jugaba para ganar, incluso aunque eso supusiera ser abordado por admiradoras demasiado entusiastas y verse atrapados por personas que se autoproclamaban expertos en fútbol que se pensaan que eran los únicos que entendían del juego.

Para su disgusto, tuvo que reprimirse para no vigilar esa noche a Keith, un chico en el que había confiado toda su vida. La hostilidad que sentía hacia Piper Dove se recrudeció. Cuando concentró su atención en un grupo de mujeres que se apretaban contra él, tomó una decisión. Nadie ganaba un campeonato permitiendo que sus enemigos camparan a sus anchas. Iba a ir a por ella, y su cutre agencia de detectives caería también.

El lunes por la mañana, Piper se vistió de negro. Estaba segura de que la reunión que le esperaba sería la peor en su corta carrera como propietaria de la agencia. Un suéter negro y unos pantalones de lana negros le parecieron una indumentaria la mar de apropiada. Abrillantó sus viejas botas negras y se puso unos pendientes de plata. Si tenía que caer en las llamas, lo haría pareciendo dura.

La mano derecha de Deidre Joss y vicepresidente de la empresa la recibió en la zona de recepción del Joss Investment Group. Noah Parks era su contacto habitual, la persona a la que ella había tenido que llamar para comunicar la fea noticia de que Cooper Graham la había descubierto. A pesar de que el ejecutivo había jugado en la Liga Universitaria de la Costa Este, su corte de pelo, su nariz corta y la mandíbula cuadrada le hacían parecer un ex marine. Parks la saludó con una leve inclinación de cabeza.

—Deidre quiere hablar con usted en persona.

Noah la guio a través de unas puertas de cristal hasta un pasillo lleno de luz donde los rodapiés eran de mármol color crema y el suelo de madera. Al final del corredor, abrió una puerta donde estaba escrito el nombre de la directora general de la empresa.

Las altas ventanas y los muebles de diseño dotaban a la estancia de una impersonal elegancia. Sin embargo, la pizarra que ocupaba la mayor parte de la pared del fondo anunciaba que se trataba de un lugar de trabajo y no de una sala de exposiciones. La presidenta estaba sentada detrás de un escritorio imponente, debajo de una pintura de su padre, Clarence Joss III. Al igual que ella, Deidre Joss estaba siguiendo los pasos de su padre, la diferencia estribaba en que esta no se había visto obligada a comprar el negocio a una madrastra celosa. Deidre tenía treinta y seis años, solo tres más que ella, pero parecía que le llevara una generación en sofisticación y experiencia.

Alta y delgada, con unos ojos oscuros y pequeños, rasgados en los extremos, una larga nariz patricia y el pelo caoba, parecía más una bailarina que una directora general. Iba vestida de negro, igual que en la única reunión anterior que mantuvieron; un vestido de punto con un collar de perlas. Había perdido a su marido en un accidente de moto de nieve el año anterior, por lo que no sabía si el negro era por el luto o una elección personal que la favorecía de forma excepcional.

Deidre rodeó la mesa y le estrechó la mano.

—Espero que el tráfico no fuera demasiado horrible esta mañana. —Señaló con un gesto el sofá y las sillas dispuestos a un lado—. Tome asiento.

Noah permaneció de pie, junto a la puerta, mientras Piper ocupaba una silla de conferencia de cuero color gris y Deidre se acomodaba en una silla cercana. Esta misión se había convertido en algo de vida o muerte para Piper, y su propósito había sido llevarla a cabo de una manera tan impecable que Deidre continuara contando con ella en el futuro. Eso le pasaba por hacer planes. Ahora se había convertido en una niña desobediente a la que habían llamado al despacho del director.

—Cuénteme lo que pasó. —La directora Deidre cruzó sus largas piernas en un gesto teatral.

Ella esbozó los detalles, dejándose en el tintero la aparición de Esmerelda Crocker.

Deidre no era partidaria de suavizar las palabras.

—Me siento decepcionada.

Piper no tenía argumentos para defenderse.

—No tanto como yo misma. Al parecer lo seguí demasiado cerca. No volveré a cometer ese error, pero eso no cambia los hechos.

Podía haber añadido que Deidre era la que le había ordenado permanecer cerca de él, pero sonaría a excusa barata.

«Te quiero delante de su casa —había dicho Deidre—. Síguelo durante el día y cuando entre en Spiral por la noche.

Averigua cuánto bebe. Qué tipo de mujer está viendo y con cuántas queda. Antes de formar una sociedad de negocios con alguien, tengo que saber con quién estoy tratando.»

Noah se acercó al lugar donde se sentaba su jefa.

—Estoy seguro de que Graham le exigió que le dijera quién la contrató —dijo.

—Lo hizo, pero no se lo dije.

Noah no ocultó su escepticismo.

—Es un tipo imponente. Eso resulta difícil de creer.

—Según la ley de Illinois, la única manera de obligarme a revelar la identidad de un cliente es con una citación judicial.

—No mencionó que había muchas probabilidades de que ocurriera. Ya tenía demasiados caimanes reales a los que enfrentarse como para empezar a preocuparse por los que se limitaban a acechar en el pantano. Dado que Deidre estaba considerando la posibilidad de asociarse con Cooper Graham, él seguramente entendería que ella quisiera conocer su vida personal y cómo llevaba sus negocios con anterioridad.

Pero Deidre no lo haría de forma voluntaria.

—Esperemos que no se llegue a eso.

—Examinaré el informe. —Noah extendió la mano, y ya que seguía de pie junto a su jefa, fue ella la que tuvo que levantarse para entregárselo. Había permanecido despierta casi toda la noche revisando hasta el último detalle para asegurarse de que no había olvidado nada. También había incluido un resumen de los gastos que había realizado, rezando para que no intentaran escaquearse de pagarle con la excusa de que no había completado el trabajo.

Deidre acarició las perlas que llevaba en el cuello.

—La contraté porque su padre hacía negocios con el mío y me gusta echar una mano a las mujeres que están comenzando sus negocios. Lamento que no haya funcionado.

Parecía lamentarlo de verdad, pero Piper sentía tal disgusto ante su propia impotencia que no era capaz de defenderse.

—Me gustaría haber sido capaz de cumplir sus expectativas.

Noah señaló la puerta con un gesto, mucho menos comprensivo que su jefa. Mientras le seguía por el pasillo, casi podía sentir las ruinas de su carrera desmoronándose bajo sus pies.

Durante los días siguientes, tuvo que hacer un gran esfuerzo para ir a la oficina en vez de quedarse en el apartamento con las mantas sobre la cabeza. Estaban a mediados de septiembre y, a menos que algo cambiara de una forma drástica, lo que resultaba prácticamente imposible, se quedaría sin fondos antes de Halloween; entonces tendría que cerrar las puertas. Pero todavía no había ocurrido. Tenía que conseguir clientes de una forma u otra.

En tiempos de su padre, Investigaciones Dove había ocupado una planta entera del edificio de ladrillo que Duke había comprado en los ochenta. Ahora era su madrastra la que poseía el inmueble, y Piper solo podía permitirse el lujo de alquilar el despacho del antiguo administrador, en la parte posterior.

Cuando se mudó a la oficina, estaba tan sucia como la de un detective de película antigua. Había colocado una alfombra de color verde oliva con un patrón de rayos de sol negros para ocultar las baldosas de vinilo y luego había pintado las paredes en un tono blanco apagado y colgado unos carteles *vintage* realizados con portadas de viejos números de la revista *True Detective*. En una tienda de segunda mano había conseguido una mesa de biblioteca que arregló con esmalte negro para usarla de escritorio. Había añadido una buena lámpara y un par de sillas con armazón de acero negro para que se sentaran los clientes que había esperado atraer.

Su buzón de voz contenía otro mensaje del abogado de

Graham, exigiendo que se reuniera con ellos la semana siguiente. Lo borró, como si así fuera a conseguir que desapareciera para siempre, y encendió el ordenador. Por costumbre, hizo una búsqueda rápida para ver si había algo nuevo sobre Cooper Graham. Sin resultados.

Se obligó a realizar más llamadas impersonales a bufetes de abogados y después continuó enviando copias del folleto publicitario de la agencia.

INVESTIGACIONES DOVE
Desde 1958
La verdad trae la paz
 ◆ Legal, fiscal y apoyo empresarial.
 ◆ Seguros e investigaciones domésticas.
 ◆ Investigaciones secretas activas.
 ◆ Revisión de antecedentes.
 ◆ Personas desaparecidas.

Había pensado deshacerse del viejo lema de la firma «La verdad trae la paz», pero era parte de la historia familiar, venía de su abuelo, y sentiría que estaba dando carpetazo a su herencia.

Sonó un golpe en la puerta del despacho y se levantó de un salto. Pero, en lugar de ver a un nuevo cliente, fue Berni la que irrumpió en la estancia. Se había animado lo suficiente como para atarse una cinta *hippie* alrededor del pelo naranja y usar un chaleco con flecos con los pantalones de chándal.

—Bien, Piper, antes de que digas nada..., ya sé que no crees que haya visto a Howard en Lincoln Square. Apenas podía creerlo yo. Pero viví cincuenta y ocho años con ese hombre y lo conozco bien. —Pasó junto a ella y se instaló en una de las sillas de la zona de recepción. Abrió el bolso y sacó un sobre—. Aquí tienes un adelanto de cien dólares. —Lo puso sobre la mesa con una palmada.

—Berni, no puedo aceptar tu dinero.

—Esto es un negocio. Necesito un detective y tú eres la mejor.

—Aprecio tu confianza en mí, pero... —Lo intentó de otra forma—. Estoy demasiado implicada personalmente en el caso. No sería objetiva. Quizás otro investigador podría...

—Otro investigador pensaría que soy una vieja chiflada —dijo, retándola con la mirada a llevarle la contraria.

Piper se instaló detrás del escritorio con la esperanza de poder persuadir a Berni de que renunciara a sus delirantes ideas.

—Analicemos los hechos... Tú estabas en el camarote con Howard cuando tuvo el ataque al corazón.

—Pero no estaba con él cuando murió. Te lo conté. Salí de la enfermería del barco para ir al baño, y luego me desmayé cuando ese médico charlatán me dijo lo que había pasado. ¿Cómo puedo estar segura de qué había en la urna que enviaron de vuelta?

Si la burocracia no se hubiera interpuesto para que Berni viera el cuerpo de Howard antes de que lo incineraran, nada de eso estaría ocurriendo.

—De acuerdo, Berni. —Discutir con ella era inútil, así que abrió la libreta amarilla—. Necesito hacerte algunas preguntas.

Berni sonrió con suficiencia.

—Por cierto, hoy estás muy guapa. Deberías pintarte los labios con más frecuencia. Y casi parece que te has peinado. Tienes un pelo muy bonito y brillante, Piper. Sé que los estilos cortos y desiguales están de moda, pero un corte a lo paje sería más femenino.

—En serio, Berni, ¿tú crees que destaco precisamente por ser femenina?

—Bueno, no. Pero los hombres se fijan igual en ti. Aunque tú no les prestas mucha atención. Todavía no me puedo creer que tengas treinta y tres años y nunca te hayas enamorado.

—Un fenómeno de la naturaleza y una pérdida de tiempo.

—El amor nunca es una pérdida de tiempo —afirmó Berni—. Llevaba un tiempo esperando que surgiera la oportunidad de preguntarte... ¿Eres lesbiana?

—Ojalá lo fuera.

—Entiendo. Las mujeres pueden ser mucho más interesantes que los hombres.

Piper asintió con la cabeza. Confiaba más en sus amigas de lo que había confiado en ningún novio que hubiera tenido en la época en la que todavía estaba interesada en tener uno. Pero esa conversación no estaba ayudando a Berni a ver más allá de sus narices.

—Dime... ¿Cuándo viste por primera vez al tipo con la porción de queso de espuma en la cabeza?

—¡A Howard! Fue el cuatro de septiembre. Hace exactamente dieciséis días. Era el día del partido de los Packers. Salí de la librería y allí estaba. Sentado en un banco de la plaza, mirando las palomas.

—Y usaba una porción de queso de espuma porq...

La seguridad de Berni desapareció.

—Eso es lo que no puedo entender. ¿Por qué un seguidor de los Bears como Howard iba a llevar una porción de queso? Hubiera podido entender que llevara una gorra de los Stars. Le gustaban los Stars casi tanto como los Bears.

Teniendo en cuenta el hecho de que Berni creía que su marido había regresado de entre los muertos, la elección de tocados no debería ser la cuestión principal.

—¿Te vio?

—Sí, lo hizo. Le llamé por su nombre. ¡Howard! Se volvió y se quedó pálido.

Piper hizo clic con el bolígrafo.

—¿Estabas lo suficientemente cerca como para notar eso?

—Quizá solo me lo pareció. Pero sé una cosa... Me reconoció, porque se levantó de inmediato y se largó corriendo. Traté de seguirlo, pero tal y como está mi cadera, no pude alcanzarle. —Arrugó sus rasgos—. ¿Por qué tenía que hacerlo? ¿Por qué huyó de mí de esa manera?

Piper esquivó la pregunta y siguió interrogándola como si fuera un caso de verdad.

—¿Howard y tú tuvisteis problemas matrimoniales mientras estuvisteis en el crucero?

—Discutimos. ¿Qué pareja no lo hace? Ese hombre no se cuidaba nada, y tendrías que haberlo visto en el barco, se atiborró de tocino y pastelitos. Sabía de sobra lo mal que me parecía. Pero nos amábamos. Por eso fue tan terrible perderlo.

A pesar de que Piper no era nada romántica, no había dudado nunca del amor que se profesaban Berni y Howard. Tampoco lo envidiaba. Los hombres suponían demasiado trabajo, y cuando sus relaciones pasadas terminaron, se había sentido demasiado aliviada. Entonces, su padre enfermó y había perdido cualquier interés por nada que no fuera el trabajo. Tenía complicaciones más que suficientes en su vida sin añadir un hombre a la ecuación.

Hizo a Berni algunas preguntas más y le prometió que lo investigaría. El agradecimiento que mostró la anciana le hizo sentir que estaba engañándola y, para aliviar su conciencia, se desvió por Lincoln Square de camino a casa.

En la zona había el habitual surtido de niños, parejas, madres jóvenes empujando cochecitos Maclaren y algunos adolescentes, nadie llevaba una porción de queso de espuma y nadie se parecía en lo más mínimo a Howard Berkovitz. Se sentía ridícula buscándolo, pero quería enfrentarse a Berni con la conciencia tranquila. En cuanto a los cien dólares de Berni... La invitaría a una buena cena.

Al día siguiente, la llamó una amiga de Jen; pensaba que su novio podía estar engañándola. Piper estaba feliz de tener una nueva clienta, pero, por desgracia, el novio era realmente estúpido y, esa misma noche, logró sacarle una foto entrando en un motel con su otra novia. Caso resuelto en menos de veinticuatro horas, resultado: cliente con el corazón roto y poco dinero.

Cuando estaba entrando en el despacho el miércoles por la tarde, seis días después de que Graham la hubiera intimidado, sus buitres legales dejaron otro mensaje que ella ignoró. ¿Quién decía que la negación era una mala estrategia?

Había aparcado el coche cerca del modesto letrero verde y negro de INVESTIGACIONES DOVE que colgaba sobre la puerta de su oficina y un Dodge Challenger se detuvo a su lado. La puerta se abrió y salió un hombre. Un hombre muy atractivo con vaqueros y una camiseta que ceñía un torso lleno de músculos marcados. No lo reconoció hasta que se quitó las gafas de sol. De espejo, naturalmente.

—Hola, Piper.

Era el buenorro. Lo miró con cautela.

—Agente...

—Eric.

—Vale.

Él apoyó las caderas contra el guardabarros y cruzó los brazos sobre aquel pecho demasiado esculpido.

—¿Quieres tomar un café o algo? —la invitó.

—¿Por qué?

—¿Por qué no? Me gustas. Eres interesante.

Al menos no le había dicho que era mona. Era algo que odiaba.

—Me alegra oírte —le respondió ella—, pero no me caes demasiado bien.

—Eh, solo estaba haciendo mi trabajo.

—¿Tu trabajo incluye hacerle la pelota a Cooper Graham?

Él sonrió.

—Sí, eso estuvo bien. Venga. Solo serán veinte minutos.

Ella se lo pensó un instante. A diferencia de su padre, no tenía amigos en el Departamento de Policía y, si por algún milagro podía conservar la agencia, necesitaría tener alguno. Asintió bruscamente.

—Vale, vamos. Te seguiré en mi coche.

Al final, su cita duró casi una hora. No estaba demasiado sorprendida por el interés de Eric, los chicos atractivos habían comenzado a rondarla cuando era una estudiante de primer curso en la universidad. En un primer momento, se había sentido confundida por su atención, pero al final había descubierto que lo que les atraía era su falta de interés. Uno de sus novios le había dicho que estar con ella era como salir con chicos.

«Te gustan los deportes y te da igual si te llevan flores y esas cosas. Y además estás buena.»

No, no estaba especialmente buena, y no se había enamorado de ninguno de ellos, quizá porque todas las relaciones que había mantenido la habían hecho sentir... Casi vacía, como si en su interior se hubiera abierto un agujero que no comprendía. En ese momento, su aversión a las relaciones románticas era beneficiosa. Una complicación menos en una vida ya demasiado complicada.

El poli buenorro era un tipo decente. Sus historias sobre la vida en el cuerpo eran interesantes y solo apartó la atención de ella una vez, cuando una morena muy atractiva con un suéter ajustado pasó por delante de su mesa, pero dado que ella misma se había fijado en la chica, no podía recriminarle nada. Eric la invitó a cenar el fin de semana siguiente. Amber le había regalado una entrada para ir a la Ópera esa noche, así que se disculpó diciéndole que tenía otros planes.

Ser rechazado por una noche en la ópera pareció sorprenderle.

—Eres una chica inusual —dijo.

—Y tú eres un buen tipo, pero este no es un buen momento para tener citas conmigo.

—No pasa nada. No tendremos citas. Solo quedaremos para pasar el rato de vez en cuando, ¿de acuerdo?

Él contaba buenas historias, y ella necesitaba un contacto en el Departamento de Policía.

—Bueno, vale. Nada de citas. —Hizo una pausa—. Y no pienso liarme contigo.

Fue evidente que no la creyó.

La noche siguiente, Piper estaba haciendo el trabajo ultradeprimente de tratar de averiguar qué debía guardar y de qué debía deshacerse. Alquilar su apartamento ya no era una opción, y el profesor amigo de Amber se mudaría allí por la mañana. El alquiler cubriría la hipoteca y los gastos de la comunidad, posponiendo de forma temporal la necesidad de venderlo. Se decía a sí misma que no tenía por qué vivir para siempre en el pequeño apartamento que su prima Diane tenía en el sótano, un apartamento que no tenía entrada independiente, donde había un cuarto de baño con olor a humedad y, lo peor de todo, cerca de su prima Diane, que era una quejica. En cuanto a los malcriados niños de Diane... Sospechaba que su prima se había ofrecido a alquilárselo por un precio ridículamente bajo para tener garantizada una niñera, lo que resultaba una perspectiva todavía más deprimente que vivir en un sótano.

Dejaría la mayor parte de sus muebles para que los usara el profesor amigo de Amber, pero tenía que meter sus pertenencias personales en un par de cajas, incluyendo un cerdito rosa de peluche bastante sucio que había encontrado en uno de los cajones. Oinky. Tenía las costuras gastadas y la felpa rozada. Había sido el objeto que la consolaba en la infancia, un recuerdo de su madre.

Cuando cumplió cinco años, Duke anunció que Oinky tenía que desaparecer.

—Solo los bebés andan con una porquería como esa. ¿Quieres que todos piensen que eres un bebé? —Ella le había respondido que no le importaba lo que pensara la gente y que Oinky no se iba a ninguna parte.

A pesar de que fue una presión considerable, se mantuvo en sus trece hasta los siete años. Fue entonces cuando el matón del barrio la derribó y la hizo llorar. Duke se puso furioso, no porque le pegaran, sino porque había llorado.

—En esta familia no hay cobardicas. Vuelve allí y dale una patada a ese niño en el culo, y no quiero volver a verte llorar de nuevo.

Ya no recordaba exactamente lo que le había hecho a Justin Termini, que más tarde se convirtió en su primer novio, pero se acordaba muy bien de la sensación de haber fallado a Duke. Esa misma noche, agarró a Oinky y se lo tiró a Duke a la cara, luego lo pisoteó y lo lanzó a la basura. Fue recompensada con un gran abrazo, una salida a tomar un helado y una alabanza por ser tan valiente como cualquier chico de la ciudad. Duke no supo nunca que esa noche subió a la terraza, bajó por el poste hasta el porche y recuperó a Oinky del contenedor de basura. Lo había mantenido escondido durante el resto de su infancia.

Hacía mucho tiempo que Oinky había dejado de ser útil, pero no era capaz de deshacerse de él, y lo metió en la caja con sus sudaderas. Hizo un descanso para almorzar y se acercó a la ventana que daba a la bahía para tomar un sándwich. Al mirar hacia abajo, a la calle medio iluminada, vio un Tesla azul metalizado aparcado en una plaza. El sándwich se convirtió en una bola en su boca cuando vio que se abría la puerta del conductor y que salía Cooper Graham. Desapareció cualquier rastro de apetito. No había devuelto las llamadas de sus abogados, y él había decidido arreglar la cuestión por su cuenta.

Los recién casados de la planta baja caminaban por la acera. Ella había visto a uno de ellos con una sudadera de los Stars, por lo que Graham no tendría ningún problema para conseguir que le dejara entrar en el edificio. En menos de un minuto lo tendría golpeando su puerta. Podía negarse a responder o recibir a la bestia.

Era obvio. Ya había tenido suficiente últimamente. No respondería.

Pero esconderse en su propio apartamento fue demasiado para ella y, al tercer golpe, salió disparada de la habitación y abrió la puerta.

—¿Qué quieres?

4

Él entró en la sala como si fuera una bomba de energía hostil.

—Keith está robándome.

—¿El barman pelirrojo? Sí, lo sé.

Un metro noventa de hombre enfadado se plantó en medio de la alfombra.

—¿Por qué no me lo dijiste?

Ella alzó la barbilla.

—¿Qué coño...? ¡Te lo dije!

—¡Pero no lo hiciste de forma que pudiera creérmelo!

Ella clavó los ojos en él y le sostuvo la mirada un buen rato.

Fue él quien apartó la vista primero y se pasó los dedos por el pelo que, al instante, volvió a su posición inicial.

—Vale, quizá no estaba de humor para escucharte.

Ella empujó la puerta para cerrarla antes de que todos sus vecinos acudieran a ver qué pasaba.

—Dudo mucho que alguna vez estés de humor para escuchar a nadie.

—¿Qué quieres decir?

—Que estás tan acostumbrado a sentirte superior que se te ha olvidado que hay personas que pueden saber algo que tú no sabes. —La frustración le aguzaba el ingenio.

Él se puso una de aquellas manos enormes en la cadera.

—¿Y qué me dices de ti? ¿Acaso te sientes tan frustrada que necesitas atacar a los que tenemos éxito?

—No. Quizá. No lo sé. ¡Que te den!

Él se rio. Fue una carcajada auténtica que pareció sorprenderlo tanto como a ella y se desvaneció con rapidez.

—¿Cómo te diste cuenta?

«Nunca permitas que nadie crea que es superior a ti —solía decir Duke—. A menos que sea tu padre.»

—Simple poder de observación. —Se obligó a seguir comiendo el sándwich a pesar de que ya no le apetecía—. Algo en lo que soy muy buena.

Inclinó la cabeza hacia ella.

—Enséñame.

—Págame —replicó.

Piper le vio sacudir la cabeza, pero no como si se estuviera negando, sino más bien como si quisiera deshacerse de una idea que le había provocado una conmoción. Luego, él miró a su alrededor, observando el apartamento, y vio la maleta abierta medio llena de ropa y la caja de cartón en la que ella había cargado los alimentos no perecederos: cereales, sopas de lata, sobres de pasta con queso precocinados. Aunque Piper sabía cocinar, nunca parecía encontrar el momento para hacerlo.

—Vas a mudarte —afirmó él—. ¿Por qué? Este es un buen sitio.

—Está bien. —Estaba más que bien. Y sería ella quien lo disfrutara si se rindiera y regresara a su antiguo trabajo. Pero no quería hacer promociones online de aceite para coches ni manejar reseñas de una estrella porque a un cliente le había fallado un inyector de encendido. Ese tipo de trabajo le había sorbido el alma.

Él cogió a Oinky.

—Bonito cerdo.

Piper contuvo el impulso de arrebatarle a su querido cerdito.

—La mascota del colegio.

Él no soltó a Oinky cuando se sentó sin que nadie le invitara en el sofá de color cacao. En comparación con la magnífica sexualidad de modelo de calendario que exudaba el agente buenorro, Graham era más bruto, sus rasgos eran más bastos, y tenía una cicatriz en la frente y otra en la mandíbula, fruto de las batallas sufridas. Y ese hoyuelo en la barbilla. Parecía duro como un clavo, a pesar de que sujetaba su cerdito. En tiempos de guerra, Graham sería uno de esos comandantes a los que los hombres seguían a la batalla. En tiempos de paz, hacía que su equipo alcanzara la gloria. Siempre, un hombre con el que no se podía jugar.

—Keith y yo éramos amigos desde la universidad —confesó Graham—. Confiaba en él de una forma que no había confiado en nadie.

—Un error. —Pero había algo en la forma en que él hundió sus anchos hombros de guerrero y en la dorada sombra que apareció en sus ojos de lobo que le llegó al alma.

«Nunca te dejes atrapar —decía siempre Duke—, cada asno tiene una historia triste.»

El sándwich se le había pegado a los dedos. Lo dejó caer en la basura.

—No eres el primer empresario que se ha visto estafado por un empleado de confianza. Pasa todo el tiempo.

Él curvó los dedos alrededor del tobillo que había apoyado en la rodilla contraria.

—Debería haberme dado cuenta de lo que estaba pasando.

—Son los chicos del servicio de seguridad los que deberían haberse dado cuenta. Para eso los contrataste. Pero es posible que estuvieran entretenidos ligando.

Él alzó la cabeza y la miró con hostilidad.

—Mi servicio de seguridad es de primera categoría.

Ella le lanzó una mirada de lástima.

—Tan rico y, sin embargo, tan tonto... —Le encantó ver que él no decía nada—. Lo cierto es que estás tan acostumbrado a que todos te hagan reverencias que no entiendes que la gente te muestra siempre su mejor cara. Se te ha olvidado cuántos hijos de puta hay sueltos. Toda esa fama tuya te ha convertido en un ser tan desprotegido como un bebé en el bosque cuando te toca vivir en el mundo real.

Esperaba una réplica ardiente, una buena discusión, pero él se limitó a dejar a Oinky a un lado y a taladrarla con la mirada.

—¿Quién te ha contratado para vigilarme?

Piper se armó de valor.

—Es confidencial. No vuelvas a preguntármelo.

Él se puso en pie.

—A ver si lo he entendido bien. A pesar de que tengo a los mejores abogados de la ciudad dándote por culo, y a pesar de que tu negocio está a punto de irse a la mierda (sí, he hecho una investigación por mi cuenta), sigues en tus trece y no me das el nombre de tu cliente. ¿Es eso?

Tenía que mantenerse firme, no importaba lo mucho que quisiera rendirse o ceder.

—¿Qué parte de «poco ético» no entiendes?

—Oh, lo entiendo perfectamente. Así que permite que te lo diga de otra manera. Dame el nombre y te contrato yo.

—¿Para qué? —preguntó mirándolo fijamente.

—Para beneficiarme de esa naturaleza tuya que sospecha de todo. Soy un principiante. Es evidente que necesito un par de ojos en el club. Solo durante un par de semanas. Alguien que vea lo que yo no he podido ver. Seguridad para comprobar la seguridad que he contratado, si quieres decirlo así.

Era su trabajo ideal. Justo lo que necesitaba en ese momento, un cliente forrado que le ofrecía un asunto interesante que podía resultar todo un desafío. La cabeza le daba vueltas. Solo había un impedimento. Uno muy grande.

—Y todo lo que tengo que hacer es...

—Darme el nombre de tu cliente.

En ese momento, Piper odió a Deidre Joss. La terca insistencia de esa mujer por mantener su anonimato iba a ser su ruina. Solo tenía que decirle la verdad.

Pero no podía. Caminó por encima de la alfombra hasta la puerta, intentando digerir el dolor en el pecho.

—Ha sido un placer hablar contigo, Graham. Es una pena que tengas que irte.

—¿No vas a dármelo?

El impulso de decirle el nombre que quería saber era tan fuerte que tuvo que apretar los dientes.

—No tengo tu dinero, tu poder ni tu fama, pero tengo ética. —«Ética.» Jamás había odiado tanto una palabra.

«Una vez que se traspasa la línea, jamás se puede retroceder. Recuérdalo.»

Duke seguramente se había referido al sexo, pero lo cierto era que si daba ese nombre, dejaría de respetarse a sí misma, y eso era algo que no haría por nada ni por nadie.

Graham se acercó, balanceando ante ella aquella zanahoria de oro.

—Piensa en todo el dinero que podrías conseguir con este trabajo...

—¡Créeme, ya lo hago! —Abrió la puerta—. Te he hecho un favor. Ahora házmelo tú a mí y sal de aquí para que pueda terminar de empaquetar mis cosas y trasladarme al asqueroso sótano de mi prima. Que es la única manera que tengo de conservar mi negocio sin tener que vender mi alma al diablo.

Y aquel sádico cabrón sonrió. Una enorme sonrisa que se apoderó de todos los brutales rasgos de su cara.

—Estás contratada.

—¿Es que estás sordo? ¡Ya te lo he dicho! No voy a delatar a mi cliente.

—Por eso te estoy contratando. Nos vemos mañana a las diez en mi apartamento. Creo que sabes dónde está.

Y eso fue todo.

A la mañana siguiente, Piper se despertó al amanecer, todavía aturdida por lo que había ocurrido. Tras ventilarse dos tazas de café solo, decidió ponerse la falda caqui, la camiseta de manga corta de color verde militar con un escorpión rojo en el frente y los gastados botines marrones por el tobillo. Resultaba casi profesional y no parecía que estuviera tratando de impresionarlo.

Acabó de prepararse demasiado pronto, por lo que mató el tiempo desviándose por Lincoln Square y deteniéndose en los pocos lugares que estaban abiertos. Como era de esperar, nadie reconoció a Howard cuando mostró la fotografía que Berni le había dado.

«Porque está muerto.»

Tal y como había pronosticado Jen, hacía un calor insoportable para estar a finales de septiembre, y Piper mantuvo las ventanillas abiertas mientras se dirigía hacia Lakeview. Exactamente dos minutos antes de las diez, aparcó en una de las tres plazas reservadas para visitas en el callejón que había detrás de la casa de Graham.

El edificio de ladrillo, que en tiempos fue un seminario católico, había estado vacío durante años antes de que lo convirtieran en tres apartamentos de lujo. Graham era propietario del ático de dos alturas, mientras que un titán local de las propiedades inmobiliarias y un actor de Hollywood con raíces en Chicago poseían los otros dos.

Piper recorrió un camino de ladrillo bordeado por helechos hasta la entrada principal. Entró en un pequeño vestíbulo con un sistema de seguridad dotado de vídeo de alta tecnología del que le gustaría saber más. Una voz generada por ordenador la guio hasta un ascensor privado que la condujo hasta el ático. Cuando se abrió la puerta, salió a un espacio con paredes de ladrillo y enormes ventanales. El techo, a doble altura, estaba cubierto por conductos pintados en color carbón. Los suelos de bambú dibujaban un patrón en espiga, pero terminaban en un borde liso, y en las largas estanterías que cubrían una de las paredes había una enorme colección de libros que apostaría lo que fuera a que nunca se habían leído.

Sentados en un sofá curvado de color perla, que tenía el tamaño de tres sofás normales, había dos hombres de espaldas a ella. Uno de ellos —el que había ido a ver— llevaba un albornoz blanco, el otro, una camisa azul y pantalones oscuros. Fue este último el que se levantó y rodeó el sofá para tenderle la mano.

—Heath Champion —se presentó.

Heath Champion, también conocido como la Pitón, era una leyenda en Chicago y uno de los más poderosos agentes deportivos del país. Representaba a dos de los más importantes *quarterbacks* que habían tenido los Stars, Kevin Tucker y Dean Robillard, así como a su nuevo cliente. A pesar de su apariencia de buen chico americano y sus modales educados, ella sabía reconocer a una serpiente cuando la veía, y no tenía intención de bajar la guardia ni por un segundo.

—Y usted debe de ser la incorruptible señorita Dove —continuó Champion.

—Piper.

Graham no se molestó en levantarse, y se limitó a saludarla con un gesto de cabeza.

—Hay café en la cocina.

—Gracias, estoy bien —repuso ella.

—Más te vale —replicó él.

Champion le hizo un gesto señalando el sofá.

—Toma asiento, por favor.

Ella se concentró en la vista a través de las ventanas para

no tener que mirar inmediatamente a su jefe. Tres pisos más abajo había un patio en sombras. Estaba rodeado por paredes de ladrillo cubiertas de hiedra punteada de flores amarillas que destacaban como brillantes puntos en la sombra. Los helechos habían comenzado a marchitarse en las puntas y las hojas que flotaban en la fuente de piedra anunciaban que el otoño se aproximaba.

Se obligó a volverse hacia el sofá. Graham estaba cómodamente sentado en el centro, con los tobillos cruzados y apoyados en una mesita de café de madera y cristal con forma de platillo volante. El albornoz blanco se había abierto lo suficiente como para revelar sus pantorrillas desnudas y una fea cicatriz en la rodilla derecha. Había otra más pequeña en el tobillo. ¿Cuántas tendría? ¿Y qué llevaba puesto debajo del albornoz?

Aquel eco de conciencia femenina la irritó. Sin duda era debido al exceso de cafeína.

Dejó a un lado su bolso gris de bandolera. El sofá era profundo, diseñado para un hombre de gran tamaño y no para una mujer de proporciones medias. Si se hundía en él, los pies no le llegarían al suelo y las piernas quedarían colgando como si fuera una niña, por lo que se sentó en el borde.

Él señaló el escorpión estampado en su camiseta.

—¿El logo de tu empresa?

—Todavía tengo que decidirme. Era esto o una cara sonriente.

La propia cara de Graham contrastaba con el blanco del albornoz, y el cuello abierto dejaba al descubierto un poco del vello de su pecho. De mala gana le dio un par de puntos por no depilarse y, a continuación, se los quitó porque quiso.

Él sonrió como si le hubiera leído la mente.

—¿Qué has pensado para mejorar las medidas de seguridad de mi negocio? Sé que tienes un plan.

No pensaba permitir que un cliente apenas vestido la intimidara.

—Antes de la reapertura de la agencia, trabajé como directora de estrategia digital para una cadena de repuestos del automóvil de Chicago.

—¿Qué coño hace una directora de estrategia digital?

—Hace controles *on-line*. Me dedicaba a investigar páginas web de negocios y plataformas sociales con mala prensa. Eliminaba los resultados negativos. Apagaba incendios en internet y mejoraba la reputación en las webs.

Graham las pillaba al vuelo.

—¿Y esa será tu tapadera?

—Es lo más sencillo. A pesar de que el fantasma que tienes en la puerta podría reconocerme.

—Lo dudo.

—Tengo que irme —intervino Champion. Piper percibió el brillo de una alianza en su mano izquierda y se imaginó que su esposa sería una modelo de página central con abundantes curvas, extensiones de pelo de treinta centímetros y los labios inflados como flotadores de piscina.

—¿Annabelle y tú os largáis de la ciudad para un fin de semana romántico? —preguntó Graham.

Piper esperó que Annabelle fuera la esposa con curvas de página central y no una pareja sexual cualquiera.

—No sé de qué estás hablando —repuso Champion.

—Llévate unos tomates. —Graham señaló con la cabeza en dirección a la cocina, una eficiente composición de aluminio y acero—. Y cualquier otra cosa que te apetezca.

—No voy a rechazar la oferta. —Champion cruzó la cocina y atravesó unas puertas de vidrio hacia lo que parecía un huerto urbano. Se preguntó cuánto le costaría a Graham mantenerlo atendido.

Ahora que se había quedado sola con él, el ático no parecía tan amplio. Tenía que ponerse a la tarea.

—¿Cómo averiguaste que tu ex amigo Keith metía la mano en la caja?

—Seguí tu sugerencia e hice yo mismo el inventario.

—Y no coincidía.

—Para empezar... —Él se levantó del sofá y se dirigió hacia la cocina—, el muy cabrón invitaba a la gente a las copas y se llevaba muchas propinas.

—Dejar que los empleados inviten a los clientes es un error de novato —aseguró ella—. Y tener a mano el bote de las propinas lo hace más fácil.

Él dejó la taza en el fregadero y miró hacia el jardín. A Piper no le gustaba permanecer sentada mientras él estaba de pie, así que se levantó y vio lo que no había visto antes. En el extremo opuesto del ático había una escalera metálica con los escalones calados que conducía hasta un dormitorio tipo *loft* de tamaño considerable. Se preguntó a cuántas de sus citas se les habrían clavado los tacones en los peldaños.

La cocina tenía aspecto de no haber sido utilizada para mucho más que preparar café, lo que convertía el huerto urbano en un capricho inútil.

—Por lo que he observado... —dijo ella—, y te recuerdo que estaba en Spiral para vigilarte a ti y no a tus empleados, tu amigo Keith podría tener un trato paralelo con un par de camareras. Podrían haber dicho que habían devuelto alguna bebida cuando era mentira, luego no anotar la venta y embolsarse el dinero. Ya sabes.

—¿Conque camareras?

Ella no era de las que acusaba a nadie sin pruebas.

—Para eso me has contratado, para averiguarlo.

Heath Champion apareció de nuevo en ese momento con una bolsa de papel en las manos. Por la parte superior asomaban los verdes penachos de las hojas de unas zanahorias.

—Eres el único tipo que conozco que consigue que se le den las coles de Bruselas. Lo de los tomates lo entiendo. Incluso lo de los jalapeños. Pero ¿coles de Bruselas?

—Asúmelo.

Piper se había olvidado de apagar el móvil y comenzó a sonar el tema de *Buffy Cazavampiros*.

Graham arqueó una ceja.

—Qué profesional...

Ella buscó el móvil en su bolso de bandolera. La estaba llamando el agente Eric. Silenció el aparato y lo dejó caer en el interior.

—Tengo un contrato tipo y...

Graham señaló a su agente con la cabeza.

—Que lo mire Heath mientras me pongo algo encima. —Cuando él se dirigió hacia la escalera, ella se imaginó por un momento que se colocaba debajo de los peldaños calados y miraba hacia arriba. Le tendió la carpeta a Champion.

El agente dejó a un lado la bolsa con los productos del huerto para cogerlo. Lo observó con nerviosismo mientras revisaba el contrato. A pesar de que se había resistido a la tentación de inflar su tarifa habitual, aún pensaba que podían considerarla demasiado cara.

Champion sacó un bolígrafo del bolsillo de la camisa y apretó el extremo superior con un clic.

—Él puede permitirse pagar un poco más.

Ella lo miró tratando de asimilarlo.

—¿No se supone que debe proteger sus intereses?

Champion sonrió, pero no respondió.

Graham apareció pocos minutos después, vestido con unos vaqueros y una camiseta de macarra de los Stars que servía para destacar de una forma excepcional sus abultados hombros. El agente le entregó el contrato. Mientras él lo estudiaba, arqueó una ceja en dirección a Champion y la miró.

—Descuenta quinientos —dijo— y puedes instalarte en el apartamento que hay encima del club en vez de mudarte a ese asqueroso sótano que mencionaste.

—Eres un cutre —replicó su agente con diversión.

—¿Hay un apartamento sobre el club? —preguntó Piper.

—En realidad son dos —repuso Graham—. Uno ya está ocupado, pero el otro está libre. Hay mucho ruido cuando la discoteca está abierta, pero puedes comprarte tapones para los oídos.

—Como mucho descontará trescientos —intervino Champion—. Es todo lo que está dispuesta a bajar.

Graham miró a su agente.

—¿Puedes recordarme otra vez por qué sigues trabajando para mí?

—Porque necesitas una conciencia.

El antiguo *quarterback* de los Stars no pareció sentirse ofendido, y se limitó a concentrar su atención en ella.

—Múdate cuando quieras, pero necesito que empieces a trabajar esta noche. —Sacó un juego de llaves de un cajón de la cocina y se las arrojó.

—Quiero presentarte en la reunión del personal. Es a las ocho en punto.

Ella había conseguido un trabajo y tenía un apartamento que no era el asqueroso sótano de su prima. Mientras recogía el contrato, quiso besar a Heath Champion. Pero había una cosa más. Clavó la vista en un punto en el centro de la frente de Graham.

—Esto significa que no me vas a denunciar, ¿verdad?

No le gustó nada su rápida sonrisa de cocodrilo enseñando los dientes.

—Ya lo negociaremos.

—Hay algo que no me encaja —dijo Heath cuando las puertas del ascensor se cerraron detrás de Piper Dove.

Coop examinó el contenido de la bolsa de productos de Heath con más concentración de la necesaria.

—¿A qué te refieres?

—¿Por qué le has ofrecido el apartamento?

—Cuanto más cerca esté de Spiral, más provecho le saco a mi dinero.

Heath le arrancó la bolsa de las manos.

—Espero que solo estés pensando en aprovecharte de tu inversión. Esa mujer no es como tus actrices.

—Ya me he dado cuenta. Además, y ya que eres tan observador, te habrás dado cuenta de que no es mi tipo.

—Me he fijado.

—Y ella me desprecia.

—Definitivamente no es una de tus admiradoras.

—Sin embargo, la cuestión es que esa mujer tiene agallas e integridad.

—Tiene algo más que eso. Ojos grandes, rasgos interesantes y unas buenas piernas.

—No estoy interesado.

—¿Qué pasa? ¿Ya no tienes un séquito de tías detrás?

Antes muerto que permitir que Heath siguiera indagando sobre sus antiguas novias o sobre Piper Dove.

—¡Largo! Vuelve con tu esposa.

—Ahora mismo.

Cuando Heath se marchó, Coop atravesó la cocina hacia el huerto urbano, su lugar favorito del mundo. Siempre le había gustado ver crecer las cosas, y no había ninguna razón para que vivir en la ciudad cambiara eso. La enorme terraza con múltiples niveles tenía unas paredes lo suficientemente altas como para proteger el jardín del viento, convirtiéndolo en el lugar ideal. Había construido los niveles con sus propias manos, transportando las bolsas con tierra, plantando cada semilla y cada brote.

Durante la temporada de fútbol, sus plantas y el olor a tierra habían alejado de su mente el dolor de sus heridas. Disfrutaba removiendo el terreno, arrancando las hierbas marchitas o cosechando las verduras que llenaban su despensa, allí no escuchaba el choque de los cascos, los gruñidos provocados por los duros golpes ni el rugido de la multitud que se extendía por el campo de juego como una ola gigante. Allí fuera, había sido capaz de olvidar la adrenalina que controlaba el ballet brutal que se desarrollaba en un partido de la NFL.

Ahora que ya no jugaba, acudía allí para escapar de sí mismo, para alejarse de la constante agitación que envolvía su mente al pensar en el futuro. Sin embargo, hoy no encontraba paz en su huerto. Había pasado una semana desde el último encuentro con Deidre Joss y todavía no sabía ni una palabra de ella. Le había dicho que tardaría un tiempo en tomar la decisión, pero a él no se le daba bien esperar. Al cabo de unos meses, Spiral habría alcanzado el punto de equilibrio, y él estaría preparado para pasar a la siguiente fase de su nueva carrera, la creación de una franquicia de discotecas que otros deportistas de renombre estaban demasiado ocupados o no eran lo suficientemente inteligentes para crear por sí mismos.

La aparición de Piper Dove había sido una bienvenida distracción a pesar de que suponía una dispersión en muchas direcciones diferentes. Y a ella también le iba bien. A pesar de la farsa como Esmerelda, poseía una cruda honestidad de la que él pensaba aprovecharse, aunque su idea era esperar a ver cómo reconciliaba su evidente disgusto por él con el hecho de que necesitaba su dinero.

Por desgracia para ella, su cortesía intrínseca hacia las mujeres parecía desvanecerse cuando ella estaba cerca. Y era igualmente lamentable que las operaciones del día a día de una discoteca hubieran empezado a aburrirle. Necesitaba una distracción, y Piper Dove podría ofrecérsela.

Esa misma tarde, Piper introdujo la llave que Graham le había dado en la puerta de metal que había en el callejón trasero de Spiral. El pequeño vestíbulo tenía paredes gris acorazado y olía a patatas fritas, aunque el suelo estaba limpio. Una puerta al fondo parecía conducir a la zona de servicio del club, mientras que la escalera que quedaba a su derecha llevaba arriba.

Cuando empezó a subir hasta la tercera planta, se sintió feliz de no tener demasiado que transportar. Al alcanzar la cima, pisó el rellano...

Ocurrió muy rápido.

Una oscura figura dio un salto... Sintió una pistola apuntándole a la derecha de la cabeza... Un picotazo en la sien...

—¡Estás muerta!

5

Piper reaccionó de forma automática. Agarró el brazo de su agresor, le desequilibró la pierna y lo hizo caer con un ruido sordo. Solo cuando oyó el grito de dolor se dio cuenta de que la voz que la había considerado «muerta» procedía de una mujer en lugar de un varón.

En el suelo de madera había una adolescente sujetándose el brazo. A su lado, vio una pistola Nerf de color amarillo brillante; la bala de espuma dura que la había golpeado descansaba junto al zócalo pintado.

La chica era una de esas estadounidenses étnicamente ambiguas: tenía la piel bronceada; los ojos color ámbar brillante; el pelo largo, rizado y oscuro; y la promesa de convertirse en una belleza cuando dejara atrás la adolescencia.

—¡Ay, Dios mío! ¡Lo siento! —exclamó la muchacha, dejando al descubierto unos braquets plateados.

Piper se arrodilló a su lado.

—¿Estás bien?

—¡Pensé que eras un asesino!

—¿Hay muchos por aquí? —preguntó mientras examinaba el brazo de la chica.

—Estoy bien —dijo la joven al tiempo que se sentaba.

Piper se sintió aliviada al ver que el brazo no estaba roto, pero también irritada.

—¿Qué creías estar haciendo?

—Te tomé por otra persona. —La adolescente recogió la pistola Nerf, que había tuneado con bandas de goma roja para modificar la intensidad del disparo.

—¿Tienes licencia para llevar eso? —le preguntó ella.

—Lo sé. Es una estupidez. Ya pasé mucha vergüenza cuando las compré.

—¿Las?

—Se necesita más de una. Es una especie de juego. Pero, al mismo tiempo, es serio. —Piper miró cómo se apoyaba en el suelo. La chica estaba muy bien proporcionada, a pesar de que, siendo una adolescente, pensaría que estaba gorda—. Tú debes de ser la nueva vecina. Coop le dijo a mi madre que iba a mudarse alguien pero, como puedes ver, se me olvidó por completo. Me llamo Jada.

—Yo soy Piper. Entonces ¿por qué vas atacando por sorpresa a gente inocente?

—Ahora voy al Pius. —Piper reconoció el nombre de un instituto parroquial—. Soy uno de los Asesinos de Pius.

—¿Y el Papa lo sabe?

—Eres muy graciosa. —Lo dijo en serio, como si la hubiera evaluado y la hubiera incluido en una categoría especial—. Nosotras vinimos desde St. Louis justo antes de empezar el curso, quizás esta sea la forma en la que pueda conocer a otra gente.

«E intentar encajar», pensó Piper

—Te voy a enseñar tu apartamento —añadió Jada—. Es más pequeño que el nuestro, pero está bien. —Señaló una de las tres puertas que había en el pequeño vestíbulo cuadrado—. Por ahí se va al club. Donde ahora está Spiral antes había un restaurante italiano. —Apuntó con el dedo la puerta que estaba frente a ellas—. Yo vivo aquí con mi madre. No es tan agradable como el apartamento en el que vivíamos en St. Louis, pero mi madre quería que nos fuéramos y Coop la invitó a mudarse aquí. Mi padre murió en un accidente de tráfico cuando yo tenía nueve años. Trabajaba como entrenador personal, y Coop y él eran muy buenos amigos. Coop pagó su funeral y todo.

—¡Qué duro! Yo también perdí a mi madre cuando era pequeña.

—También le ocurrió a Coop. Este es tu apartamento. —La chica dejó la pistola Nerf a un lado y se dirigió hacia la puerta más lejana para girar la manilla. Estaba abierta.

El espacio no era demasiado grande, pero sí decente, con paredes color mostaza, suelos de parquet de los setenta y un par de ventanas pequeñas que daban al callejón trasero del club. Una barra de formica blanca separaba la modesta cocina del salón, donde había un conjunto de sofás reclinables de color musgo, así como un par de mesitas de roble con lámparas.

—El dormitorio es lo mejor. —Jada desapareció por una puerta.

Y lo era. Piper se detuvo en el umbral para asimilarlo. La mayor parte del espacio estaba ocupado por una cama enorme con el cabecero acolchado y un edredón de color blanco. En la pared opuesta había una enorme pantalla plana. En la mesilla de noche había una estación de cargadores de diferentes aparatos electrónicos, y un par de lámparas colgantes con forma de embudo a cada lado de la cama remataban el conjunto.

—¡Guau!

—Coop duerme a veces aquí.

«Pues ya no lo va a hacer», pensó Piper.

—Le gusta estar cómodo —explicó Jada.

—Ya veo. —Piper se sentó a los pies de la cama y sintió el soporte de un colchón cómodo y caro.

Jada contempló con anhelo el iPad que había en la estación de cargadores mientras se mordisqueaba el barniz negro —ya casi inexistente— que le cubría las uñas.

—Coop es muy rico.

—Ser rico no es para tanto —repuso Piper, aunque era mentira.

—Supongo.

—Háblame de los Asesinos de Pius.

Jada se puso un largo mechón de pelo detrás de la oreja.

—Comenzó hace un par de días. Es algo así como un ejercicio de unión para todos los alumnos de segundo.

—Esas monjas están más locas cada año.

—A los profesores no les gusta demasiado, pero siempre y cuando no llevemos las Nerfs al colegio, no pueden hacer nada al respecto. Todos los alumnos que querían participar tuvieron que pagar cinco dólares. En el curso somos ciento veinte chicos y se apuntaron noventa y dos.

—Y el objetivo es...

—Ser el que quede en pie.

Piper estaba empezando a entenderlo.

—Como en *Los juegos del hambre*.

—Y ganar los cuatrocientos sesenta dólares. —Jada se recogió su oscuro pelo rizado en una coleta y luego lo soltó—. Lo cierto es que necesito el dinero porque mi teléfono es... Digamos... Una vergüenza. No se lo digo a mi madre, pero ella lo sabe y me hace sentir mal, porque no podemos permitirnos algo mejor. —Bajó la barbilla—. No debería habértelo contado. Mi madre me ha dicho que nunca se debe hablar de dinero.

A Piper se le encogió el corazón.

—Dime, ¿cómo funciona el juego?

—No se puede matar a nadie en el colegio o en los alrededores, tampoco en ninguna actividad escolar o en el trabajo o en un coche en movimiento, porque, si se hace, algún niño puede resultar herido.

—Qué consolador...

—No se puede matar tampoco en el autobús o en la parada. Ni en el recorrido hacia o desde el colegio, pero está permitido en cualquier otro momento.

—No quiero imaginar lo que piensan los pasajeros al tener que esquivar las balas Nerf. En especial en Chicago. Es una suerte que nadie te haya disparado de verdad.

—Se supone que debemos ser respetuosos con otras personas.

—¿Y lo conseguís? —preguntó ella con solo un poco de sarcasmo.

Jada frunció el ceño.

—Lamento mucho lo ocurrido. La cosa es que ninguno tenemos derecho a matar a nadie en su casa a menos que nos haya invitado a entrar. Y también vale si alguno de mis compañeros se presenta aquí, dice que es mi amigo y alguno de los porteros o los camareros les dejan entrar.

—Es mejor que hablemos con ellos sobre eso.

—Mi madre no me deja. Como Coop nos deja vivir aquí sin pagar nada, le debemos mucho y mamá no quiere dar problemas.

¿Sin pagar nada? Su naturaleza sospechosa hizo que Piper se preguntara si el altruismo era el único motivo de Coop para proporcionarles alojamiento gratuito.

—Si vuelve a ocurrir —esgrimió—, podría hacerte daño de verdad.

Ahora que sabía que no le había roto un brazo, tuvo que admitir que se sentía satisfecha consigo misma.

Jada meditó sus palabras.

—Quizá podríamos tener un código. Si te parece bien, podrías dar dos golpes rápidos y uno lento antes de subir la escalera, así sabré que eres tú. Necesito de verdad esos cuatrocientos sesenta dólares.

—Ayúdame a descargar el coche y me lo pienso.

Jada bajó delante al piso inferior. Subió la Nerf y echó un rápido vistazo al callejón antes de salir.

Piper había metido todas sus pertenencias en dos maletas y en un par de cajas. Jada agarró una de las maletas, con la pistola todavía levantada, y giró la cabeza. Piper se ocupó de la otra.

—¿De verdad crees que alguien va a venir por aquí?

Jada la miró como si fuera idiota.

—Estás de broma, ¿verdad? Este lugar es ideal para ponerme una emboscada. El tercer día de clase, unos niños llamados Daniel y Tasha se escondieron detrás del coche de Coop. Estaban trabajando en equipo.

—¡Qué jeta!

—Ahora están muertos —repuso Jada con expresión de satisfacción—. Traté de que Tasha hiciera equipo conmigo, pero es una de las chicas más populares. Y además le gusta Daniel.

—Otra mujer haciendo el estúpido por un hombre.

Jada hizo un gesto de desidia.

—Lo sé. Algún día seré psicóloga.

—Es difícil imaginarte con un gran futuro con un homicidio en primer grado en tu hoja de antecedentes penales, pero sigue soñando.

Jada sonrió, su boca ancha y el brillo plateado de sus braquets la hicieron sentir una ternura tal que la perdonó por haberle tendido una emboscada.

Tony, el gerente de la discoteca, tenía una buena voz, una sonrisa enorme y una personalidad arrolladora, pero Piper se prometió a sí misma no quitarle el ojo de encima, aunque dado que Graham le había explicado detalladamente por qué estaba en el club, no sería fácil. En la reunión con el personal, Coop la presentó como su nueva estratega digital. Se enteró de que cabeza de torpedo se llamaba Jonah. Era el jefe de seguridad y había sido *linebacker* con los Clemson. A pesar de que no pareció reconocerla, su mirada estaba lejos de resultar agradable, bien porque no tenía una disposición natural a ser educado o porque decidió que ella no estaba lo suficientemente buena como para trabajar en Spiral. Los otros seis gorilas también parecían ex jugadores de fútbol americano, una teoría que no tardó demasiado tiempo en confirmar.

Tony informó a los camareros sobre las marcas Premium que servían esa noche. Piper encontró interesante que Coop interviniera al final para advertirles que no les dieran demasiada bebida a los clientes.

—Caminas sobre una línea muy fina —dijo ella cuando la reunión se disolvió.

—Quiero levantar un imperio haciendo que la gente pase un buen rato, no es mi intención que se maten.

—¿Nunca se te ocurrió dedicarte a los minigolf?

—Qué graciosa...

A las nueve, los clientes empezaron a entrar en la discoteca, mujeres de pelo largo con faldas cortas, vestidos ceñidos, blusas de seda y zapatos increíbles; chicos con cazadoras sport, camisas con el cuello abierto o camisetas de marca que mostraban sus pectorales. Todos parecían competir por la atención del cowboy de Oklahoma que había llegado a Chicago a través de Miami para llevar la ciudad a la gloria. Todos lo rodeaban como avispas, empujándole y gesticulando. Y los gorilas dejaban que ocurriera.

Una mujer llevaba pantalones cortos de cuero muy ceñidos y otra, un vestido de color escarlata con la cintura al aire. Piper solo tenía un modelo en su armario que pudiera valer para ese trabajo, el inocuo vestidito negro que había usado ocho días antes, la noche que la pillaron. Lo único bueno de trabajar en el cubículo era que podía usar vaqueros. Tener que arreglarse bien para trabajar era un incordio.

Mientras recorría el club, vio que las nuevas prácticas a seguir con los cócteles ya se habían puesto en marcha, pero una de las camareras, una esbelta morena llamada Taylor, llamó su atención. La primera noche en el club, observó que aquella chica parecía mantener una relación muy estrecha con el barman, Keith.

Cuando Taylor se detuvo en la barra para recoger un pedido, Piper se le acercó.

—Estoy pensando que podía ser interesante publicar regularmente el perfil de los camareros de Spiral en la página web. Acompañar una foto de un par de datos curiosos. ¿Crees que los chicos estarán de acuerdo?

Piper había observado que la mayoría de los camareros parecían contentos con el trabajo. La paga era buena, conseguían propinas decentes y no se les pedía que hicieran bailes eróticos para vender bebidas, aunque quizá Taylor no estaba tan contenta como el resto. Dejó las bebidas que le entregó el barman en una bandeja lacada en negro.

—Claro. Harán cualquier cosa que quiera Coop.

¿Estaba detectando una leve queja en la respuesta?

—¿Los demás? ¿Tú no?

—¡Oh, sí! Yo también. Es un gran trabajo.

Su entusiasmo no parecía real, y tomó nota mental para prestarle más atención de lo habitual.

Coop seguía siendo presionado para que firmara autógrafos, y ninguno de los porteros hacía nada para intervenir y darle un poco de espacio. Aunque entendía la ventaja de contratar a gorilas que parecían guardias carcelarios, esos chicos estaban llegando demasiado lejos. Todo el mundo quería ser amigo de Graham, y aunque la multitud de esa noche era benévola, ese hecho podía cambiar. Aun así, no era su trabajo proteger a Cooper, y siguió moviéndose. Estuvo un rato en la barra, luego se encaminó a la pista de baile e hizo frecuentes controles en el baño de señoras.

Cuando se acercó la medianoche, se dirigió hacia la zona VIP. El odioso Jonah la detuvo en la parte inferior de la escalera.

—No se puede subir ahí.

Conocía a esa clase de matones. Aunque él sabía que ella formaba parte de la plantilla, quería asegurarse de que comprendía quién mandaba allí. Sus tacones le prestaban unos cuantos centímetros más de altura, y utilizó cada uno de ellos.

—Voy adonde quiero. Si tienes problemas para aceptarlo, habla con el señor Graham. Pero no llores después, serás el único que hará el ridículo.

Pasó junto a él y subió a la zona VIP. Su primera noche en el trabajo y ya se había ganado un enemigo.

Esa sala estaba decorada en dorado y negro igual que el resto del club, pero con enrejados de madera lacada que separaban zonas de conversación y una barra dorada en un extremo. Los uniformes de las camareras eran idénticos a los que usaban las chicas de la planta baja: sugerentes pero sin caer en la vulgaridad. Vestidos con dobles tirantes negros que se cruzaban en la espalda y cubrían hasta la mitad del muslo, lo que dejaba a la vista un trozo de liga de encaje negro. Algunas de las chicas llevaban botas altas con tacones de aguja, otras sandalias de gladiador con los cordones cruzados en las pantorrillas, que parecían más cómodas que los zapatos que ella llevaba puestos.

Un hombre que reconoció como el nuevo *running back* de los Stars estaba sentado con un par de jugadores de los Bears y un predecible cuarteto de rubias de bote de veintitantos años. Piper se acercó a la barra y conversó con los barmans mientras observaba el entorno. Allí, la mayoría de los clientes tendían a mantener la atención en las conversaciones que se desarrollaban en sus mesas en lugar de andar mirando a un grupo y a otro como la clientela de la planta de abajo. Los VIPs parecían tener asumido que eran las personas más importantes del lugar.

Después, se dirigió a la sala para señoras que había en la parte de atrás. Cuando entró, vio a una morena de aspecto llamativo que reconoció como la actriz protagonista de una de las series policiales con sede en Chicago. La actriz estaba sentada en un cubo acolchado frente a un espejo ovalado, mirando su reflejo mientras unas lágrimas manchadas por el rímel le resbalaban por las mejillas.

Piper se detuvo en la puerta.

—¿Estás bien?

—Mi vida es una mierda —aseguró la actriz con la voz ronca, sin apartar la mirada de su reflejo.

A juzgar por el tamaño de los diamantes que lucía en las orejas y el exquisito vestido azul que dejaba un hombro al descubierto, no debía de serlo tanto.

—Los hombres son una mierda. Todo es una mierda. —Las lágrimas de tinta siguieron fluyendo.

Piper se planteó hacer una huida rápida, pero llevaba horas de pie y los tacones estaban matándola. Se sentó en otro lado del cubo y se acercó a ella.

—Parece que tienes una mala noche.

—Una mala vida. Es una mierda.

—Es mejor que pases de él. Es solo una sugerencia.

La actriz volvió hacia ella unos sorprendidos ojos azules.

—Pero lo amo.

¡Oh, Dios...! ¿Cuántas mujeres idiotas había en el planeta? Trató de sonar compasiva.

—No me quiero poner en plan Zen contigo, pero quizá deberías quererte más a ti misma.

La actriz cogió un pañuelo y se limpió las lágrimas negras.

—No lo entiendes. Él puede ser muy dulce. Y me necesita. Tiene problemas.

—Todo el mundo tiene problemas. Deja que él resuelva los suyos.

La perfecta nariz de la actriz se dilató con hostilidad.

—Es evidente que no tienes ni idea de qué es amar con toda el alma.

—Tienes razón. A menos que hables de Doritos con sabor a taco.

A la actriz no le hizo gracia y se acercó más a ella, envolviéndola en una nube de perfume de un millón de dólares.

—¿Quién eres?

—Nadie. Una empleada. Estoy encargándome de hacer una promoción *on-line* de la discoteca.

La mujer miró su poco memorable vestido, tan fuera de lugar en aquel aire enrarecido, y luego se levantó de forma un tanto tambaleante.

—Lo siento por ti. No sabes lo que te estás perdiendo.

—¿Un gran sufrimiento? —repuso con la mayor amabilidad que pudo reunir.

La actriz salió huyendo.

Piper miró con tristeza su reflejo en el espejo. Demasiado tarde para volver a la casilla de salida en la carrera de la vida.

No estaba acostumbrada a estar hasta altas horas en un club nocturno, y humedeció una de las toallas de cortesía negras con agua fría. La puerta se abrió y entró la más guapa de todas las rubias de bote que habían estado alternando con los jugadores de fútbol americano.

—¿Tú también? —preguntó cuando la vio apretando la toalla empapada en agua fría contra la nuca—. Tengo que salir de aquí. Me muero de sueño y tengo los exámenes orales la semana que viene.

—¿Exámenes orales?

La rubia se inclinó hacia un espejo y se limpió una mancha de barra de labios de uno de los dientes frontales con el dedo índice.

—Estoy haciendo el doctorado en salud pública.

Rubia, hermosa e inteligente...

—No es justo —murmuró para sí misma.

—¿Cómo? —La joven arqueó las cejas con curiosidad.

—Parece un desafío.

—Es más fácil durmiendo la noche completa, te lo aseguro. —La chica se dirigió hacia uno de los tres cubículos.

Mientras se dirigía hacia la planta baja para estar con la gente común, se recordó que un buen detective no hacía suposiciones como las que ella había estado haciendo sobre la rubia de la zona VIP.

Cuando el tema de *Buffy* la despertó a la mañana siguiente, Piper se sintió momentáneamente desorientada por el nuevo entorno. Buscó el móvil, pero se le cayó al suelo y tuvo que inclinarse boca abajo sobre el borde de la cama para recuperarlo.

—¿Sí?

—Abre la puerta, Esmerelda. Tenemos que hablar.

—¿Ahora?

—Ahora.

Ella gimió y se dejó caer sobre el colchón de lujo. Aquella cama era el paraíso y no quería levantarse, y menos en ese momento, cuando no estaba lo suficientemente despejada para mantener un enfrentamiento dialéctico con su cliente. Miró la hora con ojos legañosos; eran las nueve y media, pero ella no se había acostado hasta pasadas las tres. Gracias a Dios que el club no estaba abierto todas las noches. Cuatro noches a la semana eran más que suficientes.

Había dormido con una camiseta de los Chicago Bears y unos bóxers. Tanteó en busca de sus vaqueros y se los puso torpemente mientras cruzaba la sala descalza. No lo miró cuando abrió la puerta.

—Ni siquiera hablo conmigo misma antes de cepillarme los dientes. —Se dio la vuelta y se dirigió hacia el pequeño cuarto de baño del apartamento, donde hizo pis, se lavó los dientes y se recompuso un poco. Cuando salió, él estaba sentado en el sofá, con un tobillo apoyado en la rodilla contraria y una taza de Starbucks medio oculta por su mano gigantesca. Miró a su alrededor en busca de otra taza, pero no la vio.

—Solo has trabajado una noche —anunció él—, y ya tengo la primera queja sobre ti.

Piper no tuvo que pensar mucho para llegar a la conclusión más probable, pero se hizo la tonta.

—No puede ser.

—Has cabreado a Emily Trenton.

—¿A Emily Trenton?

—La actriz de *Tercer grado*.

—Es una serie pésima —replicó ella—. No sé tú, pero yo estoy harta de ver cuerpos de mujeres degolladas y llenos de agujeros de bala cada vez que enciendo la tele. ¿Qué fue de eso de permitir que el espectador use su imaginación? Y no me refiero a las imágenes de las autopsias. Te juro que si vuelvo a ver...

—Tu trabajo es vigilar al personal, no socializar con los clientes.

Empezó a protestar, aunque se detuvo.

—Tienes razón. No ocurrirá de nuevo.

Él pareció sorprenderse al ver que ella no seguía discutiendo, pero había estado fuera de lugar con la actriz y no tenía sentido que defendiera lo indefendible.

Cooper tomó un sorbo de café mientras la estudiaba.

—De todas formas, ¿qué le has dicho?

—Le dije que debería dejar al tipo que la estaba haciendo sentir tan mal.

—Es uno de los jugadores más sucios que conozco —repuso Graham con evidente disgusto—. Entra a destiempo, da puñetazos, cabezazos. Cualquier cosa que se te ocurra, él lo hace. Uno de los TACs craneales que tuvieron que hacerme lleva su firma.

—Sin embargo, lo dejas entrar en el club.

Coop se encogió de hombros.

—Si excluyera a todos los que me han cabreado alguna vez, no tendría negocio.

—Eso es algo que no entiendo, por qué estás haciendo esto. Es un mundo casi sórdido. No me refiero a que Spiral sea un local de mala calidad, pero el horario es horrible y tienes suficiente dinero para comprarte un país pequeño. O una isla. Eso es lo que yo haría. Comprarme una isla.

—Las hay a patadas.

La falta de cafeína la volvía estúpida.

—No me gustas. —Rápidamente modificó su declaración—. Deja que te lo aclare. En lo personal, no me gusta tu manera de pensar, pero eres mi cliente y yo soy completamente leal. Incluso me interpondría entre tú y una bala.

—Bueno es saberlo.

Teniendo en cuenta el hecho de que él le había ofrecido trabajo y ese apartamento, estaba siendo muy grosera, incluso para ser ella. Por otra parte, él no parecía demasiado inclinado a censurarla por el incidente ocurrido la noche anterior con la actriz.

—Lo siento. Tengo un problema de actitud si antes no tomo una dosis de café.

—¿Solo en ese caso?

—También en otros casos, pero en ese aspecto soy casi un hombre.

—¿En serio? —La mirada de Coop cayó sobre sus pechos, y eso la despertó por completo. Se había olvidado de que no llevaba sujetador debajo de la camiseta y, al instante, se encorvó un poco. Él sonrió. ¿Y por qué no? Había visto algunos de los pechos más caros del mundo y los de ella eran de lo más normalitos. Pero aun así, no era nada frecuente que se sintiera consciente de sí misma.

—Hay una cafetera en la encimera —dijo él.

Ella se dirigió hacia la cocina, pero recordó que no había comprado café.

—Da igual. Todavía no pasé por el supermercado.

—En la cocina que hay en el sótano de Spiral tenemos café en grano y un molinillo. Venga, te abriré la puerta.

—Espera que me calce.

No solo se puso unos zapatos, también aprovechó para ponerse un sujetador. Cuando salió, él había encontrado a Oinky y lo sostenía en lo alto.

—¿Por qué no me explicas por qué en el colegio tenían un cerdo como mascota?

—Era un colegio comunitario. En el campo.

—Ah... —Él le lanzó el cerdo en una breve espiral que estaba segura que no esperaba que pillara. Pero lo hizo.

Saboreó su pequeña victoria mientras la conducía hasta la escalera de servicio. En vez de girar hacia la cocina del club, él abrió la puerta que conducía al callejón.

—No te importa esperar un minuto, ¿verdad? —dijo antes de salir.

Ella asomó la cabeza y vio que el viento de la noche anterior había desperdigado algunas cajas de cartón empapadas de licor por el agrietado pavimento del callejón y sus cráteres de barro. Graham no parecía contento.

—Se suponía que debían haber limpiado esto. —Agarró una de las cajas húmedas y la lanzó al contenedor de basura antes de ir a por otra. Ella le dio unos puntos por estar dispuesto a hacer él mismo el trabajo sucio y salió a ayudarle.

Mientras retiraba con cierta cautela una de las cajas de un charco sucio, vio que Jada llegaba por el fondo del callejón. La bolsa de la compra que llevaba sugería que tenía que hacer frente a responsabilidades que no muchos niños de su edad tenían. La adolescente la saludó con la mano y ella respondió a su gesto antes de inclinarse para recoger más cartón empapado.

Con el rabillo del ojo, vio que por la esquina se asomaba un muchacho armado con una pistola Nerf.

Piper se puso rígida, luego se volvió al tiempo que gritaba el nombre de Jada.

La chica intentó alcanzar la Nerf que sobresalía del bolsillo de su sudadera, pero la bolsa que llevaba se interpuso en su camino. El adolescente asesino sostuvo el arma con las dos manos y apuntó como un policía de serial televisivo. La niña iba a morir... Salvo que ella lo impidiera.

Piper se lanzó hacia delante y empujó lo que tenía más cerca para que se interpusiera en la trayectoria de la bala.

Cooper Graham.

6

Piper vio que Graham tropezaba. No por la bala, que rebotó y saltó por encima de su brazo, sino por haber sido empujado sin previo aviso.

Una segunda bala pasó zumbando desde la dirección opuesta cuando Jada disparó.

—¡Estás muerto! —exclamó la chica.

—No es justo —protestó el muchacho.

—Claro que es justo —replicó Jada.

Graham, mientras tanto, había caído en medio del callejón, aterrizando con la cadera en un bache lleno de agua sucia y el pie en otro.

—¿Qué coño...? —exclamó.

Derrotada, la víctima de Jada desapareció por la esquina. La chica contuvo el aliento cuando finalmente se dio cuenta de lo que le había ocurrido a Graham. Piper corrió hacia él. Tenía la piel y la ropa salpicada por riachuelos de agua sucia. Un poco de barro había caído también sobre aquel formidable hoyuelo que él lucía en la barbilla. Tenía los vaqueros sucios y las manos llenas de tierra. Se arrodilló a su lado.

—¡Oh, Dios...! ¿Estás bien?

Jada se acercó corriendo por el callejón.

—¡Coop! Por favor, no se lo cuentes a mamá. ¡Por favor!

—Se volvió hacia Piper—. Me hubiera matado si no hubiera sido por ti.

Y ahora el que iba a matarla era Graham. No con una pistola Nerf; si la expresión de su cara era una indicación, lo haría con sus enormes manos sucias.

Sintió que el agua turbia le empapaba las rodillas de los vaqueros cuando se sentó sobre los tobillos.

—Jada..., será mejor que vayas adentro.

La chica no necesitaba que la animaran a desaparecer. Tras una última mirada a Graham, guardó su pistola, recogió la bolsa de la compra y desapareció en el interior del edificio.

Piper se había quedado sola en el callejón con un hombre que había forjado su carrera sobre el único objetivo de destrozar a sus oponentes. Cuando él intentó incorporarse, el zapato le resbaló en una monda de pomelo. Ella le tendió la mano.

—Deja que te ayude a levantarte.

—No. Me. Toques. Más. —Coop se puso de pie con la gracia y las intenciones mortales de un leopardo. ¿Quién podía echarle en cara a ella que hubiera vacilado un poco mientras él se levantaba? Lo vio apretar los dientes—. ¡No vuelvas a tocarme otra vez! ¿Lo has entendido?

El brillo asesino que apareció en sus ojos resultaba bastante desconcertante.

—Sí..., señor.

La gélida rabia de Coop pareció arder.

—¿Qué cojones te pasa? —espetó él.

—¿Que soy una máquina de combate perfectamente sincronizada? —Piper hizo una pregunta en vez de una afirmación, pero, en cualquier caso, fue un gran error, porque la expresión de Graham se volvió más estremecedora todavía—. Actué por instinto —rectificó con rapidez—. Estabas en el camino de la bala y reaccioné de forma automática para proteger a Jada.

—¡Solo era una puta pistola Nerf!

—Sí... Lo sé, pero... —Ahora no parecía el momento más oportuno para explicarle todo lo referente a los Asesinos de Pius, por lo que se decidió por una explicación abreviada—. Se trata de un juego. Tiene que ver con dinero y la aceptación de una chica nueva por parte de sus iguales.

—En caso de que no te hayas dado cuenta, yo no soy uno de los participantes.

—No, claro que no. Si no hubieras estado donde estabas, me hubiera movido para recibir el disparo.

Vio que él entornaba los ojos.

—Hace apenas diez minutos presumías de que serías capaz de interponerte entre una bala y yo. ¿Cómo me lo explicas ahora?

—Bueno... —Ella tragó saliva—. Ahora sabes lo rápidos que son mis reflejos. Eso puede suponer una especie de consuelo. ¿Cuántos seres humanos en este planeta son lo suficientemente veloces para pillarte desprevenido?

«¡Oh, oh...!» No debía haber dicho eso porque casi vio cómo le salía humo por las orejas.

—¡No me has pillado desprevenido! ¡Me tendiste una emboscada!

—Perdona la confusión, ya he captado tu punto de vista. —Él no se había dado cuenta de que estaba sangrando por la palma de una de sus manos millonarias, pero ella sí—. Entremos, así podrás limpiarte y yo tomaré ese café que me prometiste. —Trató de pensar algo para apaciguarlo—. Podemos hablar de negocios al mismo tiempo. Te haré el primer informe.

Providencialmente, aquello pareció conseguir que se tranquilizara un poco, a pesar de que sujetó la puerta y la empujó con no demasiada suavidad hacia el pasillo. Solo entonces vio su mano ensangrentada y soltó una obscenidad.

—Es solo un rasguño. —Ella se adelantó para abrir la puerta de la cocina—. Te curaré en un periquete.

—Eso no lo harás ni de coña.

—Lo único que necesito es un botiquín.

—Sí, claro, y una licencia para matar. —Pasó junto a ella—. ¿O quizá ya la tienes?

—Divertido y elegante a la vez. Qué afortunada soy de estar trabajando para ti...

—Cállate ya. —Sin embargo, su rencor parecía un poco menos intenso.

La pequeña cocina tenía un mostrador de acero inoxidable, horno, freidora y una parrilla para preparar el limitado menú que se servía en el club a base de entremeses, patatas fritas de vinagre de Malta y, a las dos de la madrugada, las bandejas de mini *brownies* de bourbon y azúcar que se ofrecían de forma gratuita. Como Graham se había detenido ante el fregadero, fue ella la que encontró un botiquín de primeros auxilios en la bien organizada despensa, aunque él la apartó a un lado cuando lo vio.

—Dame eso. Llámame codicioso si quieres, pero quiero conservar la mano.

—Sin insultar.

Cuando él abrió la tapa de plástico, ella vio la arena clavada en su palma.

—Lo siento de verdad. —Iba a tener que hacer algo más que disculparse para apaciguarlo—. Bien, tengo buenas noticias. Por lo que he observado hasta ahora, el personal de la zona VIP es ejemplar. Tal y como debe ser, considerando las propinas que van a recibir, pero resulta tranquilizador haberlo confirmado. —Él no pareció apaciguado. Necesitaba más. No era el momento adecuado para hablarle sobre sus perezosos porteros y no tenía ninguna evidencia que respaldara sus sospechas sobre Taylor, la camarera. Lo que hacía que sus posibilidades fueran muy limitadas—. Sé que esto te hará feliz... Voy a actualizar personalmente tu club de fans en internet.

Él se puso a revolver en el interior del botiquín.

—Ya tengo una persona que hace eso.

—Sí, pero al contrario que ella, conozco la diferencia entre sujeto y predicado. —Vio que le bajaba un hilo de sangre por la muñeca y cogió una toalla de papel para dársela, pero decidió no decirle nada todavía de la gota de barro que seguía alojada en el hoyuelo de su barbilla—. Ahora que eres una gran celebridad en Chicago, ¿no te has planteado cuánto tiempo seguirás en el candelero si no sigues presente en las redes sociales? Solo has estado tres años con los Stars, no eres Bonner, Tucker o Robillard, que desarrollaron aquí toda su carrera. La fama se desvanece, y si quieres que tu negocio triunfe, tienes que mantener tu ventaja.

Fue evidente que no le gustaron sus palabras.

—Tienes que recordar una cosa, siempre que juego, soy el mejor.

Ella quería apaciguarlo, no insultarlo, así que se armó de valor.

—Durante las próximas semanas también voy a revisar y responder a las reseñas *on-line* de Spiral. —Exactamente el tipo de trabajo del que creía haber escapado—. Y eso, amigo mío, es un justo pago por haber caído en un par de charcos de fango.

Él retiró del botiquín unas pinzas.

—Sigue hablando.

—¿Quieres algo más?

Cooper se encogió de hombros.

—Dámelas —dijo ella al tiempo que le quitaba las pinzas.

No parecía un hombre rencoroso y, cuando se las entregó, dio la sensación de estar más pensativo que enfadado.

—Eres como un tren sin control, lo sabes, ¿verdad?

—Solo contigo.

—¿Por qué?

Porque él controlaba su futuro.

—Porque eres una leyenda.

—Inténtalo de nuevo, Esmerelda.

—Soy humana. —Limpió las pinzas con una de las toallitas desinfectantes—. Y tú... eres sobrehumano.

—¿En serio? ¿Vas a volver a intentar que me crea eso de «eres un Dios»?

Era justo lo que había estado a punto de hacer.

—Claro que no. Solo estoy indicándote que me pongo nerviosa cuando estoy contigo porque soy una persona normal y tú eres más grande que la vida.

—No te pondría nerviosa ni una víbora. —Se iluminó ante el cumplido, pero él continuó con patente satisfacción—. Estás adulándome porque soy el que firmo los cheques, y porque necesitas mi dinero para seguir adelante con tu negocio.

—Una píldora difícil de tragar —reconoció con los dientes apretados—. Ahora estate quieto. —Comenzó limpiando la grava de su mano. Eso tenía que dolerle muchísimo, pero el Capitán América estaba compuesto de *vibranium* y permaneció impasible, sin quitarle los ojos de encima.

—Cuéntame algo sobre ti —le pidió él como si quisiera conocerla de verdad—. La versión sin adulterar.

Ella habló con la mayor suavidad que pudo.

—Hija única. Mi madre murió en un atraco a mano armada cuando yo tenía cuatro años, lo que me dejó sola con mi padre, que alternó entre tratarme como el hijo que quería tener y sobreprotegerme. Para que veas de dónde me viene la esquizofrenia.

—Sí, explica tu trastorno de personalidad.

—Es mejor que no insultes a la mujer que sujeta las pinzas. —Le retiró de la piel otro poco de grava—. Combiné un grado en informática con otro de sociología en la Universidad de Illinois, y después estuve once años trabajando en algo que llegué a odiar. Pensé en provocar un infarto a mi padre intentando entrar en la policía local, pero no quería ser poli. Quería trabajar para mí misma, así que fui a por ello. Le compré Investigaciones Dove a mi madrastra después de la muerte de mi padre. —Lo que no pensaba contarle era la salvajada que le había pagado y que eso había acabado con sus ahorros.

—¿Se lo compraste?

Una de las arenas se había clavado muy profundamente y ella intentó sacarla con mayor suavidad.

—La alternativa era asesinarla. Lo pensé, pero hubiera acabado en la cárcel por ello.

—Bien pensado. ¿Heterosexual u homosexual?

—¿Yo o mi malvada madrastra?

—Tú.

Logró retirar la arenilla y limpió la herida con antiséptico.

—Heterosexual. Por desgracia.

—¿Por qué lo dices?

Piper limpió las pinzas y las dejó de nuevo en su lugar en el botiquín.

—Aunque hay excepciones, me caen mejor las mujeres que los hombres. Son más interesantes. Más complicadas. Y leales. Una de mis mayores desgracias es no sentirme atraída sexualmente por los miembros de mi propio sexo.

Él sonrió.

—Lo que parece es que has tenido demasiados novios de mierda.

—Lo dice el hombre que ha salido con la mayor parte de Hollywood. ¿Cómo es ir a los Oscar?

—Aburrido como el infierno. —Él movió los dedos como si estuviera comprobando que no le había robado ninguno—. ¿Tienes novio?

—Tu amigo el poli lo está intentando, pero no.

—¿Mi amigo el poli?

—Eric Vargas. El agente buenorro, ¿recuerdas?

Graham se rio.

—Estás tomándome el pelo, ¿verdad? No es que quiera insultarte, pero... —En sus ojos dorados apareció un brillo que indicó que su intención era ser muy ofensivo—. ¿No crees que está fuera de tu alcance?

Ella sonrió.

—Sería lo lógico, ¿a que sí? Sin embargo, jamás he tenido problemas para atraer a los chicos más guapos.

Él frunció el ceño como si no le gustara que su deliberado desprecio no la hubiera hecho refugiarse en un rincón a llorar.

—¿Tienes alguna teoría al respecto?

—Sí. —Aplicó una de las gasas contra la palma de su mano—. Los chicos creen que soy una de ellos, y eso hace que estén cómodos conmigo. Al final se dan cuenta de que estoy usándolos. No es que sea insensible, al menos a propósito. Pero de verdad, ¿cómo voy a tomarme en serio a un machote?

Él ladeó la cabeza como si no hubiera escuchado bien.

—¿Para qué los usas?

—¿Para qué te parece?

Ella lo había sorprendido de nuevo y parecía perdido. Piper estaba encantada con su propia ligereza. Él no podía saber el poco tiempo que había dedicado a ligar ni lo sola que la había hecho sentir.

—¿Quieres decir que, básicamente, eres una devorahombres? —preguntó Graham.

—Oh, no. No soy lo suficientemente sexy.

Empezó a hablar como si quisiera discutir con ella, pero se detuvo. Ella cerró el botiquín y se levantó en busca de los granos de café.

Coop observó a Piper mientras desaparecía en la despensa. No era guapa, sino... ¿Qué? Solo se le ocurría una palabra para describirla: «exasperante». Quizá dos: «exasperante e intrigante». Se miró los vaqueros salpicados de barro. El desgarro de la manga de la chaqueta. La mano vendada. Exasperante, intrigante y... un poco peligrosa. Aquellos rápidos reflejos;

el cabello oscuro, como si se lo hubiera cortado con una cuchilla de afeitar; aquellos ojos azules y astutos bajo las cejas gruesas; la ancha y aguda boca; y una mandíbula casi tan sólida como la suya. Y ese cuerpo... No se veían huesos afilados, solo curvas justo donde debían estar.

Pero... en cuanto se deshizo del desconcierto, ella no estaba. Ese no era un buen momento para tener a nadie impredecible a su alrededor, a pesar de que ella le hacía sentir aquella extraña —y no exactamente precipitada— hiperactividad. Era inesperada, y eso significaba que no tenía que mantener la guardia.

No, tampoco era eso.

Tenía que estar atento cuando estaba con ella, pero no en guardia. En realidad era al contrario. No tenía que medirse. Ni siquiera considerarlo. Él siempre era amable, incluso con las mujeres que le agobiaban. Pero con ella se comportaba como un matón de secundaria que insultaba a una chica solo para ver si podía hacerla llorar. Pero *míster* Piper Dove no era de las que lloraban. Podía aguantar lo que fuera.

La vio salir de la despensa. Una persona que lograba graduarse en la Universidad de Illinois en dos materias no era precisamente tonta, así que anotó la inteligencia como otra irritante cualidad. Teniendo en cuenta su sombrío récord académico, resultaba muy irónica su atracción por las mujeres inteligentes. Pero sus pésimos resultados habían sido producto de muchas horas en el campo de entrenamiento, no de la estupidez.

Piper consiguió poner la cafetera sin mirar las instrucciones. Ella había mentido sobre sus conquistas masculinas. O quizá no, porque sin duda tenía algo. En el momento en que le sirvió el café, supo qué era.

Era un reto.

La forma en la que se comportaba, en la que iba a por aquello que quería. Era una mujer que devoraba la vida en vez de esperar a que se desarrollara a su alrededor. Quizá su indiferencia general hacia él había despertado su necesidad primitiva de ganar. ¿Qué era exactamente lo que veían los demás hombres en ella? Un reto a su masculinidad.

Dudaba que ella lo entendiera, pero incluso aunque lo hiciera, él no era capaz de verla ligoteando. Atraer a los hombres no le importaba lo suficiente como para hacerse la difícil. Su vida estaba centrada en el trabajo y los hombres solo eran para ella un inconveniente necesario. Y por eso...

Iba a liarse con ella.

La idea surgió de la nada... O quizás había estado acechando en su subconsciente desde el principio. Quería tirársela en ese momento. Contra el fregadero. En la encimera. Quería desnudarla y reafirmar el orden natural de las cosas. Hombre sobre mujer.

El dolor en la mano herida le devolvió la cordura. Se sintió irritado consigo mismo. ¿De dónde cojones había salido esa idea?

Ella bajó la taza de café.

—¿Qué he hecho ahora?

Coop se dio cuenta de que tenía el ceño fruncido.

—Respirar.

—Mis más sentidas disculpas. —Alzó la taza hacia él, inmutable ante su rudeza—. Hoy has hecho una buena acción, Graham, tanto si querías como si no. Evitar la muerte prematura de Jada te hará tener buen karma.

—Deja de llamarme por mi apellido. —No se liaba con sus empleadas. Nunca. No era necesario. Es más, no quería liarse con Esmerelda. Todavía no. Al menos mientras trabajara para él. Pero en el momento en que terminara su labor, era un objetivo. Antes de perderla de vista, tenía intención de enseñarle quién de los dos era el mejor hombre.

110

Piper bostezó y salió al pasillo con la taza en la mano. A pesar de que era domingo por la mañana y de que había trabajado hasta las tres, no podía permitirse el lujo de dormir. Tenía que ir a la agencia.

Se abrió la puerta del apartamento de Jada y salió una mujer delgada, de pelo oscuro, que llevaba una mochila a la espalda.

—Eres nuestra nueva vecina —dijo la mujer al verla.

—Piper Dove.

—Yo soy Karah Franklin.

Debía de ser la madre de Jada, aunque parecía más su hermana mayor. Oscuro pelo rizado a la altura de los hombros, cálida piel morena que no requería maquillaje. La belleza de la mujer era tanta que sugería que Coop no le había prestado un apartamento solo porque él hubiera sido amigo de su marido, sino porque eran amantes. Se parecía tanto a Kerry Washington que podía considerársela casi una estrella de cine.

Karah cambió la mochila de hombro.

—Jada me dijo que te habías mudado. Si te molesta, dímelo.

Piper recordó a Coop tendido en el callejón la mañana anterior.

—No, no me está molestando. Me parece una chica genial.

—¿La has conocido?

Piper sonrió.

—Nos entendemos bien.

—Estoy trabajando y, al mismo tiempo, voy a los cursos para obtener el título de contable, así que no puedo ocuparme de ella como debiera. —Su voz rezumaba culpa—. Ahora mismo me voy a la biblioteca.

Vio que la mujer estaba cansada. No debía de ser la amante de Coop en ese momento, porque si lo fuera, él no le permitiría trabajar tanto.

—Eso suena a mañana dura.

111

—Podría ser mucho peor. Un placer conocerte.

—Lo mismo digo.

Cuando llegó a su despacho, se terminó el café tibio mientras hablaba con Jen por teléfono sobre Berni. Luego se concentró en el ordenador. El trabajo en Spiral era algo temporal, y tenía que mantenerse. Había utilizado una página web para publicar consejos sobre autodefensa, fraudes con tarjetas de crédito y seguridad personal, y se proponía usar todo lo que había aprendido de su padre y de las clases que había recibido durante los últimos años. Tenía intención de organizar toda esa información y disponerla como promoción extra para su negocio.

Quería captar clientes importantes —bufetes de abogados, grandes compañías de seguros que investigaran bajas fraudulentas—, pero hasta que eso ocurriera la forma más rápida de hacer dinero era con la sospecha. Se puso a teclear con rapidez.

¿Cómo puedes saber si él está poniéndote los cuernos?

¿De verdad ella se va por ahí con sus amigas?

Comenzó a enumerar las señales de que tu pareja te engañaba: demasiadas horas trabajando por la noche, inexplicables obsesiones telefónicas, reciente interés por el aseo personal. Dejaría el folleto en salones de belleza, bares deportivos, cafeterías... En cualquier lugar que se le ocurriera. Y en cada uno de esos folletos estaría impreso su logo y el número de teléfono.

Justo en ese momento le sonó el móvil. Era Jen de nuevo.

—¿Adivina quién viene a la ciudad? —le soltó su amiga—. Princesas de uno de esos países productores de petróleo en Oriente Medio. Con todo su séquito. ¡Más de cincuenta personas! Necesitan chóferes para mujeres.

—¿Cómo te has enterado?

—Por el tonto del bote. Le oí hablar con uno de los reporteros. Al parecer, la princesa decidió que prefería gastar unos

112

cuantos trillones en Mag Mile en vez de en Rodeo Drive. Piper, ¡estas realezas de Oriente Medio necesitan gente!

—¡Estoy en ello! —exclamó ella.

Localizó a uno de los viejos amigos de su padre, que le dio el número del dueño de la compañía de transporte que trabajaba con los VIPs que iban de visita a Chicago, y consiguió el trabajo. No estaba segura de cómo se las arreglaría para satisfacer las necesidades de la familia real y las de Cooper Graham, pero pronto lo descubriría.

El martes por la mañana, estaba en O'Hare, sentada detrás del volante de un SUV negro. Jamás se había visto de chófer de nadie, pero el trabajo parecía interesante, el sueldo era bueno y era obvio que podía obtener una buena propina. Se suponía que debía reunirse con Graham por la tarde para hablar sobre la página web del club, pero le quedaba tiempo más que suficiente antes de la hora de la cita para recoger a quien quiera que llegara al aeropuerto hasta el Peninsula Hotel, en el centro.

Según había descubierto, la familia real tenía algo así como quince mil miembros, y podían ser altezas o altezas reales según estuvieran o no en línea con el trono. Siempre viajaban con un enorme séquito: otros miembros de la familia, guardia militar, funcionarios y, cómo no, maletines llenos de dinero. Piper esperaba de verdad que alguno de los que se cruzara en su camino la gratificara con una enorme propina cuando el trabajo terminara.

El jet privado resultó ser un 747, y su estado como VIP les evitó las largas colas del control de pasaportes. Una legión de SUVs y media docena de furgonetas para el equipaje estaban esperándolos. Cuando por fin apareció la comitiva, solo los sirvientes llevaban la vestimenta islámica tradicional. La familia real —al menos una docena de mujeres pertenecientes a la misma que iba desde la adolescencia hasta la mediana edad— iban vestidas a la última moda. Los diamantes brillaban, los afilados Louboutin repicaban sobre el asfalto, los bolsos de Hermès colgaban de sus hombros.

Las princesas más mimadas de Oriente Medio acababan de llegar a la ciudad.

7

Piper abrió la puerta trasera del SUV para que subiera una hermosa mujer de unos cuarenta años, con unas grandes gafas de sol colocadas a modo de diadema para sujetar su elegante pelo oscuro. Llevaba una chaqueta Chanel de vibrante color púrpura, una minifalda de cuero negro y unos tacones de aguja que parecían misiles tierra-aire.

Apenas había arrancado cuando la mujer sacó el móvil del bolso y se puso a entablar una vivaz conversación en árabe. Piper quería hacerle un centenar de preguntas, pero había recibido instrucciones de no hablar con ninguno de los miembros de la realeza, lo que suponía un considerable fastidio. La mujer no la miró ni una sola vez, y no porque fuera hostil. Simplemente era invisible para ella.

En el momento en que la comitiva llegó al Peninsula, a Piper le dolía la mandíbula por el esfuerzo de mantener la boca cerrada. Que le hubieran dado la sexta posición en la fila de limusinas indicaba que su pasajera no era la princesa más importante. La mujer se bajó sin despedirse, pero cuando desapareció en el interior del hotel, uno de los funcionarios reales, un hombre de rostro sombrío, le ordenó que esperara.

Y lo hizo. Esperó media hora. Una hora. Cuando por fin salió del vehículo para usar el cuarto de baño del hotel, el hombre se puso a ladrarle como un perro.

—¡Le he dicho que esperara!

—Vuelvo enseguida. —Mientras atravesaba el vestíbulo, recordó que la esclavitud no había sido abolida en el reino hasta 1962.

Cuando salió, había una sirvienta sentada en el asiento trasero. Era joven, con la cara redonda y unos tristes ojos oscuros. A diferencia de la familia real, estaba vestida con una *abaya* tradicional de color gris y una *hijab* azul. Piper se disculpó por haberla hecho esperar, algo que pareció asustar a la chica.

—No pasa nada.

Se sintió feliz al ver que sabía inglés, y como nadie le había prohibido hablar con los sirvientes, se presentó.

—Hola, soy Piper.

—Yo soy Faiza —repuso la muchacha con timidez—. Su alteza, la princesa Kefaya, me ha enviado a conseguir estos zapatos. —Levantó una brillante página arrancada de una revista de moda francesa con la imagen de un par de sandalias con correa en T y tacón de aguja—. ¿Puede llevarme a conseguirlas, por favor?

—Por supuesto. ¿Adónde vamos?

—¿Dónde puedo encontrar estos zapatos?

—¿No sabe el nombre de la tienda?

—Su alteza no me lo dijo.

—¿Y no puede llamarla y preguntarle?

Faiza no pudo parecer más horrorizada.

—Oh, no. No se hacen así las cosas. Tiene que llevarme adonde pueda encontrarlos, por favor.

Piper le tendió la mano para que le pasara la página. Había un logo de YSL bien visible. Sacó el móvil y descubrió que había una *boutique* de Saint Laurent en el Waldorf, a un par de manzanas de distancia.

—¿Le gusta su trabajo? —preguntó a la chica mientras daba la vuelta en el hotel Rush.

La pregunta pareció confundir a su pasajera.

—El trabajo es trabajo. —Y luego, como si hubiera dicho algo incorrecto, continuó con nerviosismo—. Su alteza, la princesa Kefaya, no me llama nunca la atención, y solo tengo que compartir la cama con otra sirvienta, así que no está mal.

Pero tampoco sonaba como si fuera bueno, y percibió el mensaje alto y claro. Hablar sobre su empleo podía meter a Faiza en problemas. Aun así, no podía evitar leer el anhelo que inundaba aquellos ojos oscuros y expresivos mientras contemplaba a las jóvenes que avanzaban llenas de confianza por las aceras de la ciudad con sus mochilas a la moda.

Había planeado dar una vuelta alrededor del Waldorf mientras Faiza realizaba la compra, pero la joven le rogó que la acompañara. La lucha entre la timidez natural de la muchacha y su determinación para hacer el trabajo hizo imposible que se negara. Dejó el SUV en manos de uno de los botones del Waldorf y la siguió a regañadientes.

La tienda rezumaba diseño desde sus suelos de mármol blanco a los altos techos. La gran variedad de artículos de lujo la hacían muy diferente de DSW, donde Piper compraba sus zapatos. El lugar olía a perfume y a privilegios. Faiza le entregó de nuevo la página de la revista.

—Su alteza lo quiere en todos los colores, por favor.

—¿En todos los colores? —Mientras Piper procesaba esa información, una dependienta joven y bien preparada se acercó a ellas, sin duda más atraída por el atuendo tradicional de Faiza que por su uniforme de chófer, formado por un pantalón oscuro, camisa blanca y una chaqueta negra que tuvo que adquirir en Goodwill la tarde anterior. La avidez de la empleada sugería que ya sabía que habían aterrizado en Chicago algunos de los miembros de la realeza más rica del mundo.

Pero a pesar de la ansiedad que mostraba la dependienta por ayudar, solo pudo facilitarles el modelo en dos de los cinco colores en los que estaba fabricado, algo que provocó en

Faiza tanta angustia que le temblaron las manos mientras abría un bolso con cremallera para sacar un grueso fajo de billetes de cien dólares (pura calderilla para una familia que poseía más de un millón de millones).

Cuando la transacción se completó, Faiza guardó el dinero sobrante en su bolso de forma meticulosa. Luego lo sostuvo contra el pecho y salió de la tienda con la frente fruncida por una preocupación que no debería tener cabida en una cara tan joven.

Piper volvió a recurrir a su teléfono y, cuarenta y cinco minutos después, ayudó a Faiza a adquirir un par rojo en Barneys. Pero ni siquiera así era suficiente.

—No lo entiende. —Faiza jugaba con nerviosismo con la cremallera de su bolso—. No puedo fallarle a su alteza. Quiere todos los colores.

—¿Y no cree que tener cinco pares iguales es una idiotez? —preguntó Piper al tiempo que hacía sonar la bocina para protestar ante la agresiva maniobra de un taxista.

Faiza no lo entendía, lo que era mejor.

Piper tenía que reunirse con Graham al cabo de tres horas, lo que debería darle tiempo suficiente como para llegar a un Nordstrom en los suburbios, donde habían confirmado que tenían los dos pares restantes, comprarlos, llevar a Faiza de regreso al Peninsula y, a continuación, dirigirse a Spiral.

—Venga, vámonos —apresuró a la muchacha con una sonrisa forzada.

Según se alejaban en dirección oeste, Faiza se relajó y empezó a comportarse como la joven de diecinueve años que era. Piper le habló un poco sobre su trabajo con Graham y se enteró de que Faiza era paquistaní, y también musulmana devota que había llegado al reino a los catorce años en busca de trabajo y para visitar las ciudades santas del país. Su intención era orar por los padres y hermana que había perdido. En cambio, había acabado trabajando durante demasiadas horas en lo que Piper consideraba una especie de prisión, dado que su pasaporte había sido confiscado cuando la contrataron y no había vuelto a verlo desde entonces.

Faiza comprobó repetidamente su bolso en busca de los tickets. Algunos de los miembros de la familia real tenían fama de pegar a sus sirvientes, y Piper no quiso imaginar lo que podría ocurrir si las facturas no se correspondían con el dinero que había gastado la muchacha.

El Nordstrom donde estaban los zapatos se encontraba en la zona de los Stars, en los suburbios más alejados en dirección oeste. El reloj seguía corriendo de forma inexorable y la dependienta tardó una eternidad en entregarles los zapatos. Pero aun así, si los dioses del tráfico eran amables, podría llegar a tiempo a la reunión.

No lo fueron. Un accidente en la autopista Reagan había detenido el tráfico y, dado que Graham se había negado a darle su número de móvil, ni siquiera podía avisarlo. Solo rezar.

El tráfico avanzaba poco a poco, se detenía de nuevo. Avanzaba y se detenía. Al poco rato notaba tanta tensión en los hombros que le dolían los músculos. Respiró hondo varias veces. Pero nada de lo que hacía servía para despejar la carretera. Se concentró en su pasajera.

—Si pudieras hacer lo que quisieras, Faiza, ¿qué sería?

Transcurrieron unos segundos antes de que le respondiera.

—Para alguien como yo es una tontería tener sueños.

Piper se dio cuenta de que la pregunta había sido involuntariamente cruel.

—Lo siento. No era mi intención ponerte triste.

Faiza lanzó un largo y lento suspiro.

—Me gustaría ir a Canadá y estudiar enfermería. Especializarme en ayudar a los bebés que nacen demasiado pronto, como mi hermanita. Pero ese tipo de sueños no están destinados a ser. —Lo dijo de forma casual. No tenía intención de dar pena.

—¿Por qué a Canadá?

—Es donde vive la hermana de mi padre. Es mi única familia, pero no la veo desde que era niña.

—¿Sigues en contacto con ella? ¿Habláis por teléfono?

—No tengo teléfono. Hace dos años que no hablo con ella.

—¿Te gustaría llamarla con el mío? —le ofreció de forma impulsiva.

Al instante, oyó que Faiza contenía la respiración.

—¿Me dejarías hacer eso?

—Claro. —Tenía ya tantos problemas de dinero que ¿qué más daban un par de dólares más en la factura del móvil?—. ¿Sabes su número?

—¡Oh, sí! Me lo he aprendido de memoria. Pero si alguien supiera que...

—Por mí no lo sabrán. —Lanzó el aparato al asiento trasero y le indicó a Faiza cómo usarlo.

Su tía debió de responder al instante, porque la joven inició una alegre conversación hablando a gran velocidad en lo que imaginó que era urdú. Mientras la muchacha seguía charlando, el tráfico se reanudó y cuando Faiza le devolvió el móvil, estaban ya a la altura de Eisenhower.

—Mi *khala* está muy preocupada por mí. —La voz de ᴜiza estaba ahogada por las lágrimas—. Su sueño es que pueda ir a vivir con ella, pero no tengo dinero ni manera de llegar allí.

En ese momento sonó el teléfono. Aunque Piper no tenía permiso para responder llamadas personales mientras estaba al volante, no podía ignorar esa, así que puso el altavoz.

—Interesante —dijo una familiar voz masculina—. Estoy sentado en mi despacho esperando para empezar una reunión que debería haber comenzado hace diez minutos, sin embargo, me encuentro solo.

—Estoy en un atasco de tráfico. —Antes de que pudiera

recriminarla, pasó al ataque—. Si no te hubieras negado a darme tu número, te habría llamado.

—Un atasco no me sirve como excusa. Solo es señal de una mala planificación.

—Se lo enviaré a Oprah como ejemplo de una cita inspirada.

—Me gustabas más cuando fingías estar enamorada de mí.

—Empezó a hacerme efecto la medicación.

Él resopló.

Ella se mordió el labio inferior y miró el reloj del salpicadero.

—Ojalá hubiera tenido tu número.

—Ya te lo dije. Si me necesitas, llama a mi agente.

—Pensé que estabas siendo sarcástico.

—Nunca soy sarcástico.

—Eso no es verdad, pero... llegaré dentro de treinta y cinco minutos.

—Momento en el que estaré en el gimnasio. —La llamada se interrumpió.

Cuando ella desconectó el aparato, Faiza empezó a hablar, claramente incrédula.

—¿Estabas hablando con tu jefe? ¿El jugador de fútbol americano? ¿Con tan poco respeto?

—Me irritó.

—Pero te castigará, ¿no?

Casi con toda seguridad. Aunque no de la forma en que Faiza insinuaba.

—Aquí, los jefes solo pueden despedirte.

—Este país es muy extraño, y absolutamente maravilloso. —Faiza irradiaba una bondad que ella solo podía admirar, y la melancolía que adivinaba en su voz resultaba desgarradora.

Por fin, llegaron al hotel. Faiza le tocó el hombro.

—Gracias por lo que has hecho, amiga mía. Rezaré por ti todas las noches.

Eso le parecía un poco excesivo, pero no era de rechazar las oraciones de nadie.

—Cuando te dije que estaría en el gimnasio no era una invitación para que te presentaras. —Coop tenía que gritar para hacerse escuchar por encima del grito de los acordes del *black metal* noruego que resonaba en los altavoces. Una gota de sudor salió disparada de su mandíbula cuando imprimió una violenta combinación de izquierda-derecha en el saco de boxeo. Piper se reprimió a duras penas para no señalar que no solo lo hacía mal, sino que aquellos impetuosos golpes que daba con todas sus fuerzas eran contraproducentes.

El Pro Title Gym era un agujero maloliente y sin ventanas que frecuentaban los deportistas de élite de Chicago, con unos vestuarios enanos, paredes de bloques de cemento abolladas y bastidores oxidados. En la pared había una bandera americana y un letrero amarillo con una cita de *El club de la lucha* que decía ESCUCHAD, GUSANOS, NO SOIS ESPECIALES. El lugar apestaba a sudor y goma. No se podía encontrar allí un bar donde tomar zumos ni se veía ropa de entrenamiento a la última moda. Pro Title era un lugar duro, caro y exclusivo.

—¿Cómo has llegado hasta aquí? —gruñó Coop como si fuera un rottweiler.

—Me acosté con el tipo de recepción —replicó ella por encima de los gritos y los acordes distorsionados de las guitarras.

—Gilipolleces. —Un gancho al saco.

De hecho, lo único que había tenido que hacer era explicar que trabajaba para Coop. El estar vestida de uniforme en vez de como una *groupie* le dio credibilidad, y el chico la dejó entrar.

—Es mi historia, y la contaré como quiera.

Otro golpe castigador.

—Lárgate.

Le parecía bien. No había esperado llevar a cabo la reunión allí, solo quería demostrarle que se tomaba el trabajo en serio. Pero no pensaba irse de inmediato. No podía. Y menos cuando vio que por debajo de la sudada camiseta de Coop ondulaban los músculos como el viento sobre el agua cada vez que él daba un puñetazo. Tenía que dejar de hacer eso. Ya. Porque si no lo hacía, podría empezar a pensar en dejarse crecer el pelo. Se volvió hacia la puerta.

—¡Espera! —Otro ladrido de rottweiler—. ¿Por qué vas así vestida? Pareces la encargada de una funeraria.

Ella se tranquilizó lo suficiente como para decirle a quién llevaba de un sitio a otro.

—Solo durante el día —gritó por encima de la música—. Este es el uniforme de chófer.

—Es horrible. —Otro aniquilador golpe al saco.

—Pues a tu disposición.

El saco volvió a él.

—¿No te importa el aspecto que tengas?

—No mucho.

Él dejó de castigar el saco y la observó con expresión crítica.

—Siempre que has estado en el club has usado el mismo vestido.

—Dijo el hombre de las botas de cowboy...

—Es mi rasgo distintivo —replicó él—. Tienes que comprar ropa nueva. Das mala imagen.

Ella observó el riachuelo de sudor que bajaba por su cuello. Olía a sudor del bueno, el aroma saludable de un tipo que lleva ropa limpia al gimnasio. Hasta ese momento, no se había dado cuenta de que pudiera existir algo así como «sudor del bueno». Ahora que lo sabía, desearía no conocer tal dato porque pensar en algo que tuviera que ver con el cuerpo de Cooper Graham era una distracción que no podía permitirse.

—No tengo presupuesto para comprarme ropa nueva.

Él se volvió hacia el saco de boxeo.

—Envíame la factura. Es necesario para que encajes en el lugar.

Coop tenía parte de razón, pero aun así...

—No pienso comprarme nada que sea incómodo.

—¿Puedo suponer que por incómodo te refieres a cualquier cosa que parezca decente? Sí, eso sería bestial.

—Trata de ser mujer durante un tiempo, y luego hablamos.

Coop no lograba acostumbrarse a ella. Ninguna conversación con Piper Dove era sencilla. Abandonó el saco de boxeo y agarró una pesa rusa esférica de hierro forjado y se puso en cuclillas. Colocó el peso ante él y trató de ignorarla. Sintió la tensión en el deltoides, el duro tirón en los muslos. Siempre le habían gustado los entrenamientos muy físicos, pero nunca los había necesitado como en ese momento, cuando se veía atrapado noche tras noche en Spiral.

No, no estaba atrapado. Le gustaba la energía del club, el reto de superarse a sí mismo una vez más. Solo que no estaba acostumbrado a pasar tantas horas en el interior.

Contuvo el impulso de cambiar de mano para mirar a Sherlock Holmes. Ella no era tan indiferente a la moda como para llevar cerrado el botón superior de la blusa. Una lástima que no hubiera abierto también el siguiente.

Sintió el comienzo de un espasmo en el brazo. Le entró en el ojo una gota de sudor. Cambió de mano.

—Iré de compras contigo —gritó justo en el mismo momento en que la música que salía a todo volumen por el altavoz terminaba bruscamente de forma que su voz resonó en las paredes de bloques de cemento. El *pitcher* de los White Sox que estaba en la estera de al lado lo miró. También lo hizo

Piper, con aquellos grandes ojos azules que no se perdían nada. ¿Se había ofrecido realmente a ir a comprar ropa con una mujer?

—Guay —dijo ella, con una expresión tan llena de sarcasmo que iba a asegurarse que no repitiese una vez que la tuviera desnuda—. De paso podemos ir a hacernos los pies y las manos. E invitaremos a nuestras amigas.

Lo mataba con esa lengua afilada, pero él esbozó una sonrisa que hacía juego con su sarcasmo.

—No me fío de tu gusto —repuso ella.

—Sé muy bien lo que me gusta.

—De eso estoy segura, pero cubrepezones y tangas no me parecen apropiados.

Lo estaba matando, y lo hacía tan alegremente.

Se acercó a ella con una mueca.

—Estoy ocupado hasta la próxima semana. Trata de no perder la cabeza hasta entonces. Iremos a BellaLana, está en Oak Street.

Vio con satisfacción que la dejaba descolocada.

—No pienso ir de compras por Oak Street. ¿Sabes lo que cuesta la ropa en esas tiendas?

—Calderilla.

Eso hizo que a ella le hirviera la sangre, justo como él había previsto. Bajó la pesa rusa.

—¡Haz el favor de largarte para que pueda terminar el entrenamiento! —Y movió la cabeza un par de veces para que se alejara.

Aun así, su oferta no era tan irracional como podía parecer. Sherlock tenía la costumbre de pasearse por todas partes cuando estaba en Spiral, y le gustaba saber que otro par de ojos estaba velando por sus intereses, uno en el que podía confiar por completo. Podía decir muchas cosas negativas de Sherlock, pero la deferencia con su primer cliente decía que esa mujer se tomaba muy en serio la ética.

No es que tuviera intención de hacerle saber lo valiosa que estaba resultando ser. Igual que no tenía intención de decirle lo que le iba a hacer una vez que la tuviera en su cama.

A la noche siguiente, Piper vio a Dell, uno de los porteros, cerca de la barra. Era un rubio tipo surfista que se había tatuado un jaguar corriendo en un lado del cuello. Había tenido una carrera meteórica con los Bears y era especialmente popular entre las clientas del club, tan popular que parecía ajeno a cualquier otra cosa que pudiera estar ocurriendo en Spiral.

No pudo soportarlo durante más tiempo y lo alejó de sus admiradoras con la excusa de que quería hacerle una entrevista para la página web. Sin embargo, en vez de eso, le señaló el grupo que acosaba a Coop en el otro lado de la habitación.

—Las mujeres que rodean al jefe están borrachas y resultan desagradables. La pelirroja en especial. No hace más que colgarse de su cuello. Quizá deberías ir y distraerla para darle un respiro.

Dell la miró como si fuera un mosquito al que hubiera que aplastar.

—¿Estás diciéndome cómo hacer mi trabajo?

—Sí, eso se le da muy bien. —Jonah se había acercado por detrás y los dos, con sus músculos abultados y su agria beligerancia, formaron un muro entre ella y el resto de la habitación.

—Mirad, chicos, solo estoy sugiriéndoos que vigiléis a Coop más de cerca.

Jonah sonrió.

—Y yo estoy sugiriendo que me importa una mierda lo que tú haces. ¿De qué va, de todas formas? ¿De enviar tuits agradables y publicar imágenes bonitas?

Los gorilas no eran responsabilidad suya, y debería haber

mantenido la boca cerrada, pero ¿cuándo había hecho tal cosa?

—Gracias por recordármelo. Tengo una fantástica de vosotros dos poniendo morritos ante el espejo.

Sí, sabía cómo llevarse bien con sus compañeros de trabajo, estaba claro.

Durante los siguientes días, trasladó a princesas menores y a sus cuidadoras formando parte de una caravana de cinco coches, aunque a veces era de seis e incluía al menos dos furgonetas para transportar la montaña de compras de regreso al hotel, todas pagadas en efectivo. Sin embargo, en lugar de envidia, comenzó a sentir lástima, en especial por las adolescentes miniprincesas. A veces veía en sus ojos un anhelo idéntico al que había visto en los de Faiza, algo que no podía ser satisfecho con una docena de viajes a la tienda de Apple. Era el anhelo de poder caminar sin compañía por la acera, con los mismos pasos sin preocupaciones que las niñas estadounidenses que veían a través de los cristales tintados de los SUVs.

El día de la temida cita para ir de compras, a la hermana de la princesa K se le antojó ir a la maquilladora, lo que hizo que Piper llegara diez minutos tarde al BellaLana, donde Coop estaba cómodamente apoyado en uno de los mostradores de joyas mientras hablaba con las dependientas. Si ella hubiera tenido tendencia a las alergias, echar un vistazo a la ropa cara que salía en pantalla le habría producido una erupción.

La decoración negra, blanca y plata daba al lugar una apariencia industrial de fin de siglo, un tanto lujosa y de alguna manera condescendiente, como desafiando a los clientes que no la encontraran chic. De toda la ropa que no quería estar usando en ese momento, su uniforme de chófer era lo que encabezaba la lista, en especial porque tenía manchas de sudor

127

en las axilas, por debajo de la chaqueta, después de haber llegado corriendo desde el aparcamiento.

Coop levantó la vista. En sus labios había una sonrisa, pero sus ojos decían que era plenamente consciente de que lo había hecho esperar. Las dependientas la miraron con diversos grados de incredulidad, incapaces de creer que alguien con un aspecto tan extraño pudiera estar con el soltero más codiciado de Chicago.

—Señoritas, esta es Piper —la presentó Coop—. Ha dicho adiós a su carrera como directora de pompas fúnebres, pero tiene problemas para renunciar a viejos hábitos de moda.

Piper tuvo que contener una sonrisa.

—Ha venido al lugar correcto —comentó una pelirroja vestida con estilo urbano chic—. Trabajar en una funeraria debe de haber sido muy deprimente.

—No tanto como se podría pensar —repuso ella—. Fue allí donde conocí a Cooper. Enterrando las cenizas de su carrera.

Coop resopló. La dependienta pelirroja se dio cuenta con claridad que su cabeza corría peligro y la empujó hacia un probador.

—Nada demasiado atrevido —advirtió Coop—. Ya le llega con lo que pasa por su cabeza.

El primer vestido era de un verde apagado, pero no había nada apagado en la forma en que el modelo se ceñía a su figura, ni en el dobladillo, que apenas le cubría el trasero. Por suerte se había depilado las piernas, aunque aun así...

—No es precisamente de mi estilo.

—¿No tiene cremallera? —preguntó Coop desde el otro lado de la puerta del probador.

Bien, de eso tenía que reírse.

La dependienta, que se llamaba Louise, se mostró desconcertada.

—De verdad, es lo que está de moda.

Piper hizo una mueca mirando su reflejo. Había una eternidad de espacio entre la parte inferior del vestido y sus pies descalzos.

—Creo que me va más no ir tan a la moda. —O hacer una rápida visita a H&M, que era lo que de verdad le iba.

—Déjame verlo —intervino Coop.

La dependienta abrió la puerta del probador y la empujó fuera. Coop se había sentado en uno de los grandes sofás con tapicería a cuadros negros y plateados que había no muy lejos de los espejos. Piper intentó estirar el dobladillo.

—Parezco un pino.

—Un pino con muy buenas piernas —comentó Heath Champion desde la puerta antes de atravesar la tienda y sentarse en una *chaise*, junto a Coop—. Me gusta.

—A mí no —replicó Coop, con los ojos clavados en sus muslos—. Es demasiado conservador.

Ella lo miró fijamente.

—¿En qué universo paralelo resulta esto conservador?

Él negó con la cabeza con expresión de tristeza.

—Tienes que recordar que ya no trabajas en una funeraria.

Heath sonrió.

Ella señaló con un gesto al agente.

—¿Qué hace él aquí, Coop? No es que no me alegre de verlo, señor Champion, pero ¿qué hace aquí?

—Coop me dijo que viniera, y ¿cómo iba a negarme? Este chico me ha hecho ganar millones.

—Necesitaba otra opinión —intervino Coop—. Y él está más acostumbrado que yo a comprar ropa femenina.

Louise apareció con otro montón de vestidos en los brazos y la empujó al interior del probador. Durante la siguiente media hora, Piper se probó un modelo rojo al que faltaba tela por el medio, un vestido azul oscuro al que le faltaba tela en el escote y otro dorado que la hacía parecer un trofeo de la liga.

—Soy investigadora —masculló entre dientes a los dos hombres—. No un *pitcher* de los Peewee Penguins.

Heath sonrió.

—Me encanta esta mujer.

—No es un misterio el porqué —replicó Coop.

Para ella sí era un misterio, pero en su mente había algo más apremiante.

—Es evidente que esto no está funcionando —declaró mientras Louise iba a buscar más vestidos que ella no quería ponerse—. Me moriría de frío con cada uno de ellos. Por no hablar de que no podré hacer mi trabajo si estoy preocupada todo el rato por si mi... mis partes íntimas sobresalen por debajo.

Aquello pareció dejarlos mudos, lo que indicaba claramente que había llegado el momento de que ella misma se hiciera cargo de la situación.

—Louise, tú y yo tenemos que hablar...

8

Después de muchas discusiones, Piper terminó eligiendo un vestido de punto color morado con mangas largas y estrechas que le llegaba casi hasta las rodillas. El modelo no tenía demasiado escote en la parte delantera, pero lo suplía con la espalda descubierta, más que apropiada para la discoteca. Coop se empeñó también en adquirir otro diseño azul cobalto con un corpiño minúsculo que solo se salvaba porque se completaba con una parte negra más larga. Cuando echó un vistazo final a la etiqueta, casi se mareó del susto.

—Con lo que cuesta cada uno de estos vestidos, podría haberme comprado quince en H&M.

—Tu gran error es no comprarte otro par más —intervino Heath, mientras salían de la tienda bajo la soleada tarde de principios de octubre.

Un hombre de mediana edad que salía del Starbucks vio a Coop y lo llamó.

—¡Hola, Coop! ¡Eres el mejor!

Cooper le devolvió el saludo.

—Piper también necesitará zapatos —añadió Champion.

—Tendrá que dejarlo de mi cuenta porque no puedo seguir soportando sus quejas. —Coop actuaba como si ella no estuviera a su lado—. Jamás había conocido a una mujer más reacia a gastar mi dinero.

Piper suspiró.

—A diferencia de vosotros, que sois asquerosamente ricos, tengo que regresar al trabajo.

—No te olvides de cuál es tu trabajo de verdad —la advirtió Coop—. Y la próxima vez que te retrases, te lo descontaré del sueldo.

—Señor, sí, señor. —Y se dirigió hacia el aparcamiento.

Mientras los dos hombres la veían desaparecer, Heath negó con la cabeza.

—Esa pobre chica no tiene ni idea, ¿verdad?

—No. —Coop no dijo nada más.

Pasaron junto a la *boutique* para hombres donde hacían pantalones con tela escocesa, en la que no entrarían ni muertos. Las brillantes hojas caídas salpicaban el toldo blanco y negro de una tienda, y más hojas anaranjadas cubrían las aceras como si fueran billetes de cincuenta dólares.

—Es de esas que no puedes quitarte de la cabeza —comentó Heath—. Es por esas piernas...

Era por todo el paquete. Piper tenía las curvas precisas en los lugares correctos, sin ninguna exageración, perfectas y eficientes. Pero sobre todo era por sus ojos. Y su irreverencia. Y esa alocada decencia que escondía debajo de su actitud.

—Me recuerda a Annabelle —dijo Heath—. La primera vez que la vi.

Coop sabía a qué se refería. Annabelle poseía el mismo tipo de belicosidad, pero había una gran diferencia entre ambas.

—Annabelle es dulce y Piper parece una víbora.

—Es evidente que no has pasado el tiempo suficiente con mi esposa. —Heath clavó los ojos en un conjunto de braga y sujetador que había en el escaparate de Agent Provocateur.

—Ojalá no lleguen a conocerse nunca —repuso Coop.

—Pues yo pienso que sería entretenido.

Coop se estremeció. Annabelle le caía bien, pero no le gustaba que siempre quisiera meter las narices en sus relaciones.

—Asegúrate que no ocurra nunca.

—No te prometo nada. Y ya que estamos..., ¿para qué me querías realmente aquí?

Le llevó unos instantes demasiado largos responderle.

—Justo para lo que dije. Controlas más de ropa femenina.

Heath no había llegado donde estaba siento idiota, y Coop esperó que lo mandara a la mierda, pero su agente se limitó a esbozar su sonrisa de pitón.

—Y ella nunca ha estado en la revista *People* —dijo—. Esto se pone cada vez más interesante —añadió Heath, dándole una palmadita en el hombro antes de volver a mirar el conjunto de lencería.

—¡Tío! —Dos adolescentes que deberían estar en el colegio se detuvieron en la calle, a su lado. Coop agradeció la interrupción. Invitar a Heath había sido un fracaso. Había estado seguro de que su agente se aburriría. No es que lo hubiera demostrado, Heath era demasiado listo, pero se habría dedicado a enviar mensajes de texto todo el rato, y eso le habría delatado. Sherlock habría visto a través de los ojos hastiados de su agente y eso le habría devuelto a él la cordura. Habría recordado que había mujeres más guapas, más fáciles, más de su estilo, y que formaban parte de su mundo. En cambio, Heath había mantenido el móvil en el bolsillo, porque le gustaban las mujeres extravagantes. Como probaba Annabelle. La de ellos, la casamentera y el agente deportivo, era una historia de amor de novela romántica.

Coop sabía exactamente cómo eran las mujeres que andaban a la caza, cómo se movían y cómo olían, y Sherlock no mostraba ninguna de esas características. Se negaba a darle coba. Lo único que quería era hacer ese trabajo y una vez que lo terminara, él no sería más importante para ella que esos vestidos que le había comprado.

Esto requeriría una cuidadosa estrategia, algo que se le daba realmente bien.

Piper se puso el vestido azul cobalto esa noche, la cuarta que estaba de guardia en Spiral, pero en vez de confundirse con la multitud que sí seguía la moda, como era el propósito de su atuendo, atrajo más atención de la que quería. Un par de tipos quisieron invitarla a una copa, y PhairoZ, el DJ del club esa noche, se acercó a ella durante su descanso.

PhairoZ, cuyo nombre real era Jason Schmidt, parecía una estrella de fútbol europeo llena de tatuajes. Coop era un hombre de negocios inteligente; entendía que eso era un buen señuelo para atraer clientes a primera visita, pero el club tenía que ofrecer su propio atractivo, esa era la razón de que contratara a los mejores DJ y a camareras guapas. Cuando había mujeres en un lugar, los hombres las seguían.

—¿No te apetece quedar conmigo una vez que termine? —PhairoZ apoyó la palma en la pared, detrás de ella.

—Gracias, pero... de verdad... —Lo miró muy seria a los ojos con lo que esperaba que fuera una expresión casi tímida—. Eres demasiado ardiente para mí.

—Eso solo significa que puedo calentarte más rápido.

Ella reprimió su tendencia natural a la ironía despectiva.

—Soy demasiado insegura. —Le apretó el brazo de forma amistosa antes de pasar por debajo y alejarse.

Más tarde, se ocultó en el sótano de Spiral, detrás de un calentador de agua de tamaño industrial, el mismo lugar en el que había esperado durante las dos noches anteriores. Arriba se oía al personal cerrando por esa noche... o madrugada, ya que era un poco más tarde de las tres. Bostezó. Había interrumpido una pelea en el cuarto de baño de mujeres; había descolocado a Dell, el gorila inútil; y también se había asegurado de que algunas muchachas muy borrachas encontraban taxi.

Pero tenía que estar en el Peninsula cinco horas después para llevar a una de las princesas de más edad al consultorio de un cirujano plástico, y quería acostarse de una vez.

El sonido de unos pasos la arrancó de su aturdimiento. Asomó la cabeza por detrás del calentador y vio una figura con botas de tacón de aguja y una mochila bajando por la escalera. Era la mochila que Taylor llevaba cada noche al trabajo. Vio que la joven miraba a su alrededor antes de cruzar el sótano hacia el cuarto donde almacenaban los licores.

Habían cambiado la cerradura y ahora solo existían dos llaves, la de Coop y la de Tony, el gerente del club, un tipo decente que había conseguido ganarse la confianza de Piper. Era su llave la que, por petición de ella, había pasado las dos últimas noches cómodamente sobre su escritorio.

La cerradura tembló. Piper alzó la cámara, enfocó con rapidez y apretó el botón.

Dos noches después, Taylor había desaparecido. Keith, su novio y ex barman de Spiral, y ella habían estado llevando a cabo un pequeño pero rentable negocio en el mercado negro, donde vendían marcas de primera categoría que robaban en la discoteca. Piper solo había trabajado para Cooper Graham durante seis días y ya se había ganado el sueldo.

Alrededor de las once, Deidre Joss entró en el club con Noah. Coop debía haber estado esperándola porque apareció de inmediato y la condujo a la zona VIP. Pero Noah Parks vio a Piper y se detuvo.

Aunque Deidre se había cambiado su usual traje negro de mujer de negocios por un increíble vestido de lentejuelas muy ceñido, Noah seguía con el traje conservador y la corbata.

—Me sorprende verte aquí —le dijo él al nuevo vestido morado de Piper.

—Coop me contrató para que le moviera un poco la parte digital del negocio.

Noah la miró con frialdad.

—Estoy seguro de que a estas alturas ya le has dicho que trabajaste para Deidre.

—Prometí confidencialidad y eso es lo que he hecho —respondió de forma escueta.

—¿Estás diciéndome que no se lo has contado?

—Exactamente. Y, por favor, recuérdaselo a Deidre la próxima vez que necesite contratar a un investigador.

Él tomó un sorbo de su vaso y la miró de forma pensativa.

—Increíble...

No mucho después, vio que Jonah la miraba con el ceño fruncido desde el otro lado de la pista de baile, un ceño que sospechaba que se volvería más desagradable si supiera que ella tenía intención de conseguir que despidieran a su amigo Dell. Algo en la actitud de Dell había acrecentado sus sospechas desde el principio, y esa suspicacia había dado frutos al inicio de la noche, cuando él estaba de portero y lo vio aceptar una propina en forma de bolsa de polvo blanco de un borracho que quería entrar.

Piper subió la escalera hasta la zona VIP. Noah se había reunido allí con Deidre y con Coop, pero este último solo prestaba atención a Deidre. Aunque no le había contado demasiado sobre sus planes de crear una franquicia de discotecas, sabía lo suficiente del asunto como para sospechar que la negativa de Deidre para tomar por fin una decisión sobre la financiación del proyecto lo estaba volviendo loco. Aunque él jamás permitiría que nadie supiera tal cosa. Cualquier otro hombre estaría coqueteando con otras empresas, pero la de Deidre poseía una reputación impecable y Coop, siendo Coop, quería trabajar con la mejor.

Vio cómo él se reía y se inclinaba para acercarse a Deidre. Dejando a un lado los negocios, era evidente que Coop se sentía atraído por esa mujer. Piper sintió una punzada de celos. No porque él le gustara. No, no se trataba de eso. Por supuesto que no. Sus celos eran porque Deidre lo tenía todo:

una empresa que funcionaba a la perfección, una cuenta bancaria enorme, cerebro, belleza, seguridad en sí misma... Y porque a Coop le gustaba.

Quiso darse un golpe en la cabeza. ¡Estaba celosa! Celosa porque también quería gustarle a Coop. Vaya reacción ridícula. Coop era su cliente y su jefe, y lo único que importaba era que le gustara cómo estaba haciendo el trabajo.

Gracias a Duke, tenía años de práctica para conseguir distanciarse de sentimientos que le resultaban incómodos, y enterró su disgusto consigo misma en un par de *brownies* de bourbon y azúcar que encontró en la cocina.

Cuando Deidre y Noah se fueron por fin, ella recorrió las salas hasta la pista de baile, donde la vibrante pared de LEDs iluminaba la multitud de cuerpos que se agitaban siguiendo el ritmo eléctrico que pinchaba PhairoZ. Coop no estaba demasiado lejos, con la habitual multitud que lo acosaba.

Un matón enorme vestido de Gucci —incluso desde donde ella estaba podía ver el logo del cinturón— estaba haciendo todo lo posible para acorralar a Coop contra una pared. No era un tipo cualquiera, estaba borracho y cabreado. Además de ser tan alto como Coop y pesar casi treinta kilos más. El hombre movía los brazos con agitación y las luces láser del club teñían su tez de colores azul, rojo y verde Hulk. Piper miró a su alrededor en busca de algún gorila. Como de costumbre, no había ninguno a la vista, así que se abrió paso entre los bailarines sobre sus afilados *stilettos* cuando el matón cerró el puño y se inclinó.

Coop puso una mano en el pecho del individuo, pero a su oponente no le gustó. El tipo lanzó el brazo hacia atrás, preparándose para propinar un puñetazo. Ella se lanzó hacia delante y le agarró el brazo antes de que pudiera golpear a su cliente. Cambió el peso de pie y, tras darle un golpe en el plexo solar, lo dejó caer al suelo.

La gente que bailaba se echó atrás. El matón, que apestaba

a alcohol, cogió aire y trató de levantarse. La costura lateral de su nuevo vestido morado se abrió cuando se puso a horcajadas sobre él. Alcanzó a ver por un momento la cara de incredulidad de Coop antes de que aparecieran Jonah y Ernie, bloqueándole la vista. Ambos la miraban como si ella fuera la culpable.

—Lleváoslo de aquí —ordenó. La expresión de Jonah era mortífera, pero alejó al tipo ayudado por Ernie.

Una de las camareras se precipitó hacia ella.

—¿Estás bien, Piper?

—Claro que está bien —replicó la voz acerada de su cliente—. Es el Hombre de Acero, pregúntale y verás.

Menuda gratitud...

PhairoZ cambió con rapidez al *acid techno* justo antes de que una firme mano se cerrara sobre su brazo y la arrastrara con no demasiada suavidad lejos de la pista de baile. Mientras Coop se abría paso entre la multitud, ella se dio cuenta de que se le había roto una de las costuras del vestido, dejando al descubierto unas bragas blancas de cuello vuelto muy poco imaginativas.

Coop la llevó a través de la cocina hasta salir por la puerta que daba al pasillo. Solo entonces la soltó. Lo conocía lo suficientemente bien como para saber lo que venía a continuación, y no pensaba permitirlo, por lo que lo atacó antes de que pudiera hacerlo él.

—A diferencia de tu servicio de seguridad, no pienso esperar a que mi cliente sea agredido.

Coop se puso rojo de furia con su ego maltratado.

—No estaba siendo agredido. Que no se te ocurra volver a protegerme de nuevo.

—Alguien tiene que hacerlo. —Allí era ella la profesional, y se esforzó por mantener la calma—. Los guardias de seguridad tienen que vigilarte de cerca. Ese borracho estaba a punto de darte un puñetazo.

—Jamás lo habría conseguido.

—Quizá sí. Quizá no.

—Te he contratado para que vigiles al personal, no a mí.

Él estaba tan cerca que el olor a limpio de su suéter inundaba sus fosas nasales.

—Tienes que entender que no tendríamos esta conversación si yo formara parte del servicio de seguridad.

—Pero no formas parte. ¡Y no intentes colgarme una etiqueta machista!

—Si la etiqueta encaja, encaja. —La forma en que se cernía sobre ella hacía casi imposible que ella reprimiera su temperamento—. Si uno de los gorilas hubiera apartado a ese tipo, algo poco probable porque están demasiado ocupados tratando de ligarse a las clientas, no le habrías dado mayor importancia.

Él entrecerró los ojos y ella pensó que lo tenía pillado, pero no iba a darse por vencido fácilmente. De hecho, Coop se acercó todavía más, por lo que sintió su calor corporal a través del vestido morado.

—No necesito que nadie me rescate.

Cualquier atisbo de profesionalidad desapareció. Estaba tan enfadada como él.

—¿De verdad? ¿Ni siquiera si son dos contra uno? ¿Qué harás entonces, dime?

—Especialmente entonces —replicó él con algo parecido a una mueca.

Ahora estaban nariz contra nariz. O habrían estado así si él no fuera una cabeza más alto.

—¿Y si fueran tres contra uno?

—Puedo arreglármelas solo.

Ella se negó a retroceder.

—¿Y si tienen un arma? ¿Qué harías entonces? —Piper respiró hondo, algo que, por desgracia, hizo que la punta de sus pechos se rozara contra el torso de Coop.

Él se irguió todavía más y se apretó contra ella.

—Tengo una pregunta mejor, ¿qué harías tú?

—¡Yo estoy entrenada para eso! ¡Tú no!

—Lo que eres —rugió él—, es un dolor en el culo. —Y sin previo aviso, la apretó contra él, inclinó la cabeza y se apoderó de su boca.

Ella se quedó tan sorprendida que separó los labios al tiempo que contenía el aliento, con lo que le dio acceso a su boca, algo que él aprovechó de inmediato.

Su beso la envolvió. Se apoderó de ella. Era a la vez duro y exigente. Coop le puso la mano sobre el roto del vestido y tocó la piel desnuda de su cadera. Sus dedos eran como llamas que devolvieran a la vida cada célula de su cuerpo. Despertándolo por completo... Como el gallo de la mañana cantando desde el techo del gallinero, con el ardiente sol en lo alto del cielo... Esa clase de despertar.

Piper contuvo un gemido. Se sentía muy bien. Sabía muy bien. Él profundizó en la ranura del vestido al tiempo que presionaba la rodilla entre sus piernas. Ella deseaba eso. Lo deseaba lo suficiente como para olvidarse de todo y ceder. Lo deseaba tanto...

—¡No! —Lo empujó con fuerza en el pecho para apartarlo—. ¡Déjame!

Estaba furiosa con él, pero todavía lo estaba más consigo misma.

—Como vuelvas a intentarlo otra vez, terminarás en el suelo... Igual que tu amigo el borracho. —Se dio la vuelta y voló escaleras arriba.

Coop sudaba como si acabara de terminar una rutina completa de ejercicios de velocidad. ¿Qué coño había ocurrido? ¿Estaba convirtiéndose en uno de esos capullos que pensaba que jugar al fútbol le daba derecho para asaltar a las mujeres?

Se dejó caer contra la pared, asqueado por completo, tratando de entenderlo. Eran las mujeres las que le besaban, no al revés. Se ponían de puntillas, le rodeaban el cuello con sus brazos perfumados, abrían la boca e iban a por todas. Estaba volviéndose loco. Esa era la única explicación. La gente le había dicho que tendría problemas para adaptarse a estar retirado, pero jamás había esperado algo así. Era el doble de grande que Piper, y no importaba lo fuerte que She-Ra, princesa del poder, pensara que era, podía aplastarla.

Además, ¡joder!, estaba cabreada. Podría haberle dado una patada en las pelotas.

Pero no lo había hecho.

Porque, aunque estuviera cabreada, no tenía miedo de él. Si se hubiera sentido amenazada, incluso en lo más mínimo, en ese momento él estaría encogido en el suelo con las manos en la entrepierna.

O quizás estaba buscando una excusa para su mal comportamiento. Una manera de sentirse bien a pesar de lo que había hecho. Pero no había manera de conseguirlo después de haber intentado aprovecharse de una mujer indefensa.

Una mujer indefensa que no estaba indefensa. Ni cerca de estarlo. Aun así...

«¡Mierda!»

Le gustaba tenerla cerca. Odiaba tenerla cerca. Estaba volviéndole loco. Pero también estaba haciendo un buen trabajo, y sería un acto deleznable despedirla por lo que había ocurrido, ya que era culpa de él.

Tendría que encontrar otra manera de tratar con ella, una que no lo dejara fuera de juego.

El móvil de Piper sonó cuatro horas después, ordenándole que acudiera al Peninsula antes de lo que estaba previsto. En el camino, tocó la bocina a todo el que se acercó a ella. ¿Por qué Coop la había besado de esa manera? Porque ella estaba ganando con sus argumentos, por eso, y él no podía soportar perder. Era el juego de poder total. Pero más frustrante todavía había sido responder como lo hizo. Claro, él se había dado cuenta. Ahora tendría que trabajar el doble para asegurarse de que Coop no se creía todavía más superior.

Uno de los funcionarios árabes la recibió en el Peninsula con la noticia de que la princesa Kefaya en persona quería reunirse con ella. No fue capaz de imaginar la razón.

Otro sirviente la recibió en el vestíbulo y la guio hasta los ascensores. Cuando bajaron, el hombre la llevó a través de un pasillo de mármol negro hasta una *suite* enorme con una sala gigantesca con altos ventanales en la esquina. No había a la vista ninguna de las cientos de bolsas con las compras que habían realizado en sus excursiones. Había averiguado que todas estaban empaquetadas en otra *suite* que costaba a la familia real mil dólares más por noche.

La princesa Kefaya llegó a través de una de las habitaciones contiguas. A pesar de que era temprano, estaba vestida a la última moda con una lujosa túnica de color fucsia que le llegaba hasta la mitad del muslo, sobre unos elegantes pantalones grises. Tenía las muñecas cubiertas de brillantes brazaletes de oro y los pendientes de diamantes refulgían entre sus largos cabellos, negros como el carbón.

Faiza la siguió al interior de la habitación. Piper solo había coincidido con ella el primer día, pero había pensado en aquella muchacha con frecuencia. La joven se quedó junto a la puerta, con los ojos clavados en la alfombra. ¿Cómo sería vivir cada día sin la esperanza de un futuro mejor?

—¿Es usted la conductora que trabaja para el jugador de fútbol americano? —preguntó la princesa.

—Sí.

—Mi hermano, su alteza el príncipe Aamuzhir, está en la ciudad. Es muy aficionado al fútbol americano. Esta noche tiene que traer a su jefe. Su alteza se aloja en la planta dieciocho.

—No puedo.

La princesa no toleraba que nadie le dijera que algo no se podía hacer, y arqueó las cejas hasta que estuvieron tan curvas como la columna vertebral de un gato erizado.

—¡Faiza! Encárgate de esto personalmente, e indícale a esta conductora que sí puede.

Faiza asintió con la cabeza todavía gacha. Fue ella la que acompañó a Piper fuera de la *suite*, hasta el ascensor. En cuanto se cerraron las puertas, Piper alzó las manos.

—Faiza, no puedo obligar a Coop a hacer nada. Es inútil que lo intente.

—Pero la princesa lo ha ordenado —repuso Faiza con expresión muy seria.

—Pues la princesa va a sentirse decepcionada.

—¿No puedes convencerlo? —preguntó la sirvienta con el ceño fruncido.

—Estamos en Estados Unidos —le respondió con la mayor suavidad que pudo—. Sé que puede resultar difícil de entender, pero aquí importa un pepino lo que quieran las princesas extranjeras.

Observó las fases por las que pasaban las expresiones de la cara de Faiza, desde el miedo a la renuncia, y no pudo soportarlo.

—No es culpa tuya. Volveré y se lo explicaré.

Faiza la observó con tristeza.

—No te molestes. Es mi problema. Si no le hubiera mencionado a mi amiga Habiba que trabajabas para un famoso jugador de fútbol americano, nada de esto habría ocurrido. Habiba no es mala, pero le gusta hablar mucho.

—Pero te castigarán... —Sabía que era así, y la injusticia de la situación la enfureció. Cuando las puertas del ascensor se abrieron se sintió realmente cabreada porque la brillante luz del vestíbulo reveló lo que no había notado antes. La *hijab* púrpura de Faiza no ocultaba la contusión que esta tenía en el pómulo.

Hirvió de rabia. Había un par de guardias de rostro severo junto al ascensor. Se colgó del brazo de Faiza.

—No me siento bien. Ayúdame a llegar al cuarto de baño.

Faiza la observó con preocupación, pero, acostumbrada como estaba a servir a los demás, se disculpó con los desinteresados guardias y la guio hasta el cuarto de baño de señoras. No había nadie en el interior.

—¿Quién te ha golpeado? —exigió Piper—. ¿Ha sido la princesa?

Faiza se tocó la mejilla.

—No. Fue Aya. —La forma en que pronunció el nombre lo dijo todo—. Aya está a cargo de los sirvientes de su alteza. Le gusta que se haga todo con rapidez y yo soy demasiado lenta.

—¿Y la princesa le permite golpear a los demás sirvientes?

—No se da cuenta.

—¡Pues debería! —Aunque estaban solas, Piper bajó la voz—. Tu tía, la de Canadá..., ¿te dejaría quedarte con ella si pudieras llegar hasta allí?

—¡Oh, sí! Me lo ha dicho. Cada vez que vengo a Estados Unidos me gustaría ir con ella, pero es imposible. No tengo forma de llegar hasta donde vive, y aunque lo hiciera..., si me atraparan... —Sus ojos oscuros estaban tan vacíos como los de una anciana enfrentándose a la muerte. Negó con la cabeza como si pensara en la inutilidad de intentarlo—. Debo encontrar la felicidad en la idea de saber que mi *khala* me lleva en su corazón.

—Eso no es suficiente. —La familia real se iba al día siguiente por la noche. Piper vaciló—. ¿Y si tuvieras una manera de... de llegar a Canadá?

Aquello era una locura. No tenía ni idea de cómo alejar a

144

Faiza de la familia real, de llevarla al otro lado de la frontera.

La cara de Faiza se convirtió en el campo de juego de sus emociones, con la esperanza y la derrota en extremos opuestos del tiovivo. La derrota se impuso con rapidez.

—Haría cualquier cosa, pero no existe ninguna posibilidad, querida amiga mía. Tu bondad significa mucho para mí.

Pero la bondad no sería suficiente. Durante el camino de regreso, pensó en cómo podía ayudar a Faiza a escapar. No sería fácil sacarla del país. Pero era posible hacerlo.

Lo único que necesitaba era un poco de ayuda...

9

—¿Que quieres que haga qué? —Cooper Graham se sacó la piruleta de cereza de la boca.

Piper lo había arrinconado en su huerto urbano, donde estaba abonando los pepinos antes de que llegara la primera helada. A pesar de que ya estaban en octubre, los altos muros de ladrillo, los múltiples niveles y la protegida zona de descanso formaban un hermoso oasis. Las camas vegetales recién plantadas contenían cultivos preparados para soportar temperaturas bajas, como puerros y espinacas, remolachas, nabos y brócoli. Las grandes macetas vidriadas y las jardineras de piedra albergaban muestras de romero y zinnia, perejil y dalia, citronela y caléndula. A Piper no le había gustado descubrir que él había construido ese huerto con sus propias manos. Venía mal para la imagen que quería tener de él.

—Eres adicto a la adrenalina —aseveró ella, frotando unas hojas de menta entre los dedos—. Lo que te propongo debería gustarte.

—De verdad estás tomando esa medicación. Malditas pastillas. —Él volvió a meterse la piruleta en la boca y se concentró en los pepinos.

—Un comentario muy ofensivo —resopló ella—. Pero voy a pasarlo por alto.

—Hazlo.

Mientras rodeaba una maceta con pimientos para acercarse a él, Piper se dio cuenta de que había una mesa para macetas escondida detrás de la celosía de madera que separaba el área de descanso del huerto. Le llamó la atención algo en la parte superior y se tomó su tiempo para investigar.

—¿Qué es esto? —Alzó una bola perfectamente redonda de tierra compactada, había media docena más sobre la mesa.

—Una bomba de semillas. A diferencia de ti, no tengo ética alguna.

—¿Y eso significa que...?

—Soy jardinero de guerrillas. Junto un poco de arcilla, turba y un puñado de semillas en una bola. No se necesita más.

Estaba empezando a comprender.

—Eres un Johnny Appleseed urbano —se maravilló ella, pensando en el famoso personaje que había llenado Norteamérica de manzanos—. Lanzas las bombas en solares vacíos.

—Ahora ya está demasiado avanzado el año. Aunque los mejores momentos son primavera y otoño, con un poco de suerte, y lluvia en el momento adecuado, pueden florecer en una parcela inhóspita. —Él removió entre los pepinos para arrancar unas cuantas hojas amarillas de tomate—. Coreopsis, echináceas, rudbeckia bicolor... Quizá también un poco de hierba de la pradera. Es divertido.

—¿Cuánto tiempo llevas haciéndolo?

—Dos o tres años..., no lo sé.

—Y yo pensando que blanqueabas dinero de la droga.

Él sonrió por primera vez desde que lo había arrinconado.

—No es cierto.

—Bueno, en realidad no, pero... —Por muy interesante que fuera ese aspecto de él, no podía perder de vista su objetivo—. Quizá debería empezar por el principio.

—O quizá no deberías empezar. ¿Te has dado cuenta ya de que ayer destrozaste tu tapadera con esos movimientos de *jiujitsu*? Nadie va a seguir creyendo que eres una especialista en promoción *on-line* durante más tiempo.

Algo que ya había imaginado. En la distancia se oyeron repicar las campanas de una iglesia y ella empezó a hablar.

—Se llama Faiza. Solo tiene diecinueve años y ha estado trabajando para la familia real desde los catorce. Es una muchacha dulce e inteligente, y solo quiere lo que nosotros damos por sentado. Una oportunidad de ser libre.

Él frunció el ceño ante una planta de alubias desequilibrada.

—Sueña asistir a la escuela de enfermería para poder ocuparse de bebés prematuros, pero en este momento es poco más que una esclava.

Él arrancó la planta de alubias y la desechó al tiempo que hacía crujir lo que le quedaba de piruleta. Piper se acercó a él.

—Por favor, Coop. Es domingo. La discoteca está cerrada. Lo único que tienes que hacer es ir al Peninsula esta noche y tener una charla de hombres con ese príncipe. Considéralo una oportunidad única para echar un vistazo de cerca a una cultura diferente.

Él lanzó el palito de la piruleta en un cubo de residuos.

—Me siento feliz con la cultura que me ha tocado. Si no fuera por ese camarero ladrón...

Ella vio un pequeño cristal de azúcar rojo en la comisura de su boca y recordó aquel ridículo beso. Se humedeció los labios de forma automática.

—Tus camareros son bastante honrados. Y si todo el mundo pensara como tú, no habría esperanza para la paz y la comprensión internacional.

—Gracias, Miss Universo.

—Me limito a señalar que estás siendo muy estrecho de mente.

Él presionó el dedo contra el compost de la maceta para compactarlo.

—Por lo menos tengo mente. Y albergo serias dudas sobre que yo me pase una noche reviviendo mis años de gloria con que un potentado del petróleo de Oriente Medio vaya a beneficiar las relaciones internacionales. Con respecto al resto de tu plan... —Se estremeció—. A lo largo de mi vida he hecho algunas cosas de las que no me siento muy orgulloso, pero lo que me pides es espeluznante.

—¡Serías un héroe! Es la oportunidad para redimirte por los pecados de tu pasado. —Al igual que del beso, pensó, pero si él no sacaba el tema, no lo iba a hacer ella. A pesar de que parecía que él no podía quitárselo de la cabeza. No estaba segura de cómo lo sabía, quizá solo lo sentía. O tal vez era algo más... Aquella mirada calculadora en sus ojos... Esa expresión lobuna... ¿Qué era lo que estaba planeando?

Coop bajó la cabeza y se pasó el pulgar por el extremo de la ceja.

—Si estuviera dispuesto a hacerlo, que no lo estoy, debería recibir algo a cambio. ¿Qué me ofreces?

—¿Qué deseas?

—Interesante pregunta...

Él empezó a estudiarla con una mirada ardiente. Bajó la vista por su uniforme de chófer como si estuviera desnudándola, arrancándole cada fea parte del mismo. Y se tomó su tiempo. Puede que ella no fuera superdotada, pero era lo suficientemente inteligente como para darse cuenta de su táctica, y puso los ojos en blanco.

—Déjalo ya. Puedes ligarte a cualquier estrella de cine que quieras, y solo quieres que me avergüence. Igual que anoche. Bien, ¿sabes qué? No funciona.

—¿Estás segura? —Las palabras se deslizaron de sus labios, sedosas y seductoras.

—Soy más o menos imperturbable.

—¿De veras? —preguntó él mientras se acariciaba la barbilla, dejando una mancha de tierra—. ¿Alguna vez te mencioné que era un mal amante cuando empecé?

Si tenía que decir algo sobre Coop Graham era que resultaba impredecible. Por alguna razón que se le escapaba, había decidido llevarlos a aguas peligrosas. Tenía que retroceder, pero no podía hacerlo después de la forma en que había respondido a él la noche anterior. Eso significaba que tenía que dar la patada inicial.

—No lo creo —dijo.

—Tenía un montón de quejas, así que tuve que ponerme a ello. Me ocupé como si fuera una tarea.

—Le dedicaste más tiempo, ¿no?

—Exacto. Cuando pienso en los errores que cometía...

—Mortificantes, estoy segura.

—Pero no perdí de vista la pelota.

—¿Solo una? Qué curioso. Oh, bueno, espero que tu deformidad no te haga tener complejo. Estoy segura de que aun así puedes...

—Por fin, llegué a dominarla cuando tenía...

—¿Treinta y seis?

—Dieciocho. Aprendo rápido. Tantas mujeres hechas y derechas dispuestas a adiestrar a un joven como yo en sus amorosos brazos...

—Bienaventuradas las misericordiosas. Pero... —Sonrió, esbozando su propia sonrisa lobuna—. Como estás tan entretenido, no tendrás ningún interés en mí. Los dos sabemos que estás fuera de mi alcance.

En un primer momento, él pareció apreciar que reconociera ese hecho indiscutible, pero luego su expresión se oscureció.

—Espera. La semana pasada me insinuaste que eras una verdadera devoradora de hombres.

—Tengo mis límites. Eres un caso aparte entre los buenorros oficiales del mundo. Muy por encima de mí.

En realidad parecía molesto.

—Venga... ¿Por qué dices algo así de ti misma? ¿Y tu orgullo?

—Firmemente arraigado en el mundo real. Tú te acuestas con las superestrellas. Mírame. Tengo treinta y tres años. Como mucho soy normalita, y...

—Defíneme normalita.

—Tengo los pies feos y me sobran al menos cinco kilos.

—Solo si fueras un cadáver.

—Y... me importa una mierda la ropa y el aspecto que tengo.

—Eso es cierto. En cuanto al resto... Has oído hablar de los recortes de energía, pues lo único que tendría que hacer sería apagar la luz.

Lo dijo moviendo un bigote imaginario, en lo más alto de la villanía, y ella se habría reído si no hubiera tanto en juego. Así que avanzó hacia él.

—Vamos a hablar en serio. La vida de una mujer corre peligro. Necesito que lo hagas. Y tú también, asúmelo, necesitas hacerlo.

Él se había dado cuenta de su táctica, y su golpe no tuvo efecto alguno.

—Prueba otra vez, Sherlock. No ha sido un buen intento.

Se había quedado sin argumentos, y se dejó caer contra el muro de ladrillo de la terraza.

—¿Se te ocurre una idea mejor?

—Seguro. Métete en tus asuntos.

Ella respiró hondo y luego, lentamente, negó con la cabeza.

—No puedo.

Coop hizo desaparecer uno de los pequeños tomates pera amarillos en su boca. El sabor de los tomates no iba bien con el gusto a cereza que le había dejado la piruleta en la boca, pero necesitaba mordisquear algo. Piper tenía razón. Había jugado con ella, tratando de hacer que ese beso equivocado pareciera tan sinsentido como debía.

La miró. Parecía decepcionada con él. Como si lo hubiera pillado torturando un gatito. Lo que quería era terminar con todo y a la mierda el fracaso, pero aún se sentía muy pequeño, algo que no le había ocurrido desde que su entrenador en la universidad le había acusado, merecidamente, de ir a demasiadas fiestas.

—Todo lo que te pido es una hora —dijo ella—. Dos a lo sumo.

Jamás dejaba que nadie lo pusiera a la defensiva, sin embargo, eso era exactamente lo que había hecho. Se sentía como una especie de caballero de brillante armadura, y Piper le pedía que se uniera a su cruzada. Trabajaba para él, ¡joder! Era el *quarterback* y ella no sabía ni cómo se llamaban las jugadas.

—Me estás pidiendo mucho más que eso.

Ella no iba a rendirse.

—¿Acaso la vida de una joven no merece un poco de tu tiempo?

Él respondió a aquel intento de chantaje emocional con fría lógica.

—Su vida no corre peligro.

Ella miró por encima del muro a un enorme arce que se había vuelto rojo. Por una vez, no podía decir si era sincera o estaba jugando con él.

—Haber nacido en este país nos ofrece unas oportunidades que la mayoría de la gente no tiene en el resto del mundo —dijo ella—. Donde naces... es una especie de lotería, ¿verdad?

Él había nacido extremadamente pobre, pero... ¡Joder! Sherlock iba a obligarle a hacerlo. O quizá no fuera ella. Tal vez el desafío fuera conseguir lo que ella quería.

El príncipe olía a alguna mierda de colonia que quizá costara la producción de un par de pozos de petróleo, pero hacía que él se mareara. El muchacho se había teñido el pelo de negro y llevaba un bigote fino con la forma de las alas extendidas de una gaviota. Su gafas estaban teñidas de un azul extraño en la parte superior, pero se aclaraba en la inferior, y llevaba ropa occidental: un traje hecho a medida para su pequeña constitución y unos zapatos Oxford grises del mismo tamaño que había usado él cuando tenía diez años. No tenía nada en contra de los hombres pequeños. Era el enorme ego del príncipe Aamuzhir lo que lo ponía fuera de sí.

—Debería venir a navegar conmigo antes de que venda el yate. Es uno de los más grandes del mundo, pero la piscina está en la popa y solo nado bajo el sol. —El príncipe hablaba un inglés impecable con acento británico—. Con una segunda piscina en la proa, podría bañarme sin importar en qué dirección navegue. —Una risa—. Estoy seguro de que no puede entender por qué esto es tan importarte como para hacerme comprar un yate nuevo. La mayoría de la gente no lo hace.

Coop estaba cabreado. Había conocido más que suficientes capullos como el príncipe, tipos que alimentaban su autoestima codeándose con deportistas con los que, al mismo tiempo, se mostraban condescendientes. Sin embargo, asintió con amabilidad.

—¿Yo? Solo soy un jugador de fútbol americano retirado. Aunque usted... Usted es un hombre de mundo. Un tipo inteligente. Lo he notado al instante.

Sherlock había hecho una investigación previa.

«Algunos de los príncipes de la familia real son buenos chicos —había dicho—. Bien educados. Empresarios y ministros en el gobierno. Hay un piloto de combate. El príncipe Aamuzhir, sin embargo, no es uno de los decentes. Se pasa la vida alejado de la realeza, ofreciendo fiestas con prostitutas de lujo.»

El príncipe soltó una nube de humo tras dar una calada al cigarrillo, que Coop hizo lo posible por no inhalar.

—Invite a algunos de sus amigos a navegar conmigo —ordenó—. Dean Robillard. Kevin Tucker. No tengo el placer de conocerlos.

Ni lo tendría. Robillard y Tucker tirarían a ese capullo por la borda de su humilde yate con una sola piscina dejando caer su culo en el agua.

—Les llamaré —dijo—. A ver si pueden escaparse. —Tomó un sorbo de whisky en un pesado vaso corto de cristal que dudaba incluso que perteneciera a la lujosa colección del Peninsula. Había estado en esa habitación un par de veces, pero jamás había visto la fuente de oro en la esquina, ni los ceniceros tachonados de joyas o los cojines de seda púrpura con bordados.

El príncipe había tomado asiento en la silla que había cerca del piano de cola. Al cruzar los tobillos, dejó a la vista las suelas impolutas de sus zapatos, que al parecer se los ponía una sola vez.

—Hablando de viejas glorias, dígame... —El príncipe soltó otra oleada de contaminación atmosférica—. ¿Cómo cree que hubiera jugado usted contra Joe Montana o John Elway? —pronunció la cuestión como si nunca se la hubieran preguntado antes, como si los periodistas deportivos novatos de todo el país no se la hubieran hecho más veces de las que él podía recordar.

Fingió pensarlo mientras tomaba otro sorbo de whisky, luego dio la respuesta habitual.

—Esos jugadores eran mis ídolos. Ojalá hubiera tenido la oportunidad de jugar contra ellos. Lo único que sé es que, no importa cómo, lo haría lo mejor posible.

El príncipe volvió a cruzar los tobillos.

—Pero por lo que he observado, muchos *quarterbacks* son impacientes. No leen bien en las defensas contrarias.

Asintió como si el príncipe fuera uno de los grandes analistas del fútbol americano y no un cabrón egoísta que no sabía una mierda.

Su alteza le hizo un gesto con la mano.

—Está usando el anillo de la Super Bowl.

Los anillos de la Super Bowl no eran conocidos por su sutileza. El último de los Stars era un hijo de puta llamativo, con suficientes diamantes para cubrir todos los gastos de un baile de la jet. Coop se miró el dedo.

—Es bonito, ¿verdad?

—Exquisito.

Casi veía salivar al príncipe.

—Voy a decirle una cosa, Alteza..., nunca dejo que nadie se ponga mi anillo. He trabajado mucho para ganarlo, ¡joder!, pero con usted... ¡Qué coño!... —Se lo sacó del dedo—. Es un tipo capaz de entender el juego de una manera inusual. Quiero que vea lo que se siente al llevarlo.

No se molestó en abandonar el asiento, sino que simplemente se lo ofreció, lo que obligó al príncipe a levantarse de la silla para poner sus codiciosas manos en el anillo.

El hombre se lo puso en su dedo regordete y de inmediato se le resbaló hacia un lado. Lo giró para ponerlo en su lugar y lo sujetó ahí como si no tuviera intención de devolvérselo.

—Una pieza magnífica. —El príncipe se tomó su tiempo para admirarlo, acercándose incluso a una mesita de cristal, donde había mejor luz—. Dentro de un rato llegarán unas mujeres hermosas —dijo finalmente—. Quédese y disfrute de ellas conmigo.

Coop vio abierta la puerta que había estado esperando y, por tanto, temiendo.

—No puedo pasar por alto una invitación así. —Se levantó de la silla y sacó el móvil—. Tengo un evento, pero voy a ver si puedo librarme de él. —Se dirigió con el teléfono en la mano hacia las puertas que daban a la terraza que envolvía la *suite* y marcó el número de Sherlock, que lo esperaba en su coche, al doblar la esquina.

—Roy, soy Coop —dijo cuando ella respondió—. Ha surgido algo y no voy a poder asistir al evento de esta noche. Arréglalo todo, ¿vale?

—¿Todavía estás con él? —preguntó ella.

Miró por encima del hombro y vio al príncipe estudiando el anillo en su dedo.

—Sí, sé que firmé un contrato, pero no puedo hacerlo.

—No he olvidado que eres mi primera responsabilidad... —Ella parecía preocupada—. Sabía que podía ser arriesgado. Si me necesitas para salir de ahí, se me ocurrirá algo en el acto.

—¡Claro que no! —Era lo último que quería, ver a Piper Dove correteando por allí con sus llaves mágicas y sus movimientos de oro—. Pero no me dijiste que hubiera tanta prensa.

—Eres el mejor.

—De acuerdo. Iré. —Colgó y se metió el móvil en el bolsillo—. ¡Hostia puta! No puedo faltar. Tengo que marcharme. —Bajó la cabeza con pesar, como si hubiera perdido la oportunidad de su vida—. No me encuentro demasiado a menudo con alguien que entienda tan bien lo que supone vivir a lo grande—. Siguió sacudiendo la cabeza, cabizbajo. Ahora venía la parte difícil.

Se acercó a reclamar el anillo.

—Había algo que quería comentar con usted, pero... En fin... —Le tendió la mano.

El anillo permaneció donde estaba.

—Por favor. Dígame lo que es.

—Resulta un poco embarazoso. —En realidad era más bien mortificante—. Pero usted y yo... somos hombres de mundo, ¿verdad? Nos gusta disfrutar de las cosas más finas. Los dos... sabemos lo que queremos.

—Por supuesto. —El príncipe acarició el anillo con el pulgar.

—Una de las conductoras de la princesa es amiga mía, y sabe que me gustan las mujeres. Las más jóvenes. Es decir, a qué hombre no le gustan, ¿verdad? Bien, pues hay una sirvienta, se llama Faiza. Mi amiga me la enseñó.

—Ahhh... —El príncipe sonrió—. ¿Desea a esa sirvienta?

—Es mi tipo. Realmente joven. Aparenta unos trece años. —Se obligó a soltar el resto—. Mi tipo favorito.

—¡Ah, sí!

Aquello le provocaba repugnancia.

—Me preguntaba... ¿Cree que podría hablar con la princesa para que permita que esa niña venga... a trabajar para mí? ¿De forma permanente? —Le había dado un énfasis especial a la palabra «trabajar» y le dio al príncipe unos minutos para rellenar las partes más degeneradas—. ¡Joder! No debería haber preguntado. —Le tendió la mano una vez más—. Me alegro de que le guste mi anillo. Tengo que irme ya. Espero que disfrute del resto de la noche.

—Espere... —El príncipe se acercó unos pasos—. Podría ser posible... Pero, por supuesto, tendría que compensar a la princesa.

—Ya, claro. Ponga una cifra y extenderé un cheque. ¿Cuánto le parece que vale esa chica? ¿Un par de miles?

—¿Vamos a hablar de dinero entre amigos? No, no... Pero, tal vez sería posible..., una muestra de nuestra amistad.

Sherlock había asumido que podría convencer al príncipe que le cediera a la chica, pero él había sabido que no sería así.

—Por una muestra, ¿a qué se refiere?

El príncipe pasó el pulgar por el anillo.

—Lo que piensa que vale la chica para usted.

—Es usted un negociador difícil. Antes de nada... ¿Tiene sus papeles? ¿Pasaporte? No me apetece nada renunciar a ese anillo y luego tener que ver cómo la alejan de mí.

—Claro, por supuesto. Solo es necesario hacer una llamada de teléfono. —El príncipe esbozó una sonrisa que resultaba repugnante mientras sacaba el móvil. Coop fingió mirar por la ventana durante la breve conversación, que se desarrolló con unos cuantos ladridos en árabe. El príncipe y él habían llegado a un acuerdo.

Coop estaba deseando salir de allí, pero no podía renunciar al anillo sin tener a la chica, y sabía cómo hacer tiempo. Se terminó su bebida y desvió el tema de la historia que le estaba narrando el príncipe sobre un juego sexual particularmente repulsivo para recrearse en una batallita del partido contra los Giants de la temporada anterior. Por último, entraron en el ascensor para bajar al vestíbulo.

Uno de los secuaces reales estaba en la recepción, examinando un montón de pasaportes que, al parecer, acababa de sacar de la caja fuerte. Dado que la frontera entre Estados Unidos y Canadá tenía una aduana un tanto relajada, había intentado convencer a Piper de que el pasaporte no era necesario, pero ella se había puesto terca.

—Sin pasaporte, le resultará casi imposible solicitar un estatus legal —argumentó—. No podría ni ir a la escuela ni recibir atención médica. Le han robado su identidad, Coop. El pasaporte representa lo poco que le queda. Prométeme que al menos lo intentarás.

No le había prometido nada, pero durante el corto rato que había pasado con el príncipe, había tomado una resolución.

El hombre de confianza le entregó el pasaporte al príncipe. Una diminuta figura femenina vestida con una túnica hasta los pies y una pequeña bolsa de lona en las manos, mantenía la cabeza gacha a su lado. Coop no podía verle el rostro y ella no tenía forma de saber lo que estaba pasando. Debía de estar aterrada.

El príncipe ni siquiera dirigió una mirada a la muchacha, pero entregó a Coop el pasaporte. Él lo abrió con el pulgar, miró el nombre y la foto, y se acercó a la temblorosa criatura.

Le alzó la barbilla con un dedo, como si estuviera comprando una maldita esclava.

Era ella sin lugar a dudas. Cejas oscuras, mejillas redondas, labios temblorosos y profundos ojos castaños llenos de terror, algo que no podía solucionar en ese momento.

Se guardó el pasaporte y se volvió hacia el príncipe.

—Disfrute del anillo, Alteza. ¿Se ha fijado bien en el trofeo Lombardi que hay en el medio? Es platino puro.

Pero el trofeo Lombardi del anillo de verdad estaba guardado bajo llave en la caja fuerte de su habitación, y tenía diamantes genuinos, no las circonitas que había encastradas en la copia. Disponía de más de media docena de réplicas para donar a distintas subastas benéficas. Los licitadores sabían que eran copias, y aun a pesar de eso eran artículos muy populares.

—Vamos —le indicó a la chica, con la esperanza de que cooperara para no tener que asustarla todavía más tocándola.

Ella encorvó los hombros, como si estuviera tratando de protegerse de las atrocidades que creía que le esperaban, pero lo siguió.

—Disfrútela —se despidió el príncipe.

Coop se preguntó cuántos guardias saltarían sobre él si le diera a aquel cabrón un puñetazo en los dientes, pero estaba demasiado bien entrenado para dejarse llevar por ese tipo de indulgencia. Sin mirar atrás, guio a la aterrada sirvienta por el vestíbulo. Una copia del anillo de la Super Bowl. Eso era lo que había valido la vida de esa chica.

Atravesaron la puerta principal del hotel y solo se dirigió a ella cuando doblaron la esquina hacia la calle donde Piper esperaba en el Tesla.

—Bienvenida a Estados Unidos, señorita Jamali.

Ver aquel reencuentro hizo que todo valiera la pena. Piper se mostraba más feliz que nunca, y Faiza estaba llorando. Piper se sentó en el asiento trasero para estar con la chica y él se situó detrás del volante. Mientras conducía, ella sostuvo las manos de Faiza y le explicó lo que había ocurrido. La muchacha apenas podía hablar, pero la forma en que rodeó a Piper con los brazos era suficientemente elocuente.

Piper había elegido el apartamento de Berni Berkovitz como el lugar más seguro para Faiza esa noche. Berni, la de la pechuga y el sabroso *toffee*, que llevaba una extraña combinación formada por mallas rojas y chaqueta de punto masculina, agitó los brazos para saludarlos.

—¡Qué emocionante es esto! ¡Qué emocionante!

El apartamento de Berkovitz era como ella, mullido, recalentado y con olor a naftalina, aunque Coop estuvo de acuerdo con Piper en que Faiza estaría mucho más segura allí que en el club.

—No sé qué comen los musulmanes —comentó Berni, haciéndolos entrar—. Pero tengo tarta de chocolate. ¿Está prohibida por tu religión?

—Oh, no —repuso Faiza—. Pero no sería capaz de comer nada. Demasiadas emociones.

Coop tenía que hablar con Sherlock en privado, así que entró también.

—Señora Berkovitz, ¿por qué no le indica a Faiza dónde puede instalarse? Mientras Piper y yo haremos algunos planes. Estoy seguro de que la chica querrá llamar a su tía.

Faiza se mostró de nuevo insegura.

—¿Hay algún problema? No quiero que tengan problemas después de que hayan hecho tanto por mí.

—Todo va bien. —Él le brindó una sonrisa tranquilizadora, pero el príncipe podía darse cuenta en cualquier momento de que lo había engañado, y Piper tenía que poner a Faiza rumbo a Canadá antes de que ocurriera—. Señorita Jamali...

—Metió la mano en el bolsillo de la chaqueta y sacó el pasaporte—. Creo que esto es suyo.

Faiza se acercó a él lentamente, con los ojos clavados en el pasaporte. Se detuvo frente a él, pero no lo agarró, solo tocó la portada verde con la punta de los dedos.

—Venga —la animó con suavidad—. Cójalo.

Cuando lo hizo, lo sostuvo como si no pudiera creer que lo tuviera finalmente entre las manos. Levantó la cabeza y, presionando una mano contra el corazón, se inclinó ante él.

—*Jazeelan shokran* —dijo con la voz entrecortada—. Gracias.

¡Joder! Como no tuviera cuidado, acabaría emocionándose y todo. No como Piper. Estaba seguro de que ni siquiera un disparo de gas pimienta podría hacerla llorar.

En cuanto Faiza siguió a Berni al dormitorio, Piper se arrojó a sus brazos. Si no tuviera unos reflejos tan rápidos, ella podría haberlo derribado de nuevo. No es que le hubiera derribado la primera vez, pero él entendía qué quería decir.

—¡Eres el mejor! —exclamó—. ¡El mejor hombre del mundo!

Piper le rodeó el cuello con los brazos y hundió la cabeza debajo de su barbilla, haciendo que olvidara cualquier otra cosa. A pesar de la disparidad de tamaños, sus cuerpos encajaban a la perfección. Notó los pechos aplastados contra su torso, las caderas contra la parte delantera de sus muslos. Le puso las manos de forma automática en la parte baja de la espalda cuando ella le apretó con fuerza. Se puso duro sin poder evitarlo, como un adolescente novato.

Cuando ella lo miró con aquellos grandes ojos azules llenos de gratitud y totalmente ajenos al efecto físico que estaba teniendo sobre él, tuvo que recurrir a toda su autodisciplina para no bajar las manos hasta su culo; pero después de lo ocurrido la noche anterior, sabía que, si lo hacía, recibiría un puñetazo en el estómago.

... O algo peor.

¿Cuándo había ocurrido aquel antinatural cambio de energía? Ella lo estaba abrazando como si fuera su mejor amigo. Como si no la hubiera besado. ¡Como si hubiera olvidado por completo que la había besado!

Se armó de valor, la sujetó por los brazos y la alejó una distancia prudencial al tiempo que rezaba para que no se le ocurriera mirar hacia abajo y viera exactamente el efecto que provocaba en él.

Quería que se sintiera al menos un poco herida por su rechazo, pero solo parecía feliz.

—¡Sabía que podías hacerlo! ¡Oh, Coop! Has cambiado su vida por completo.

Él frunció el ceño.

—Deja de dar saltitos y cuéntame cuál es tu plan para sacarla de aquí.

Su mal humor no la perturbó.

—Le daré un par de días para instalarse y hacer planes con su tía. Luego...

—No es una buena idea. —Coop aumentó la distancia entre ellos, lo que lo dejó al lado de un centro de flores de seda lleno de polvo, y le contó lo del príncipe y el anillo, asegurándose de que ella entendía cuántos flecos tenía su plan original—. El príncipe tiene un ego enorme y un pequeño ejército para perseguirla. Podría tardar años en averiguar que lo he engañado, o puede darse cuenta ya. Lo mejor para Faiza es que se suba al primer vuelo que salga de la ciudad. O mejor todavía, volar desde Milwaukee. No queda mucho más lejos que O'Hare, y no tiene sentido correr riesgos innecesarios.

—No voy a subirla a un avión.

—Te aseguro que sí. Yo pagaré el pasaje.

Ella negó con la cabeza.

—No hay vuelos directos y ya está lo suficientemente traumatizada. Thunder Bay está al otro lado de la frontera en la costa norte de Minnesota. La llevaré en coche.

—¿Cómo puede habérsete ocurrido eso? —exclamó él.

Ella lo miró como si fuera el gusano más repugnante del planeta. Y ahí estaba otra vez. Aquella sensación de que no era lo bastante hombre para satisfacer algún tipo de desafío que solo existía en la mente de Piper.

—Se me ha ocurrido porque es lo que hay que hacer —sentenció ella.

Él sopló y resopló, sintiéndose cada vez más idiota y fanfarrón.

—¡Vale! —explotó finalmente, exactamente igual que un adolescente malhumorado—. Haz lo que quieras.

Pero en cuanto salió de allí, Coop supo lo que tenía que hacer.

10

¡El coche no arrancaba! ¿Por qué tenía que ocurrirle precisamente esa mañana? Faiza estaba sentada en el asiento del copiloto, sosteniendo entre las manos su preciado pasaporte al tiempo que miraba con nerviosismo a los coches que pasaban más allá del edificio de apartamentos donde había pasado la noche. Si no fuera por Coop y la réplica del anillo de la Super Bowl, los antiguos jefes de Faiza ignorarían su desaparición. Incluso así, no podía culpar a Coop por lo que había hecho. Piper había imaginado que su estatus de celebridad sería suficiente como para que el príncipe le regalara a Faiza, pero Coop conocía mejor que ella a los ricos egoístas. Había sido un error de cálculo por su parte.

Mientras Faiza se mordía el labio inferior, Piper hurgó bajo el capó del Sonata, pero no vio el problema hasta que inspeccionó la caja de fusibles. Habían desaparecido dos. ¿Quién demonios había...?

En ese momento se detuvo junto a ella un coche y se bajó la ventanilla.

—Entra.

Era Coop, sentado detrás del volante de un Audi plateado como si fuera el rey de la ciudad.

—¡Eres tú el que ha hecho eso! —exclamó—. ¿Dónde has metido mis fusibles?

—Te los devolveré cuando esté preparado —repuso él arrastrando las palabras.

Lo miró mientras salía del coche y abría la puerta del copiloto del Sonata.

—Buenos días, señorita Jamali. Seré yo quien las lleve hasta Canadá.

—¡No! —Piper no quería pasar tantas horas en un coche con él, requeriría demasiado esfuerzo por su parte. Además, no quería que él fuera decente. Deseaba que siguiera siendo el deportista egocéntrico pendiente solo de sí mismo, arrogante y endiosado que había pensado que era cuando empezó a vigilarle.

Pero Faiza se puso muy contenta al verlo y se cambió de coche con prontitud, sin dejarle otra opción que seguirla. Él hizo caso omiso a las protestas de Faiza y la obligó a sentarse en el asiento del copiloto del Audi, relegando a Piper a la parte trasera.

—No solo soy perfectamente capaz de conducir hasta Minnesota —afirmó mientras se ponía el cinturón de seguridad—, además soy mejor conductora que tú.

—¿Cómo lo sabes? —preguntó él mientras se ponían en marcha.

—Te he estado siguiendo, ¿recuerdas? Tardas tanto en frenar que casi te comes al de delante y, en general, eres demasiado agresivo. Yo, por el contrario, estoy capacitada para una conducción evasiva, preparada para evitar los atascos y cualquier contacto ofensivo.

—Impresionante, pero no tengo ninguna multa. Y por lo que sé, no puedes decir lo mismo.

—Solo porque no hay ni un solo poli en el estado de Illinois que ponga una al gran Cooper Graham. Pero ya veremos cómo actúan las patrullas de carretera de Wisconsin cuando crucemos su territorio.

—Incluso allí —dijo él con aire de suficiencia—. Cuando

eres un gran deportista como un servidor, puedes conseguir casi cualquier cosa.

—La vida es muy injusta —murmuró ella—. ¿Dónde has dejado el Tesla?

—En el garaje. Tengo que recargarlo cada seiscientos kilómetros, así que los viajes por carretera requieren cierta planificación.

—¿Y este coche de quién es?

—Mío.

Piper se obligó a apretar los labios.

—¿Cuántos tienes?

—Solo dos. A menos que cuentes la *pickup*.

—¿Para qué necesitas una *pickup*?

—Por infraestructura. Todos los hombres necesitamos una.

Ella suspiró y empezó a quitarse pelusas del jersey.

Mientras se dirigían hacia la frontera de Wisconsin, Faiza les contó la conversación que había mantenido con su tía la noche anterior. Coop utilizó todo el encanto que no se había molestado en usar nunca con ella para charlar con la jovencita. Faiza mantenía una actitud modesta, sin mirarlo directamente a los ojos, pero era evidente que lo adoraba. Solo cuando él se aventuró a decir algo de política se vio en Faiza algo de fuego.

—La palabra *islam* significa «paz, pureza, sumisión y obediencia» —explicó—. ¿Qué tiene que ver eso con el terrorismo?

Charlaron un poco más sobre Oriente Medio, sobre la comida y la música. Cerca de Madison, compraron el almuerzo en un *Auto King*. A Faiza le encantó la idea de pedir la comida a través de una ventanilla. Coop se negó a aceptar el dinero de Piper, y también a dejarla conducir cuando se ofreció.

—Como vea una sola mancha de kétchup en los asientos, te dejaré tirada en la carretera —amenazó.

166

Faiza se tomó la amenaza en serio y le prometió que tendría mucho cuidado.

—No va por ti, Faiza —le aseguró él—. Solo por ella.

—¿Piper no te cae bien? —La chica parecía realmente angustiada.

—Es complicado —dijo Coop—. ¿Sabes?, Piper está loca por mí. Tengo que mantenerla a distancia.

Piper resopló.

—¡Oh, no! —exclamó Faiza—. Piper no está loca. Es muy inteligente.

Eso hizo que Coop iniciara una larga explicación sobre el argot americano. En el momento en que pasaron Wisconsin Dells, él le había enseñado ya que no podía tomarse literalmente palabras como «loco» o «increíble», y también le había explicado el significado de «guay», «colgado», o «¿Qué pasa?».

La risa de Faiza consiguió que Piper fuera feliz.

—Conocer el argot americano no le servirá de nada en Canadá —intervino en un tono lo suficientemente borde para sentirse sorprendida ella misma.

—En Canadá ven cadenas de televisión americanas —señaló él.

Como la mayoría de los hombres, Coop odiaba detenerse, y lo acusó de cronometrarlas cuando Faiza y ella fueron al cuarto de baño en una gasolinera.

—Que haya mirado el reloj no quiere decir que estuviera midiendo el tiempo —puntualizó él con seriedad.

Ella puso los ojos en blanco.

—¿Cuánto tiempo hemos tardado?

—Seis minutos y treinta y dos segundos.

A pesar de lo irritante que podía encontrarlo a veces, todavía podía hacerla reír.

—Abróchense el cinturón, señoras —les avisó—. La nave está a punto de partir.

Llegaron a Duluth a media tarde, y por fin Coop le permitió ponerse al volante, principalmente porque estaba sentada detrás cuando él reapareció después de ir al baño.

—Cinco minutos, cincuenta y dos segundos —informó ella—. Has tardado casi tanto como nosotras.

Faiza se rio desde el asiento de atrás.

—Estás mintiendo. Cuatro minutos como mucho. —Pero se sentó en el asiento del copiloto sin protestar.

La salvaje belleza de la costa norte de Minnesota, con sus rocosos acantilados, sus playas de guijarros y las impresionantes vistas del lago Superior eran un secreto bien guardado para la mayor parte de los estadounidenses, pero Duke la había llevado de acampada a la costa norte varias veces cuando era niña y siempre le había encantado la zona. Los letreros anunciando pescado frito o ahumado con tortitas de arroz la hacían echar de menos al viejo misógino a pesar de sus defectos y su amor. Coop parecía fijarse más en los anuncios de tartas caseras.

—¡Detente! —ordenó al ver una señal que indicaba que el ominoso nombre del lugar era Castle Danger. Ella se desvió a un restaurante rústico de carretera. Él no tardó mucho en regresar con tres trozos de tarta—. Es de caramelo y manzana.

Era demasiado difícil comer el dulce mientras conducía por aquella tortuosa carretera de dos carriles, por lo que solo pudo disfrutar de la deliciosa fragancia a canela mientras Coop gemía de forma exagerada y describía de una forma casi pornográfica lo que sentía al alimentarse con las hojas de hojaldre y el pegajoso relleno—. ¿Qué te parece, Faiza? —le preguntó—. ¿No es la mejor tarta que hayas probado nunca?

—Deliciosa —repuso ella, aunque se mostraba más nerviosa según se acercaban a la frontera canadiense y solo había dado un par de bocados.

Grand Marais era la última ciudad importante antes de llegar al paso fronterizo de Grand Portage, y Piper le preguntó a

Faiza si podría considerar quitarse el pañuelo de la cabeza hasta que estuvieran en Canadá.

—Somos un grupo extraño —le explicó—. A pesar de que todos los papeles están en regla, tendríamos que dar menos explicaciones.

La joven se mordió el labio inferior y miró a Coop, en el asiento delantero.

—No puedo, Piper.

—No te preocupes por eso —dijo Coop—. Detente, Sherlock, te voy a demostrar cómo se hace.

—¿Te haces una idea de lo desagradable que resultas?

—Lo que tú llamas desagradable, a otras personas les resulta encantador y delicioso.

Ella sonrió y se detuvo.

Los hombres que hacían guardia en la frontera reconocieron de inmediato a *míster* Mandamás, y tras firmar un par de autógrafos e intercambiar algunas impresiones de fútbol americano, les dejaron pasar.

La tía de Faiza vivía en una modesta casa junto a una carretera de montaña con una valla blanca, que tenía vistas al lejano puerto de Thunder Bay. Había estado esperándolos y salió corriendo del interior antes incluso de que el coche se detuviera.

Faiza se arrojó a los brazos de su tía y las dos se pusieron a llorar. Otros amigos y parientes salieron de la casa. Muchos rodearon a Piper para agradecerle todo lo que había hecho. Las mujeres la besaban y los hombres abrazaban a Coop. Les ofrecieron comida y bebida. La efusividad de sus elogios la hizo consciente de sí misma. Después de un último y lloroso adiós a Faiza, y recibir promesas de oraciones de todo el mundo, dejó que Coop se sentara en el asiento del conductor para emprender el camino de vuelta.

Había sido un día largo y estaba empezando a oscurecer. No había pensado en dónde pasarían la noche, pero Coop la informó de que había reservado habitaciones en Two Harbors, un pueblo en la costa norte a unas tres horas de distancia. Ella estaba cansada después de los acontecimientos de los últimos dos días, y hubiera preferido un lugar más cercano, pero él no quiso oír hablar del tema.

—Me han dicho cosas excelentes de este lugar, y quiero comprobarlo.

—¿Cuánto cuesta?

—Más de lo que puedes pagar. Pero quedaremos en paz si trabajas horas extra.

Estaba siendo difícil porque sí, pero luego se redimió.

—Admitiré que no me moría de ganas de verme involucrado en esto, pero me alegro de me que pidieras ayuda. Has hecho una buena obra.

—Tú también —dijo ella.

En el coche se hizo un incómodo silencio, y recibió con agrado que él encendiera la radio.

Él se hizo cargo de la conducción cuando se detuvieron a echar gasolina. A eso de las diez de la noche, se desvió hacia la localidad de Two Harbors. No había muchas grandes cadenas hoteleras con instalaciones en la costa norte, pero aun así no se esperaba que la carretera de doble sentido se convirtiera en un camino de grava que corría paralelo a los muelles de hierro del pueblo.

Aquellos embarcaderos resultaban descomunales e inquietantes de noche, su imponente esqueleto de acero acanalado le recordaban una visión distópica de un rascacielos en ruinas de una ciudad antaño grande. En uno de los muelles había atracado un carguero, que estaba llenando las bodegas con el producto de unas minas cercanas, y el resplandor de los reflectores gigantes hacía la escena todavía más fantasmal.

Delante de ellos, en lo alto de un acantilado, el delgado haz de un faro señalaba el puerto como un dedo móvil. Coop siguió el camino de grava hasta la puerta de un edificio de ladrillo rojo. Con sus estrechas ventanas y las molduras de color tiza, parecería una escuela antigua si no fuera por la torre iluminada que había en una de las esquinas.

—¿Vamos a dormir aquí?

—Me han hablado de este lugar algunos amigos. Es el faro más antiguo en funcionamiento en el lago Superior. La sociedad histórica lo convirtió en un Bed & Breakfast hace algún tiempo.

Ella agarró la manilla de la puerta del coche.

—Mientras haya dos dormitorios, me parece bien.

—¡Espera! —Él cerró la puerta estirándose por encima de ella, atrapándola en el coche mientras la miraba con una irritación que ella no entendía—. ¿No estarás insinuando en serio que voy a intentar llevarte a la cama?

Su reacción la tomó por sorpresa. Lo miró con un suspiro de exasperación.

—No lo estoy insinuando, pero tampoco esperaba ese odioso beso de la otra noche, y ya que parece que poseo un imán para atraer a los hombres más improbables, ¿qué sé yo?

—No tienes ningún tipo de imán.

—¿De verdad? Entonces ¿por qué me besaste anoche?

—Trataba de salvar tu estúpida vida. —La señaló con uno de sus largos dedos—. Vamos a dejar algo claro, Sherlock. No tengo ningún interés sexual en ti. Ninguno, nada, cero. La única razón por la que te besé fue para no ceder a mi verdadero impulso, estrangularte. Y ahora, esta conversación ha terminado.

Él abrió las puertas y salió del coche.

«¿Qué le pasaba?», pensó ella. Era evidente que necesitaba dormir porque estaba un poco irritada después de oírle decir que no se sentía atraído por ella, algo que no le habría molestado si hubiera venido de cualquier otra persona. Bien, estaba algo más que un poco molesta. Lo estaba lo suficiente como para querer desafiarlo, pero una mujer de mediana edad que se presentó como Marilyn había aparecido en la puerta.

—¿Señor Smith? Bienvenido.

«¿Señor Smith? ¿Eso era lo más original que se le había ocurrido?»

Él se había acercado al maletero, de donde sacó una pequeña bolsa de lona. Ella recogió su mochila y lo siguió hasta una cocina *vintage* con una alfombra de trapo en la que limpiar los pies, un fregadero de porcelana y un fogón de gas antiguo. Unas cortinas de encaje blanco cubrían la mitad inferior de las estrechas ventanas, y había un molinillo de café en una de las repisas. Debajo, una bandera americana doblada en forma de triángulo encima de un arcón de madera.

En el aire flotaba el aroma a dulce recién horneado, seguramente el pastel de chocolate de donde procedían los dos trozos que había en sendos platos. A través de la puerta, vio una escalera, por el otro lado, había un comedor de aspecto anticuado formado por un radiador de vapor, una alfombra de flores oscuras, una mesa de roble y un aparador con figuritas de porcelana china. Estas habitaciones formaban parte de la vivienda del farero.

Coop la presentó como Ingrid, su masajista.

—Piper Dove —dijo—. En realidad soy la que vigila que el señor Smith permanezca sobrio.

—Bueno, que Dios la bendiga —replicó Marilyn con una alegre sonrisa—. No es una vergüenza admitir que necesita ayuda, señor Smith.

Piper le dio una palmada en el brazo.

—Eso es lo que le digo yo siempre.

El estallido de mal humor que lo había impulsado a salir del coche parecía haberse desvanecido porque no la apartó. Ella, por otra parte, todavía seguía molesta por su debilidad. Era una nueva faceta de sí misma que no le gustaba.

Marilyn les condujo hasta un pasillo en la parte de atrás, donde tres escalones finalizaban en un descansillo desde el que

172

otros escalones subían hasta un vestíbulo cuadrado con cinco puertas; tres daban a los dormitorios, una al cuarto de baño y otra al faro.

—Son los únicos huéspedes esta noche, así que no tendrán que compartir el cuarto de baño.

El señor Smith arqueó una de las cejas. No se le había ocurrido que podría tener que compartir el baño con la plebe. Ella, por el contrario, habría apreciado algún cliente más que les hiciera compañía.

Las habitaciones tenían hogareños cabeceros de madera, bonitos edredones, lámparas de globos de cristal pasadas de moda y más cortinas de encaje. En las paredes había fotografías en blanco y negro de barcos de mineral ya desaparecidos.

Su anfitriona, que había estado dándoles una pequeña charla sobre la historia del lugar, señaló las linternas que podían encontrar en cada dormitorio por si querían explorar el faro.

—Hay un fantasma, pero la mayoría de los huéspedes no lo ve. —Se dirigió hacia el pasillo—. Si no les importa, cierren la puerta delantera después de que me vaya.

¿Se iba? Piper no estaba segura de por qué, pero eso le molestaba. Bueno, estaba a salvo, pero..., incluso aunque el pueblo estuviera a poca distancia, el faro parecía tan aislado como una isla desierta. Aunque ella no era una tierna debutante que necesitara acompañante.

—Estaré de vuelta por la mañana —indicó Marilyn—. El desayuno es a las ocho y media. —Desapareció por la escalera y, unos momentos después, la puerta se cerró a su espalda.

«¡Mamá! ¿Es que no sabes que no debes dejar a los niños solos?»

Él puso en el suelo la bolsa de lona. Una simple acción con la que absorbió todo el aire de la habitación. Debido a su irritante reacción ante lo que había dicho en el coche, Piper supo que tenía que salir de allí enseguida.

—Eres voluble —la acusó él cuando se volvía hacia la puerta.

Ella se dio la vuelta.

—No lo soy. Tengo hambre.

Él entornó los ojos.

—No esperes que haga nada al respecto. Ya te lo he dicho. No estoy interesado.

—¡Para el carro! Tengo un hambre que puede saciar ese pastel de chocolate que nos han dejado. Por Dios, ¿qué te pasa? —Ella se volvió con desprecio, a pesar de que tuvo que resistir al impulso de pasarse el jersey por la cabeza, rasgarse el sujetador y ver si seguía sin estar interesado.

Bajó la escalera para ir en busca de su trozo de pastel a la cocina. Mientras lo comía, atravesó el comedor hacia una sala que parecía pertenecer a una entrañable abuelita. El sillón de orejas y el sofá de damasco azul tenían los típicos tapetitos blancos de encaje. Un estereoscopio antiguo y una maceta con violetas africanas ocupaban la parte superior de una librería con puertas de cristal. Incluso había una planta colgando junto a la ventana. Se imaginó al guardián del faro y a su esposa sentados allí por la noche, en un tiempo en el que no existían las distracciones electrónicas. Habrían estado leyendo, quizá cosiendo, hablando del tiempo que haría al día siguiente. A continuación, subiría la escalera hacia el dormitorio...

Cogió un cuaderno de la mesita de café y lo abrió. Era el registro de huéspedes que habían asumido los deberes de farero durante su estancia: subir y bajar la bandera, por la mañana y por la noche respectivamente, anotar los nombres de los buques que entraban en el puerto, y comprobar la baliza dos veces al día.

El trozo de tarta de Coop seguía encima de la encimera de la cocina cuando dejó el plato vacío en el fregadero y subió a su habitación. Se puso unos pantalones de pijama a cuadros

174

negros y una camiseta de los Bears, pero no tenía ganas de dormir. Ya que estaba allí, ¿por qué no buscar al fantasma del lugar? Tomó la linterna de la parte superior de la mesilla, se puso las chanclas y cruzó el pasillo para jugar a ser la farera.

Hacía frío en la oscuridad de la torre, y ni siquiera el débil goteo que dejaba la enorme lente que giraba en lo alto era capaz de traspasar la espesa negrura. Encendió la linterna, lo que hizo que aparecieran sombras misteriosas sobre las paredes de yeso. Una estrecha escalera con los peldaños pintados de oscuro color granate conducía hasta la sala del faro. Una pequeña ventana en el rellano tenía vistas hacia el puerto, pero la niebla había hecho aparición desde que llegaron y solo pudo intuir el tenue contorno estructural de los muelles de mineral.

Comenzó a subir la escalera. El frío le traspasó la camiseta y el pantalón del pijama. Curvó los dedos de los pies para retener las chanclas cada vez que subía uno de los escalones. Las espeluznantes sombras, la oscuridad, la sensación de aislamiento... Todo resultaba deliciosamente siniestro. Se sentía como si se hubiera colado en uno de los misterios que había devorado de niña. *Piper Dove y el secreto de los crímenes del faro.*

Llegó a otro pequeño descansillo, este con un ojo de buey. Aún no era visible la luz de la enorme lente superior del faro. Apagó la linterna para mirar a través de la redonda ventana hacia el lago, pero la niebla era demasiado espesa para poder ver nada.

Luego oyó un ruido.

El clic de una puerta. Un sigiloso sonido de pisadas en los escalones inferiores.

El asesino del faro la había seguido hasta allí.

Y ella sabía quién era. Él también sabía que ella conocía su identidad. No podía permitirse el lujo de dejarla salir viva de allí.

Nadie podía ayudarla.

175

Solo dependía de sí misma.

Estaba sola, en un faro desierto, con un psicópata que ya había matado... Y que estaba decidido a matar de nuevo.

¡No había nada en la vida mejor que eso!

Pegó la espalda a un rincón, sin hacer ruido. Con la linterna apagada colgando de su muñeca. Él avanzaba con el sigilo de una pantera, pero se movía.

Sus pasos se aproximaban. Cerca. Cada vez más cerca.

Por fin, pisó el descansillo.

Ella dio un salto hacia él.

—¡Uuuuuhhhhhh! —aulló.

Coop gritó. Dejó caer la linterna y se estrelló contra la pared.

De hecho, se había llevado una mano al pecho. Al encender su propia linterna, Piper se dio cuenta de que quizas había ido un poco lejos.

—Hummm... Hola, ¿estás bien? —le dijo

—¿Qué cojones pretendes? —gritó él.

—Solo... Solo quería divertirme un poco, pero es posible que me haya pasado.

Él lanzó un gruñido ronco que pareció salirle del fondo de la garganta. Se lanzó a por ella, la agarró por los hombros y empezó a sacudirla. Y luego la besó. De nuevo.

Ella sintió la fuerza de su ira en los labios, y la tensión de su cuerpo. Coop la apretó contra su pecho, haciendo que se sintiera pequeña e indefensa, a pesar de que no lo era.

«No tengo ningún interés sexual en ti. Ninguno, nada, cero.»

Claro, sin duda.

Piper dejó caer su propia linterna y se apretó contra su cuerpo.

Coop ya estaba duro.

Y no era el único que adoraba los retos, así que en lugar de retirarse ella le rodeó el cuello con los brazos.

«Cooper Graham, estás perdido.»

Ella ladeó la cabeza y abrió los labios. Él pensaba que era todopoderoso. El amo y señor de todas las mujeres. Bien, pues no lo era de ella. Se deshizo de una de las chanclas y se subió a sus zapatos para llegar más arriba y profundizar el beso. Asegurándose de que Coop pescaba al vuelo sus intenciones.

Y lo hizo, suavizando los labios y separándolos. Sus lenguas se encontraron. Ella enredó los dedos en su cabello y él le agarró el trasero con aquellas enormes manos. Piper le rodeó la otra pierna con la suya cuando la calidez de sus anchas palmas se propagó a través de la fina tela del pijama de algodón hasta su piel.

«¿Sigues sin estar interesado en mí?»

Al parecer sí lo estaba, y mucho. Sus lenguas se enfrentaron. Y...

Ella empezó a derretirse por dentro. Sintió que se fusionaba y ardía al mismo tiempo. Que le fallaban las rodillas, lo que le obligó a arquear la espalda. El zumbido de una alarma comenzó a resonar con fuerza en su cabeza. Zumbidos, campanadas y sirenas intermitentes.

Estaba consumiéndose desde dentro. Coop la levantó del suelo con sus enormes y atléticas manos. La apoyó contra la pared como si no pesara nada en absoluto. El beso se volvió salvaje. Piper deslizó los dedos por decisión propia por debajo de la camiseta de Coop para clavárselos en los duros músculos de la espalda.

De pronto, él se apartó con brusquedad, la agarró por el hombro y la dirigió por delante hacia la escalera. Cuando estuvieron bajo la luz del pasillo, Piper se volvió con la boca abierta para hablar.

—Cállate —dijo Coop antes de que pudiera pronunciar palabra—. Esto no me gusta más que a ti.

Era lo mejor que podía haber dicho. Ya no eran Piper y

Coop. Eran solo dos cuerpos que necesitaban liberarse. Despersonalizados. Sexo en su forma más primitiva.

Fueron al dormitorio de Coop. Él se lanzó hacia su bolsa de lona y empezó a revolver en el interior de la misma. Piper hubiera jurado que le temblaban las manos, pero estaba demasiado ocupada quitándose la camiseta de los Bears para poder fijarse bien. Permaneció allí con los pechos al aire, cubierta solo por los pantalones del pijama, mientras él se desnudaba y, ¡Oh, Dios!, era un espectáculo increíble: músculos feroces y tendones flexibles, piel bronceada y pálidas cicatrices. Quiso morder cada una de ellas, pero necesitaba sentir el anonimato, así que apagó la luz, dejándolos a oscuras.

Oyó cómo Coop se deshacía del resto de la ropa y lo siguiente que supo fue que él estaba sobre la cama y que ella, todavía con los pantalones del pijama puestos, era aplastada por su cuerpo. Piper le envolvió con las piernas mientras él se concentraba en sus pechos.

Se retorció bajo la fuerza de sus dedos, bajo el látigo de su lengua. Lo empujó en el tórax con la fuerza suficiente como para desequilibrarlo, y salió de debajo de él con intención de ponerse encima. Coop tenía esculpidos abdominales, lo suficientemente poderosos como para mantener el torso en equilibrio. De hecho, él podía sostenerse en el ángulo adecuado para acercar la boca a sus pechos y continuar ejerciendo aquella magia negra. Piper dejó caer la cabeza hacia atrás y cabalgó sobre él. Coop gimió, y ella se encontró de nuevo con la espalda sobre la cama para que él pudiera quitarle los pantalones del pijama con aquellas enormes manos.

Una vez más, su boca aplastó la de ella, haciéndola arquearse para encontrarse con él. La oscuridad no le permitía ver, pero sí sentir, y eso hizo.

Le dolió un poco cuando la dilató con los dedos, pero fue solo un momento y luego... Luego no dolió en absoluto y se movió contra su mano, con la mente en blanco, dejándose llevar por la locura, era solo un cuerpo que se hundía y volvía a salir sin respiración, que se hacía pedazos.

Él le dio un respiro antes de volver a la carga, torturándola, pero ella seguía sin poder tocarlo, al menos de la manera que quería.

Odiaba aquella oscuridad. Necesitaba verlo. Se retorció, rozando algo. El condón.

Tenía que sentirlo. Músculo y piel. Cerró la mano a su alrededor.

Coop soltó un ronco grito. Y todo terminó.

Antes de haber comenzado.

11

Coop saltó de la cama. No podía creer lo que le había sucedido. Era una pesadilla. Peor todavía. La humillación total. Un apocalipsis sexual.

Salió de la habitación y fue al otro lado del vestíbulo. La última vez que le había ocurrido eso tenía dieciséis años. Y de todas las mujeres del mundo, ¡iba y le ocurría con Piper Dove!

Se encerró en el cuarto de baño. En el cuarto de baño compartido; gracias a Dios no iban a compartirlo en ese momento, necesitaba estar solo.

La sirena del faro seguía soltando su gemido lastimero. Encendió la luz, pero no fue capaz de mirarse en el espejo. Alojarse en ese lugar había sido una idea horrible.

El baño era tan anticuado como todo lo demás. Había un radiador debajo de la ventana y una bañera con patas rodeada por una cortina de ducha blanca. Giró el grifo y se metió dentro de la bañera como pudo. La boquilla de la ducha apenas le llegaba al pecho, y la cortina se le pegaba a la piel, haciéndole sentir que estaba siendo atacado por un calamar gigante.

—Estás mojándolo todo —le recriminó una voz malhumorada desde el otro lado de la cortina.

—¡Sal de aquí!

—Tengo que hacer pis. No mires.

—Como si quisiera...

180

Cuando ella tiró de la cisterna, el agua hirviendo cayó en cascada por su pecho. Dio un salto atrás y chocó contra el extremo de la bañera. La húmeda cortina le encerró más fuerte entre sus tentáculos. Oyó un resoplido desde el otro lado.

Eso era lo que ocurría cuando uno abandonaba su plan de juego. Acababas maltratado. Y así había sucedido, ella le había ganado en su propio juego.

El agua de la ducha acababa de recuperar su temperatura normal cuando ella abrió el grifo del lavabo, provocando que le agrediera otro chorro hirviendo. Una vez más, dio un brinco hacia atrás.

«Eyaculación precoz.» Solo repetir las palabras mentalmente le hacía retroceder. Era un deportista de fondo. El hombre maratón. El nadador resistente. Aguantar era un motivo de orgullo para él. Ella había irrumpido en su vida, estropeándolo todo. Pero jamás había esperado que le afectara en *eso*.

Movió el grifo para que el agua saliera fría. Dejó que el chorro helado le forzara a poner en marcha el cerebro otra vez. Si empezaba a pensar como un perdedor, se convertiría en uno, y nadie superaba a Cooper Graham. Tenía que encontrar una razón lógica para lo que había sucedido, algo que le salvara el tipo. Quizá podía decirle que tenía un problema médico. Una secuela de la gripe. Una antigua lesión que le impedía esperar. O podía ser un cabrón y echarle la culpa a ella. ¿Y decirle qué? ¿Que había sido demasiado sexy? No era el momento de ser sincero.

Agarró una toalla. Una cosa era cierta. Tenía que enfrentarse a ella. Quizá pudiera utilizar el dolor como excusa. Podría funcionar. Le diría que acababa de recibir la noticia de que su abuelo había muerto. Ella no tenía forma de saber que aquel hijo de puta había fallecido hacía veinte años. Era la excusa perfecta.

Cuando salió del cuarto de baño, Piper ya no estaba en su

dormitorio y la puerta de ella estaba cerrada. Se puso los vaqueros y golpeó la madera. Al ver que ella no respondía, intentó girar la manilla, pero estaba cerrada con llave.

Aparentaría estar abrumado por la pena. Definitivamente era la mejor salida. La pérdida de su querido abuelo.

—¡Abre!

—No te preocupes por eso —replicó ella desde el otro lado—. Le puede pasar a cualquiera.

Ella era elegante en la victoria. ¡Oh, sí! Jodidamente elegante. Si las mujeres pudieran gobernar el mundo, los hombres se volverían irrelevantes.

—Ah, no me preocupa —se oyó decir—. Pasa cada dos por tres.

«¿Por qué cojones había dicho eso?»

—¿Lo dices en serio? —dijo ella—. ¿Te pasa a ti?

Se lanzó al vacío.

—¡Joder! Claro que sí. —Hasta ahí llegaba la mentira sobre la muerte de su abuelo.

—¿Y estás orgulloso de ello? —dijo ella abriendo la puerta con los ojos brillantes.

—No pienso mucho en ello, la verdad.

Piper tenía las piernas al aire, pero se había puesto de nuevo la detestable camiseta de los Bears.

—Eres un auténtico capullo. ¿Lo sabías?

Él se apoyó en el marco de la puerta y cumplió con creces las más bajas expectativas de aquella mujer.

—Lo que tienes que recordar, Sherlock, es que cuando eres yo, la vida es básicamente un remolino de mujeres heterogéneas. Puedo hacer lo que quiero cuando quiero.

Notó que ella todavía tenía los labios hinchados por sus besos y que sus ojos, del mismo color que los Pop-Tart de arándanos, ardían de indignación.

—¿Eres de verdad o solo uno de esos personajes de cómic que veo en mis pesadillas?

Sin saberlo, había dado con la defensa perfecta y se dejó llevar.

—A la mayoría de las mujeres no les importa, y si así fuera... —Se encogió de hombros.

Ella apoyó una mano en la cadera.

—Hay más peces en el mar, ¿no es eso?

Él bostezó y se estiró.

—Sí, seguramente debería darme vergüenza.

—¿Y no es así?

—Lo único que tienen que hacer es decir que no.

—Y nunca lo hacen.

—¿Quién puede entender a las mujeres?

Ella era demasiado lista para lo que a él le convenía, y notó que su indignación había comenzado a transformarse en algo parecido a diversión. Eso no le gustaba nada, por lo que subió la apuesta.

—Refréscame la memoria, Sherlock, ¿me he perdido la parte en la que decías que no?

Ella apretó los dientes.

—No me has oído decir que no. Ya te he comentado que soy conocida por usar a los hombres.

—También me dijiste que pasabas de ellos.

—Pero no por cuánto tiempo. —Justo antes de cerrarle la puerta en las narices, ella lanzó la andanada final—. Buenas noches, Rocket Man.

Piper se despertó con el sonido de la cuerda golpeando el asta metálica de la bandera al otro lado de su ventana. Durante la noche, la había asaltado un profundo sentimiento de decepción, aunque había hecho todo lo posible para deshacerse de él.

Que ella no hubiera culminado podría haber sido humillante para él, pero para ella había sido un regalo. Todo aquello había llegado demasiado lejos, lejísimos, sin necesidad de alcanzar la intimidad final.

¿En qué había estado pensando? Directamente no había pensado en nada. Ese era el problema. Cooper Graham tenía algo que le dejaba la mente en blanco. Una cosa estaba muy clara: a pesar de sus bromas, de la atracción que sin duda sentía por ella, no iba a volver a enrollarse con él, no importaba lo bueno que hubiera sido. Y había sido casi fantástico; sentir esa dura tensión bajo las palmas, esas manos hábiles que sabían lo que hacían. Se estremeció.

Apenas hablaron durante el desayuno, consistente en *muffins* de fresa, un jamón delicioso y queso *frittata* que Piper solo pudo picotear; temía las horas que estaría en el coche a solas con él y, cuando se pusieron en marcha para abandonar Two Harbors, estaba tan tensa como una bobina.

En lugar de reprenderse a sí misma por lo que había ocurrido, debería estar feliz de haber sido capaz de hacer perder el control a Cooper Graham. Pero no se sentía contenta. Rezaba para que él no sacara de nuevo el tema de lo ocurrido la noche anterior porque, si lo hiciera, tendría que concentrarse en usar todas las cartas que le quedaban para ser borde con él, y no sabía de cuántas disponía ya.

Apenas habían dejado atrás los muelles de hierro para la carga de mineral antes de que él soltara una risa diabólica.

—Acéptalo, Sherlock. Eres fácil. Lo único que tengo que hacer es quitarme la camiseta y estás perdida.

Y allá iban de nuevo. Cuesta abajo y sin frenos.

—Eso es cierto —reconoció ella—. Los torsos masculinos siempre han sido mi debilidad. En serio, Coop, si fueras más musculoso, te rascarías las axilas y devorarías plátanos.

—Deja que de eso me preocupe yo, tú concéntrate en averiguar cómo vas a ayudarme con mi pequeño problema.

—Excelente idea. Cierra el pico durante los próximos ochocientos kilómetros para que pueda pensar sobre ello.

Otra risa, algo que no le importaba, siempre y cuando no hablara, podía reírse todo lo que quisiera.

Debería haberla lanzado de nuevo sobre la cama y comérsela a besos hasta que le rogara que la llevara a la línea de meta. Pero, en lugar de ello, había estado demasiado mortificado para pensar con claridad y había comenzado otro duelo dialéctico contra ella. Llevaba la necesidad de ganar en la sangre y odiaba ser el perdedor. Y todavía odiaba más saber que ella lo veía de esa manera. No podía echarse a un lado en la carretera y tirársela en el asiento de atrás como quería, aunque el silencio que reinaba en el coche le enervaba. Tenía que encontrar la forma de demostrar que seguía siendo el *quarterback* del equipo.

—He estado dándole vueltas a la conversación que mantuvimos anoche —dijo—, y puede que tengas tu parte de razón.

—Es lo que suele ocurrir.

Ella se había aflojado el cinturón de seguridad lo suficiente para sentarse sobre una pierna. Si estuviera usando pantalones cortos en lugar de vaqueros, él habría tenido una vista inmejorable del interior de su muslo. Un muslo que, ahora lo sabía bien, era firme, suave y elegante.

—¿Y si me estoy perdiendo algo bueno por no dedicar un poco más de tiempo a mis amigas? —dijo él con rapidez.

Ella hizo una mueca.

—Es muy triste. Todas esas mujeres traumatizadas porque creen que tu problema es por su culpa. Debería abrir un gabinete de orientación.

No iba a reírse.

—Sí. Cuanto más lo pienso, más me parece que tienes razón. Puede que tenga un problema con el sexo.

—Por suerte, existe un gran número de libros sobre el tema.

—Lástima que no sea un gran lector. Demasiadas palabras difíciles.

—Interesante. Pues he visto todo tipo de libros en tu apartamento.

—Los deja la gente que viene a limpiar. —Siguió toreando el asunto justo como quería hacer con ella—. Ya que eres la que me indicó que tengo un problema, lo más justo sería que me ayudaras a superarlo. Ya me entiendes, solo como pareja sexual. Esto no tiene nada que ver con nuestra relación profesional.

Ella lo miró con una expresión de arrepentimiento fingido.

—No te lo tomes a mal, pero he perdido todo el interés.

No se creía ni por asomo que una mujer que había respondido como lo había hecho ella la noche anterior no siguiera interesada, pero se limitó a asentir.

—Entiendo...

Permanecieron en silencio durante un rato. Para aliviar la tensión, Piper llamó a Jada para averiguar cómo iba progresando su matanza. Según le dijo, iba muy bien. Se había deshecho de cinco compañeros de clase. Algo después, hicieron una parada para una comida rápida, y ella se hizo cargo de la conducción. En el momento en que atravesaron la frontera del estado de Illinois, el esfuerzo por parecer relajada había hecho que se le agarrotaran los hombros. Se esforzó por buscar un tema de conversación que les hiciera más liviana la última etapa de ese viaje interminable.

—Me he enterado de que eres un auténtico blandengue. Y no me refiero al sexo. Aunque ya que estamos...

Él se atragantó con la Coca-Cola.

Piper sonrió para sus adentros.

—Esas visitas que realizas al hospital, al Lurie...

—No sé de qué hablas.

Él lo sabía de sobra. A pesar de que había logrado entrar y salir del Hospital para Niños Lurie sin llamar la atención de la prensa, ella había descubierto el interesante hecho de que Cooper Graham pasaba mucho tiempo visitando a niños enfermos.

—No puedo imaginarte con niños alrededor. —Otra mentira. Por lo que ella sabía, se relacionaba con la misma facilidad con los críos que con las mujeres hermosas—. Puedes confesarlo... Es para ligarte a las enfermeras guapas, ¿verdad?

—Estás haciéndome sentir avergonzado.

—Es que se trata de un misterio que no logro entender. Ni siquiera con mis sorprendentes habilidades deductivas.

—Sorprendentemente desagradables.

—Cuando te estaba siguiendo, a veces abandonabas las calles principales y te acercabas a gente con aspecto no muy recomendable. ¿De qué iba eso?

Él dio un sorbo de Coca-Cola.

—No tiene importancia.

—No te creo. Cuéntamelo, soy como un cura bajo el secreto de confesión.

—No te pareces en nada a un cura. Tú eres...

—Deja de irte por la tangente.

Él se movió en el asiento; de repente parecía incómodo.

—No lo sé. Es... No voy a decir nada al respecto, así que esta conversación ha acabado.

Pero algo le decía que quería hablar, y ella recibía de buen grado cualquier tema de conversación que no les llevara de nuevo a lo ocurrido en aquella habitación. Así que esperó.

Él miró por la ventanilla.

—Se me ha ocurrido una idea... Pero es necesario mucho tiempo y esfuerzo, y no hay ninguna garantía de que vaya a salir bien. —Se volvió hacia ella—. Los solares vacíos de la ciudad son un desperdicio. Solo son lugares en los que se acumulan malas hierbas y basura.

187

Ella empezó a intuir por dónde iban los tiros.

—Te gustaría hacer algo más que lanzar bombas de semillas.

Él se encogió de hombros.

—Hay demasiadas personas sin empleo ni perspectivas. Todas esas parcelas vacías... Parecen una oportunidad para alguien.

—Pero no para ti.

—Joder, no. Ahora solo me interesa el negocio. —Lo vio sacar el móvil y llamar a Tony.

Lo escuchó hablar sobre el nuevo guardia que Tony había contratado para reemplazar a Dell, al que había despedido cuatro días atrás. Se preguntó si Coop habría descubierto ya que ella había terminado de trabajar para él.

Tras seis noches en el club, había llegado al punto de que no podía hacer más. El personal estaba limpio, y Tony y ella habían elaborado nuevos protocolos que debían contribuir a que las cosas siguieran así. El dinero que le pagaría Coop y el sueldo que recibiría por las horas como conductora la sostendrían durante una temporada. El lapso exacto dependía de lo contento que estuviera el propietario de la empresa de limusinas con ella y cuánto tiempo lograra estirar su labor en Spiral. Pero el trabajo había terminado.

Se dijo a sí misma que debería pensar más como un tiburón y menos como una Girl Scout. El salario que le pagaba Coop era su medio de subsistencia y tenía que aferrarse a ello. Salvo que no podía hacer nada más por él.

Ojalá Duke no le hubiera enseñado a ser íntegra, ojalá se hubiera limitado a enseñarle a disparar, a pescar y a sentirse mal por ser mujer. Por mucho que necesitara sangrar a Coop un poco más, no podía hacerlo. Cuando él puso punto final a la conversación con Tony, ella apretó el volante con más fuerza.

—Ya he hecho todo lo que puedo para ti.

Él dejó el móvil en el soporte de vasos vacío y se volvió hacia ella.

—No es cierto...

—Hablo de mi trabajo —le interrumpió ella con rapidez—. He llevado a cabo la misión para la que me contrataste. Tu mayor problema ahora es esa idiotez de negarte a tener un guardaespaldas cerca.

—No necesito una niñera.

—Es interesante comprobar que todos los demás grandes deportistas que frecuentan el club llevan consigo tipos musculosos para que les protejan, pero tú eres demasiado duro.

—Puedo cuidarme solo. —No podía sonar más beligerante—. ¿Estás diciéndome de verdad que estás pensando en dejarme?

—No voy a dejarte sin más. He solucionado los problemas de Spiral. Lo único que te falta es añadir a una mujer a tus guardias. No es demasiado inteligente dejar que sean tus hombres los que se encarguen de las clientas, no importa lo borrachas que estén. Podrías acabar con una enorme demanda por asalto sexual.

—Bien pensado. Estás contratada.

Debería haberlo previsto y, por un momento, se permitió considerar la idea. Pero no podía trabajar hasta la madrugada cuatro noches a la semana y seguir intentando sacar adelante su negocio, al menos a largo plazo. Antes de que se diera cuenta, trabajaría en la discoteca en lugar de como detective, y no había llegado hasta allí para renunciar a su sueño.

—No, gracias. Soy investigadora. Tendrás que encontrar a otra persona.

—Es por lo que ocurrió anoche, ¿verdad? Renuncias al trabajo porque tú...

—¿Porque me acosté con el jefe? —Esa era otra razón por la que no podía aceptar.

Él la miró fijamente.

189

—Eso es muy poco ético por tu parte. Tan poco ético como si fuera yo quien te despidiera.

—Denúnciame a la inspección de trabajo —le espetó ella.

—Deja de comportarte como una idiota. Sabes de sobra a qué me refiero.

Luchó para sonar profesional.

—Coop, quiero terminar esto de forma agradable. Espero que estés de acuerdo con que he hecho un buen trabajo para ti, y te agradecería que me recomendaras a tus amigos.

—Sí, lo haré. Está bien —dijo él bajando el parasol y agarrando el móvil.

Coop se dijo a sí mismo que aquello era bueno. Piper había llevado a cabo el trabajo, lo había hecho bien y él había estado esperando la ocasión en que dejara de trabajar para él para poder lanzarse de lleno a ese asunto que tenían pendiente. Pero ahora que había llegado por fin el momento, ya no estaba tan seguro de que ella fuera a cooperar.

Fingió echarle un vistazo a ESPN en el móvil. Tras unas semanas, estar desnudo con ella se había vuelto más importante de lo que debería. Quizá tuviera algo que ver con haberse retirado, con demostrarse a sí mismo que aquel espacio entre lo que solía ser y lo que era ahora no había cambiado.

Piper era un territorio inexplorado para él. Sentimental e impredecible, una mujer que no lo tomaba en serio, a la que no le importaba la cantidad de partidos que hubiera ganado, ni lo rico o famoso que era. Una mujer que no lo consideraba jodidamente irresistible.

Eso le irritaba. Por Dios, en comparación con las féminas con las que solía salir, Piper era un *chico* más. Uno que estaba encerrado en un cuerpecito muy, muy sexy y poco accesible. Lo que básicamente contradecía todo lo que había tratado de decirse a sí mismo sobre ella.

Y esa era la razón por la que no podía permitir que Piper Dove formara parte de su vida: la deseaba y ella se negaba a desearlo. Ella no le adulaba ni coqueteaba con él y, definitivamente, no se había enamorado de él.

La necesitaba por eso. Por no enamorarse. Era algo que odiaba; odiaba que se enamoraran de él.

—Quiero tener contigo una última entrevista —le dijo cuando se detuvieron justo detrás del coche de Piper—. Mañana por la noche en Spiral. —Le entregó los fusibles que había quitado del motor del Sonata sin ofrecerse a ponerlos de nuevo. Sin duda sabría cómo colocarlos, por supuesto que sabría. Era la vanguardia de una nueva civilización, una que desechaba las tradicionales habilidades masculinas de antiguos deportistas obsoletos.

La dejó con la cabeza enterrada debajo del capó del coche y se alejó para dirigirse a su casa. La puerta del garaje se abrió sin hacer ruido. Aparcó junto al Tesla, agarró la bolsa de lona y salió por la puerta lateral. Los reflectores de la parte trasera del garaje estaban apagados y el camino era oscuro. Oyó un crujido. Sin otro aviso, un hombre salió de los arbustos y se lanzó sobre su cabeza con una barra de hierro. Coop lo esquivó y lo empujó. La adrenalina invadió su sangre. Lanzó el hombro contra el pecho de su atacante y lo apresó por el brazo.

El atacante gruñó pero no cayó. Trató de balancear de nuevo la barra de hierro, sin embargo Coop le retenía el brazo. Se retorció. El hombre consiguió zafarse, alcanzándolo en la rodilla lesionada y haciéndole perder el equilibrio. Coop lanzó un duro golpe que habría acabado con él si sus reflejos no hubieran sido tan rápidos. El tipo era grande, pesado. Coop ignoró el punzante dolor en la rodilla para perseguirlo.

La lucha fue corta y brutal hasta que su adversario tuvo por fin suficiente. Se libró de sus garras, le gritó algo y huyó por el callejón. Comenzó a seguirlo, pero le falló la rodilla y cuando por fin recuperó el equilibrio, el matón había desaparecido.

Le palpitaba la mandíbula. Le dolía mucho la pierna y le sangraban los nudillos. Pero en lugar de llamar a la policía, de ir adentro para coger un poco de hielo que ponerse en la cara, cojeó hasta el garaje y se metió en el coche.

—¡Oh, Dios mío! ¿Qué te ha pasado? —Piper se agarró al borde de la puerta con los ojos abiertos con alarma. Llevaba de nuevo aquella puñetera prenda. ¿Cuántas jodidas camisetas de los Bears tenía?

Pasó junto a ella y entró en el apartamento.

—Tú eres la investigadora. Así que ya me dirás.

Piper tenía la palabra venganza escrita en la cara. Como si ella en persona tuviera la intención de ir detrás del autor del delito. Y se dio cuenta de que así era.

Se dirigió hacia la nevera, notando que la fiereza de Piper le hacía calmarse.

—Un matón estaba esperándome cuando salí del garaje. —Agarró un paño de cocina y un poco de hielo.

No parecía que estuviera dispuesta a jugar a médicos y enfermeras, a diferencia de cuando lo había empujado en el callejón. La vio abrir un bloc de notas.

—Empieza por el principio y dime exactamente lo que ocurrió.

—Me asaltaron, no hay nada más. —Apretó la bolsa de hielo contra su cara.

—Descríbeme a ese hombre.

—Es grande. Es todo lo que sé. Estaba oscuro.

—¿Qué llevaba puesto?

—¡Un traje de Brooks Brothers! ¿Cómo cojones voy a saberlo? Ya te lo he dicho, estaba oscuro.

—¿Y las cámaras de seguridad? ¿Las luces?

Él negó con la cabeza, y deseó no haberlo hecho.

—Estaban apagadas.

—Qué conveniente...

Ella le hizo empezar por el principio e ir contándole detalle a detalle. No había mucho que explicarle y lamentó haber ido allí. No estaba seguro de por qué lo había hecho.

La miró cuando levantó la vista del bloc de notas.

—Has dicho que gritó algo mientras huía, pero ¿qué?

—No me acuerdo.

—Pues piensa.

Él se pasó los dedos por el pelo.

—Joder, no lo sé. Algún tipo de amenaza. «Te pillaré», o algo así.

—«Te pillaré», ¿es eso lo que dijo?

—Sí, creo que eso era. —Movió la bolsa de hielo.

—No parece apropiado para un asaltante de jardín. Y ¿por qué no iba armado? En esta ciudad es tan fácil conseguir un arma como una barrita de chocolate, y más conveniente que una barra de hierro.

—Has visto demasiados programas de televisión.

Ella insistió.

—Si hubiera querido quitarte la billetera, hubiera tenido un arma de fuego. Es como si hubiera ido a por ti de forma personal. Pero ¿por qué?

Él miró fijamente la camiseta que ella llevaba.

—Porque es fan de los Bears.

—No tiene gracia. —Piper apuñaló el aire con el lápiz—. Y tienes que ir a Urgencias.

—Solo tengo la mandíbula magullada y las costillas un poco doloridas. Yo me ocuparé. Y antes de que digas nada, no informaré de esto a la policía.

Se sorprendió al ver que ella no discutía. Quizás entendiera que si él informaba de eso, la historia saldría en las noticias nacionales, la prensa le acosaría y, sin pruebas, la policía no sería capaz de pillarlo. Todo acabaría convirtiéndose en publicidad que no quería.

193

Piper se puso el lápiz detrás de la oreja.

—Algo no encaja —dijo ella—, y no quiero que regreses a casa todavía. Esta noche dormirás aquí.

Él la miró con incredulidad. Tenía que ser una broma. Bajó la bolsa de hielo.

—Se helará el infierno antes de que me esconda detrás de las faldas de una mujer o, en su defecto, una fea camiseta. —Salió del edificio sin darle tiempo a que se pusiera a gritarle sobre el sexismo y esas gilipolleces.

Llegó a su casa sin problemas. Le dolía mucho la mandíbula y tenía que limpiarse, pero, antes de hacerlo, cruzó la cocina y salió al huerto.

Como siempre, el olor a tierra y plantas en crecimiento hizo su trabajo. Adoraba ese lugar.

El haz de luz de un par de faros iluminó el muro del callejón, detrás del edificio. Eran los mismos que le habían seguido hasta allí. Con una sensación de resignación, sacó el móvil y apretó el botón.

—Ve a dormir un poco, Sherlock. No pienso ir a ninguna parte.

12

Piper despertó a Dell a la mañana siguiente. El gorila recién despedido de Spiral la fulminó con la mirada cuando abrió la puerta de su apartamento. Una incipiente barba rubia le cubría la mandíbula, tenía legañas y solo llevaba unos bóxers.

—¿Qué coño quieres?

Ya había descubierto lo que había ido a averiguar, aunque no era lo que esperaba. Dell parecía haber tenido una noche dura, pero no presentaba moretones ni cortes. No lucía ninguna señal de las lesiones que Coop había infligido a su desconocido agresor la noche anterior. Fuera lo que fuese lo que Dell hubiera hecho, no era quien estaba detrás de la emboscada.

—Estaba verificando tu dirección —respondió—. Tony quería asegurarse de que recibieras el cheque de la indemnización.

—Dile a Tony de mi parte que se vaya a la mierda.

—Lo haré.

Cuando ella empezó a darse la vuelta, él salió al pasillo. La beligerancia inicial había sido sustituida por el tono zalamero que utilizaba con las rubias de bote que se ligaba en Spiral.

—Oye, ¿no te apetece pasar un rato?

—No, pero gracias por el ofrecimiento.

Un sospechoso menos. Ahora tenía que dar con Keith y

195

Taylor. Con respecto a la posibilidad de que el príncipe Aamuzhir hubiera descubierto que era propietario de un anillo de la Super Bowl falso y quisiera vengarse... Sería mucho más difícil de comprobar.

De camino a Lincoln Park, leyó el correo electrónico que había recibido del propietario de la agencia de limusinas esa misma mañana con respecto a la familia real. Al parecer había recibido solo la mitad de propina que los conductores varones. Había trabajado más que la mayoría de ellos, pero en el mundo de la familia real, el género era más importante que lo demás. Debería haberlo visto venir, pero la injusticia todavía la enervaba.

La mujer que abrió la puerta de la lujosa casa que Heath Champion poseía en Lincoln Park era unos centímetros más baja que ella. Tenía el pelo castaño rizado y una sonrisa amistosa; su típica apariencia de chica de al lado no tenía nada que ver con la idea preconcebida sobre cómo debería ser la esposa de un todopoderoso agente deportivo.

—Eres Piper, ¿verdad? —la recibió—. He oído hablar de ti. Soy Annabelle.

—Y las guerreras se conocen... —dijo una voz masculina desde el interior de la casa.

Annabelle se rio mientras se hacía a un lado para dejarla pasar, y cogió la cazadora de Piper.

El lujoso pasillo de la casa, con su suelo de mármol, la moderna lámpara de bronce y la escalera en forma de S habría resultado intimidante si no fuera por un cachorro de peluche color púrpura, los rotuladores desperdigados, una estructura indescriptible de Lego y las zapatillas de deporte esparcidas por el suelo.

—Gracias por recibirme tan temprano —dijo Piper.

Heath apareció a la vuelta de la esquina con una niña de pelo rizado que llevaba puesto un tutú rosa y la parte de arriba de un pijama azul de franela.

—¿Qué ha pasado? Por teléfono sonabas muy misteriosa.

Ella lanzó a Annabelle una mirada de disculpa y esquivó una figura de *Star Wars* negra y dorada.

—Quizá deberíamos hablar en privado.

Heath le quitó su móvil a la niña.

—Annabelle acabaría sonsacándome en cuanto te fueras.

—Es cierto —reconoció su esposa con una sonrisa de satisfacción.

—Mi mujer ha sacado adelante un negocio basado en guardar los secretos de los demás —la informó con una sonrisa—. Es casamentera. Tiene una agencia, Perfecta para ti. Es posible que hayas oído hablar de ella.

—Por supuesto. —Piper había hecho algunas averiguaciones sobre Heath Champion desde su primer encuentro, y se había enterado de una historia muy interesante sobre cómo había conocido a Annabelle Granger Champion.

Se instalaron en la cocina, ante una mesa lacada frente a un amplio ventanal con vistas a un jardín de otoño. Mientras la niña, que se llamaba Lila, comía un plato de frambuesas, Piper puso al corriente a Heath y Annabelle del ataque que había sufrido Coop la noche anterior. Los dos se mostraron muy preocupados.

—¿Seguro que está bien? —preguntó Annabelle.

—Se negó a ir a Urgencias, pero creo que sí. —Ofreció una de las díscolas bayas a la niña, que la premió con una pegajosa sonrisa con motas de frambuesa—. Él piensa que se trató de un robo casual, pero yo no estoy tan segura. Creo que vosotros podríais ser más colaboradores conmigo contándome a quiénes podemos considerar sus enemigos.

—No tiene demasiados —reconoció Heath—. Es posible que un par de jugadores le guarden rencor, pero es parte del juego. Hay un periodista deportivo que le odia porque Coop le dijo públicamente que era un auténtico idiota, pero no creo que hubiera esperado tanto tiempo para tomar represalias.

—¿Alguna mujer?

Heath miró a Annabelle, que se hizo cargo de la conversación.

—¿Te refieres a todas esas actrices de Hollywood con las que salió? Hubo un par de rupturas dolorosas, pero no se comportó como un capullo, y no creo que ninguna estuviera esperando para vengarse.

—Sin embargo, ha habido algunas piradas... —intervino Heath.

—¿Alguna últimamente? —preguntó ella. «Además de mí.»

—Eso habría que preguntárselo a él —dijo Heath.

—Coop es mi nuevo proyecto —declaró Annabelle con una sonrisa.

—Algo que él todavía no sabe —puntualizó Heath, por si acaso Piper no se había dado cuenta—. ¿Qué ha pasado con respecto a los problemas que estaba teniendo en Spiral con el barman que despidió?

—Estoy en ello.

Una versión en miniatura de Heath entró en la cocina y la miró con curiosidad.

—¿Quién eres?

—Ella es Piper —dijo Heath—. Es detective. Piper, este chico es Trev. Ya tiene cinco años.

—Cinco y medio —puntualizó el niño—. ¿Tienes placa?

Se podía decir mucho de aquel niño viendo el brillo en sus ojos, que eran del mismo tono verde dinero que los de su padre.

—No tengo placa —dijo ella—, pero sí un par de superpoderes.

Él la miró con una mezcla de anticipación y escepticismo.

—¿Puedes volar?

—Por supuesto.

—¿Visión de rayos X?

—No podría hacer mi trabajo si no la tuviera.

Trevor lanzó el reto final.

—¿Telequinesia?

Una palabra complicada para un niño tan pequeño. Piper miró al padre de la criatura, que se encogió de hombros.

—Ha heredado el cerebro de su madre.

—Lo de la telequinesia es más complicado —confesó Piper—. Todavía estoy trabajando en ello.

—Lo que suponía —repuso él con sabiduría—. ¿Y qué me dices de la invisibilidad?

—¿Me has visto por aquí cuando tomabas el desayuno?

—No.

—Entonces bien.

Heath se rio.

—Venga, colega. Recoge la mochila. Es hora de ir al colegio.

Cuando Piper comenzó a levantarse de la mesa, Annabelle la detuvo.

—Quédate mientras me acabo el café.

—Allá vamos... —murmuró Heath.

Annabelle le lanzó una mirada hostil.

—¿Decías algo?

—Nada, nada... —Él la besó con rapidez, apretó los labios contra la cabeza de su hija y cogió la mano de su hijo.

Cuando su marido desapareció con el niño, Annabelle estudió a Piper con una larga mirada antes de esbozar una brillante sonrisa.

—Veamos... Cuéntamelo todo sobre ti...

Piper salió de casa de los Champion con la sensación de haber hecho una nueva amiga, pero dado que Annabelle Champion se codeaba con los que movían los hilos de la ciudad y ella vivía encima de un contenedor de basura, la suposición era bastante cuestionable.

No pensaba reunirse con Coop antes de que él tomara la segunda taza de café, por lo que se dirigió a Lincoln Square. Berni la había llamado a última hora de la noche para que la pusiera al día sobre los progresos en la búsqueda de Howard, y escuchar que se había limitado a verificar *on-line* los datos de que disponía no la satisfizo. Berni quería más.

—He estado informándome al respecto, Piper. Existen unas bases de datos donde se puede registrar a las personas desaparecidas. Quiero que lo hagas.

—Esas bases son para personas que no están legalmente muertas —le dijo con la mayor suavidad que pudo.

—Detalles, detalles...

No se trataba de un detalle si tenía en cuenta que la propia Piper había visto cómo enterraban el ataúd de Howard en el cementerio de Westlawn.

—Recuerda que jamás llegué a ver su cuerpo —había presionado Berni.

—Sí, señora.

Piper esquivó a un Mazda azul que intentaba aparcar en una de las plazas de Lincoln Avenue. Esa mañana el cielo estaba nublado y hacía frío, lo que pronosticaba lluvia, pero algunas almas resistentes ocupaban los bancos. Cuando ella se sentó en uno desocupado, pasó una motocicleta.

Metió las manos en el bolsillo de la cazadora mientras se fijaba en que alguien había dibujado un pelícano con tiza en los ladrillos cercanos a sus pies. Entre el trabajo nocturno en Spiral, la tarea como chófer y planear la fuga de Faiza, apenas había tenido tiempo para respirar.

Un poco después comenzó a hacer frío y se dirigió de nuevo al coche, fijándose en los escaparates que había a lo largo del camino. Sonó el móvil; era un mensaje de texto de Eric.

¿Nos vemos esta noche?

Mientras sopesaba qué responderle, se fijó en un anciano que cruzaba Lincoln Avenue hacia Leland. Tenía una barriga prominente, pantalones con la cintura alta, zapatillas deportivas blancas y una cuña de goma espuma amarilla sobre la cabeza.

Piper comenzó a correr. Un autobús de la CTA se detuvo justo delante de ella. Lo esquivó, evitó a un camión de reparto de UPS y a un ciclista, pero cuando llegó a Leland, el hombre había desaparecido. Realizó una búsqueda por el área, registrando callejones y calles laterales sin resultado; el tipo con la porción de queso en goma espuma de los Green Bay Packers no estaba a la vista.

Se recordó a sí misma que no había logrado echarle un buen vistazo a su cara. Sin embargo, Howard tenía una barriga semejante y la misma inclinación por usar zapatillas deportivas blancas y siempre llevaba los pantalones muy subidos. La altura también le había parecido la correcta.

El tema de *Buffy Cazavampiros* interrumpió sus pensamientos. Era Jen.

—Berni quiere que use mis contactos en los medios de comunicación para llegar al público y que la ayude a buscar a Howard. Y está presionando a Amber para que la ayude a poner carteles de persona desaparecida. Todos van a pensar que está loca.

Piper contempló los edificios de ladrillo que bordeaban la plaza.

—Quizá no esté tan loca como parece.

Organizó un encuentro con Jen y Amber en Big Shoulders Coffee el viernes. Todas habrían preferido quedar en una de las cafeterías del barrio, pero Amber tenía función esa noche.

En el trayecto a Lakeview, Piper planificó la estrategia a seguir con Coop.

—Déjame subir —le dijo cuando por fin respondió por el intercomunicador.

—¿Traes comida?

—No, pero la tortilla me sale genial.

—¿Sabes cocinar?

—Claro que sé cocinar. —No era necesario aclarar que odiaba hacerlo, pero Duke había esperado que cocinara y se ocupara de la casa cuando no debía actuar como un hijo en vez de una hija. Nadie sabía mejor que ella lo que suponía crecer rodeada de mensajes contradictorios.

—Vale, puedes subir. Pero no me hagas preguntas que no pueda responder, ¿lo has entendido?

—Claro. Nada de preguntas. —Coop sabía que mentía, así que no se sentía mal por hacerlo.

Cuando salió del ascensor en su apartamento, lo encontró tendido en el sofá con una bolsa de hielo en el hombro. No se había afeitado y su pelo tostado estaba deliciosamente enredado. A pesar de la contusión que lucía en la mandíbula, su aspecto era... magnífico. Era la viva imagen de la masculinidad, un hombre capaz de excitar a cualquier mujer. Salvo que estuviera muerta. Los hombres robustos como él habían nacido para ganar y producir niños guerreros a su imagen y semejanza.

«¿Niños?» Tenía que dormir más. Por mucho que le gustaran los críos, no quería tenerlos y no tenía costumbre de pensar en ellos.

Él se levantó del sofá. No llevaba camiseta, solo unos pantalones de chándal grises, y lo hacía con la misma elegancia que otros hombres vestían un traje de Hugo Boss. La prenda se había deslizado hasta sus caderas y dejaba al descubierto la superficie plana y musculosa de su abdomen, así como una fina línea de vello oscuro que apuntaba directamente hacia su...

«¡Hacia tu estúpida caída!», pensó para sus adentros.

Estaba furiosa consigo misma. Tenía que poner fin a eso. Iba a llamar a Eric. Tenía que conseguir librarse de... de aquella urgencia que inundaba su sistema, incluso aunque tuviera que seducir al agente buenorro en el asiento trasero del coche patrulla.

—Te preguntaría cómo te encuentras —logró decir—, pero algunas cosas son evidentes.

—He pasado por cosas peores.

—¿No deberías vendarte el pecho? —«En este mismo segundo. Ocultar todo ese músculo para que no pueda verlo.»

—Ya no se hace eso —explicó él—. Impide respirar con normalidad.

Entonces ¿qué le pasaba a ella? Apenas podía llenar sus pulmones de aire.

En el mismo momento en que ella empezó a rezar para sus adentros, rogando que se pusiera más ropa, él agarró una sudadera azul marino de cremallera del respaldo del sofá y se la puso. Pero no la cerró.

—¿No has mencionado algo sobre una tortilla? —dijo él—. Veamos qué es lo que ha crecido más.

Él salió a la terraza donde estaba el huerto urbano con la sudadera abierta, para que se viera bien una de las obras maestras de la madre naturaleza. En lugar de utilizar su ausencia para recuperar el equilibrio, Piper lo siguió.

Estaba cogiendo algo que, a primera vista, parecía una cebolla, pero luego se dio cuenta de que era un puerro. Coop parecía más a gusto allí que cuando se codeaba con la multitud que llenaba Spiral. Estaba complemente relajado. Se le ocurrió de repente que excavar la tierra con esas grandes y competentes manos era lo que más le convenía.

—No encaja —comentó ella—, que alguien como tú sea el propietario de una discoteca.

—No sé por qué lo dices.

—Porque el granjero Coop nació para arar los campos.

—Para ti soy el ranchero Coop. Te recuerdo que procedo de Oklahoma. Y jamás me había alegrado tanto de irme de un sitio.

A pesar de la baja temperatura reinante, él estaba descalzo y no había subido la cremallera de la sudadera. Sin embargo, no parecía que el frío le afectara. Ella miró el rincón donde estaba la chimenea, no muy lejos de las puertas de cristal que daban acceso a la terraza. Era un hogar redondo, con una repisa de pizarra en la parte superior, y una *chaise* acolchada lo suficientemente amplia para dos.

—En tu biografía no hay demasiados datos sobre tu infancia —observó ella—. Solo que creciste en un rancho y perdiste a tu madre cuando eras pequeño. —Igual que ella—. Es como si no existieras antes de empezar a jugar con los Oklahoma.

Él había seleccionado entre las tomateras, pero no había retirado todos los tomates, solo un par de ellos. Se metió uno en la boca.

—Mi padre y yo éramos ganaderos, pero las tierras no eran nuestras, las teníamos arrendadas. Unos sesenta acres, no muy buenos. Algunas vacas y cerdos. Los alimentábamos con maíz. Él era veterano de Vietnam, y en esa época no se hablaba demasiado sobre el síndrome de estrés postraumático. A veces estaba bien, otras no.

Ella intuyó lo que venía después; alcoholismo, abusos físicos. Deseó no haber sacado el tema.

Pero Coop la sorprendió.

—Mi padre era un hombre sensible, y esa fue una de las razones por las que la guerra le resultó tan dura. Durante gran parte del tiempo, no era capaz de hacer nada; apenas podía levantarse de la cama, así que yo ocupaba su lugar. —Puso la tapadera a un recipiente de hierbas protegidas de las heladas—. Tenía siete años la primera vez que conduje un camión. Recuerdo que me senté sobre un montón de sacos de grano y unos bloques para poder llegar a los pedales. —Se rio, pero ella no encontró que aquello fuera divertido—. Hubo un par de inviernos en los que incluso eché de menos asistir a la escuela, lo juro.

—Eso no está bien.

Coop se encogió de hombros y recogió su cosecha.

—Los animales tienen que ser atendidos, necesitan comida y cuidados, y mi padre no siempre podía salir de la casa.

—Una vida difícil para un niño.

—Yo no conocía otra cosa.

Lo siguió al interior. Él dejó lo que había recogido junto al fregadero y abrió el grifo. Los pantalones de chándal se habían deslizado tan abajo por sus caderas que agradeció que estuviera de espaldas a ella.

—La primera ciudad que visité fue Norman —continuó él—. Tenía dieciséis años, y pensé que aquello era el paraíso. Después de que mi padre muriera, no miré atrás.

Ella dejó su cazadora en el respaldo de un taburete de la barra.

—Debe de gustarte algo de la vida rural, o no hubieras creado este increíble huerto urbano.

—Me gusta ver crecer las cosas. Siempre me ha gustado. —Arrojó un puñado de espinacas en un colador de acero inoxidable—. Empecé una especialidad en plantas y terrenos en la Universidad de Oklahoma, pero luego descubrí que había que ir a clase. Deportista universitario es una especie de oxímoron. —Regó las espinacas con agua y sacudió el colador—. Me encanta el ritmo de vida en la ciudad, y por mucho que me gusten los animales, no me gusta criarlos. En especial a los cerdos. —Tras limpiar las hojas las puso sobre una toalla de papel—. No sabría decirte la cantidad de veces que lograron salir de la pocilga para destrozar mi huerto. Es el único animal que odio.

Ella pensó en Oinky.

—¡Los cerdos son muy tiernos!

—Sí, ya. Tú duermes con uno.

—No duermo con...

Él la miró por encima del hombro.

—Ya veríamos lo tiernos que te parecen, chica de ciudad, si tuvieras seis años y un cerdo de cuatrocientos kilos se escapara. Un resbalón y te convertías en su almuerzo. Comen de todo.

—Bueno, nosotros también nos los comemos, así que...

—No estoy diciendo que no sea una especie de justicia divina, pero los niños y los cerdos son mala combinación. —Sacó un cuchillo de chef—. Todavía tengo pesadillas.

—A ver si lo he entendido bien. Tú, Cooper Graham, el *quarterback* que se incluyó cinco veces en el equipo ideal de la NFL, el que obtuvo dos veces el mejor promedio en la liga, ¿tienes miedo de los cerdos?

—Sí. —El filo del cuchillo golpeó la tabla de cortar.

Ella se rio, y luego recordó que no estaba allí para divertirse.

—Esta mañana he ido a ver a Dell. No tiene una sola magulladura.

—¿Ya estás de nuevo con eso?

—¿Sabías que tu querido amigo Keith y su novia Taylor abandonaron su apartamento sin dejar una dirección?

Él la señaló con la punta del cuchillo.

—Por última vez. Fue un atraco, no un ataque planificado de antemano.

—Estoy segura de que te gusta pensarlo. ¿Por qué no me ayudas a entenderlo y así podré dejar de obsesionarme con ello?

Él se pasó el dorso de la mano por la barba incipiente que cubría su mandíbula.

—Keith es un exaltado, pero ya lo arreglamos entre nosotros.

—Eso fue antes de que despidieran a Taylor, ¿verdad? —Se puso a buscar los huevos.

—Las emboscadas no son su estilo.

—Tienes más fe en tu amigo que yo. —Intentó encontrar

también un poco de queso y vio un trozo de *cheddar* importado.

—Mientras sepas priorizar la situación... —Coop la miró desde el otro lado del mostrador. Ella deseó que se subiera un poco los pantalones. O que se abrochara la sudadera. O que se quedara calvo. Pero aun así seguiría estando increíble.

—¿No estás pasando por alto a un par de agresores más que evidentes en tu escenario imaginario? —Él puso los puerros sobre la tabla de cortar—. ¿Qué me dices de ese misterioso cliente que te contrató para espiarme?

—Si tuviera alguna duda sobre mi antiguo cliente, ¿no crees que habría hecho algo al respecto? —Buscó una sartén y un rallador de queso—. Te aseguro que mi cliente misterioso no es una amenaza.

—Exacto. Nadie lo es. Fue un asalto fortuito. Un matón que acechaba en el callejón en busca de una presa fácil.

Piper supo que no iba a conseguir nada de él insistiendo en ese momento y retrocedió de forma temporal.

—¿Cómo van las cosas con Deidre?

—Más despacio de lo que me gustaría, pero lo conseguiré.

—¿Estás seguro?

—Estaría loca si no invirtiera. Mi idea es magnífica y tengo las conexiones adecuadas para llevarla a cabo.

Ella notó el gesto determinado de su mandíbula. Una vez que Coop decidía algo, era como si lo diera por hecho.

Después de eso, trabajaron juntos sin comentar mucho más que «Estás acaparando el fregadero» o «¿Dónde está el chile?». Ella salteó las verduras con un poco de aceite y vertió los huevos que había batido, los condimentaron con las hierbas que él había picado junto con un generoso puñado de queso *cheddar* rallado. Coop cogió unos platos blancos de la alacena y sacó el pan que había puesto en la tostadora.

Cuando todo estuvo listo, la imagen doméstica de la escena había comenzado a hacerle mella. Piper deseó que no le gustara tanto, pero ¿cómo no iba a ser así? Ese era el hombre que hubiera querido ser si hubiera nacido varón. Dejando a un lado su dinero y su fama, era un tipo inteligente, comprendía el trabajo duro y, salvo esa vena terca y dictatorial que poseía, era bastante decente.

—Vamos a tomarlo fuera —sugirió ella mientras él servía el café—. Pero solo si te cierras antes la sudadera. —Necesitaba una buena razón y diferente de la real—. Esas heridas no son apetecibles.

—Tu compasión por el sufrimiento humano me enternece el corazón.

—Soy muy sensible, lo sé.

A él se le dibujaron unas arruguitas en las esquinas de los ojos.

Incluso en una fría mañana de octubre, el espacio que había creado en un rincón del huerto resultaba acogedor. La celosía cubierta de enredaderas hacía de cortavientos natural, y los mullidos cojines de lona color púrpura que cubrían las sillas resultaban invitadores y cómodos. Hacía mucho tiempo que no comía nada tan sabroso como la esponjosa tortilla que habían hecho con aquellos ingredientes naturales. Se sentía casi... feliz.

Coop la observó desde el otro lado de la mesa. Piper no era de las que picoteaba la comida, y aunque tomaba bocados pequeños, se las arregló para terminar la tortilla en un tiempo récord. Cuando se acordaba de comer, lo daba todo, igual que en el resto de las cuestiones. ¿Cómo era posible que alguien tan duro, tan determinado y decidido, que alguien con tantas pelotas, resultara a la vez tan femenino?

Había demasiada humedad y estaba demasiado nublado para comer al aire libre, pero era tan consciente de que había una acogedora cama por encima de sus cabezas que no había protestado al salir allí. Era un buen lugar para enfriarse. Salvo que, hasta ese momento, solo se había calentado más.

Piper dejó el tenedor en el plato. Él ya se había dado cuenta antes de lo delicadas que eran sus manos, y tomó nota mental de no usar esa palabra delante de ella.

Un rato antes, la había visto mirándole el pecho. Al principio había supuesto que era por las magulladuras, pero luego recordó que ella se sentía atraída por esa parte en particular de su cuerpo y decidió conseguir que lo que le pasaba por la cabeza fuera todavía más interesante. Dejar la sudadera abierta a propósito había sido una de las jugadas más sucias que hubiera hecho nunca. Aunque todo lo que le diera ventaja era válido.

—Annabelle Champion piensa que tampoco es ninguna de tus ex novias despechadas —comentó ella.

—¿Cómo se te ha ocurrido ir a hablar con Annabelle?

—Quería satisfacer mi curiosidad.

—Bueno, pues déjalo ya. Ya no trabajas para mí, ¿recuerdas? Y no estoy pensando en volver a contratarte.

—¿Conoces a alguna otra persona en la que confíes lo suficiente como para investigar lo ocurrido? Ella también mencionó que había habido un par de piradas.

—¿La última? Una lunática llamada Esmerelda Crocker.

—Es totalmente inofensiva.

—¿Y tú? —Él se reclinó en la silla y la observó. La cara de Piper estaba llena de vida. En sus ojos brillantes se podía leer un mundo de emociones. Y su boca... Era mucho lo que quería hacer con esa boca. Tanto como lo que deseaba que esa boca hiciera por él.

Ella tardó demasiado tiempo en mirar hacia otro lado. Coop sonrió para sí mismo. Piper no era tan indiferente como le gustaba aparentar.

La vio ir a buscar el bolso de bandolera y sacar un bloc de notas del interior.

—Hace años que estás en el ojo del huracán. Tienes que haber recibido los correspondientes mensajes de odio.

—Los Stars todavía filtran mis correos. Si hubieran recibido algo que debiera tomarme en serio, me lo habrían hecho saber.

—¿Con quién puedo ponerme en contacto allí?

—No vas a hablar con nadie. Y guarda ese cuaderno. Ha sido un ataque fortuito, y ya no trabajas para mí.

—Alguien tiene que hacer este trabajo.

—¿En serio? Entonces ¿por qué no te has fijado en el sospechoso más evidente? Mi amigo, el príncipe oscuro.

Ella jugueteó con el borde del bloc.

—Estoy en ello.

—Vas muy despacio. Y sé por qué.

La vio asentir.

—Porque me siento responsable.

—No lo eres, pero me gusta que te sientas culpable. —Apreciaba la forma en la que se acercaba al asunto, sin pretender ignorancia ni disimular como otras personas. Piper era de fiar. Salvo cuando elegía no serlo.

Ella hizo una bola con la servilleta.

—¿Cómo iba a saber yo que darías al príncipe Aamuzhir un anillo de la Super Bowl falso? Y él está ahora en Londres. Sí, lo he comprobado. No es que signifique nada, claro está. Y sí, de nuevo, estoy preocupada. Una cosa es pensar que se trata de un ex empleado descontento o un fan de los Broncos que no es capaz de olvidar que lanzaste contra ellos un pase bomba desde la línea de catorce yardas. Y otra muy diferente pensar en enfrentarse a un dignatario extranjero, y utilizo esa palabra con prudencia. Él podría contratar a cualquiera.

—Mira, Piper. Sé que tienes un buen corazón, pero lo cierto es que eres una investigadora sin trabajo, y que tratas de buscarte uno.

En cuanto lo dijo, quiso retirarlo. Los ojos de Piper se oscurecieron y su ancha boca se curvó hacia abajo, aunque solo fuera por un instante. Siempre se había mostrado imperturbable, incluso se había divertido, ante las pullas que le había lanzado sobre su forma de vestir, su actitud, pero ahora había insultado su integridad y no era agradable ver cómo le había dolido.

Ella se levantó de la silla con la espalda recta.

—Tengo que marcharme.

Él la imitó para cerrarle el paso.

—Espera. No era eso lo que quería decir.

—Creo que era justo lo que querías decir —aseguró ella en voz baja.

—No, no es cierto. —La agarró por los hombros. Ella no se apartó, se limitó a alzar la cabeza y a mirarlo fijamente, como si lo estuviera desafiando a insultarla de nuevo.

Aquellos hombros parecían encajar perfectamente en las palmas de sus manos. Su personalidad era tan grande que a veces olvidaba lo pequeña que era comparada con él.

—Piper, adoras lo que haces, y lo único que quiero decir es que eso puede hacer que pierdas un poco el juicio.

De hecho, ella pareció pensárselo. Por fin, la vio negar con la cabeza.

—No es así. Pero acepto tu disculpa.

En realidad no se había disculpado.

—Y eres tú el que ha perdido el juicio. Quieres creer que fue un ataque fortuito, por lo que has cerrado la mente a cualquier otra posibilidad.

Los motivos de Piper eran puros, pero equivocados.

—Me gustaría haberte tenido en mi línea defensiva cuando jugaba. Nadie habría podido llegar a mí.

Ella sonrió de forma abierta y genuina. Los enfurruñamientos no formaban parte de su naturaleza.

No estuvo exactamente seguro de cuándo se encontraron sus ojos, solo sabía que seguía con las manos en sus hombros

211

y que todos los dolores y molestias se habían desvanecido. Ella alzó el brazo y le rozó la mandíbula magullada con los dedos en una caricia tan suave que apenas la sintió. La brisa movió uno de los oscuros mechones de Piper sobre su mejilla. No estaba acostumbrado a mirar así a nadie. De esa manera tan profunda. Veía algo más que unos ojos grandes y una boca apetecible y suave. Besarla fue lo más natural del mundo.

Ella podría haberlo detenido girando la cabeza, pero no lo hizo, solo abrió los labios y deslizó las manos por debajo de su sudadera para tocarle la espalda desnuda.

El beso se volvió ardiente y sus cuerpos se fundieron. Una cálida oleada de sangre lo atravesó. Lo único que quería era estar dentro de ella y poder satisfacerla de una forma en que nadie lo había hecho. Quería oírla gemir. Que le rogara. Que lo deseara tanto como la deseaba él.

Piper le despojó de la sudadera y él le quitó la camiseta por la cabeza. Debajo llevaba un sujetador negro. La llevó al enorme diván.

Los cojines de color púrpura eran suaves, pero él cayó sobre su costado malo e hizo una mueca.

Ella se echó hacia atrás como si se hubiera quemado.

—No podemos. Estás...

Él interrumpió sus palabras con la boca y rodó hacia el lado bueno, llevándola consigo. Le apresó el culo por encima de los vaqueros. Tenía que quitárselos. Despojarla de toda la ropa. Escuchó un zumbido sobre su cabeza mientras deslizaba un dedo por debajo del tirante del sujetador. Posó los labios en su hombro. El zumbido se hizo más fuerte. Impulsándolo. Hacia delante. Más anhelante.

Ella lo empujó con tanta brusquedad que él casi se cayó del diván.

La vio coger algo.

El zumbido... No procedía realmente del interior de su cerebro embotado por el sexo. Venía de encima de ellos.

Un dron plateado en forma de X flotaba en el aire, sobre sus cabezas. Coop soltó una maldición. El aparato trazó un pequeño círculo justo encima del huerto y luego otro.

Y después, explotó.

Fragmentos de fibra de vidrio, plástico y metal volaron por todas partes.

Piper estaba erguida en medio del huerto, vestida solo con los vaqueros y un sujetador negro, con el brazo levantado. En la mano, aquella mano que solo unos momentos antes le había acariciado, llevaba una pistola semiautomática.

Un disparo. Eso era lo que había hecho ella para derribar el dron. Un disparo perfecto.

Se apoyó en la pared de ladrillos de la terraza. Nada como una mujer con una pistola para que uno cambiara de estado de ánimo.

13

La calle a la que daba la terraza estaba tranquila; solo había a la vista una persona paseando un perro y una chica haciendo *footing*.

—Quédate aquí —le ordenó Piper mientras se ponía la camiseta por la cabeza y abría la puerta de cristal.

—¡Ni hablar! —repuso Coop.

Pasaron la hora siguiente recorriendo la zona. Hubiera sido más eficiente dividirse, pero ella no quería perderlo de vista. En la calle, nadie había visto a ninguna persona manejando un dron, pero todos querían hablar con él sobre su carrera.

En el ascensor de vuelta al apartamento le hizo por fin la pregunta que había estado esperando.

—¿Vas siempre armada?

—No en el club, si es eso lo que quieres saber.

Era justo lo que quería saber. La imagen de Piper convertida —ella sola— en una unidad de los SWAT para protegerlo de lo que ella definía como una amenaza, era algo que no le importaba contemplar.

—No más armas —añadió él después de que ella hubiera recogido en la terraza las piezas del dron.

—Te has criado en un rancho —protestó ella.

—Y sé disparar. Pero eso no significa que quiera tener armas a mi alrededor en la ciudad.

Ella lo miró y sonrió.

—Admítelo. Fue un disparo increíble.

Un disparo que dudaba haber podido hacer él.

—Fue bastante respetable.

Piper soltó otra risita al tiempo que retiraba su cazadora del taburete de la cocina.

—Buenas noticias. He decidido aceptar el trabajo que me has ofrecido como guardia de seguridad.

Debería haberlo esperado.

—Olvídalo. He retirado la oferta.

—¿Y eso por qué?

—Solo deseas el trabajo porque has decidido que necesito un guardaespaldas. ¡En mi propio club!

—Tonterías. Puedes cuidarte solo.

Lo dijo con una sinceridad absoluta que no significaba nada. Estaba atrapado en un dilema. La necesitaba, la deseaba, pero en sus propios términos, por lo que le apretó un dedo contra la frente.

—Si te contrato, tu trabajo será proteger solo a las mujeres.

—Por supuesto.

—Yo no necesito un guardaespaldas. No lo necesito.

—Entendido. Completamente entendido.

—Bien. Entonces puedes aceptar el trabajo.

—Genial.

Cuando se dirigió a la cocina, en lo único que Coop podía pensar era «¡Vaya mierda, ahora tengo un guardaespaldas!».

Ella se puso la cazadora y volvió a ser la mujer de acero.

—No habrá más contactos físicos entre nosotros. Al menos mientras esté trabajando para ti. ¿De acuerdo?

Ella no era la única que podía esparcir mierda. Coop apoyó el hombro en la puerta de la nevera.

—Bueno, querida... —dijo con su acento más perezoso—,

215

¿de verdad piensas que vas a poder mantener las manos alejadas de mí?

Luego la echó.

Piper tocó el ala rota del dron. Había reconstruido el aparato lo suficiente como para averiguar el modelo y el fabricante, pero una búsqueda *on-line* y un par de llamadas telefónicas había revelado que la compañía había vendido miles como ese. Lo más espeluznante era saber que ese modelo en concreto ofrecía un vídeo en *streaming*. La persona que lo había enviado había visto en directo cómo Coop y ella se metían mano.

Lanzó una mirada malhumorada por la ventana del despacho hacia el aparcamiento. Lo que casi había pasado entre ellos esa mañana había sido, de alguna forma, peor que lo ocurrido en el faro, porque ahora debería estar preparada. Sabía el efecto que Coop tenía sobre ella, y sin embargo había vuelto a cometer una estupidez. Ya no lo volvería a hacer. Ese magnífico cuerpo masculino estaba prohibido para ella. Se dio una colleja mental. La llamada de Faiza interrumpió su autoflagelación. La joven estaba mareada con su nueva libertad, y llena de historias que le arrancaron una sonrisa. Apenas habían finalizado la llamada cuando volvió a sonar el móvil por un mensaje de texto de Eric.

¿Has visto mi mensaje? ¿Cenamos juntos?

Eric era su salvador sexual, y comenzó a pensar sobre dónde podían hacerlo. No le gustaba la idea de que la siempre vigilante Jada viera que metía a un hombre en su apartamento. Pero Eric compartía piso, y Piper había pasado la edad de mantener relaciones sexuales mientras un amigo de su pareja jugaba al *Call of Duty* al otro lado de la pared.

Volvió a concentrarse en su trabajo. Una verificación *online* rutinaria para ver si había aparecido algo nuevo sobre Spiral reveló un post reciente en un foro local sobre el ambiente en el club, que había sido escrito por alguien que se hacía llamar Homeboy7777.

Spiral es el mejor lugar de Chicago para conseguir todo tipo de mierda sin que te disparen o apuñalen.

Estaba dispuesta a apostar su reputación a que nadie conseguía nada en Spiral ahora que Dell había sido despedido. Se registró en el foro como Wastoid69, y escribió una respuesta apropiadamente obscena, contradiciendo a Homeboy7777 y afirmando que en Spiral no había drogas, solo las chicas más explosivas de la ciudad.

A las cinco de la tarde del viernes, Piper se encontró con Jen y Amber en Big Shoulders. Era una de sus cafeterías favoritas; había buen café, camareras amistosas y poemas de Carl Sandburg escritos en las paredes.

Carnicero para el mundo entero,
Fabricante de herramientas, almacenador de trigo...

Piper llevaba dos semanas sin ver a sus amigas, y llevaba todo el día esperando el encuentro, pero encontró a Jen inusualmente sombría.

—Tonto del culo me llamó a su despacho y me preguntó qué me parecería hacerme un *lifting*.

Amber Kwan bajó la palma de la mano sobre la mesa con la fuerza suficiente como para hacer temblar la taza de té de la casa.

—Tienes la cara perfecta —exclamó—. ¡Pregúntale qué

tal le sentaría a él recibir una demanda por discriminación sexual!

Piper se rio al oír hablar con tanta vehemencia a la cantante de ópera, normalmente tan suave, e incluso Jen sonrió, aunque solo un instante.

—Pero estoy atrapada —dijo—. No quiero irme de Chicago, y qué otra emisora local contrataría a una meteoróloga de cuarenta y dos años.

Los días en octubre eran más cortos y había una farola encendida fuera de la ventana.

—Quizá deberías recordarle cuántas mujeres de más de cuarenta están viendo las noticias —intervino Piper—. ¿Cómo crees que reaccionarían si se enteraran de un caso de discriminación como el que estamos comentando?

—Sí, seguro que eso funciona —se burló Jen—. Retorcerían la historia contra mí por haber sido reemplazada por alguien más joven, más guapa y más barata. Después, estoy segura de que todas las emisoras que fueran propiedad de un hombre aprovecharían la oportunidad de contratar a una conocida chivata.

Tenía su parte de razón.

Amber distrajo a Jen con los últimos chismes de la Ópera. Cuando no estaba Berni lanzándole sus miradas amenazadoras, Amber se mostraba muy relajada y resultaba divertida. Piper decidió que hablaría con Berni sobre su actitud, y le daba igual lo que opinara Amber al respecto. Por fin, dejó caer la bomba sobre lo que había visto en Lincoln Square.

Amber y Jen la inundaron a preguntas que no podía responder porque dos días antes había permitido que un tipo con sobrepeso con una porción de espuma en forma de queso se le escapara.

Buffy las interrumpió. Se trataba de Coop y ella se excusó para atender la llamada.

—¿Qué pasa, jefe? —«Jefe», no amante.

—Logan Stray.

—¿La estrella del pop adolescente?

—Ya no es adolescente. Esta noche celebrará en el club su vigésimo primer cumpleaños, y quiero que estés de guardia.

—Yo no soy guardaespaldas, ¿recuerdas?

—Esta noche lo serás. No quiero que le pase nada a ese cuerpecito de noventa millones de dólares mientras esté en mi territorio.

—¿No tiene sus propios guardaespaldas?

—Los guardaespaldas de las estrellas del pop no saben decir «no» al crío que les paga el sueldo. Quiero que tenga cerca a alguien en quien yo confíe. El club no va a tener mala publicidad.

—Ya estás teniéndola. —Le puso al corriente del mensaje que había visto aquella tarde.

A él no le gustó.

—Sigue controlando eso. No quiero que Deidre tenga ninguna excusa para no firmar el acuerdo.

—Entiendo. Seguramente el mensaje lo haya puesto alguien que fue rechazado en la puerta, pero me mantendré ojo avizor.

—Muy avizor.

A pocos metros comenzó a zumbar un martillo neumático y ella se metió el dedo en el oído para poder escuchar lo que decía Coop.

—Usa el vestido azul esta noche, y trata de resultar sexy. En lo que se refiere a Logan y su séquito, tú eres una anfitriona especial.

—Eso suena como si fuera una puta.

—En cuanto te vea, sabrá que no lo eres.

Piper no pudo decidir si eso era un cumplido.

Logan Stray y su séquito, como les llamaba Coop, se presentaron un poco después de medianoche. La estrella del pop apenas tenía la altura de la propia Piper, pero parecía incluso más pequeño junto a sus corpulentos guardaespaldas. Un gorro de lana negro dejaba al descubierto una franja de pelo rubio oscuro y un parche de cuero cabelludo rapado. Las gafas de sol con montura oscura eran innecesarias en la penumbra de la sala VIP, y ella contuvo una sonrisa al ver que se tropezaba con una mesa. Podía ir a la última, pero sin duda no era listo.

Las tres mujeres que llevaba colgadas del brazo vestían prendas de lycra que hacían que el vestido azul cobalto pareciera recatado a pesar de su escasa longitud. El grupo se instaló en una gigantesca cabina con vistas a la pista de baile. Piper se presentó al guardaespaldas más cercano como la coordinadora VIP del club, porque sonaba mejor que «anfitriona especial». Y también saludó a Logan, que no se dignó mirarla dos veces.

Poco tiempo después, el grupo había pedido un par de botellas dobles de Armand de Brignac, dos litros de Grey Goose, algo de Gran Patrón Platinum y un montón de Red Bull. Coop tardó su tiempo en saludar a la estrella del pop. Logan dio un salto y le propinó un par de palmaditas en la espalda de forma varonil. Había pasado solo unos días desde que atacaron a Coop, pero ella percibió el casi imperceptible gesto de dolor. Sin embargo, cuando se adelantó para intervenir, él le lanzó una mirada paralizante.

Piper se fue sintiendo cada vez más frustrada por las innovadoras maneras en que Coop le impedía que se acercara a él. Esa era la tercera noche que ejercía de guardia con las mujeres del club, y sus intentos para conseguir que los demás gorilas se espabilaran solo habían servido para incrementar su hostilidad. Ya estaban cabreados antes, pero ahora, después de que Coop les informara de que la había contratado como perro guardián, lo estaban más. No podía evitar sentir inquietud por la seguridad de Coop. Se habría sentido mucho mejor si hubiera sido capaz de localizar la nueva dirección de Keith y su novia.

Había corrido la voz de que Logan Stray estaba en el club y la multitud había alcanzado la capacidad máxima. Coop estuvo sentado con el grupo durante un rato, consumiendo agua mineral con gas y odiando cada minuto, a pesar de lo cual actuó con la misma cordialidad de siempre, así que quizás ella se lo estuviera imaginando. Pero cada vez estaba más segura de que Coop no debería dedicarse al negocio de las discotecas.

Lo detuvo cuando se excusó.

—Estás sufriendo —le susurró—. Pon ese ridículo cuerpo tuyo camino a tu casa y entierra la cabeza en uno de esos libros que finges no leer.

Él pagó su interés con su acento de rompecorazones.

—Parece que te pasas mucho tiempo pensando en mi cuerpo. Es una lástima que haya tomado la decisión de que no vas a verlo más.

Ella tragó saliva.

—Vale. Estoy empezando una relación con... —Por una fracción de segundo se olvidó de su nombre—. Con Eric. Nuestro amigo el policía. Estamos pensando en pasar al siguiente nivel. —Y quizá lo harían, si alguna vez se decidiera a devolverle los mensajes de texto.

Coop parecía tenso, o quizá no lo estuviera, porque sonaba tan relajado como siempre.

—Es un juguete.

—Lo sé, ¿sabes? Somos la pareja perfecta.

Él frunció el ceño y se alejó.

No mucho después, se acercó Jonah. Si hubiera tenido pelo, lo tendría erizado.

—He oído que has vuelto a decirle a mis chicos cómo tienen que hacer su trabajo.

Ella imitó lo mejor que pudo a una profesional razonable.

—Esta noche el club está lleno y, como sabes, Coop se lesionó hace un par de días. —Coop había explicado que sus heridas eran fruto de un accidente mientras entrenaba—. Estoy segura de que apreciará mucho que mantengas alejada de él a toda esa multitud que quiere atosigarle.

Él se acercó tanto que podría haberle contado los pelos de la nariz.

—Estoy al mando del servicio de seguridad, y eso te incluye a ti también. Ahora, haz el favor de meter las narices en tus asuntos.

—No seas idiota.

Eso lo enfureció.

—Desde que llegaste, has querido hacerte cargo de todo. A nadie se le escapa que eres la responsable de que echaran a Dell.

Ella se irguió sobre aquellos ridículos tacones de aguja y estiró el cuello para mirarlo.

—Dell estaba haciendo sus propios negocios, pero es probable que lo supieras.

Jonah apretó tanto los dientes que su mandíbula sobresalió hacia delante.

—Ahora te parece que llevas las de ganar, pero una vez que el jefe se canse de ti, ni siquiera recordará tu nombre.

Piper sintió como si le explotara una bola de fuego en la cabeza y le clavó un dedo en el centro del pecho.

—Nos vemos en el callejón después de cerrar, gilipollas. Entonces veremos quién de nosotros dos tiene las pelotas más grandes.

Aquella fanfarronería por fin la había hecho perder los estribos.

—¿Lo dices en serio? ¿Quieres pelear conmigo?

No exactamente. Pero que él fuera grande no quería decir que fuera rápido, y quizá la suerte le sonriera a ella. Quizá no, pero nunca se sabía. Apretó los labios.

—¿Y por qué no?

Él hinchó el pecho.

—No me peleo con mujeres.

—¿Acaso temes que te deje preñado?

Jonah dio un paso atrás, como si fuera contagiosa.

—Estás loca, ¿lo sabías?

Hizo una mueca al verlo marchar. Seguramente él tenía razón.

Las tres mujeres que habían llegado en un principio con Logan Stray se habían multiplicado por dos, todas jóvenes y guapas. Dado que Logan pareció pasar de ella antes, la sorprendió que él le hiciera señas para que se sentara junto a él. Aunque como los tacones estaban matándola, no se opuso.

—¿Cuántos años tienes? —le preguntó el chico mientras ella se deslizaba en el asiento. Había empezado a arrastrar las palabras, algo poco sorprendente si se tenía en cuenta la cantidad de licor que habían consumido en esa mesa.

—Treinta y tres, cronológicamente.

—¿Qué significa eso?

Ella se quitó los zapatos debajo de la mesa mientras percibía la espinilla que él tenía junto a la barbita tipo mosca.

—No siempre actúo de acuerdo con mi edad.

—¿Lo haces como si fueras más vieja o más joven? —insistió él como si estuviera interesado de verdad.

—Depende de la situación.

—¿Ahora?

—Hummm... Cuarenta y dos.

—¿En serio? —Logan sonrió—. Eso es increíble. Me gustan las mujeres mayores. —Su aliento tenía el olor demasiado dulce de los Red Bull que había combinado con Grey Goose, y parecía tener problemas para concentrarse—. La gente piensa que todo es una gran fiesta para mí, pero se equivocan. Tengo un negocio que llevar adelante. Muchas personas dependen de mí.

223

Por un momento pareció un chico solitario de quince años, y sintió un ramalazo de compasión por él. Ella había sido lo suficientemente afortunada de poder celebrar su vigésimo primer cumpleaños en un club de Boystown con un ruidoso grupo de amigos, que la aceptaban como era. Quizá Logan fuera consciente de que sin su fama y dinero ninguna de esas personas estaría allí.

Lo vio tragar lo que quedaba en el vaso.

—Quiero bailar.

No era raro que las celebridades VIP bajaran a la pista de baile, pero esa noche flotaba una energía extraña en el ambiente que no le gustaba un pelo. Había demasiada gente, todo era más intenso de lo normal, los invitados chocaban entre sí, haciendo que cayeran algunas bandejas y que las copas se hicieran añicos. Había estallado ya una pelea, y aunque Ernie y Bryan habían intervenido con tanta rapidez que casi nadie se había dado cuenta, ella no quería que hubiera otra.

—Es mejor que hablemos —sugirió—. Esta noche la pista parece un infierno.

—Ahí está la diversión. —Él la agarró del brazo—. Vamos.

A las chicas no les gustó verlo partir con ella, dejándolas allí colgadas, pero Piper necesitaba estar cerca de él. Además, a Jen iba a encantarle todo aquello cuando se lo contara.

Los clientes habituales de Spiral eran de más edad que el grupo de admiradores de Logan, pero aun así, seguía siendo una celebridad, y la gente se quería acercar a él. Sus guardaespaldas empezaron a apartar a la multitud y el DJ hizo que empezara a sonar *Not witch U now*, su último éxito.

Ella se defendía bailando, pero estuviera borracho o sobrio, Logan era un gran bailarín. Piper no trató de competir con él, sino que se dejó llevar por el ritmo. Él le brindó una sonrisa de borracho. Más gente se dirigió a la pista, tratando de acercarse a su ídolo. Logan se dirigió al borde de la pista, arrancó el vaso de la mano de uno de sus amigos y bebió el contenido.

La música se hizo más fuerte. Las tres mujeres que lo acompañaban la apartaron a un lado y cuando las vio restregarse contra él, se imaginó a un trío de hermosas tiburones devorando a un pequeño arenque. Una le rodeó el cuello con los brazos, otra la cintura. Incluso borracho como estaba, Logan empezó a ponerse nervioso. Sus guardaespaldas, lo mismo que Jonah y Bryan, comenzaron a moverse, pero había algo en la determinación de aquellas mujeres que hizo que Piper estuviera segura de que habría problemas si los hombres las tocaban. Así que se interpuso entre una de las chicas y Logan, pero ella solo era una y las jóvenes tres...

Y también había un Coop Graham.

—Señoras... —Les dio un golpecito en los hombros al tiempo que le hacía a ella una señal para que se ocupara de Logan—. Me siento un poco solo...

Ellas se acercaron al premio gordo.

Logan perdió el equilibrio en ese momento. Cuando se desplomó sobre la pista de baile, Piper no supo si alguien lo había empujado o estaba demasiado borracho para mantenerse en pie. Las gafas de sol salieron volando y crujieron bajo los pies de los bailarines.

Dos de los guardaespaldas ebrios se precipitaron hacia él, empujando a todos los que se interponían en su camino, y derribando de paso a dos de los clientes. Uno aterrizó sobre Logan, pero eso no impidió que los miembros del equipo de seguridad trataran de atravesar el grupo de mujeres que les bloqueaban el camino. Piper se volvió hacia ellos.

—¡Deteneos! ¡Ya!

Milagrosamente, la obedecieron. Coop ayudó a levantarse a sus clientes, les dio una palmadita en la espalda y les invitó a tomar una copa en la zona VIP. Las tres mujerestiburón se abrieron paso entre los bailarines, intentando regresar junto a su arenque del pop. Coop se interpuso ante ellas, dispuesto a desplegar todos sus encantos, a pesar de que todos aquellos empujones debían de estar haciéndole daño. Los guardaespaldas del joven ídolo volvieron a ponerse a empujar entre la multitud cuando ella logró poner a Logan de pie.

—Dile a tu séquito que retroceda —le gritó al oído—. Y haré que tus sueños se hagan realidad.

Él la miró de soslayo con expresión de embriaguez.

—¿De veras?

—Un billete al paraíso.

Mientras se lo pensaba, lo agarró por el brazo y tiró de él hasta el borde de la pista para llevarlo a la cocina.

Encima del mostrador había una bandeja de *brownies* de bourbon en moldes cuadrados de papel. Ella apenas había comido en todo el día y agarró un par, rebosantes de chocolate caliente.

—Una fiesta privada —aseguró a Logan.

Usando una combinación de fuerza y sigilo logró llevárselo hasta la escalera en dirección a su apartamento.

—Qué es eso... —Él arrastraba las palabras.

—El jardín del Edén —respondió ella con sequedad.

Él sonrió de medio lado. Sin las gafas de sol, sus ojos eran pequeños, castaños y sin nada destacable.

—¿Qué tienes para beber? —preguntó mientras trataba de sostenerse apoyado en la barra que dividía la sala de la cocina.

Lo único que tenía era un par de cajas de zumo y algo de cerveza. Se quitó los zapatos y le mostró los dos *brownies* de bourbon y chocolate.

—Tengo algo todavía mejor.

—¡*Brownies*! —Él se habría apropiado de los dos si ella no hubiera reservado uno para sí misma.

Llamaron a la puerta del apartamento, y Piper atravesó descalza la estancia.

—¿Quién es?

—Policía. Abran antes de que tire la puerta abajo.

—Muy gracioso... —Ella abrió la puerta y brindó a Eric una sonrisa cansada.

—Acabo de terminar el turno —explicó él, dejando a un lado las formalidades—. Vi la luz.

Algo que solo podría haber observado si estuviera en el callejón.

Lo vio sentarse en el sofá como si tuviera intención de quedarse un rato. Logan, por su parte, vio a un oficial de policía uniformado y comenzó a meterse los *brownies* en la boca lo más rápido que pudo. Luego apoyó las caderas en la barra y extendió las manos vacías, manchadas de chocolate.

—*Fon bonies, dío. Folo bonies. Din dada dento* —balbuceó con la boca llena. Ella lo interpretó como «Son *brownies*, tío. Solo *brownies*. Sin nada dentro».

Eric la miró. Ella se encogió de hombros. Justo en ese momento, la puerta se abrió y Coop entró sin llamar.

Él escaneó la escena con la mirada, el poli buenorro sentado en su sofá como si estuviera en su casa, ella descalza con un vestido de marca, y un ídolo del pop borracho que valía noventa millones de dólares con la cara manchada de chocolate.

Una expresión algo perpleja cruzó por su cara.

—Te pago por esto, ¿verdad?

—No lo suficiente.

—¡Coop! ¡Me alegro de verte, tío! —Eric se levantó y le dio una palmada que tuvo que doler.

Coop se la devolvió con más ímpetu del que era necesario.

—Yo también.

Con todo aquel ritual de las palmadas, ninguno de ellos

se dio cuenta de que Logan se había deslizado hacia el pasillo. Al menos hasta que escucharon un disparo y la voz de una adolescente.

—¡Estás muerto!

Y allá iban de nuevo…

14

Eric sacó el arma mientras Coop avanzaba primero hacia el pasillo. Piper le siguió y miró por encima de su hombro para ver a Logan acurrucado en el suelo, con los ojos cerrados, sin moverse. Jada estaba ante la puerta de su apartamento, con el pelo alborotado. Tenía subida una de las perneras del pantalón del pijama y una pistola Nerf naranja y azul colgando de la mano.

—Lo he matado —gimió la niña.

En ese momento, resonaron unos pasos en el pasillo de la planta baja.

—¡Coop! —gritó Tony desde la parte inferior de la escalera—. ¿Puedes bajar? Alguien ha llamado a Inmigración. Han solicitado al personal de cocina para comprobar sus visados.

Coop alzó sus enormes manos.

—¡Genial! ¡Jodidamente genial! ¿Puedes ocuparte del cantante mientras yo me encargo de Inmigración? —Pasó con rapidez la mirada de Eric a Piper y luego volvió a mirar al poli—. ¿Me acompañas? Podría venirme bien tener un testigo creíble.

—Gran idea —aseguró ella. Con un poli uniformado al lado, nadie intentaría nada contra Coop. Agradeció mentalmente que Tony hubiera comprobado las tarjetas de residencia antes de contratar a nadie, pero eso hacía que se formulara otra pregunta: ¿Quién había llamado al Servicio de Inmigración?

Eric enfundó su arma y se inclinó para recoger una bala Nerf.

—Queda confiscada para balística —le dijo a Jada.

La niña abrió los ojos horrorizada, pero él sonrió y le arrojó la bala por el aire. Piper contuvo la risa. Quizá sí podría acostarse con él.

Cuando Coop y Eric ya habían desaparecido en la planta baja, Logan se agitó y miró a Piper.

—¿*Quieressss hafer* un viaje *n'avión*?

—Lo siento, aviador, tengo que trabajar.

—*'Tá* bien. —Dejó caer la cabeza hacia atrás y cerró los ojos.

—¡*Aydiosmío!* —chilló Jada—. ¡Es Logan Stray!

—Ojalá lo hubieras sabido antes de dispararle —dijo Piper—. ¡Estamos en medio de la noche!

—Algo me despertó y ya sabes que los Asesinos de Pius son muy ingeniosos. —Se dejó caer en el suelo de rodillas, al lado de Logan—. ¡*Aydiosmío!* ¡No puedo creerme que sea Logan Stray! Estaba loca por él.

Su madre apareció en la puerta. El pelo brillante, aunque despeinado por el sueño, caía sobre sus hombros, y los botones desabrochados del pijama revelaban una columna de piel como caramelo caliente. Karah, con la cara lavada y su cuerpo adecuadamente femenino, resultaba más atractiva que docenas de rubias de bote pintadas como puertas. Piper se alegró de que Coop hubiera bajado.

—Jada, ¿qué haces aquí? —exclamó Karah.

Piper no vio necesidad alguna de delatar a la adolescente.

—Lo siento. Estábamos haciendo demasiado ruido y eso la despertó.

Jada movió el brazo para ocultar la pistola Nerf detrás de su pierna, donde su madre no podía verla.

Piper clavó los ojos en Logan.

—Ya que estáis despiertas, ¿por qué no me ayudáis a moverlo?

—¡Claro! —exclamó Jada.

Lograron llevar a Logan de nuevo al apartamento y tumbarlo en el sofá de Piper. Ella fue a buscar el cubo que guardaba debajo del fregadero y lo puso a su lado, por si acaso.

Jada se acercó a él.

—¡*Aydiosmío*! Si está enfermo, alguien tiene que cuidarlo. ¿Puedo hacerlo yo? ¡Por favor, Piper! No me importa dormir en la silla. ¿Puedo, mamá? ¿Por favor?

—De ninguna manera.

Piper recordó que Jada quería encajar en la nueva escuela y pensó que eso haría que subiera su consideración entre sus compañeros.

—Por mí está bien, Karah —intervino—. Yo también estaré pendiente. Es una oportunidad única en la vida para que Jada aprenda de primera mano los peligros de la fama.

Karah vaciló y luego consintió, quizá porque había llegado a la misma conclusión que ella.

—Si hubiera algún problema, envíala a casa de inmediato.

«¿Problemas? ¿Cómo va a haber más problemas?», pensó Piper, pero no lo dijo.

No pensaba permitir que Jada durmiera en la misma habitación que Logan a pesar de que él estaba en estado de coma, así que envió a la adolescente al dormitorio. El club estaba cerrando, así que no tenía que regresar abajo. Después de lavarse la cara y cambiar el vestido por una sudadera, se acurrucó en el otro sillón de la sala.

Parecía que acababa de quedarse dormida cuando un fino haz de luz seguido de un golpe en la puerta la despertó. Abrió los párpados. Al otro lado de la sala, Logan Stray yacía sobre su estómago, con las manos y los pies colgando por el borde del sofá hasta la alfombra. En la habitación, Jada seguía durmiendo.

Piper sintió el cuello rígido y dolorido cuando se incorporó en el sillón. Se tropezó con la alfombra y maldijo a quien estuviera al otro lado de la puerta.

Dos mujeres con los ojos brillantes y alegres sonrisas en la cara irrumpieron en el interior del apartamento. Una sostenía una bandeja de cartón con cafés, la otra una caja de donuts. Piper se agarró al pomo de la puerta para sostenerse.

—Os voy a matar.

—¡Buenos días a ti también!

—¿Cómo habéis entrado? —gruñó Piper.

—Nos abrió la puerta el equipo de limpieza. —Jen dejó la caja de donuts en el mostrador y Amber hizo lo mismo con el café.

—Marchaos.

—No podemos —se disculpó Jen—. El tonto del culo me ha invitado a salir.

Amber parecía inflada por la ira.

—Y está pensando en ir, y sabes tan bien como yo que le va a decir que debe acostarse con él para conservar el trabajo.

—Seguramente. —Jen abrió la tapa de la caja de donuts y sacó un Bismarck.

Piper bostezó.

—¿Qué hora es?

—Las ocho —repuso Amber—. Y tú siempre estás despierta a esta hora.

—¡No cuando me he pasado la noche en vela!

En ese momento, Logan se dio la vuelta y el resto de su cuerpo que no estaba en el suelo se deslizó hasta allí. Aunque eso no lo despertó.

—¡Es Logan Stray! —exclamó Jen. Y luego, tras una larga pausa—. ¿Está vivo?

Piper se apoyó en el respaldo de una silla.

—Supongo.

—Si lo has matado, podemos ayudarte a ocultar su cuerpo.

—¡Sé quién es Logan Stray! —Parecía como si Amber hubiera conocido la respuesta de la final de Jeopardy.

Otra persona llamó a la puerta.

—¿Es que va a venir aquí todo el mundo? —gritó Piper.

Pero Jen ya había abierto y Berni hizo su aparición. Su pelo corto parecía un géiser naranja estallando alrededor de su rostro, y los pantalones de chándal rosa sobresalían por debajo de otra de las viejas chaquetas de punto de Howard.

—¡Lo sabía! Habéis venido aquí para poder hablar a mis espaldas. —Vio a Logan en el suelo—. ¿No es un poco joven para ti, Piper?

La aludida se cubrió la cara con las manos.

—Por favor, ¿puede matarme alguien?

Berni se volvió hacia Amber.

—Eres tú quien está detrás de esta reunión secreta. ¿Crees que soy demasiado mayor para saber lo que vi con mis propios ojos? ¿Lo siguiente será tratar de que me ingresen en un asilo?

Piper se lanzó a por el café.

—Tranquila, Berni —dijo Jen—. Deja de portarte tan mal con Amber.

—¿Yo? ¿Por qué no le dices a ella que deje de ser tan odiosa conmigo?

Quizá fuera por el café o por el azúcar de los donuts, pero Amber, en el más puro estilo Tosca a punto de arrojarse desde la almena, se alzó en toda su estatura y avanzó hacia la anciana.

—Nunca me he portado mal con usted, pero usted, sin embargo, ha actuado como si no existiera desde el día que nos conocimos, o me ha tratado con...

—¡Me llamaste señora Berkovitz!

—... con absoluta grosería. Me educaron para ser respetuosa con mis mayores, pero...

—¡No! —Berni las señaló a todas con un dedo acusador—. ¿Habéis oído lo que ha dicho? ¿Habéis oído lo que me ha llamado?

La suave ira educada de Amber era todo un espectáculo para la vista.

—Sea cual sea su edad, no existe ninguna excusa para tener ¡prejuicios raciales!

Berni si hinchó.

—¿Quién ha dicho nada de prejuicios raciales? Deja de cambiar de tema. Y ¿cómo se puede hablar de respeto después de la forma en la que me has tratado?

Jen las miraba sin habla, pero Piper estaba empezando a marearse.

—¡Siempre la he tratado con mucho respeto! —exclamó Amber.

—Como si estuviera en un ataúd. ¿A eso le llamas ser respetuosa? Apresurándote delante de mí para abrirme la puerta... Corriendo a por mi periódico en invierno porque crees que soy demasiado vieja y débil para ir a buscarlo yo misma... Aunque pienses que no, todavía tengo ojos para ver lo que haces. Piper no se comporta así. Ni Jen. ¿Eso es ser respetuosa?

Amber abrió la boca para soltar la siguiente frase, pero Jen se rio.

Alguien tenía que ser el adulto, y Piper dedujo que le tocaba a ella.

—Amber —pronunció con forzada paciencia—. Berni no te odia porque seas coreana...

—¿Qué tiene que ver Corea en todo esto? —la interrumpió Berni.

—... sino porque te han educado para que seas respetuosa con tus mayores —siguió Piper—, como ella.

—Las dos últimas palabras no eran necesarias —protestó Berni, subiendo la punta de la nariz—. Y yo no la odio.

Piper brindó a la anciana una sonrisa edulcorada.

—Berni es demasiado vieja para cambiar sus ideas, y demasiado orgullosa para explicarte lo que le ha molestado, así que, de ahora en adelante, no tengas ninguna consideración con ella. De hecho, puedes tratarla como si fuera basura. Quizás entonces te aprecie tanto como a Jen y a mí.

—No sé por qué estás diciendo todo eso —se quejó Berni—. Amber es una chica inteligente. Ya lo sabe.

—¡No lo sabía! —explotó Amber—. ¿Cómo iba a saberlo?

Berni esbozó lo que parecía un mohín.

—No me gusta sentirme vieja.

—Bueno —intervino Piper—, quizá te consuele saber que te estás comportando como una cría de cinco años.

La rígida educación coreana de Amber volvió a hacer su aparición.

—Piper, no debes hablarle así y... —Se contuvo y respiró hondo—. Berni, de ahora en adelante, tendrás que ir tú misma a por el periódico.

Coop atravesó la puerta. Miró a las cuatro mujeres y luego el cuerpo en el suelo.

—¿Sigue vivo?

—Ni idea —repuso Piper—. ¿Es que nunca duermes?

—¿Le has comprobado el pulso?

—No me importa lo suficiente. —Piper miró a su alrededor. Ahora tenía a cuatro adultos no invitados metidos con calzador en la pequeña sala, a una adolescente todavía dormida en su cama y a un ídolo del pop en estado comatoso tendido en el suelo.

—¡Fuera todos!

—Mira que eres borde —observó Coop.

Berni se apresuró hacia él.

—¡Cooper! ¡Señor Graham! Tenía la esperanza de volver a verlo. Tengo un poco de mi espectacular *toffee* casero en el coche. Iba a dejárselo a Piper, pero ya que puedo dárselo personalmente...

Logan eligió ese momento para darse la vuelta, mirarlos a todos y vomitar.

Jen era la más cercana, pero llegó demasiado tarde al cubo.

Pasaron unos largos instantes antes de que Coop mirara a Piper.

—Sí... —reconoció lentamente—, quizá debería darte un aumento de sueldo.

Berni se llevó las manos a las mejillas arreboladas.

—¡Oh, Piper! ¡Me encanta tu vida!

Esa tarde, Piper localizó a una amiga de Taylor y descubrió que se había desplazado de Chicago a Las Vegas para trabajar en un casino. Su amiga no conocía el paradero de Keith, solo que Taylor había roto con él porque era «un perdedor». Aunque todavía tenía que verificar la historia, sonaba verdadera, y colocó a Taylor al final de la lista de sospechosos.

Esa noche, en el club, echó a dos ruidosas participantes en una despedida de soltera tras pillarlas esnifando coca de una tarjeta de crédito en el cuarto de baño de señoras. Habían aparecido más mentiras *on-line* sobre el club, y no necesitaba que Coop le recordara que la reputación de Spiral tenía que ser impecable. Jonah la detuvo cuando regresó después de acompañar a aquellas mujeres a la puerta.

—¿Dónde estabas anoche?

Con todo lo ocurrido, se había olvidado de que le había retado para que se encontrara con ella en el callejón.

—Estuve ocupada haciendo de niñera de nuestra estrella favorita del pop.

Él sonrió.

—No te preocupes. No le diré a nadie que te dio miedo.

—Es flipante. He viajado en el tiempo hasta el recreo de quinto curso.

Él la miró sin comprender. Pensó en explicárselo, pero era demasiado complicado, así que se obligó a tomar el camino más fácil.

—Lo reconozco. Eres más grande y más fuerte.

—Seguro como que hay un mañana.

Aquella sonrisa de suficiencia fue más de lo que podía soportar.

—Pero yo soy más inteligente y más rápida.

—Una mierda, eso es lo que eres.

—Entonces, creo que tendremos que descubrirlo, ¿no crees? —Odiaba esa parte de sí misma. ¿Por qué no podía alejarse sin más? Pero no, no era capaz. No sabía poner la otra mejilla—. No pienso pelearme con el vestido puesto, así que dame unos minutos para cambiarme una vez que se haya cerrado el club.

—Tómate todo el tiempo que desees.

Él pensaba que no se iba a presentar, pero estaba equivocado. Estaría allí y, saberlo, la deprimió. No porque tuviera miedo de enfrentarse a él. Eso podía ir bien o no. Era debido a que todavía se veía poseída por esa compulsión de demostrar que era mejor que un hombre. Incluso cuando se trataba de un cretino como Jonah.

«Gracias, Duke.»

Culpar de sus inseguridades a un padre que la había querido, que le había prohibido mostrar sus debilidades y asfixiado con su sobreprotección, la hacía sentir todavía peor. ¿Cuándo sería lo suficientemente madura para no considerar que todas las situaciones de la vida eran una prueba que debía superar para demostrar su valor? Por desgracia, ese no era el día porque se había acorralado a sí misma otra vez, y era emocionalmente incapaz de no hacerlo.

Después de que el club cerrara, se puso unos vaqueros, unas zapatillas deportivas, una sudadera de los Bears y, llena de asco hacia sí misma, se dirigió abajo. Se asomó al callejón para asegurarse de que el coche de Coop había desaparecido, y luego salió al exterior.

Jonah estaba allí, junto al contenedor de basura, fumando un cigarrillo con Ernie y Bryan, sus mejores amigos. Los saludó con la mano.

—Hola, Jonah. Ya veo que te has traído protección.

No había esperado que ella apareciera, y Piper vio que apretaba el cigarrillo entre los labios. Sus amigos contuvieron el aliento.

—No me sorprende que no quieras enfrentarte solo a mí.

—Quien la oyera pensaría que no tenía más de once años, edad en la que había luchado contra Dugan Finke por arrancarle la camiseta. Dugan tenía el doble de su tamaño y le había ganado, pero jamás volvió a ponerle un dedo encima.

Jonah tenía un dilema. Dado que era una mujer, no podía sacudirle de la forma en que quería. Su única opción era dejar caer el cigarro y mirarla de forma amenazadora.

Ella creía en el juego limpio, así que se apiadó de él. Se acercó y, con una sonrisa en la cara, le plantó las manos en el pecho, enganchó su pierna con la de ella y lo hizo caer.

¡Mierda! Él se puso en pie al instante, con una expresión de ira, a punto de lanzarse a por ella. Piper se preparó, pero antes de que pudiera llegar a ella, sus amigos se adelantaron y le agarraron por los brazos.

—No lo hagas, J.

—¡No puedes pegarle!

Jonah luchó para liberarse.

—¡Soltadme! ¡Le voy a arrancar la cabeza!

—¡Inténtalo! —replicó ella.

Él gritó más insultos pero, dado que no podía llegar a ella, no sería honorable seguir burlándose de él, por lo que también les pidió a los muchachos que lo soltaran. Estaban tan absortos gritándose unos a otros que ninguno se dio cuenta de que el Tesla de Coop rugía en el callejón.

Así que cuando Jonah logró zafarse de sus amigos, Coop se interpuso entre ellos.

—¿Qué cojones está pasando aquí?

No esperó una respuesta. Propinó un puñetazo con fuerza en la mandíbula de Jonah, haciendo que rebotara contra el contenedor de basura.

—Estás despedido, cabrón. No quiero volver a ver tu cara por aquí.

—¡Fue ella la que empezó! —exclamó Jonah, al tiempo que llevaba la mano a la zona maltratada.

La adrenalina que había inundado la sangre de Piper empezó a disolverse, dejándola cansada y desanimada.

—Es cierto —confirmó.

Coop se volvió y la miró. Cuando por fin habló, cada una de sus palabras parecía un misil tierra-aire.

—¿Qué es cierto?

—Yo le pegué primero.

Ernie y Bryan asintieron.

—Ella atacó antes, jefe.

—Es que no se me da bien controlarme —dijo ella, como si no fuera de una claridad meridiana—. Y te agradecería que no despidieras a Jonah.

Coop arqueó una ceja de forma peligrosa.

—¿En serio? —intervino Jonah, que parecía haberse quedado sin habla.

—Al menos no quiero que lo hagas por mi culpa —aclaró ella.

Coop parecía furioso.

—¿Crees que debería despedirte a ti en su lugar? Porque es evidente que no puedo quitarte el ojo de encima.

—Si puedo mostrar respetuosamente mi desacuerdo...

—dijo Ernie—, diría que ella ha hecho nuestro trabajo más fácil.

Para su sorpresa, Jonah tomó la palabra sin mover la mano con la que se acunaba la mandíbula.

—Esta noche hubo una despedida de soltera. Un par de mujeres estaban provocando problemas, y ella se encargó de todo.

Coop parecía a punto de explotar.

—¡Quiero que todo el mundo se vaya de aquí!

Ella estaba más que dispuesta a desaparecer.

—Menos tú. —El dedo de Coop apuntaba a su sien—. Tú quédate donde estás.

La hizo esperar hasta que los tres hombres estuvieron lejos, luego la agarró por el brazo y comenzó a arrastrarla hacia el coche.

Ella trató de clavar los talones en el suelo.

—Estoy segura de que sería mejor que me fuera ahora a mi apartamento.

—Vienes a mi casa. —Coop le plantó la mano sobre la cabeza como si fuera un policía y la empujó al asiento del copiloto del Tesla—. No quiero que Jada y Karah escuchen tus gritos.

«Esto no es nada bueno.»

Él arrancó haciendo que los neumáticos levantaran polvo. Era un conductor agresivo incluso cuando estaba calmado y, ahora que no lo estaba, podía decirse que era el diablo sobre ruedas. Mientras aspiraba el olor de la cazadora de ante marrón de Coop, Piper hizo una lista mental de todas las formas en que había fallado. Había mostrado una actitud poco madura y profesional, demasiado exaltada para una investigadora. Y todo porque no había sido lo suficientemente segura de sí misma para comportarse como una adulta ante meras inseguridades infantiles. Coop tenía derecho a estar furioso con ella.

La zona que rodeaba el garaje de Coop estaba, gracias a

Dios, libre de depredadores; a no ser que lo contara a él. Como Piper no consiguió salir del coche con la suficiente rapidez —¿por qué iba a darse prisa?—, él la arrastró afuera. En cuanto sus pies tocaron el suelo de cemento, Coop la apretó contra el coche y recorrió su cuerpo con las manos de arriba abajo, tocando todo lo que quiso, con la mandíbula rígida como el acero templado.

—¿No vas armada?

—Quería darle una lección, matarlo no entraba en mis planes.

Él deslizó las manos por el interior de sus muslos y luego las llevó a su cintura pasando por su trasero. Cuando se sintió satisfecho, la llevó fuera del garaje.

—Vámonos.

—Mira, Coop... Entiendo que estés enfadado, y tienes razones para estarlo.

—¡Oh, no! No estoy enfadado. Estoy más que enfadado. —La agarró de nuevo por el brazo; no le hacía daño, pero la sujetaba con tanta fuerza que le resultaría casi imposible liberarse.

Entraron en su apartamento demasiado pronto, pero ahora que la tenía allí, él parecía no saber qué hacer con ella. Era el momento perfecto para correr hacia la cocina.

—¿Hambriento? Puedo prepararte una tortilla.

—No tengo hambre —dijo pensativo—. Trato de decidir si quiero que esto sea duro o suave.

Ella levantó la mano.

—Yo voto por suave.

—Tú no tienes voto. —Él lanzó la cazadora de ante en el respaldo del sofá—. A ver si me he enterado... Fuiste tú la que comenzó la pelea, ¿verdad?

—Técnicamente.

—¿Técnicamente?

—Es una larga historia, pero...

—¿Y decidiste que la mejor manera de acortarla era quedar con un *linebacker* de los Clemson en el callejón? ¿Es eso?

—No puedes darle ni un poco de ventaja a un tipo así.

—¡Eso solo es cierto cuando tienes doce años!

Antes de que pudiera decirle que tenía razón, él se dirigió hacia ella.

—Si tenías problemas con Jonah, deberías habérmelo dicho.

De repente, estaba tan cabreada como él.

—Soy capaz de resolver mis propios problemas.

—¡Joder! No puedo decidirme. No sé si despedirte o... O... —Coop parecía tener dificultades para encontrar palabras más hirientes, a pesar de que despedirla sí formaba parte de su vocabulario—. O... darte unos azotes.

—No lo dices en serio.

En realidad, parecía meditar al respecto.

—Sí —repuso pensativo—. Creo que sí.

Movió con rapidez uno de los brazos, le rodeó la cintura, la levantó del suelo y la arrastró consigo hasta el sofá. Unos segundos después, la colocaba boca abajo sobre su regazo.

Ella parpadeó.

La palma de la mano de Coop descendió con fuerza sobre la parte más mullida de su trasero y toda la sangre se le precipitó a la cabeza.

—¡Ay! ¡Dios mío! ¡Estás bromeando!

Otro azote.

—¿Te da la impresión de que estoy de broma?

«¡Zas!»

—Me da la impresión de que has perdido la cabeza.

—Jamás me he sentido más cuerdo. —«¡Zas! ¡Zas!»

—Esto está tan mal que no sé por dónde empezar. ¡Ay! ¡Sí, ya sé! Voy a llamar a mi abogado.

—No tienes abogado. —Otro azote—. Además, ¿es que no lees? El sexo duro está de moda.

—¡Solo entre adultos! ¡Basta! ¿Es que tienes la impresión de que esté consintiendo?

—Si no fuera así, sería yo el que estaría tumbado en el suelo en este momento.

«Es cierto.»

No podía negarlo. Ella dejó que le diera otro azote y a continuación apretó los dientes.

—No quiero hacerte daño.

—Preocúpate de ti misma.

Otro azote y entonces él se detuvo. Su palma se curvó sobre la zona que hormigueaba y comenzó a frotarla.

—¡Cooper Graham! ¡Estás metiéndome mano!

—Estoy seguro de que no. —Él deslizó los dedos entre sus piernas y los ahuecó sobre el suave algodón de los vaqueros. Su voz tenía un tono más ronco, que hacía que ella se sintiera débil por la lujuria. Primero había participado en una reyerta infantil, y ahora se había excitado con una escena digna de un troglodita. Era una inútil. Y, a pesar de todas las conferencias que se había dado a sí misma, no le importaba.

—Es culpa mía —dijo ella, con la voz tan ronca como la de él.

Coop deslizó la mano por debajo de la sudadera de los Bears y subió el pulgar dibujando los nudos de su columna vertebral. Se detuvo al llegar al sujetador.

—Llevas encima demasiada ropa.

Piper no supo si él la ayudó o si se movió sola, pero en cuestión de segundos, estaba sobre su regazo, a horcajadas, con las rodillas hundidas en los cojines del sofá a ambos lados de sus muslos.

Él la agarró por la cintura. Ella entrelazó los dedos sobre su nuca y estudió esa cara tallada en granito.

—¿Vamos a hacerlo de verdad?

Vio que Coop fruncía el ceño.

—Eso parece.

243

Y también se lo parecía a ella.

—¿Qué pasa con tus escrúpulos? Sigo trabajando para ti.

Él se inclinó hacia delante y le mordió el labio inferior.

—No eres de ayuda. Más bien eres un obstáculo.

Piper le acarició el hoyuelo de la barbilla.

—¿Para qué?

—Para mi paz mental.

Eso era algo que, definitivamente, entendía muy bien.

—¿Qué ha pasado con tus escrúpulos? —preguntó él, rozándole los labios con los suyos.

—Tienen un permiso temporal —murmuró.

Él encontró la comisura de sus labios.

—Jamás había pegado a una mujer en mi vida. Ni siquiera se me había ocurrido. Pero, ¡joder!, cómo me ha gustado...

Piper resistió el impulso de frotarse las hormigueantes nalgas.

—No me ha dolido ni un poquito.

Él se echó hacia atrás de manera que ella se encontró enfrentándose directamente a sus empañados ojos dorados.

—Sigo furioso contigo —confesó Coop.

—Lo entiendo. —Sostuvo su mirada—. Si te sirve de consuelo, estoy más furiosa conmigo misma.

Quizás eso lo satisfizo porque llevó los labios a su cuello.

—Prométeme que no se te volverá a ocurrir luchar contra mis hombres.

Ella ladeó la cabeza para darle más sitio.

—Lo prometo. —«A menos que no estén protegiéndote bien.»

Él la empujó de su regazo.

—Bien. Terminemos con esto.

Ella se levantó. Sin esperanza, pero abandonando cualquier atisbo de prudencia, agarró la parte inferior de su sudadera y la pasó por la cabeza.

No tardaron demasiado tiempo en estar desnudos y tumbados en el sofá. Ni siquiera la breve interrupción para protegerse disminuyó su deseo. Ella quería que fuera así con ese hombre, salvaje y sin tapujos. Y quizá, tal vez, quería hacerle perder el control de la misma forma en que lo había hecho la última vez.

Pero él no cayó en su juego.

—Las manos quietas, señorita —le ordenó cuando se estiró hacia él.

—Y tú también —repuso ella—. No. Espera. Tú puedes ponerlas donde quieras.

Y lo hizo.

Ella quedó a horcajadas sobre él, abierta a la íntima abrasión de sus dedos. Los ojos de Coop parecían más oscuros ahora, bruñidos por el deseo, pero sus miradas ya no estaban enredadas la una en la otra. Esa era una intimidad que no buscaba ninguno de los dos.

Piper bajó la boca hacia la de él y se entregó con un profundo beso. Un beso que empezó a ser demasiado para ella. Notó que él enredaba los dedos en su pelo y dejaba allí la mano. Sus bocas, sus dientes y sus lenguas se fusionaron y enfrentaron. Ella bajó la mano para apresarlo, pero no lo consiguió. Coop la empujó hacia atrás en los cojines y le separó los muslos. Miró todo lo que quedaba expuesto ante él y luego reclamó lo que ella le ofrecía de forma voluntaria.

Coop le clavó los pulgares en los muslos al tiempo que la sometía a la tierna laceración de su boca, burlándose, atormentándola... Y luego llegó el abandono. El cruel e insensible abandono... Hasta que notó que él se movía.

Esta vez no hubo duda de la fuerza con la que embestía con dolorosa suavidad. Piper le clavó los dedos en la espalda, resbaladiza ahora por el sudor. Sintió el delicioso peso de su cuerpo sobre el de ella. En su interior. Sumergiéndose más profundamente todavía, dilatándola de forma poderosa.

Un alocado remolino estalló detrás de sus párpados. Remolinos de tinta que giraban en un vórtice cada vez más apresurado hasta que explotaron en una supernova perfecta.

Él se hundió hasta el fondo, haciendo que moviera la cabeza. Ella gritó de nuevo y alzó las caderas para que se clavara más profundamente en su interior. Intentando sosegarlo.

Por fin... Él abrió la boca en un aullido silencioso al tiempo que arqueaba el cuello. Con los músculos convulsos, estremeciéndose de pies a cabeza.

Y luego el silencio.

Se serenaron. Cuando pudo respirar, Piper buscó una posición más cómoda, que acabó enviándolos a los dos al suelo.

Se quedaron allí durante unos segundos, de costado, encajados entre el sofá y la mesita de café con forma de platillo volante. Él le rodeó el seno que había descuidado mientras se ocupaba de otras partes.

—Estabas cerrada como una virgen.

—Hacía mucho tiempo. —Ella apoyó la cabeza en el hueco de su brazo y dijo lo inevitable—. Esto no puede interferir con el trabajo.

—Desde luego —convino él con más vehemencia incluso que ella.

—Porque si así fuera...

—No ocurrirá. Somos demasiado inteligentes para que pase. Y los dos somos conscientes de que tenía que suceder. Ahora vamos a negociarlo.

—Amantes cuando estemos desnudos —sentenció ella—. Profesionales cuando no sea así.

—Ni yo lo habría expresado mejor. —Coop se apoyó en un codo—. ¿Te he dicho ya lo mucho que me gustas? Cuando no tengo ganas de matarte, claro está.

Ella sonrió.

—Tú también me gustas. Al menos casi todo el rato, y eso es muy raro. Soy muy crítica con los de tu sexo.

Él le pellizcó el pezón.

—Dada la forma en que gritabas, creo que mi sexo lo hizo bastante bien.

—Sin duda mejor que la última vez.

—No vas a dejar que lo olvide nunca, ¿verdad?

—No soy tan decente. —Le tiró con fuerza del pelo—. Y será mejor que no se te vuelva a ocurrir darme unos azotes, porque no vas a conseguirlo dos veces.

—Atesoraré esta ocasión en mi memoria.

Piper deslizó los dedos por la dura pendiente de su brazo.

—Deberías saber que por lo general no soy egoísta. Me gusta dar tanto como recibir.

—Tendrás que demostrármelo —repuso él acariciándole el cuello—. Vamos a la ducha para que pueda comprobar que lo tuyo no son solo palabras.

—¿Tan pronto?

—Soy un deportista de alto rendimiento. Tengo poderes superiores a los de los demás mortales.

Ella, sin duda, no podía discutírselo. La ayudó a ponerse de pie y se dirigieron a la escalera calada, pero antes de llegar arriba, Piper tenía que asegurarse de que todo quedaba claro.

—Estamos de acuerdo, ¿verdad? Nada de juegos. Mantendremos esta relación hasta que nos aburramos el uno del otro o hasta que una de esas actrices de belleza deslumbrante decida que necesita colgarse del brazo del *quarterback* más dulce.

Él sonrió y le apretó el trasero.

—Estamos de acuerdo. Y nada de liarte con ese amigo tuyo policía.

—Al menos hasta que termine contigo.

La cabina de la ducha de Coop era más grande que cuatro cuartos de baño. Las paredes de mármol, los múltiples chorros y el cabezal móvil la convertían en el campo de juegos sexuales ideal para una pareja con imaginación. Justo lo que ellos eran.

—Sin duda no eres egoísta —murmuró Coop un poco más tarde mientras se apoyaba en la pared para recuperar el aliento.

«No soy egoísta, pero quizá sí soy estúpida», pensó ella. Apartó la idea a un lado. Por fin sabía lo que estaba haciendo. Había fijado unos límites y había sido clara con respecto a sus necesidades. Lo más importante era ser consciente de cuáles eran las limitaciones cuando se pretendía mantener una relación con un saludable y superfamoso dios del sexo, un hombre tan alejado de su vida que parecía que no vivían en el mismo planeta. No era hermosa ni sofisticada. No se preocupaba por la ropa o el maquillaje, y no sabría hacerse un peinado elegante ni siquiera aunque tuviera el pelo largo. Él se sentía atraído por ella porque suponía una novedad. Y cualquier novedad era, por definición, temporal.

Piper les dio dos semanas como máximo antes de que rompieran. Y le parecía bien. Dos semanas de sexo alucinante era perfecto. Pero cuando estaba envolviéndose en una enorme toalla de baño, una pequeña sombra nubló su corazón; tuvo la premonición de que cuando el sexo acabara, habría perdido a un amigo. Uno de los mejores que había tenido nunca.

15

El lunes por la mañana, Piper recibió la llamada del propietario de un pequeño supermercado de barrio que había visto el folleto publicitario de la agencia. El hombre quería que investigara lo que sospechaba que era una demanda fraudulenta de lesiones por parte de un empleado que había despedido —un tipo llamado Wylie Hill—, y se dirigió hacia la zona sur de la ciudad para comprobarlo.

Pilsen era el barrio mexicano por excelencia de Chicago, donde se podía encontrar el arte y la tradición de los emigrantes. Vio a dos hombres apoyados en un mural de la Virgen de Guadalupe y a una pareja de *hipsters* paseando. En otra parte, una anciana en zapatillas subía los escalones desde su apartamento en el sótano para barrer la acera.

Por fin, apareció Wylie y se sentó a fumar en el porche de la casa en hilera donde había alquilado una habitación. Piper se sentía feliz de tener un nuevo cliente, pero las vigilancias eran la parte que menos le gustaba de su trabajo. En primer lugar porque eran aburridas, y en segundo porque dejaban mucho tiempo para pensar. Y ese era un mal día para darle vueltas a la cabeza.

Coop y ella habían pasado la mayor parte del día anterior en la cama, y no se había visto afectada ni una vez por aquel vacío que siempre se apoderaba de ella cuando estaba con un hombre, no había sentido aquel brote de pánico que la hacía buscar excusas para alejarse. Con Coop, había habido casi tanta conversación como sexo. Ella le había descrito algunas de las investigaciones más interesantes de Duke. Y él le había hablado sobre la vida en el rancho y los huertos urbanos. Habían intercambiado puntos de vista sorprendentemente similares sobre política y religión, e incluso había compartido algunas historias sobre la esquizofrénica educación que había recibido de su padre, algo de lo que ahora se arrepentía. Había hablado de más. Existían muchos lugares en su interior que no quería que él viera. A partir de ahora, saldría de su apartamento pitando en cuanto se volviera a vestir.

Wylie Hill o bien se había lesionado de verdad la espalda descargando cajas o era el hombre más perezoso del mundo, porque apenas había hecho nada más que permanecer sentado en el porche. Al caer la tarde del día siguiente, cuando ya no era capaz de soportar el aburrimiento, hizo un rápido viaje a su despacho para trabajar un poco en su página web. Cuando estaba guardando una copia de seguridad para regresar a la vigilancia, apareció Coop acompañado de una nube de testosterona. Él miró a su alrededor, fijándose en los carteles de portadas de revistas de detectives que tenía colgados en las paredes.

—Así que tienes de verdad un despacho.

—Es un poco más humilde que el tuyo, pero no me queda más remedio que trabajar aquí hasta que disponga de una *suite* de lujo en el Hancock —replicó al tiempo que daba la vuelta disimuladamente al bloc de notas donde había estado escribiendo—. ¿Qué haces aquí?

—Sentía curiosidad por ver cómo vivía la otra mitad. —Coop se inclinó sobre el escritorio y giró el bloc de notas que ella había tratado de ocultar—. ¿Tus notas?

Su intención era guardarse para sí misma lo que había averiguado hasta obtener más información, pero ahora ya no era posible.

—He localizado por fin a tu antiguo barman. Está trabajando en un pub en Bridgeport.

—¿No tenías pensado decírmelo?

—Quería hablar antes con él. Te recuerdo que para eso me pagas.

—Cierto. —Él rodeó la alfombra para acercarse a la orquídea que tenía en el alféizar de la ventana, regalo de Amber—. ¿Cuándo piensas ir a verlo?

—Esta noche. Empieza el turno a las nueve. Te llamaré por la mañana.

—No será necesario. Iré contigo. Y esta orquídea tiene exceso de agua.

—Gracias por la información, y si vienes solo complicarás las cosas. Ahora vete. Me toca hacer una vigilancia para un nuevo cliente. —«Y respirar un poco de oxígeno antes de que se me empañe el cerebro.»

—¡Genial! Te acompaño. Será interesante echar un vistazo al lado más sórdido de tu vida.

—Las vigilancias son demasiado aburridas para ti.

—Puedo con ello.

Y al principio lo hizo. Pero, después de unas horas, comenzó a parecer inquieto y se puso a hurgar en el asiento trasero.

—¿Llevas algo de comer?

—Relájate, anda.

—¿Qué es esto? —él levantó el Tinkle Belle de color rosa.

—Una cuchara para servir helado.

—Pues es una cuchara para servir helado muy rara. —Se puso a sacarla de la bolsita de plástico.

—Deja eso. —No había necesitado utilizar el artilugio recientemente, pero aun así...

Él se iluminó de pronto. Estudió concienzudamente la bolsa de plástico donde estaba el Tinkle Belle y luego la miró a ella.

251

—Siempre me había preguntado cómo hacían las mujeres para...

—Pues ahora ya lo sabes. Déjalo donde estaba.

Había aparcado en la esquina más cercana a la destartalada casa en hilera de Pilsen donde vivía Hill. Los acordes de música tejana resonaban en una tienda de ropa *vintage* que había al lado mientras Coop abría la caja donde ella guardaba los guantes y se ponía a examinarlos. Cuando se cansó de eso, se puso a juguetear con un botón suelto del salpicadero. Ella quería que se estuviera quieto para tratar de olvidar que estaba allí. Como si eso fuera posible.

—¿Cómo sabes que tu hombre está dentro? —preguntó él.

Ella señaló el piso superior.

—Ha pasado ante la ventana de la esquina un par de veces.

—Quizá ya no salga hasta mañana.

—Es posible.

—¿Y si es cierto que se lesionó la espalda haciendo el trabajo?

—Entonces se merece el dinero.

En la calle rugió una moto. Coop puso el brazo encima de su asiento y le rozó el hombro con los dedos.

—No siempre tienes que ser el vikingo más valiente del barco, lo sabes, ¿verdad?

No debería haberle hablado de la forma en que Duke la había educado. Tenía que replegar sus fuerzas.

—No soy una romántica, si es a eso a lo que te refieres. No sueño con tener un marido y una casa llena de mini-yos. Tuve más que suficiente de la vida hogareña aguantando a mi padre mientras crecía. —Además de no poder gemir, llorar o admitir la incertidumbre.

—Es comprensible que tu padre fuera demasiado protector si tenemos en cuenta lo que le pasó a tu madre, pero se equivocó por completo cuando le dejó todo a tu madrastra.

Ella se encogió de hombros como si aquello no fuera nada del otro mundo.

—¿Cómo era tu madre? —preguntó Piper.

—Una aventurera. Divertida. No demasiado hogareña. Más o menos lo contrario que mi padre. Un poco como tú, pero más dulce.

Ella sonrió. Justo entonces, se abrió la puerta principal de la casa en hilera y surgió un tipo con aspecto nervioso, el rostro huesudo y el pelo por los hombros. Piper se enderezó.

—Es ese.

Hill se sentó en el porche iluminado y encendió un cigarrillo. Coop le observó durante un rato con los ojos entrecerrados y luego miró la hora en el móvil.

—Esto es como ver secar una pintura, y apenas son las siete.

—No tenías por qué acompañarme.

—Tenía la esperanza de disfrutar de una persecución a toda velocidad.

Y ella.

Wylie se levantó y estiró. Piper recogió la Nikon, enfocó y sacó un par de fotografías.

—No es que prueben nada —comentó él.

—A los clientes les gusta saber que te ocupas de su caso.

Wylie estaba terminando el tercer cigarrillo cuando sacó el móvil del bolsillo y lo acercó a la oreja, como si hubiera recibido una llamada. Dijo algunas palabras, lanzó la colilla a la cuneta y comenzó a caminar por la calle, moviéndose demasiado rápido para un hombre con lesiones en la espalda. Lo vieron subirse a un viejo Corolla gris y Piper pegó la cámara a la ventanilla y le sacó otra foto mientras se alejaba.

—¿Es ahora cuando viene la persecución a toda velocidad? —preguntó Coop.

—Quizá la próxima vez.

Piper era una buena conductora, siempre alerta y ágil con el volante. Coop se había dado cuenta de eso en el viaje a Canadá. Ella se mantuvo alejada del Corolla, que se dirigía hacia el norte, a pocas manzanas giró en Racine y recorrió la Decimoctava. Por fin, Wylie detuvo el coche en una calle cortada por obras. Había una tienda de licores y un sitio donde servían tacos, pero poco más. Pipe se detuvo en una zona de carga y descarga, dejó la Nikon a un lado y la sustituyó por el móvil.

—Quédate aquí —dijo mientras abría la puerta del coche—. Lo siento, Coop, eres demasiado visible.

Odió que ella tuviera razón, pero hacía una noche agradable y había bastante gente en la calle, mucha de la cual podría reconocerle. Aun así, era una zona poco recomendable y no le gustaba que fuera sola.

Miró el reloj mientras ella desaparecía detrás de las casetas de la construcción. Llevaba con ella un par de horas y todavía no le había contado lo que había ocurrido. Necesitaba acabar de una vez en lugar de seguir con el suspense, pero estaba claro cuál sería la reacción de Piper.

Tamborileó con los dedos en la rodilla sin apartar la mirada de la esquina por la que ella había desaparecido. Sabía lo competente que era, que podía cuidar de sí misma. Seguramente llevaba la Glock en el bolsillo de la cazadora, pero él se sentía como un cobardica sentado en el coche mientras ella se buscaba la vida ahí fuera.

Pasaron unos minutos más hasta que no pudo soportarlo durante más tiempo. Registró el asiento trasero en busca de una gorra de béisbol o cualquier otra cosa que pudiera ayudarle a enmascarar su identidad, pero solo encontró unas gafas de sol de color púrpura.

«A la mierda.»

Se bajó del coche.

Justo en ese momento, ella dobló la esquina. Él volvió a deslizarse en el interior, pero Piper ya lo había visto.

—Tenía un calambre en la pierna —mintió cuando ella se sentó detrás del volante.

La vio poner los ojos en blanco antes de arrancar el motor.

—Parece que el problema en la espalda de Wylie va mejor —comentó, pasándole el móvil.

Buscó la galería de fotos y descubrió en la primera imagen que había una casa de empeños al lado del bar de tacos. Hill salía de allí cargando con un televisor de unas treinta pulgadas. Incluso a la tenue luz del anochecer, las instantáneas habían capturado todos los detalles. La forma en que la apoyó en el guardabarros trasero mientras abría el maletero y, más concluyente todavía, cómo se las arreglaba para maniobrar en el maletero sin ningún esfuerzo aparente.

—El prestamista salió para sostenerle la puerta abierta —comentó ella—. Los he oído hablar. Wylie había avisado de que quería un televisor nuevo y le llamaron para decirle que había uno pasado de fecha.

—Caso resuelto.

—Eso parece. —Ella no se mostraba demasiado feliz—. Tenía la esperanza de que durara un par de días.

—Es el precio a pagar por ser bueno en lo que haces. —Le devolvió el móvil—. Hubiera sido mucho más interesante si hubieras tenido que dispararle.

—La vida a veces es muy cruel.

Cuando llegaron al apartamento, ella hizo más fotos a Hill descargando el aparato. Era casi la hora de que Keith empezara a trabajar, pero Coop le dijo que se detuviera en un Taco Bell, donde él se ventiló dos menús de burritos de siete capas y ella la mitad de un taco con pan de pita. Incluso con las ventanillas bajadas, el coche olía a chile, comino y lujuria.

Ella se lo había adelantado. Le había dicho que usaba a los hombres con fines sexuales, pero no daba la imagen de devoradora de hombres cuando clavaba en él aquellos ojos del color de los arándanos. Sus propios escrúpulos para acostarse con una empleada habían desaparecido convenientemente. Piper nunca había sido una empleada más. La mitad del tiempo se sentía como si fuera él quien trabajaba para ella.

Ella se limpió una gota de salsa de la barbilla.

—Esta era la idea que tenía Duke de la buena mesa. Un menú de Taco Bell y un buen trago. Te habría gustado.

Eso era discutible. Proteger demasiado a una hija con espíritu aventurero al tiempo que la intimidaba había sido una idiotez por parte de Duke Dove. Coop metió los envoltorios vacíos en la bolsa.

—No tenía buen gusto en cuestión de fútbol americano.

Ella le brindó su mirada más malvada.

—Los Bears es un equipo de hombres, los monstruos del Medio Oeste, opuestos por completo a las nenazas glamurosas de los suburbios.

—A pesar de que las estadísticas hablan en nuestro favor.

—Las opiniones de Duke no siempre se veían apoyadas por hechos.

—Como las tuyas. Te lo juro, como vuelva a verte con una camiseta de los Bears, te la arranco.

Las palabras quedaron suspendidas en el aire, flotando entre ellos. Coop no pudo soportarlo ni un momento más y se inclinó hacia ella. Piper se apoyó en él, pero fue solo un segundo antes de apartarse.

—Mientras no me esposes.

Ella era irreverente. Terca, sexy, atrevida, divertida...

Trató de convencerlo para que se fuera a casa, pero él no cedió y ella acabó rindiéndose.

—El pub está a las afueras de Bridgeport —le dijo ella mientras se dirigían al sur por Halstead—. Justo al lado de Bubbly Creek.

—¿De Bubbly Creek?

—No me digas que llevas tanto tiempo viviendo en Chicago y no lo conoces.

—Es que he estado muy ocupado.

—Es el South Fork del río Chicago, pero nadie lo llama así. Hace unos cien años, todas las empresas que envasaban carne en los alrededores de Union Stock Yards vertían allí sus desechos. Hice un trabajo sobre el tema para clase de biología. —Ella se detuvo y lo miró—. Los trabajos eran esas cosas que teníamos que hacer los que íbamos de verdad a la universidad.

Él sacó a paseo su acento de cowboy.

—No sé de qué me hablas. Estaba demasiado ocupado atravesando la ciudad en el reluciente Corvette rojo que me compraron los que me ficharon.

Ella le lanzó una mirada fulminante que hizo que le pareciera tan condenadamente guapa que le habría besado la punta de la nariz si fuera otro tipo de mujer.

—Sigue, ¿Bubbly Creek? —la animó él.

—Los mataderos arrojaban los restos de cadáveres al agua, tripas, sangre, pelo, lo más asqueroso que se te pueda ocurrir, y luego vertían también los productos químicos que usaban en los procesos. Después de un tiempo, el arroyo comenzó a burbujear por la descomposición. Así fue como se le puso el nombre.* A veces, el lodo era tan espeso que se podía caminar por encima. El gobierno ha invertido millones de dólares en la limpieza, pero en los días calurosos todavía se pueden ver burbujas.

—La madre naturaleza tarda mucho tiempo en dejar de estar cabreada.

—Las mujeres son así. —Piper detuvo el vehículo en un aparcamiento en ruinas junto a un edificio con un letrero estilo antiguo colgado encima de la puerta.

—Keith se ha puesto el mundo por montera —comentó ella.

* Bubbly Creek significa «Arroyo Burbujeante». (*N. de la T.*)

257

Él supo que era el momento de lanzarse.

—Antes de entrar... Tengo que decirte que hoy fui al club a cubrir un papeleo y, cuando salí, alguien me había cortado los neumáticos.

—¿¡Cómo!?

Había sabido que se pondría hecha una furia, y le demostró que no se equivocaba.

—¿Por qué no me lo has dicho antes?

Porque odiaba admitir que ella tenía razón sobre que los incidentes no eran casuales. Peor que eso, odiaba que alguien estuviera yendo a por él.

—Podría ser una casualidad... —dijo.

—No te atrevas a empezar con eso.

Piper comenzó a acribillarle a preguntas, como él había sabido que haría. ¿Cuándo había ocurrido? ¿Había algún testigo? ¿Se había visto a alguien merodeando por el callejón?

Él le contó todo lo que sabía, que era exactamente nada. Tony y el personal de limpieza estaban en ese momento en el interior del club. Ninguno había visto nada. No había avisado a la policía.

Ella apretó los dientes de esa manera suya.

—Veamos qué tiene que decir tu amigo Keith al respecto.

Junto a la puerta delantera había un letrero en el que se podía leer: ESPACIO PROTEGIDO CON ARMAS DE FUEGO CARGADAS.

Coop sospechó que el mensaje no estaba escrito en tono irónico.

El lugar olía a cerveza rancia y a humo de cigarrillo como en los años ochenta. Una larga barra, mesas cuadradas, suelo de linóleo amarillo y pósters en la pared eran toda la decoración existente, mientras los Bee Gees cantando *How deep is your love* en la máquina de discos amenizaban de forma cuestionable el ambiente.

Ningún cliente levantó la vista cuando entraron. Keith estaba detrás de la barra, de espaldas a la puerta. Piper se sentó en un extremo de la barra y cuando Keith se dio la vuelta, los vio a los dos. El trapo que sostenía en la mano se detuvo en el aire.

—Dos PBR —pidió Piper, abreviando el nombre de la cerveza Pabst Blue Ribbon y demostrando que estaba acostumbrada a frecuentar pubs.

Coop no había pedido una Pabst desde que tenía catorce años, pero ese no era el tipo de lugar donde se tomaba la cerveza inglesa de moda.

Keith les llevó las cervezas. Necesitaba un corte de pelo y encogía el hombro izquierdo como siempre que quería parecer duro. Lo mismo que había hecho cuando lo había despedido.

—¿Habéis venido a reíros? —Keith dejó las jarras delante de ellos con un fuerte golpe que hizo caer unas gotas de espuma por encima del borde.

—Tú mismo cavaste la fosa, tío. —Coop todavía no había superado que le hubiera traicionado.

—Me compraré este lugar en cuanto ahorre lo suficiente —se jactó Keith—. Lo haré.

—Buena suerte.

Keith dio un par de golpes en la barra con el trapo.

—Hubo un tiempo en el que me hubieras ayudado.

—Sí, pero ese tren hace tiempo que partió.

Keith nunca había sabido poner cara de póquer, y apretó los labios antes de mirar a Piper.

—¿Qué haces con ella?

—Soy su nueva novia —replicó ella—. Ha madurado.

Teniendo en cuenta las mujeres con las que había salido en el pasado, eso no era del todo cierto. Pero de alguna manera, ella tenía razón.

Keith pasó de ella y volvió a centrarse en él.

—¿Sabes qué es lo que echo de menos?

—¿Qué?

—Cuando nos sentábamos a hablar. Eso es lo que añoro.

Coop se encogió de hombros.

—Parecía que valdría la pena —siguió el barman—, cuando a Taylor se le ocurrió la idea. ¡Zorra estúpida! Me dejó justo cuando conseguí este trabajo.

Coop tomó un sorbo de cerveza.

—Solo tenías que haberle dicho que no.

Keith soltó una risa amarga.

—Tú eres el que tiene carácter, ¿recuerdas? Yo el que siempre mete la pata.

Piper dejó la jarra.

—Entonces, Keith, mientras estabas aquí lamentándote... La semana pasada, alguien atacó a tu antiguo amigo, aquí presente. ¿No sabes nada de eso?

Keith pareció muy sorprendido. Hizo caso omiso a Piper y le miró a él.

—¿Lo dices en serio?

Coop asintió.

Keith subió el hombro izquierdo.

—¿Crees que fui yo?

Lo miró fijamente, considerándolo.

—Lo cierto es que no.

—Pero yo soy de naturaleza más desconfiada —intervino Piper—. Me enteré de que te cabreaste mucho cuando Coop te despidió, así que no estaba fuera de las posibilidades.

Keith se puso rojo de ira.

—He hecho un montón de idioteces en mi vida, pero jamás haría algo así.

Piper siguió interrogándolo: ¿Dónde había estado esa noche? En el bar, trabajando. ¿Dónde por la tarde? Durmiendo, sin coartada. Sin embargo, Coop sabía la verdad. Keith no estaba detrás de eso.

Si bien Piper continuó con sus preguntas, él bebió su cerveza cabizbajo. Odiaba eso, no saber quiénes eran sus enemigos. Quería tenerlos controlados donde pudiera verlos, al otro lado de la línea de ataque.

El fútbol europeo no era el deporte favorito de Coop, pero Deidre Joss le había invitado al Toyota Park a ver jugar al Chicago Fire contra el D.C. United, y no iba a rechazar la oportunidad. Le gustaba todo lo relacionado con Deidre, desde su personalidad a su reputación, todo salvo el tiempo que le llevaba decidirse a ser su socia.

Echó un vistazo a Piper, que estaba al otro lado del palco para ejecutivos del estadio. Se las arreglaba para estar guapa y sexy con un jersey de brillante color naranja y unos vaqueros ceñidos. Su predecible corte de pelo no quedaría bien a otra mujer, pero a ella le sentaba a la perfección. Piper era la fémina menos necesitada con la que se hubiera enrollado, y su relación estaba funcionando mejor incluso de lo que esperaba.

La había invitado a acompañarlo justo después de regresar del enfrentamiento con Keith la noche anterior. Ella, como había previsto, lo rechazó argumentando que no estaban saliendo y eso sonaba como una cita, pero cambió de idea al instante y aceptó su invitación. Él sabía por qué. No quería perderlo de vista. Era totalmente enloquecedor y completamente innecesario. Casi le había retirado la invitación, pero no lo hizo. Respetaba la perseverancia sin importar que estuviera equivocada.

Cuando la recogió, ella había dejado caer una bomba. Había aparecido una avalancha de quejas *on-line* sobre Spiral, quejas sobre todo por el grosero comportamiento del servicio, de que los vasos estaban sucios y la música era mala, nada de lo cual era cierto. Los comentarios habían tenido cierta repercusión y aunque había comenzado a intentar minimizar su efecto, ella le había advertido que llevaría su tiempo.

Estaba furioso, y ni siquiera que ella le recordara que tenía años de experiencia lidiando con problemas de ese tipo le había aplacado. Piper no lo entendía. No podía hacerlo. Él tenía una nueva vida y fracasar no era una opción.

Deidre se alejó del grupo con el que había estado hablando y reclamó su atención. Esperaba que no hubiera leído aquellas malas críticas. Forzó una sonrisa y se obligó a unirse a ella.

Piper miraba el campo de fútbol desde las cristaleras panorámicas del palco de Deidre Joss, pero la acción que se desarrollaba en el campo estaba en un segundo plano ante las piezas del rompecabezas que se negaban a encajar en su cerebro. No lo entendía. El atraco, el dron y el corte en los neumáticos eran hechos activos. Pero el sabotaje *on-line* y la denuncia falsa a Inmigración parecía algo más cerebral. ¿Cómo se podía explicar todo eso?

A su espalda, oyó que Deidre se reía de algo que acababa de decir Coop. Parecían hechos el uno para el otro. Deidre, alta y esbelta como una bailarina, y Coop, alto y delgado, con una inmensa confianza en sí mismo. Una pareja de guapos triunfadores que se sentían cómodos con los lujos que su duro trabajo les proporcionaba. Era evidente que Deidre se sentía atraída por Coop, pero no era agresiva al respecto.

—¿Disfrutando del partido? —preguntó Noah Parks acercándose a ella.

Durante toda la tarde lo había visto preocupado por Deidre. No era agobiante, pero si la mujer necesitaba una bebida, allí estaba él. Si parecía cansarse de una conversación, él intervenía para cambiar de tema. Piper pensó que le vendría muy bien tener un Noah Parks en su vida.

—No es como ver a los Bears, pero sí, me gusta —repuso. En el campo, los locales habían disparado sin éxito a la portería—. Es una experiencia agradable.

—Deidre también tiene un palco en el Soldier Field, y otro en el Midwest Sports Domo.

Donde jugaban los Stars.

—Una chica nunca tiene demasiados palcos.

Él se rio.

—Los utiliza para los negocios. —Él miró el campo a través del cristal—. Es interesante comprobar que te has convertido en parte del círculo íntimo de Coop, teniendo en cuenta cómo os conocisteis.

Seguramente Parks andaba a la pesca de información, pero no estaba consiguiéndola.

—Está aburrido, y yo soy una novedad.

El Fire anotó el primer gol, y ella se excusó para ir en busca de un perrito caliente en el *buffet*.

Todos los presentes querían hablar con Coop, y no fue hasta la segunda mitad que él pudo acercarse a ella.

—Me acabo de enterar de que Deidre Joss fue la persona que te contrató para que me siguieras.

Ella se puso rígida.

—¿Por qué piensas eso?

—Porque me lo ha dicho.

—¿En serio? —Lo dijo en voz demasiado alta, y algunas personas se volvieron para mirarlos, pero Piper estaba indignada. ¿Después de hacerla jurar que mantendría el secreto y de casi destruir su carrera en el proceso, Deidre Joss le había soltado la información al señor Ojos Dorados?

Fue un respiro que su móvil comenzara a vibrar en ese momento. Lo sacó del bolsillo de los vaqueros y echó un vistazo a la pantalla. ¿Por qué la llamaría Tony?

—Coop ha apagado de nuevo su teléfono —se disculpó el gerente cuando ella respondió—. ¿Está contigo?

—Sí. ¿Quieres que te lo pase?

—No. Dile que tenemos un gran problema y que tiene que venir aquí de inmediato.

La cocina estaba infestada de cucarachas. Coop no había visto tantas en su vida. Eran cientos las que se dispersaban bajo la luz recién encendida. Correteaban por el suelo, por los contadores, por los fogones. Un Tony muy pálido estaba acurrucado en el pasillo, justo delante de la puerta.

—Hemos llamado a un exterminador de plagas, vamos a tener que cerrar por lo menos una semana.

La Mujer Maravilla lanzó una mirada a aquel caos de insectos y se dirigió también hacia el pasillo.

—Me largo de aquí —dijo dándose la vuelta—. Si alguno de esos bichos entra en mi apartamento, eres hombre muerto.

Coop irrumpió en su apartamento unas horas después. Estaba sentada en el sofá, enroscada sobre el portátil. El exterminador ya estaba haciendo su trabajo en la planta baja, pero Tony tenía razón. Spiral debía permanecer cerrada una semana. Exactamente siete días más de lo necesario.

—Será mejor que te hayas sacudido bien la ropa antes de venir aquí —le saludó ella.

Él atravesó la estancia.

—Menuda guardaespaldas estás hecha.

—No soy tu guardaespaldas, ¿recuerdas? Y he estado haciendo lo que tenía que hacer.

—¿Ocultarte de los bichos?

Ella se estremeció.

—No es que esté orgullosa de mí misma.

Ahí estaba otra vez. Esa negación a defenderse ante cualquier cosa que percibía como una debilidad personal.

—He estado haciendo algunas averiguaciones —le dijo mientras él caminaba—. Se pueden comprar cucarachas a cientos por internet. ¿Sabías que sus cabezas cortadas pueden sobrevivir si están en la nevera? Es solo unas horas, pero es posible.

—No lo sabía. Y me gustaría no saberlo.

—Mañana voy a intentar localizar algún distribuidor, pero descubrir quién realizó el pedido es una posibilidad remota. Incluso las venden en Amazon.

Pero su mente no estaba en Amazon, y tampoco la de ella.

—Con Keith fuera del mapa —comentó Piper—, los dos sabemos quién es el sospechoso más lógico.

No le preguntó a quién se refería. Lo sabía.

La vio cerrar el portátil y ella clavó allí la vista durante un momento antes de frotarse los ojos.

—Está en Miami.

16

South Beach era un carnaval de palmeras durante las veinticuatro horas del día; rock latino; edificios *art déco* del mismo color que los huevos de Pascua; y paseando a lo largo de Ocean Drive muchas mujeres bien formadas, con el pelo largo, pendientes de aro del tamaño de pulseras y tangas de colores que se transparentaban con los ceñidos pantalones cortos blancos. Coop y Piper llegaron a primera hora de la tarde del día siguiente al hotel Setai, en la elitista Collins Avenue, donde Coop había reservado una *suite* por la que pagaría cada noche dinero suficiente para que ella se comprara un juego de neumáticos nuevos y un ordenador portátil.

El príncipe Aamuzhir había dejado Londres con destino a Miami tres días antes en su yate de ciento cincuenta metros de eslora. Ella había querido ir sola a verlo, pero Coop se lo había prohibido taxativamente, señalando que no podría llegar hasta Aamuzhir sin él. Piper había tratado de disuadirlo, pero Coop no era hombre que se escondiera de sus enemigos, y ella no podía obligarlo a que se comportara así de corazón.

Coop no tuvo problema para conseguir una invitación al yate y, justo un mes después del día que la contrató para vigilar el club, se encontraban en la ciudad que había visto crecer a Coop profesionalmente. Cada uno de los botones del hotel y de los vendedores de comida ambulantes lo recibieron como a un hijo pródigo. Piper hizo todo lo posible para permanecer en un segundo plano y la horrorizó darse cuenta de que una parte de ella quería gritarle al mundo que era su amante.

Mientras él entrenaba en el gimnasio del hotel, ella contempló la vista del océano a través de la enorme cristalera que había en la habitación y se cambió la ropa de viaje por uno de los vestidos que había adquirido en una visita relámpago a la tienda. Iban a reunirse con algunos de los ex compañeros de Coop para cenar, una invitación de la que había intentado escaquearse sin éxito.

—Solo voy a fingir que soy tu novia mientras estemos mañana en el yate —le había recordado ella—. Esta noche estarás con tus viejos colegas del equipo, no necesitas una novia falsa.

Por alguna razón, eso lo había irritado.

—No eres una novia falsa. Estamos durmiendo juntos.

—Un detalle sin importancia.

—Vas a acompañarme —replicó él.

Ella salía del cuarto de baño de lujo de la *suite* justo cuando Coop regresaba del gimnasio. Piper había vuelto a sentirse culpable una vez más. Si no lo hubiera convencido para ayudar a Faiza a escapar, él no se encontraría en esa situación.

Coop se detuvo en la puerta de la *suite* y la miró.

—¿De dónde has sacado eso?

Ella lanzó un vistazo a su ropa, un vestido rosa muy corto que resultaba bastante sexy.

—¿Qué tengo de malo? —Los tirantes que se cruzaban en la espalda no se habían torcido y las pulseras de plata ocupaban el lugar adecuado en su muñeca. Se había maquillado de forma correcta y las zapatillas de deporte que llevaba en el avión habían sido reemplazadas por unas sandalias. Incluso se había peinado con lo que le quedaba en un tarro de gel para cabello. Entonces ¿qué más daba si había comprado el vestido en H&M en vez de en una de esas *boutiques* tan ridículamente caras?

—No tienes nada malo —aseguró él, caminando a su alrededor—. Creo que el mundo está a punto de acabar. Pareces muy femenina.

Él era uno de esos inusuales hombres dispuestos a poner su vida en peligro para encontrarse con un poderoso príncipe que podía estar esperando la oportunidad de devolvérsela, pero cada vez que ella trataba de disculparse por ponerlo en una situación tan peligrosa, él parecía molesto, por lo que le lanzó su mirada más borde.

—Tú más que nadie deberías saber que soy muy femenina.

—No con la ropa puesta. Al menos en la mayoría de las ocasiones.

Apreció su puntualización.

—Sé combinar la ropa, igual que sé cocinar. Pero prefiero no hacerlo.

—Por culpa de Duke Dove.

—¿Qué quieres decir con eso?

—Solo por curiosidad, ¿alguna vez te dijo que eres muy guapa?

—¿Por qué iba a hacerlo? —No le gustaba la forma en que él la estaba observando, como si hubiera descubierto algo que ella no sabía—. Tengo que resultar al menos tan atractiva como una de tus fans. Es difícil, lo sé, pero...

—No es nada difícil.

Aquella conversación estaba poniéndola nerviosa.

—Esta ropa es estrictamente de trabajo, y supone un gasto extra. Así que cuando termine mi labor, será toda tuya. Con excepción de las sandalias. Y las pulseras, que son un regalo de un antiguo novio que no me conocía bien.

—Evidentemente, no. —Vio que Coop olfateaba el aire como si hubiera percibido un olor que no le gustara—. ¿Te has puesto perfume?

—Una muestra que venía en una revista.

—Pues déjala estar entre las páginas. Tú hueles muy bien sin nada.

Igual que él, incluso después de entrenar; olor a sudor masculino en un cuerpo limpio. Quiso despojarlo de la camiseta sudada y arrastrarlo al dormitorio.

Él la miró pensativo.

—Si soy el propietario de ese vestido, significa que puedo arrancártelo cuando quiera, ¿verdad?

—Supongo que sí. Aunque te agradecería que esperaras hasta que terminara el trabajo.

—Eso —dijo él— va a ser difícil.

Piper bajó la vista.

—Entiendo.

Él sonrió, pero la culpa que ella llevaba sobre los hombros empañó su propia diversión. Debería haber encontrado la forma de ayudar a Faiza sin tener que recurrir a Coop.

—Basta ya, Pipe —ordenó él, que volvía a parecer irritado—. No me obligaste a hacer nada que no estuviera dispuesto a hacer.

—Lo sé —repuso con demasiada vehemencia.

Él arqueó una ceja, leyéndole la mente de una manera que nadie más había sido capaz de hacer.

Piper cogió el móvil de Coop.

—Uno de los sirvientes del príncipe llamó mientras estabas fuera. Era para concretar cuándo nos enviarán la barca para subir mañana al yate.

Coop se quitó la camiseta.

—Inaceptable. No voy a permitir que ese capullo me diga cuándo tengo que subir y bajar de su barco.

—Exacto. Por eso he dispuesto alquilar nuestra propia barca.

—Claro que sí. —La levantó del suelo, por lo que los dedos de sus pies dentro de las sandalias quedaron sobre la punta de sus zapatillas de deporte. El beso, largo y profundo, destruyó la mayor parte de su maquillaje, y el vestido rosa pronto se convirtió en un charco en el suelo. Él quería llevarla a la ducha, pero ella lo arrastró hasta el dormitorio.

Hicieron el amor... No, no era amor. Y aunque no se oponía a usar —bien usada— la palabra con F, lo que hicieron tampoco fue eso. Simplemente tuvieron... sexo —mucho sexo— en una cama con vistas al mar, lo que hacía que la habitación se convirtiera en un nido de águilas sobre el océano. Quería seguir desnuda durante el resto de la noche. Y, al parecer, él también quería, porque tuvo que darle una patada para que saliera de la cama.

Si sus compañeros de equipo se sorprendieron por ver a Coop con una mujer que no había aparecido nunca en el programa de cotilleos sobre celebridades TMZ, no lo demostraron. Él la presentó abiertamente como una detective privada que había contratado para investigar la mala conducta de los empleados del club.

Eran un grupo entretenido. Piper se sentía cómoda con los hombres de ese tipo, y también con sus mujeres, que mostraron una sincera curiosidad hacia ella y hacían un gran esfuerzo por incluirla en sus conversaciones. Dado que la mayoría eran madres, la charla se centró en los hijos, pero a Piper le gustaba ver las fotos de niños en los móviles. Al mismo tiempo, se sentía más que agradecida de no tener sus propias fotos que mostrar. Cuando se hizo el reparto de genes maternales, ella estaba de copas.

Coop la tocaba con frecuencia, poniéndole el brazo sobre los hombros, rozándole el lóbulo de la oreja. Y a ella le gustaba demasiado. Hacía que se preguntara si... Cuando la relación terminara, ¿sería posible mantener aquella amistad? Quizá podrían verse de vez en cuando para tomar comida mexicana o ver un partido de los Blackhawks. Sabía que acabaría echando de menos el mejor sexo que hubiera tenido nunca, pero ¿y si echaba todavía más de menos su amistad?

Era demasiado deprimente pensarlo.

La barca que habían contratado los recogió la tarde siguiente para llevarlos al yate del príncipe. Este era una fortaleza del océano con cuatro cubiertas, un helipuerto y un casco tan negro como el de Darth Vader, y cuanto más se acercaban, más nerviosa se ponía. Coop, sin embargo, tenía los ojos entrecerrados como si estuviera muy concentrado.

—No me lo perdería por nada del mundo.

Un administrador, que se presentó como Malik, les dio la bienvenida con un café con esencia de cardamomo y dátiles.

—Les mostraré su camarote. Se pueden cambiar allí el bañador, si lo desean. Su alteza no tardará.

En el camino a la segunda cubierta, Malik les indicó la dirección a la piscina, la sala de cine y el gimnasio donde, según les aseguró, los invitados podían encontrar una amplia gama de calzado y ropa para entrenar. Al pasar por el salón principal, de donde partía la gran escalera que conducía a los aposentos privados del propietario, en la cubierta superior, mencionó también las saunas, la peluquería y la sala de masajes.

Su camarote tenía amplios ventanales al mar y suficiente oropel como para cubrir una catedral.

—Ni siquiera tú eres lo suficientemente rico como para comprar uno de estos barquitos —comentó ella, sin disimular su alegría—. ¿Verdad?

—Es difícil de decir. —Coop miró con disgusto a su alrededor—. Está bien para un par de días, pero me gusta sentir la suciedad bajo los pies.

—Y saliendo de tu boca.

Sus juegos previos en la habitación habían sido un festival de guarradas verbales, y él se lo recordó rozando la curva de sus pechos con los nudillos.

Después de ponerse el traje de baño, Piper se rodeó la cintura a modo de pareo con una bufanda de rayas de cebra que había encontrado en la bolsa de disfraces. Él miró de arriba abajo cada centímetro de piel que dejaba al descubierto, antes de bajar los ojos al brillante bolso amarillo que ella no perdía de vista.

—¿Es que todo lo que tienes está ahí dentro? —preguntó él con recelo.

—El último número de *Cosmo* y un rizador de pestañas, ¿qué te parece?

Él le lanzó su mirada matadora.

—Creo que deberías calmarte un poco.

—Preocúpate de ti mismo.

—Ojalá fuera así de simple —murmuró.

Se dirigieron hacia la cubierta donde estaba la piscina. Media docena de prístinos toldos en forma de vela protegían del sol los mullidos sofás blancos y las tumbonas. En las mesas había platos llenos de frutas tropicales, quesos, tostadas, nueces y salsas de aspecto exótico, mientras que en la larga barra había muestras de todas las variedades de licores prohibidos en el Reino. Malik surgió de la nada para preguntarles qué les apetecía beber. Coop pidió una cerveza, pero Piper optó por un té helado.

Coop resultaba desagradablemente increíble con unos pantalones cortos de color verde oscuro que hacían que sus ojos parecieran doblones piratas. Mientras se dirigían hacia la piscina, se quitó la camiseta, dejando al descubierto aquel torso que ella adoraba, no solo por sus impresionantes músculos, sino también porque estaba salpicado de vello suficiente para que pareciera un hombre de verdad en lugar del modelo de una revista masculina con la piel aceitada.

Lo miró con envidia mientras realizaba una elegante inmersión en la piscina. Su traje de baño nuevo era técnicamente de una sola pieza, pero con dos cortes diagonales; una v a la

272

altura de la banda superior y otra en la parte baja, por lo que no se sentía lo suficientemente segura como para arriesgarse a lanzarse al agua. Hubiera preferido algo más funcional, pero no imaginaba que ninguna de las amigas de Coop se preocupara por la parte práctica de una prenda. Y ella estaba haciéndose pasar por una. Por una amiguita de Coop.

Una gran inquietud se le instaló en la boca del estómago. Ser la novia de alguien implicaba que mantenía una relación, quizá con algún tipo de expectativa. Pero eso no era lo que pretendían. Era la pareja sexual de Coop, su investigadora, su guardaespaldas, quisiera él reconocerlo o no. Y se hacía pasar por su novia.

Coop salió de la piscina a la cubierta y un montón de riachuelos de agua se deslizaron por sus tensos músculos. Ella quiso lamerlos, pero se limitó a ponerse las gafas de sol en la parte superior de la cabeza y a fruncir los labios.

—Esa inmersión no pasa de un seis con tres como mucho.

—Ya veremos si lo haces mejor.

Así era todo entre ellos. Retos y competencia. Ninguno dispuesto a ceder un milímetro.

Un helicóptero sobrevoló por encima de ellos, y muy pronto un jet negro de Airbus aterrizó en el helipuerto de proa.

El príncipe se reunió con ellos media hora más tarde acompañado de tres jóvenes —muy, muy jóvenes— bellezas con los biquinis más minúsculos del mundo. Las niñas se retiraron al otro lado de la piscina sin hablar, ni a él ni entre ellas.

Piper había visto alguna fotografía del príncipe, pero el pelo teñido de negro y su extraño bigote le hacían todavía menos apetecible en persona. Una llamativa cresta dorada decoraba el bolsillo de su camisa deportiva blanca, y las bermudas dejaban al descubierto unas piernas flacuchas como patas de paloma. Incluso a seis metros de distancia se podía oler el pesado almizcle de su colonia.

El príncipe saludó a Coop de forma efusiva, lo que podía

significar que todavía no se había dado cuenta de que le había entregado un anillo falso o que era un buen actor. El antiguo *quarterback* le dio una fuerte palmada en la espalda que suavizó con su sonrisa de chico bueno y el acento de Oklahoma.

—Le aseguro que me alegro de verle de nuevo, Su Alteza. Sin duda tiene un barco muy bonito.

El príncipe lo miró a través de los cristales polarizados de las gafas de sol, oscuros por arriba y claros por abajo.

—Como puede ver, ya no es nuevo.

—Le aseguro que para mí tiene buen aspecto.

—¿Sus amigos no han podido venir?

—No. Robillard acaba de tener otro niño, y Tucker debía hacer algo con su esposa. —El tono de burla de Coop parecía deletrear su disgusto hacia cualquier hombre que antepusiera las necesidades de una mujer ante las propias.

—Eso es imperdonable. —El príncipe se rio entre dientes—. Dígame, amigo mío, ¿ha disfrutado de mi pequeño regalo? ¿Fue tan dulce como esperaba?

A Coop le llevó un momento comprender a qué se refería y apretó los dientes con desagrado. Piper intervino antes de que entrara en erupción.

—Su Alteza —aventuró con demasiada efusividad—. Me siento muy honrada de conocerlo. —Se inclinó hasta tocar el pareo de rayas de cebra en una reverencia que, con toda seguridad, habría divertido a Coop si no estuviera tan irritado.

El príncipe se dirigió a ella en un grado de arrogancia que indicaba el favor que estaba haciéndole al hablarle.

—Señora. Espero que encuentre cómodo mi barco.

—¡Oh, sí! Es realmente impresionante.

Su alteza volvió a concentrarse en Coop, olvidando ya su existencia.

—Por favor, Cooper, siéntese conmigo. Nuestro último encuentro fue demasiado corto. ¿Recuerda aquel partido contra los Titans en el que perdió el balón en la línea de treinta y cuatro yardas? Estuve mirando la grabación, y para mí está claro lo que hizo mal.

Piper quiso volarle la cabeza, pero su amante con voluntad de hierro había recuperado el control, por lo que ella se acercó a las niñas-mujeres.

Eran todas piernas y pechos, ágiles y perfectas, incluso sin el recargado maquillaje de sus ojos, las cadenas que rodeaban sus caderas o las elaboradas manicuras que hacían que sus manos fueran tan inútiles como los pies de las mujeres de la aristocracia china. No parecían muy interesadas en hablar entre sí, pero respondieron a las preguntas que les formuló.

Dos eran de Miami y la tercera de Puerto Rico. Una de ellas se acababa de graduar en el instituto, otra estaba sacándose la secundaria para adultos y la tercera se había plantado en primero de carrera. Se habían conocido tres días antes, cuando uno de los sirvientes las vio en la playa y les ofreció ser las «invitadas» del príncipe esa semana, a cambio de mil dólares al día por dedicarle su tiempo. Las tres miraron con envidia a Coop. Piper podía palpar su curiosidad sobre cómo alguien que no era tan flexible o perfecta como ellas había logrado atraer la atención de ese espécimen.

—A los dos nos gustan los deportes —dijo ella, como si eso lo explicara todo.

—A mí también me gustan —intervino la que se llamaba Cierra con cierta melancolía.

—Pensaba que conocer a un príncipe de verdad sería emocionante —confesó la belleza de Puerto Rico—, pero es un poco aburrido.

—No lo puede hacer sin pornografía —aseguró la que se acababa de graduar en el instituto en un susurro.

Piper no quería conocer los detalles de la vida sexual de aquel odioso príncipe y decidió intentar averiguar lo que le interesaba.

—A Coop parece caerle bien —mintió—. Incluso le entregó su anillo de la Super Bowl.

La que había conseguido graduarse en secundaria para adultos puso los ojos en blanco.

—Lo sabemos. Se jacta de ello.

—¿En serio? —¿Quería eso decir que todavía no había descubierto que era una falsificación? Piper fingió ajustarse las gafas de sol—. No lo lleva puesto. Creo que es demasiado pesado.

La chica se encogió de hombros.

—Tiene las manos pequeñas —explicó Cierra.

—Lo tiene pequeño todo —apostilló la otra rubia.

Se rieron como si fueran cortesanas experimentadas.

—Me lo puso anoche en el dedo gordo del pie —anunció Cierra.

—Apuesto a que encajaba mejor aquí que en su dedo flaco —se rio la morena.

—Me dijo que iba a tener que adaptarlo —añadió Cierra con un bostezo—. Como si me importara.

Piper disimuló ajustándose los tirantes del traje de baño. Así que el príncipe no sabía que no era el de verdad. Sin embargo, en cuanto lo viera un joyero, le transmitiría sin duda esa información.

Las chicas volvieron a guardar silencio, y ella trató de ordenar sus pensamientos. Si el príncipe pensaba que el anillo era bueno, no podía ser la persona que amenazaba a Coop. Pero ese anillo falso seguía siendo una bomba en potencia. Coop debería haber sobornado al príncipe de otra manera, pero no, se consideraba invencible.

Se levantó de la silla. Ciñéndose el improvisado pareo alrededor de la cintura, se acercó a los hombres. Le complació interrumpir la conferencia que estaba dando el príncipe sobre el juego de los *quarterback* y cómo debían pasar al receptor, un error que Coop había corregido, sin duda, antes de acabar la secundaria.

Su amante tenía puesta su cara de póquer. Le tocó el hombro.

—Voy a aprovechar el gimnasio. Nos vemos más tarde.

Él la miró con desconfianza, pero como acababan de ponerle delante el almuerzo, no podía excusarse con facilidad para ir con ella.

En cuanto estuvo fuera de su vista, Piper pasó de largo ante el gimnasio y se deslizó por la escalera. En la parte superior, se topó con un miembro uniformado de la tripulación. Sonrió, solo era una de las invitadas explorando el yate.

—No puedo creer que tengas la suerte de trabajar aquí. Todo es tan bonito...

—Sí, señora.

—¿Es cierto que hay una discoteca en el barco? Me parece flipante. Me encantaría verla.

—Está en la tercera cubierta. La llevaré hasta el ascensor.

—¡Oh, no! La encontraré yo misma. Quiero ver primero el salón. ¿Quién sabe cuándo volveré a tener oportunidad de visitar otra vez un barco como este?

—Como desee. —Hizo un gesto señalando la popa.

En el salón principal, otro miembro de la tripulación pasaba el aspirador a la alfombra persa más grande que ella hubiera visto en su vida, echando a perder cualquier posibilidad que tuviera de acercarse sigilosamente a la escalera principal que llevaba a las estancias privadas del príncipe en la cubierta superior. El hombre apagó el aparato y se inclinó con cortesía. Piper balbuceó algo sobre lo fantástica que era la nave y, finalmente, se dirigió hacia el ascensor. No había ningún botón que llevara a la cubierta superior, así que pulsó el que conducía a la tercera.

Daba a una sala triangular con una pequeña pista de baile, una bola de discoteca y vistas al mar. Una puerta junto a la barra llevaba a un pasillo más largo, donde descubrió una puerta por la que se accedía a unas escaleras de servicio para comunicar las cubiertas.

Cuando puso el pie en el primer peldaño, oyó a alguien en el hueco de la escalera de abajo, así que corrió hacia arriba lo más silenciosa que pudo para salir, finalmente, a un pasillo para la tripulación, por suerte vacío, que tenía acceso a la cuarta cubierta.

Una puerta en un extremo comunicaba con una pequeña cocina. Pasó a través de ella para llegar a un comedor y de este accedió a un salón dominado por una pantalla gigante de televisión. Oyó voces a su espalda, y se precipitó a la puerta más cercana: el dormitorio del príncipe.

Estaba tan decorado que casi resultaba cómico, pero el espejo que había en el techo, encima de la cama, hacía desaparecer cualquier diversión. Detrás, las voces se acercaron más, hablando en un lenguaje que no podía entender. Se lanzó hacia lo que esperaba que fuera un armario.

Resultó ser poco más que un nicho profundo donde había bastidores llenos de zapatos. Se apretó en el pequeño espacio entre los estantes y la puerta. La oscuridad era espesa y claustrofóbica, con un intenso olor a almizcle, cuero y algo dulzón.

Las voces estaban ahora en el dormitorio. Los bordes de los estantes se le clavaban en la espalda. Si abrían la puerta del zapatero, la verían al instante, y, si eso ocurriera, podría acabar muerta en medio del océano.

Coop acabaría entonces mucho más irritado.

Coop rechazó el cigarro que le ofreció Aamuzhir. ¿Dónde coño se había metido Piper? No estaba en el gimnasio, eso seguro. Los entrenamientos de esa mujer consistían básicamente en unas flexiones y un par de vueltas alrededor de la manzana.

Ese viaje estaba siendo una colosal pérdida de tiempo. Aamuzhir se había dedicado a jactarse de lo bien que le había salido la jugada al cambiar a una insignificante criada por el anillo. Aunque podía haber hecho muchas cosas reprobables, el príncipe no estaba detrás de él.

Lo vio sacar un cigarro del joyero que había sobre la mesa y señalar a las tres mujeres que se solazaban en la piscina como si fueran objetos inanimados.

—No dude en disfrutar de ellas, amigo mío. No son tan jóvenes como parecen gustarle, pero sí muy flexibles.

Coop sabía que tenía que contenerse. Aquellas chicas apenas tenían dieciocho años. Pero por muy satisfactorio que fuera dar su merecido a ese degenerado, necesitaba borrarlo para siempre de su vida y que Pipe dejara de darle la lata con el dichoso anillo.

—Me temo que mis días salvajes han pasado a la historia —dijo—. Estoy a punto de convertirme en un hombre casado.

—Desde luego, los estadounidenses siempre igual... —repuso Aamuzhir con diversión—. Resulta tan provinciano.

—Parece mi amigo Pete. Nada logra que ese tipo siente la cabeza. Y cree que nadie debería hacerlo.

—Es que esa no es una opción para la mayoría de nosotros —le confió el príncipe soltando una fina estela de humo.

Coop sintió lástima por las esposas de Aamuzhir.

—Sí. Pete es todo un personaje. Supongo que, técnicamente, se le podría considerar un mercenario.

—¿Un mercenario? —Aquello despertó el interés del príncipe.

—Ha luchado en África, Oriente Medio, ¿y quién sabe dónde más? Posee un verdadero talento para los explosivos. Y cuanto más grande sea el objetivo, mejor. —Se inclinó hacia Aamuzhir—. ¿Sabe? Una vez hizo volar un barco de este tamaño en pleno golfo de Adén. —Forzó una sonrisa—. Ese es el tipo de amigo que a uno le gusta tener a su lado. Si alguien me tocara un pelo, Pete se encargaría de esa persona antes de que cante un gallo. Es un chiflado, pero su lealtad es admirable.

Mientras Aamuzhir le escuchaba atentamente, Coop continuó exaltando las habilidades destructivas del inexistente Pete, junto con su inusitada lealtad hacia los amigos. El príncipe no era hombre de captar sutilezas, y Coop tenía que esforzarse para que recordara esa conversación si descubriera que le había colado un anillo falso. Cuando sintió que había llegado lo suficientemente lejos, empujó la silla hacia atrás.

—Ahora, si me disculpa, voy a asegurarme de que mi prometida no se ha perdido.

Al príncipe no le gustó perder su atención, pero Coop ya había hecho el trabajo y lo demás le daba igual. Hizo un gesto a las mujeres que lo observaban desde las tumbonas justo en el momento en que reapareció Piper. Tenía las mejillas encendidas y respiraba más rápido de lo normal. Mosqueante.

—Así que ya estás aquí, cariño. —Sacó el móvil y envió un mensaje de texto al propietario de la barca—. Sé que estás pasándolo en grande, pero tenemos que regresar ya.

—¿De verdad? —La forma en que convirtió las palabras en un gemido le indicó que ella estaba tan dispuesta como él a salir de aquel yate de locos.

—Tenemos una reunión con la organizadora de bodas —le dijo—. ¿No lo recuerdas?

Ella no se inmutó, salvo porque entrecerró un poco los ojos.

—Ya sabes que prefiero que nos fuguemos. Pero, claro, tú quieres las palomas, las rosas y las niñas con flores.

Él no pudo evitar sonreír. Había tenido suficiente contacto con Aamuzhir para toda una vida, así que arrastró a Piper hasta la piscina, donde tenía intención de estar con ella hasta que llegara la barca.

No pudieron hablar en privado en la barca, y en cuanto llegaron al Setai, Piper intentó escabullirse.

—Necesito moverme un poco. Iré a dar un paseo por la playa. Nos vemos más tarde. —Se alejó de él, con el vestido silbando alrededor de sus muslos.

Él la retuvo con el brazo antes de que pudiera llegar a la acera.

—Un paseo me parece una buena idea. Te acompaño.

—No es necesario —dijo ella con descaro—. ¿Por qué no llamas a alguno de tus amigos?

—¿Por qué no quieres que te acompañe?

—Da igual. De todas formas, se me han ido las ganas de pasear.

—Genial, ya que no ibas a ir a ninguna parte. —La condujo hacia el hotel, pero de camino al ascensor la hizo cambiar de dirección. Coop sabía que cuando la tuviera cerca de una cama, ella le haría olvidar que necesitaban hablar, así que la llevó a un rincón donde poder sentarse.

El patio de inspiración asiática del Setai era un lujoso oasis en calma, el olor a esencia a limón flotaba en el aire y los sofás bajos parecían flotar en el agua poco profunda del sereno estanque. A excepción de las bien cuidadas palmas y el centro con naranjas a cada lado de la mesa, el espacio era una composición en tonos grises, del carbón al perla. Los únicos sonidos provenían del lejano murmullo de voces y el tranquilo goteo del agua corriendo, pero ni siquiera la paz reinante podía convencer a Piper de que aquello iba a salir bien.

Coop se acomodó en su lado del sofá.

—Teniendo en cuenta la inutilidad del viaje, no veo lo que tratas de evitar. ¿Por qué no lo escupes? ¿Qué es lo que no me quieres contar?

—No ha sido tan inútil —repuso ella con lentitud—. Hemos eliminado a uno de los sospechosos. Que el príncipe siga mostrando el anillo significa que no tiene ningún motivo para atacarte.

—Sin embargo, te has esfumado.

—Quería echar un vistazo.

—¿Adónde?

Había hecho lo que debía, pero él no lo veía de esa manera, y ella comenzó a sentir dudas.

—A la habitación de Aamuzhir. Me puso los pelos de punta.

Él se incorporó.

—¿Has ido al dormitorio del príncipe? ¿Donde cualquiera podría haberte pillado?

Ella se encogió de hombros. El momento en el que estuvo atrapada en aquel claustrofóbico zapatero, con el borde de los estantes clavado en la espalda, había sido aterrador. Por suerte, había dado con lo que estaba buscando antes de que los miembros de la tripulación regresaran.

—Tiene cosas repugnantes en la habitación.

—Deja de escaquearte.

Piper metió la mano en el bolso y sacó la bufanda de rayas de cebra que había utilizado como pareo. Él la observó mientras lo desdoblaba con cuidado. Dentro estaba el anillo falso.

Él se sentó derecho.

—¿Qué haces con eso?

El patio ya no estaba tan tranquilo, pero se recordó a sí misma que lo que había hecho era lo mejor.

—Una de las chicas me dijo que estaba pensando en adaptarlo a su dedo. Cualquier joyero se habría dado cuenta de inmediato de que no es de verdad y se lo habría dicho. Así que me lo llevé. Aamuzhir podrá ser una comadreja, pero es una comadreja con fondos ilimitados, y no puedes tener esa espada colgando sobre tu cabeza durante el resto de tu vida.

Él la miraba como si hubiera llegado de otro planeta.

—¿Le has robado el anillo?

—Tenía que hacerlo.

Él parecía más horrorizado que enfadado.

—¿Eres consciente de que si no imagina que eres la responsable va a culpar a una de esas chicas o a algún miembro de la tripulación? ¿Te haces una idea de lo que podría hacerles?

—No hará nada.

—Eso no lo sabes.

—Sí, lo sé. —Se obligó a mirarlo a los ojos—. He... He dejado un sustituto.

—No te entiendo.

—He dejado el de verdad —dijo apresuradamente.

Él ladeó la cabeza.

—No podías tenerlo. El anillo de verdad está en mi caja fuerte.

Ella no dijo nada. Solo permaneció allí y dejó que se imaginara el resto.

—Piper... —Su voz era como un tsunami lento que avanzaba sin descanso hacia la orilla.

—Tenía que poner fin a esto. Neutralizarlo.

—Entonces...

Ella respiró hondo.

—Busqué el falso y lo sustituí por el de verdad.

El tsunami golpeó la costa.

—¡Has reventado mi caja fuerte!

—Bueno, no técnicamente. —Duke le había enseñado los principios de las cajas de seguridad, cómo trabajaban los múltiples mecanismos internos y las ruedas que los movían. Cuando cumplió quince años, lo habían celebrado abriendo una caja fuerte, y la de Coop solo había requerido un poco de paciencia. El número había resultado ser la combinación de las cifras que llevaba en la camiseta en el instituto, en la universidad y como profesional. La había abierto y cerrado antes de que él hiciera el café—. Tu combinación es muy fácil.

—Te metiste en mi caja fuerte y me robaste el anillo de la Super Bowl. —La incredulidad estaba impresa en cada palabra—. Después lo llevaste al yate de ese capullo, te colaste en su dormitorio y lo cambiaste por la copia. ¿Es eso?

—Nunca lo usas —se disculpó ella, más insegura a cada segundo de lo que había hecho—. Quería hacer las cosas bien, Coop. No sabía cómo, pero lo hice. Tenía que parar esto por tu propio bien.

—Yo ya lo había solucionado. —Él se levantó del sofá, se alejó un paso y luego regresó de nuevo a su lado—. Mientras estabas llevando a cabo ese allanamiento de morada, yo lo estaba neutralizando. ¡Y lo hice sin entregar mi anillo!

—¿A qué te refieres con que lo estabas neutralizando?

Se lo contó. Escupiendo las palabras, poniéndola al tanto de su inexistente amigo mercenario y la amenaza implícita que le había dejado caer. Más furioso con cada palabra.

—Te has pasado tanto de la raya que estás en otro universo.

—Coop, yo...

Él se inclinó hacia delante hasta que sus narices casi se rozaron.

—No tienes ni idea de lo que pasé para ganar ese anillo. Los entrenamientos, dos cada día. Las cirugías. Ver las grabaciones de las jugadas a las cuatro de la mañana, antes de que las viera nadie más. Los rapapolvos de los entrenadores. ¡Estudié las putas lecciones de termodinámica!

—Yo no...

—Me gané ese anillo con más sangre, sudor y lágrimas que puedas imaginar. —La ferocidad que estaba desencadenando había erigido su leyenda, pero nunca se la había imaginado desatada sobre ella—. He jugado a cuarenta grados y con tanto frío que no sentía las manos. ¿Sabías lo que hacía para estar preparado para jugar cuando hacía tanto frío? Metía las manos en agua helada y las mantenía allí para poder acostumbrarme a la sensación. Y sonreía mientras lo hacía, y ¿sabes por qué? Porque quería ganar. ¡Porque quería que mi vida significara algo!

Ella se puso en pie con el corazón en la garganta.

—Sé que...

Él se alejó corriendo, dejándola sola en mitad de aquel pacífico patio que olía a naranjas y limón.

17

Las copas en aquel bar eran baratas, los turistas, escasos. La gente no parecía interesada en la mujer que, sentada en la esquina con la mirada perdida, atendía a un partido de fútbol europeo televisado que se desarrollaba en algún lugar del mundo. Eran las dos de la madrugada. Aunque se le habían acercado algunos hombres, Piper les había lanzado una mirada tan torva que se habían alejado con rapidez, dejándola sola.

Estaba más hundida que nunca, y se dedicaba a hacer lo que hacían todos los detectives del mundo cuando tocaban fondo: emborracharse.

No debería haber cogido su anillo. Y no lo habría cogido si hubiera sido lo suficientemente inteligente como para idear otro plan. Pero no había sido inteligente, no tanto como él. Menuda detective estaba resultando ser. Y ahora se encontraba allí, ahogando su ineptitud en alcohol.

Terminó la tercera copa y pidió la cuarta. Estaba bebiendo a la antigua, pero sin cereza ni naranja, solo whisky puro, de los ásperos y amargos que hacen salir pelo en el pecho.

Duke Dove jamás hubiera hecho eso ni usando la mitad de su cerebro. Pero, claro, Duke había sido un profesional, ella solo era una aficionada.

Le sirvieron la copa y pensó que estaba viendo doble, aunque eso no impidió que tomara otro sorbo. Los cubitos de hielo tintinearon en el vaso al tiempo que alguien arrastraba la silla contigua, haciendo chirriar las patas contra el suelo de madera. No levantó la mirada.

—Piérdete.

Una mano familiar —familiar y sin anillo— dejó un botellín de Sam Adams sobre la mesa. Otro error por su parte: haber pedido referencias al portero del hotel sobre los bares más económicos de los alrededores. Jamás había pensado que Coop iría a buscarla.

Siguió mirando el partido de fútbol.

—No juego en equipo —dijo finalmente, con una voz solo un poco pastosa.

—Ya me he dado cuenta. —Las palabras contenían bastante hostilidad.

El nuevo vaso lucía una huella de labios que no era suya. Bebió por el otro lado.

—No sé cómo hacerlo.

—Tú sola contra el mundo, ¿verdad?

—Así ha sido siempre. —Ella metió el dedo índice en la bebida y removió los cubitos de hielo—. Hoy he tocado fondo.

—Un fondo muy hondo.

—No estoy buscando que te apiades de mí, si es eso lo que estás pensando. Hice una estupidez porque no se me ocurrió una idea mejor. Encontraré la manera de devolverte el dinero.

Él pasó la uña del pulgar por el centro de la etiqueta de la cerveza, rasgándola en dos.

—Como has dicho, no juegas en equipo.

No pudo soportarlo más y empezó a levantarse para escapar al cuarto de baño de señoras. Cuando se tambaleó, él la agarró del brazo y la hizo sentarse de nuevo.

—No seas amable conmigo —dijo ella con firmeza—. Cometí un error y lo sé.

—Sí, cierto. —Él apretó los dientes como hacía cuando estaba furioso—. Esto es lo más difícil de ser un líder. Comprender que no siempre se puede saber lo que es mejor para el equipo.

—En este momento, todo lo que sé es que tengo un cliente (o lo tenía) que está siendo amenazado, y no sé quién está yendo a por él.

Esa no era una buena manera de tratar de salvar su trabajo —un trabajo que no se merecía— y él no la tranquilizó.

Coop se reclinó en la silla.

—Vas a regresar al hotel.

Tenía que deshacerse de ella. Coop sabía lo mal que sonaba, pero tenía que hacerlo. Piper se había pasado por el forro todo el puto libro de jugadas y eso significaba que estaba fuera del partido.

Las ruedas del 747 golpearon la pista de O'Hare mientras ella seguía durmiendo. Piper era impulsiva, aunque no tenía un pelo de tonta, así que tenía que saber lo que iba a ocurrir, era consciente de que no podían seguir juntos. Él no tenía lugar para una tipa dura de ojos azules que hacía lo que le venía en gana.

Sin embargo, a pesar de que no era capaz de prever lo que podía hacer, se fiaba de ella más que de nadie. Nunca se había preocupado tanto por él ninguna de las personas que tenía contratadas. Sin duda, importaba a sus compañeros de equipo y a sus entrenadores, pero habían tenido sus motivos. Ella, por el contrario, lo protegería a su excéntrica manera, incluso aunque no le estuviera pagando un centavo. Porque así era Piper. Leal hasta el fin. Y eso era todo. El fin.

El avión se detuvo en el *finger* correspondiente, y ella comenzó a moverse. Que fuera su amante complicaba la situación mucho más de lo que debiera. Había sabido desde el principio que esa relación era un error, y había seguido adelante de todas formas. Ahora tenía que romper con ella.

Había tomado decisiones difíciles antes, pero ninguna tan dura como esa.

¿QUÉ ESTÁ MOLESTANDO A COOPER GRAHAM?

¡Cucarachas! Miles de cucarachas pululan a su antojo por Spiral, la discoteca de moda que posee el ex *quarterback* de los Stars.

«Están por todas partes —nos ha explicado un empleado que pidió permanecer en el anonimato—. Jamás había visto nada igual.»

El club permanecerá cerrado mientras los exterminadores realizan su misión de erradicar a los parásitos, pero la gran pregunta es si sus clientes volverán a frecuentar el local. ¿Quizá debería cambiar su nombre a Spiral Mortal?

La noticia había corrido como la pólvora por internet. Piper se sentó detrás del escritorio y hundió la cabeza, todavía palpitante, entre las manos. Solo recordaba vagamente haberse derrumbado en el sofá de la habitación la noche anterior, sin embargo se acordaba muy bien de la tensión que había entre ellos en el aeropuerto. Apenas se habían hablado.

Deseaba que la hubiera despedido en el avión para poder acabar de una vez, pero no lo hizo. Dado que se habían convertido en amantes, lo haría con cierto tacto. Seguramente le diría que podía quedarse un tiempo en el apartamento. Casi con toda certeza, le ofrecería una generosa indemnización. Pensar que podía ser tan magnánimo le daba ganas de vomitar.

Se dio unas palmaditas en la mejilla (una mala idea teniendo en cuenta la magnífica resaca que tenía). Bien, hasta que la despidiera, tenía un trabajo, y lo seguiría haciendo hasta el amargo final. Le debía eso y más.

El modus operandi no cuadraba: un atraco, los neumáticos, el dron... Que hubieran llamado a Inmigración resultaba casi irrelevante. En cuanto a las cucarachas... Tony les había dicho a sus empleados que tenían que cerrar la discoteca para realizar unas reparaciones en los conductos de aire acondicionado, por lo que el chivatazo no había sido de ningún miembro del personal. Coop había trasladado a Karah y a Jada a un hotel mientras realizaban las labores de fumigación. Ellas sabían la verdad, pero no iban a contarla. Cualquier trabajador de la empresa de exterminio podría haberse ido de la lengua, pero pensaba que era mucho más probable que la filtración procediera de la misma persona que había arrojado los insectos.

Había llegado a un punto muerto, y no tenía ni idea de por dónde tirar, salvo asegurarse de que Spiral tuviera un sistema de vídeo mucho más seguro. Llamó a Tony para hablar sobre ello. Si fuera la semana anterior, habría hablado directamente con Coop, pero ya no era la semana anterior.

No supo nada de Coop ni el sábado ni el domingo. No podía regresar a su apartamento hasta que acabaran de hacer la fumigación, así que estaba durmiendo en el sofá de la agencia, no solo porque no quería imponer su presencia a Jen o Amber, sino porque se sentía demasiado deprimida para estar con gente.

Los folletos que había distribuido consiguieron que recibiera una llamada el lunes por la mañana de una mujer cargada de sospechas y, al día siguiente, Piper tuvo la desagradable tarea de confirmarlas. Como siempre, Duke estaba en lo cierto: cuando una mujer decidía contratar a un detective, más o menos estaba segura de la verdad.

Ayudar a los demás suponía, por lo menos, una cura parcial a su depresión, por lo que trató de conseguir ayudar a alguien cuyas iniciales no fueran CG. Pensó en los problemas que tenía Jen con el tonto del culo y se asomó a los rincones más oscuros de internet durante unas horas, pero no consiguió nada interesante.

Llegó el miércoles y la llamó el propietario de un servicio de limpieza de conductos de aire acondicionado. El tipo se había enterado de que ella era buena desenmascarando a asquerosos empleados que afirmaban que se habían lesionado en el trabajo, pero eran unos malditos mentirosos. Sin duda parecía un poco capullo, aunque de todas formas fue hasta Rogers Park para reunirse con él. Cuando estaba de vuelta, Tony la llamó para decirle que Spiral volvería a abrir sus puertas esa noche y necesitaba que ocupara su puesto.

—¿Has hablado con Coop al respecto? —le preguntó.

—¿Sobre qué?

—Sobre mi regreso.

—¿Por qué no ibas a volver?

—No importa, hablaré yo misma con él.

Piper se dirigió al despacho de Coop en Spiral esa noche. No le había encontrado sentido a ponerse la ropa de trabajo, y seguía llevando puestos los vaqueros y una sudadera gris oscuro bastante voluminosa que era lo más parecido que tenía a una armadura.

Él estaba sentado detrás del escritorio con los tobillos apoyados en la parte superior y lanzaba una pelota de goma contra la pared. La luz estaba apagada, salvo la lámpara de la mesa, lo que hacía que un lado de su rostro quedara en sombras. Coop alzó la vista cuando ella entró, y al instante volvió a concentrarse en la pelota.

Piper se obligó a reunir valor.

—Deja de ser una nenaza y acaba de una vez. Sabes que tienes que despedirme, y apreciaría que lo hicieras ya para que pueda dejar de pensar en ello.

Él lanzó la pelota de la mano derecha a la izquierda.

—Ya sé que es mucho pedir —dijo ella al tiempo que clavaba las uñas en los puños de la sudadera—, pero me gustaría quedarme un poco más en el apartamento. Te prometo que no volverás a verme.

Coop lanzó la bola.

—Le daré mis informes a la persona que contrates —continuó—. Y será mejor que lo hagas, Coop, porque esto no ha terminado. —Ella no se alejaría del caso ni siquiera después de que él la despidiera. Le debía respuestas. Y un anillo de la Super Bowl...

Lo vio poner los pies en el suelo, pero lo que estuviera a punto de decir quedó olvidado por la forma en que Jada irrumpió en el despacho, con la pistola Nerf en la mano.

—¡Mamá ha tenido un accidente! —exclamó—. ¡Está en el hospital!

Coop se apresuró desde detrás del escritorio.

—¿Dónde está? ¿Qué le ha pasado?

—No lo sé. —Jada se puso a sollozar—. Me ha llamado una enfermera desde Urgencias. ¿Y si muere?

Coop agarró su cazadora.

—Vámonos.

Tuvieron que ir en el Sonata porque Coop había prestado su Audi esa noche. A Karah.

La encontraron conectada a un monitor y con una vía intravenosa. El rizado cabello oscuro se derramaba como una corona alrededor del vendaje de gasa que le rodeaba la cabeza, y había más vendas en la muñeca y el brazo izquierdos. Junto a su cama había dos agentes de policía.

Jada corrió hacia su madre. Karah hizo una mueca cuando apretó la cabeza contra su pecho.

—Está bien, nena. Está bien. —Por encima de la cabeza de

la niña miró a Coop y se derrumbó—. Te he destrozado el coche, Coop. Después de todo lo que has hecho por mí.

—No te preocupes por el coche —le dijo él—. Lo importante es que tú estés bien.

Karah deslizó la mano por el pelo de Jada.

—No debería haberlo conducido. Pensaba que estaba siendo muy cuidadosa.

—Los coches pueden ser reemplazados —respondió él—. Tú no.

Los agentes estaban haciendo todo lo posible para mantener una apariencia profesional a pesar de que Cooper Graham estaba en la habitación. El más alto se volvió hacia él.

—¿Tenía permiso para conducir el coche?

Coop asintió.

—El de ella no arrancaba, y yo iba a estar en el club toda la noche, así que no lo necesitaba.

—Una profesora nos invitó a algunos alumnos a una velada en su casa, en Wadsworth —explicó Karah—. Tenía muchas ganas de ir, pero ojalá me hubiera quedado en casa. —Volvió a mirar a Coop—. Lo siento.

—No más excusas. Para eso está el seguro.

—Cuéntenos de nuevo todo lo que recuerde —dijo el segundo oficial.

—El camino era oscuro, y no había mucho tráfico. —Karah miró a Coop—. No iba a mucha velocidad, lo juro.

—Ya sé cómo conduces —repuso Coop forzando una sonrisa—. Te creo.

—Vi unos faros detrás de mí, pero no les presté atención. Todo ocurrió muy deprisa. Las luces se acercaron y yo frené para que pudieran adelantarme. Se puso a mi altura y... Debió de apagar los faros porque todo se oscureció de golpe. Desvió el coche y golpeó el lateral del Audi. Un golpe duro. Perdí... Perdí el control. Las ruedas patinaron y me golpeé contra algo. ¿Contra qué?

—Un poste de electricidad —intervino el policía más alto.

Karah se llevó la mano a la mejilla.

—Él ni siquiera se detuvo para saber si estaba bien.

Piper miró a Coop y luego se acercó a la cama.

—Has dicho «él». ¿Has podido echarle un vistazo?

—No. No sé a ciencia cierta si era un hombre. Se trataba de una carretera secundaria, no había farolas. Estaba demasiado oscuro para ver nada.

Piper volvió a mirar a Coop, que apretó los dientes y apartó la vista. La policía tenía que saber que estaba sufriendo algunos ataques, pero ella hablaría con él antes de decírselo; ahora era más prudente.

La policía siguió interrogando a Karah, pero salvo la vaga sensación de que su atacante había conducido un coche grande, quizás una *pickup*, no sabía nada más.

No iban a darle el alta hasta el día siguiente, y Piper le aseguró que Jada dormiría en el apartamento con ella.

Coop tenía que regresar al club porque era la fecha de la reapertura, y, cuando se fue, Piper le siguió hasta el pasillo. El *ding* de los botones de llamada, el pitido de los monitores, el olor a antiséptico y enfermedad le hicieron recordar las terribles semanas previas a la muerte de Duke.

—Mañana te quiero en tu puesto —ordenó él.

Se deshizo de los recuerdos.

—¿Todavía... Todavía conservo el empleo?

—Eres la única mujer entre los guardias —dijo él con gravedad.

No era eso lo que le estaba preguntando y él lo sabía. Esquivó un carrito de comida.

—Estoy siguiendo tu consejo e intentando ser un jugador de equipo —le informó ella con firmeza.

—Me alegra oírlo —respondió él mientras se dirigía hacia los ascensores.

—Te voy a dar la oportunidad de decirme por qué no debería hablar con la policía sobre los ataques antes de acercarme para contárselo.

Él apretó el botón del ascensor.

—Eso suena más a ultimátum que a que intentes jugar en equipo.

—Poco a poco.

Coop lanzó un largo suspiro.

—Ya he tenido demasiada publicidad negativa con la plaga de cucarachas. No quiero que esto también salga en los periódicos.

—Entiendo. Pero el Audi tiene cristales polarizados y el camino estaba oscuro. Los dos sabemos que pensaron que estaban haciéndotelo a ti.

Él apretó los dientes.

—Debería haber esperado algo así. Pero no, voy y le dejo el coche. Si se me hubiera ocurrido que... —Las puertas del ascensor se abrieron—. Deja a la policía fuera de esto. Es una orden.

Las puertas volvieron a cerrarse, interponiéndose entre ellos.

Piper acompañó a Jada a la escuela a la mañana siguiente y luego llamó a Eric. El policía todavía no se había dado cuenta de que ella no estaba interesada en salir con él y accedió a llevarla al solar donde habían remolcado el Audi. Mientras fotografiaba los arañazos de pintura negra que había dejado el misterioso vehículo negro, sabía que aquel accidente era lo que había impedido que Coop la despidiera. Y, estando así las cosas, no sabía si él quería que trabajara solo como guardia o que hiciera alguna otra función. No es que eso supusiera alguna diferencia. Llegados a ese punto nada la haría renunciar.

Eric apoyó el codo en el techo del Audi con el sol de la mañana reflejándose en los cristales de las gafas de aviador.

—En Clark hay un italiano nuevo, ¿qué te parece?

Era un buen tipo, y tenía que ser sincera con él.

—No puedo salir contigo, Eric.

—¿Qué...?

—Resulta que soy idiota, ¿vale? En lugar de sentirme atraída por un chico magnífico y sólido como tú, me he liado con un... —«Un tipo magnífico y sólido como Cooper Graham»—. Con otra persona. Aunque todo acabó ya, necesito un poco de espacio. Creo que ya he dicho que soy idiota.

Él entrecerró los ojos bajo el sol de la mañana.

—Cooper Graham. Lo sabía.

Ella tragó saliva.

—¿De verdad piensas que alguien como él se interesaría en alguien como yo?

—¿Por qué no?

Aquel no era el momento ideal para hablar de que los hombres se sentían atraídos por ella porque era uno más.

—Voy a arreglarte una cita con otra chica.

Eso fue directo a su ego.

—No necesito que nadie me arregle citas.

—¿Ni siquiera una con Jennifer MacLeish? ¿La meteoróloga favorita de Chicago?

—¿La conoces?

—Sí. —Tendría que convencer a Jen, pero para eso estaban las amigas—. Así que todavía podemos echarnos una mano de vez en cuando, ¿no te parece?

—¿A qué te refieres?

Esperaba haber percibido su naturaleza ambiciosa de forma correcta.

—Yo soy una ciudadana de a pie. Puedo ir legalmente a lugares vedados para un oficial de policía, y eso puede serte de utilidad en algún momento.

Él escuchaba con atención.

—Quizá...

—Y me gustaría poder llamarte de vez en cuando. Por ejemplo, mira este accidente... Estoy preocupada por Coop.

Eric no solo estaba bueno, además tenía cerebro.

—¿Crees que quien hizo eso iba a por Coop?

—Digamos que tengo la mente abierta al respecto. —«No tan abierta.»

—Interesante... —Él metió el pulgar en el cinturón—. Y sobre esa cita con Jennifer MacLeish...

El antiguo empleado de limpieza de conductos de aire acondicionado que debía investigar vivía con su novia y su bebé en casa de los padres de ella. Piper siguió a la familia hasta Brown's Chicken, pero cuando estaban dentro, comenzó a preocuparse por Coop. En ese momento debería estar en el gimnasio. Cualquiera con dos dedos de frente podía averiguar su horario. No pudo soportar la ansiedad y regresó al coche.

El Tesla estaba ante el gimnasio. Ella sacó del maletero un cochecito de bebé averiado que alguien había echado a la basura y lo empujó de un lado a otro de la acera. Cuando Coop por fin salió, lo vio reflejado en el escaparate de una tienda de música. El carrito hizo su función y él no le dirigió ni una mirada.

Lo siguió hasta casa de Heath, sin preocuparse si él la veía o no. Una vez que estuvo a salvo en el interior, ella regresó a la parte sur de la ciudad y buscó a la familia en un parque del barrio.

Se acomodó en un banco y los observó. Solo la madre tomaba en brazos al niño, pero eso solo podía resultar representativo si él fuera un padre motivado. Sin embargo, el instinto le decía que el chico estaba lesionado de verdad y, por supuesto, cuando el crío se cayó y él se precipitó hacia el bebé, a continuación se llevó la mano a la espalda.

El propietario de la empresa de limpieza de conductos de aire acondicionado era tan capullo como ella había sospechado desde el principio, y no se mostró nada contento ni con su informe ni con la única foto que ella había logrado sacar. Ella podía haber alargado el trabajo jugando con sus sospechas, pero en su lugar —como la gran mujer de negocios que no era— lo convenció de que así solo desperdiciaría su dinero.

Unas horas después, Piper recogió a Karah en el hospital y la llevó a casa, donde cenaron juntas. Un par de tiritas habían reemplazado el vendaje que tenía alrededor de la cabeza, y el brazo estaba magullado, pero no roto. Podría haber salido mucho peor parada.

Mientras comían, Jada les habló sobre un trabajo que estaban haciendo del tráfico sexual infantil. Karah no parecía contenta de saber que el plan de estudios en la escuela parroquial incluía que su hija conociera el lado semisalvaje de la vida, pero Jada siguió hablando.

—¿Sabéis que aquí, en Estados Unidos, hay niñas más jóvenes que yo que son obligadas a...?

Karah apartó un mechón de pelo de la mejilla de su hija.

—Hablaremos de esto después de la cena.

—Pero, mamá... —Los ojos ambarinos de Jada brillaron de indignación—. Algunas de estas chicas son violadas un montón de veces cada día por viejos, pero, cuando aparece la policía, las detienen a ellas por prostitución. ¡Son chicas de mi edad!

Piper había investigado un poco sobre el tráfico sexual con niños, y encontró el tema tan perturbador que lo había empujado al fondo de su mente. Pero presenciar la rabia de aquella chica de quince años la hizo sentirse avergonzada de su apatía.

Jada dejó de comer.

—Son víctimas de un horrible abuso sexual, y no es justo que sean arrestadas. Vamos a escribir una carta al Congreso.

—Bien hecho —intervino Piper.

Karah apretó la mano de su hija.

—Yo también escribiré una.

Después de la cena, Piper se puso la ropa para bajar a trabajar. Temía regresar a Spiral; en realidad temía cualquier cosa que le hiciera estar cerca de Coop y de ser despedida de forma permanente. Como se merecía...

El local estaba lleno. Coop y Tony habían hecho una campaña para superar la mala publicidad de la plaga de cucarachas consistente en descuentos especiales en las bebidas y programando la aparición de diversas celebridades a lo largo de la semana: jugadores de fútbol americano, actores y un famoso cantante country.

Jonah recibió a Piper con un gruñido y una dura palmada en la espalda, una simiesca versión de la consabida rama de olivo. Ella le respondió con un codazo en el estómago, pero se alegró al ver que no había cerca ningún otro compañero porque eso significaba que al menos uno de los guardias se quedaría cerca de Coop durante toda la noche, algo que al jefe no parecía complacerle.

Deidre Joss apareció de nuevo por Spiral, esta vez sola. Coop y ella desaparecieron. Cuando pasó media hora sin que regresaran, Piper comenzó a preocuparse.

Primero comprobó el callejón. Habían instalado nuevas cámaras de seguridad como ella había recomendado, y el Tesla de Coop estaba allí aparcado, ileso. Eso significaba que debía encontrarse en su despacho. Pero ¿Deidre estaría con él? No podía imaginarse nada peor que interrumpir lo que fuera que estuvieran haciendo allí, así que llamó con fuerza a la puerta.

—¿Quieres algo? —dijo un irritado Coop cuando la abrió.

—Es un control rutinario de seguridad. Quería asegurarme de que no hay nadie aquí que no debiera estar.

—¿Eres tú, Piper? —dijo Deidre desde el interior de la habitación.

Coop abrió más la puerta. Detrás de él, pudo ver a Deidre cerca del sofá; el cabello caía en una cascada perfecta y estaba erguida como una bailarina, con los tacones de aguja en tercera posición. Incluso parecía que estaba usando un tutú rosa suavemente drapeado.

Deidre era justo el tipo de mujer inteligente por el que Coop solía sentirse atraído, y no era difícil imaginárselos casados. Entre reuniones de la junta, Deidre daría a luz tres preciosos hijos, y los fines de semana, prepararía comidas dignas de un *gourmet*. Piper se preguntó si Coop recordaría alguna vez su aventura con ella al mirar atrás y se preguntaría cómo podía haber estado tan loco.

—Hace tiempo que busco una oportunidad de hablar contigo —dijo Deidre—. Adelante.

Ella avanzó de mala gana.

—Estoy de acuerdo con Noah, te debo una disculpa —continuó la empresaria—. Me dijo que, en términos inequívocos, te he hecho la vida más difícil al no permitir que le dijeras a Cooper que yo era la persona que te había contratado.

«Se llama Coop», pensó Piper mientras forzaba una sonrisa.

—No pasó nada.

—Salvo que la amenacé con demandarla —intervino Coop.

—¡Oh, no! No es posible que hicieras eso. —Deidre parecía horrorizada—. Lo siento, Piper. No lo sabía.

Oh, era condenadamente buena. E inteligente. Y triunfadora.

Piper la odió.

Deidre se concentró en Coop.

—Tengo que levantarme pronto, así que debo irme a casa. Ha sido una agradable conversación. —Le tendió la mano para que se la estrechara, aunque lo que realmente quería era darle un beso de despedida largo y profundo. O quizás eso fuera lo que Piper quería y lo proyectaba en ella. Sin duda sabía una cosa: Coop le gustaba. ¿Y por qué no iba a gustarle?

—Piper, ¿puedes encargarte de que Deidre llega a salvo a su coche? —Coop estrechó la mano de la empresaria—. Discúlpame, Deidre, pero tengo que volver a la planta baja.

Deidre sonrió.

—Es una de las cosas que más admiro de ti.

Junto con sus abdominales, su sonrisa, esa increíble boca... «Que yo he probado y tú no.»

El disgusto de Piper subió un grado..., o bajó, dependiendo de cómo lo viera.

Acompañó a Deidre a la parcela al otro lado de la calle donde había dejado el BMW.

—No es necesario que me acompañes al coche —comentó Deidre.

—Así también tomo el aire.

—¿Sabías que Noah se ha convertido en un rendido admirador tuyo?

—¿En serio?

Deidre se detuvo y sonrió.

—Eres la primera mujer por la que muestra interés desde que se divorció.

Piper soltó un murmullo evasivo.

—Un clavo quita otro clavo... Es un hombre sólido y ambicioso. No sé qué habría hecho sin él después de la muerte de Sam. Es posible que llegue a resultar un poco intenso, te lo concedo, pero tal vez deberías permitir que te lleve a cenar y ver qué ocurre.

—Ahora no tengo tiempo para citas.

Deidre ladeó la cabeza.

—¿Es por Cooper? He oído rumores de que mantenéis una relación no solo profesional.

No la había visto venir.

—Es fascinante lo que llega a decir la gente.

—¿Es verdad?

—No cree en andarse por las ramas, ¿verdad?

—Desde que perdí a mi marido, no. Es una forma horrible de aprender lo corta que puede ser la vida. —Cambió el *clutch* de mano y esperó su respuesta con un gesto abierto y paciente—. ¿Y bien?

Piper se acercó al BMW.

—Creo que es posible que ya sepa que jamás hablo de mis clientes.

—Y lo respeto. —Las cerraduras de su coche hicieron clic. Deidre abrió la puerta del conductor y luego se volvió hacia ella—. Pero si es cierto..., quiero que sepas que Cooper me gusta un montón y que voy a ir a por él. —No lo dijo con malicia, sino como si facilitara una información—. Y si no es verdad, dile que soy barata de mantener y fabulosa.

Piper se rio. No supo si de sorpresa o de diversión. Lo que sí sabía era que Deidre Joss era una fuerza de la naturaleza.

La empresaria salió del aparcamiento y Piper cruzó la calle para regresar a la discoteca, evitando a un Lexus cuyo conductor pensaba que tenía derecho a pasar por donde quisiera. Sentaba bien tener dónde volcar las frustraciones, y le hizo un gesto obsceno.

La noche siguiente era viernes, y el club estaba todavía más lleno. Piper ayudó a Ernie a deshacerse de algunos hombres que se estaban poniendo desagradables, ordenó a los camareros que dejaran de servir a un par de clientes demasiado contentos, e interrumpió una pelea en el callejón. Estaba demostrando ser una guardiana perfecta. Ojalá se le diera igual de bien ser investigadora.

En el momento en que entró en su apartamento, estaba muerta. Se quitó el vestido, se puso la camiseta de los Bears que usaba para dormir y se cepilló los dientes. Cuando salió del cuarto de baño, oyó que se abría la puerta y asomó la cabeza a la sala.

Coop tenía manchas de maquillaje en la manga del suéter y huellas de lápiz de labios en un lado del cuello. Estaba despeinado, cansado e irritado.

—Estoy demasiado reventado para irme a casa.

Esa noche se había multiplicado para estar en todas partes y sabía lo cansado que debía de estar, pero Piper intentó endurecer su corazón.

—No puedes quedarte aquí.

—Claro que sí. El apartamento es mío.

Lo miró mientras vaciaba los bolsillos en la barra que separaba la cocina del salón, y se distrajo de forma momentánea por lo que surgió de ellos: el móvil, un llavero, el envoltorio de un tampón con algo escrito, seguramente un número de teléfono.

Alguien le había tirado una bebida por encima y olía a alcohol.

—Coop, lo digo en serio. Hemos... Hemos terminado. —Le tembló la voz al decirlo, pero alguno debía pronunciar las palabras. Su relación era como un choque de trenes—. Los amantes deben estar en igualdad de condiciones, y nosotros no lo estamos.

Él agarró su camiseta.

—¿Lavas esta camiseta alguna vez?

—Con frecuencia. Tengo más de una.

—Claro que sí... —Se pasó el suéter por la cabeza, inundando la estancia con el aroma de un millón de perfumes di-

303

ferentes. Había una marca más de pintura de labios en el otro lado del cuello. Era difícil ser Cooper Graham.

Él ya la habría echado si Karah no hubiera tenido el incidente con el coche. Seguramente lo haría en un futuro no muy lejano.

—¿Me has oído?

—Voy a darme una ducha, luego me meteré en la cama. —Coop se dirigió al cuarto de baño—. Intenta no saltar sobre mí.

18

Piper se sentó en la cama, apagó la luz y colocó la sábana a su alrededor. Su vida era un desastre. Estaba durmiendo con su jefe, o tal vez su ex jefe, que podía ser o no también su ex amante, pero entonces ¿por qué iba a estar allí, y por qué dejaba que fuera él quien tomara las decisiones? Se sentía demasiado deprimida con el rumbo que había tomado su vida para tener una buena respuesta. Tampoco disfrutaba de una estabilidad financiera ni podía decir que tuviera un hogar. Y, en el único caso que le importaba, estaba resultando ser una investigadora de mierda.

Dejó de correr el agua de la ducha y la puerta se abrió con un chirrido. Cuando notó que el colchón se hundía a su lado, se alejó todo lo que pudo, aunque él no hizo ningún intento para tocarla. Piper se sintió a la vez ofendida y aliviada.

Despertó en medio de un sueño increíblemente erótico y se lo encontró en su interior. Estaba mojada y excitada, y su cuerpo palpitaba. El peso de Coop la presionaba hacia abajo, como si estuviera todavía medio dormido, ambos más animales que humanos. Cuando terminaron estaban despiertos y se separaron sin hablarse para, finalmente, volver a dormir a pesar de lo que había ocurrido.

Cuando Coop despertó a la mañana siguiente, estaba solo y tenía resaca. Se puso un brazo sobre los ojos. Se había emborrachado por primera vez desde que había abierto el club. Todo comenzó unas horas antes de cerrar, cuando empezó tomando un par de copas, luego otras dos... Y después unas cuantas más, hasta que supo que ya no podía conducir hasta casa. Jamás había sido bebedor; en su juventud prefería los porros y, cuando se hizo mayor, se contentaba con un par de cervezas. Pero la noche anterior, cuando había visto a Piper de un lado para otro de la discoteca, algo se le había ido de las manos.

Ella parecía estar en todas partes a la vez, vigilando a los clientes, a los camareros y a él. Piper se había salido con la suya con respecto a los guardias, y siempre veía a alguno cerca de él. Era más cómodo que andar mirando por encima del hombro, pero se oponía a ello por principios. El hecho de que estuviera fuera del juego, no quería decir que no pudiera cuidarse solo. Había gruñido a Jonah por haber dado esas órdenes a sus muchachos, pero el muy capullo tenía más miedo de ella que de él, y no había cambiado de actitud.

Deseó poder echarla del apartamento. Necesitaba un lugar donde pasar las noches como esa. Necesitaba recuperar su vida tal y como era antes de que Piper irrumpiera en ella.

Notó que algo le retorcía las entrañas, algo que no quería examinar. Algo que cada día empujaba más cerca de la superficie. Y no había ninguna razón que lo explicara. Tenía todo lo que quería. Dinero. Reputación. Físicamente no estaba tan bien desde hacía años. En cuanto a Spiral... El club había estado lleno desde la reapertura, hacía tres noches. Y, lo mejor de todo, Deidre lo había invitado a su finca el lunes próximo. La juguetona forma en que le entregó la invitación sugería que la espera estaba a punto de terminar. Todo seguía su cauce.

Y aun así..., no estaba contento.

Por culpa de Piper.

Ella tenía un sueño... Igual que lo tenía él. Un solo objetivo por el que levantarse de la cama y luchar cada día. Una pasión. Entonces ¿por qué se sentía como si su vida se hubiera convertido en un reflejo empañado de la de ella?

Piper apareció en la puerta con vaqueros y una mueca. Tenía el pelo húmedo, así que debía de haberse duchado, aunque él no la hubiera oído. Ella se quedó mirándolo.

—No puedo seguir con esto, Coop.

Él se incorporó de las almohadas.

—¿Podrías dejar que antes me espabilara?

—No duermo con hombres que no me respetan.

Eso le puso furioso.

—¿Quién dice que yo no te respeto?

—¿Cómo vas a respetarme después de la forma en que metí la pata?

—Te aseguro que sí. —Se levantó desnudo de la cama y se metió en el cuarto de baño, donde volvió a ducharse. Odiaba que lo acorralaran, y eso es lo que ella estaba haciendo.

No había sido capaz de despedirla porque confiaba en ella, no podía confiarle su anillo, de eso no cabía duda, pero sí su vida. De alguna manera, ella se había convertido en la salsa que hacía que todo valiera la pena. Quizás eso explicaba por qué se sentía tan infeliz.

Tenía ropa limpia en el despacho, así que salió con una toalla alrededor de las caderas. Ella, por supuesto, estaba esperándolo.

—Lo siento —dijo ella.

—Deberías. A veces estoy seguro de que vives solo para hacerme pasar un mal rato.

—No te pido disculpas por eso, sino por tratar de mantener una conversación seria contigo antes de que hayas tomado un café. —Le tendió una taza humeante.

Él la aceptó, y se dio cuenta de que ella estaba mirando algo. A él. Su pecho de nuevo. Sin duda tenía debilidad por su torso. Y él solo llevaba una toalla. Tomó un largo trago de la taza y permitió que recreara su mirada.

Ella volvió a subir la vista a sus ojos.

—No entiendo que no me hayas despedido, y no me gusta la sensación de que quizá me mantengas en mi puesto porque yo quiero que me eches.

Su estupefacción fue tal que bien podría haberle dado un puñetazo.

—¡Eso es mentira! ¿Qué clase de capullo crees que soy?

—No pienso que seas un capullo.

—Entonces ¿por qué insinúas algo así?

—Porque no se me ocurre ninguna otra razón.

—¿Qué te parece esta? Eres la mejor guardia de seguridad que tengo.

Él supo en el momento en que salieron de su boca que era lo peor que podía haber dicho. Ella lo miró con la expresión más triste del mundo antes de darse la vuelta y alejarse.

Coop la detuvo cuando estaba colgándose el bolso de bandolera para salir.

—Lo eres, Piper. Pero no es por eso por lo que no te echo. —El café caliente le salpicó el dorso de la mano y se lo chupó—. Quería despedirte —aclaró dejando la taza a un lado—. Tú has cometido un gran error, y yo me he enfadado. Pero la cosa es que... Tú estás dispuesta a trabajar el doble que cualquiera. Y ese es el tipo de jugadores que me gusta tener en mi equipo.

Hasta ese momento, no había sido capaz de expresarlo, ni siquiera ante sí mismo, pero ahora que lo había dicho, se sintió mejor.

Piper pareció un poco ilusionada, lo que le gustó, y luego preocupada, lo que no le gustó.

—Soy consciente de ello —aseguró ella—, pero la brutal realidad es que no estoy más cerca de llegar al fondo de este asunto que cuando me contrataste. Y no sé qué más hacer.

—Ya se te ocurrirá algo.

—¿Cómo puedes decir eso?

—Porque es lo que pasa siempre.

La fe que Coop tenía en ella hizo que Piper sintiera un nudo en la garganta del tamaño de una pelota de fútbol. Le duró todo el fin de semana. No podía fallar. No podía. Pero entonces se preguntó si aquella determinación por demostrar a Coop su valía era tan diferente a la interminable batalla por conseguir la aprobación de Duke. No, era diferente. El extraño —e incorrecto— miedo que mostraba Duke por su seguridad había impedido que él le diera la oportunidad que ella había anhelado, la oportunidad de que la viera crecer. A diferencia de su padre, Coop sí le daba la oportunidad de la que Duke le había privado, y no podía defraudarle.

El lunes por la mañana se encontraba en el edificio principal del complejo de los Chicago Stars en el condado de DuPage. El logo del equipo —consistente en tres estrellas doradas formando un arco en el interior de un círculo azul cielo— estaba grabado en la pared de cristal de la oficina de Relaciones Públicas a la que se accedía desde el vestíbulo principal del edificio. Allí estaban expuestos los grandes títulos del equipo, en unos nichos enormes protegidos por un cristal a prueba de balas, y era también donde se atendía a los visitantes, en el impresionante mostrador de recepción, construido en granito negro en forma de media luna.

Como la temporada de fútbol americano estaba bien avanzada, la oficina de Relaciones Públicas rezumaba actividad; los teléfonos sonaban sin parar, los monitores de ordenador brillaban con intensidad y la gente iba de un lado para otro. Coop había movido finalmente los cables para que le pasaran el correo que habían acumulado para él y una joven publicista muy femenina, con los ojos pintados como los de un gato, la llevó hasta un escritorio vacío y le explicó el procedimiento a seguir.

—Nos hemos ocupado de la mayoría de los correos de admiradores de Coop, enviando por correo fotografías con su autógrafo, respondiendo preguntas y todo eso. Tenemos un paquete especial para los niños que le escriben. Nos ponemos de acuerdo con su agente para gestionar las invitaciones donde requieren su presencia. A pesar de que se ha retirado, sigue recibiendo una gran cantidad de correos electrónicos.

—¿Alguno de ellos es hostil?

—No muchos. Hubo algunos en la primera temporada con los Stars, después de un par de malos partidos. «Vuelve a Miami.» y cosas así. Los aficionados no sabían que estaba jugando con un dedo roto.

—¿Y las mujeres?

—Tangas, fotos de desnudos... Hemos visto casi de todo. Y me refiero a todo, todo. —Hizo un gesto señalando la mesa—. Adelante. Tómese su tiempo y, por favor, dígame si necesita cualquier otra cosa.

—Gracias.

Piper se instaló detrás de un montón de papeles; se trataba tanto de correo convencional como copias impresas de los correos electrónicos. La mayoría eran peticiones de autógrafos y fotos. Algunos eran muy tiernos; niños que lo adoraban, aficionados que habían seguido su carrera desde el principio. Uno era de un hombre que había perdido a su hijo en un accidente de coche y encontraba alivio a su dolor al recordar la forma en que el chico había idolatrado a Coop. Ese lo apartó, pensando que era algo que Coop debía responder personalmente. También había otros de padres con muchachos que poseían talento deportivo en busca de consejos.

Y luego estaban los de las mujeres. Notas acompañadas de fotos de la remitente como si mostraran sus credenciales para ser la próxima novia de Coop: carácter deportivo, carrera de modelo, título universitario en gestión deportiva, experiencia en felaciones.

Mientras seguía estudiando el papeleo, se dio cuenta de que había un sutil cambio en la atmósfera de la estancia. Y buscó el origen.

En el umbral estaba Phoebe Somerville Calebow, la propietaria de los Chicago Stars, esposa del ex entrenador jefe y actual presidente del club, Dan Calebow, madre de cuatro hijos y la mujer más poderosa de la NFL, e incluso del universo.

Piper se levantó cuando la propietaria de los Stars se acercó a la mesa donde estaba trabajando.

—Señora... er... señora Calebow...

Phoebe Somerville Calebow la miró de arriba abajo.

—Así que tú eres la detective de Coop.

El hecho de que Phoebe Calebow conociera su existencia era tan surrealista que Piper no fue capaz de hacer otra cosa que asentir de forma temblorosa con la cabeza.

—Mis *quarterbacks* suelen liarse con mujeres inusuales —comentó.

Esos compromisos habían sido material publicado y, como todo el mundo en Chicago, Piper conocía la historia. Cal Bonner se había casado con una física de renombre mundial. Kevin Tucker estaba casado con una laureada escritora de libros infantiles. Una excéntrica artista formaba una inusual pareja con Dean Robillard. Y no solo habían sido los *quarterbacks*, el legendario receptor, Bobby Tom Denton, estaba casado con la alcaldesa de Telarosa, Tejas.

La señora Calebow le indicó que volviera a ocupar la silla, y luego se sentó en el borde de la mesa. La edad no había disminuido su curvilínea belleza, ni siquiera sus gafas de carey, más propias de una sabionda, podía diluir el aura de sexualidad madura que la envolvía.

—¿Qué intenciones tienes hacia mi chico?

Piper no estaba acostumbrada a dejarse intimidar por nadie, pero estar en presencia de Phoebe Calebow era como estar ante la realeza. Tragó saliva.

—No creo tener ninguna intención hacia él.

La señora Calebow arqueó una ceja bien definida con marcado escepticismo.

—Esto... Nosotros... Esa parte ha terminado —repuso Piper—. Ahora solo queda la parte profesional. Tengo un trabajo que realizar para él. Y..., ¿cómo es que me conoce?

—Estoy al tanto de mis chicos —dijo la señora Calebow con una sonrisa irónica—. ¿Lees?

—¿Si leo qué?

—Libros.

—Claro. De suspense. De terror. De procesos policiales. Al menos lo hacía hasta el mes pasado, cuando empecé a trabajar hasta tan tarde —balbuceó—. Me gustan también las biografías y autobiografías. Aunque solo de mujeres. Sí, lo sé, es sexista, pero son las historias que me agradan. Ah, y libros de cocina. No me gusta cocinar, pero me gusta leer sobre ello. Y de tecnología... —Se obligó a callarse.

—Interesante. —La señora Calebow descruzó las piernas (unas piernas que todavía podrían formar parte de un coro de Rockets) y se bajó de la mesa—. Ha sido un placer conocerla, señora Dove.

Y salió de la oficina, haciendo que Piper se preguntara qué acababa de suceder.

Piper no abandonó la sede de los Stars hasta media tarde, momento en el que terminó de estudiar en los registros cualquier comunicación de Coop. En el camino hacia el coche, experimentó la familiar frustración. Nada de lo que había leído había hecho saltar sus alarmas. A medida que recorría el camino de doble dirección llamado Stars Drive, trató de averiguar qué era lo que faltaba, pero siguió con las manos vacías.

En vez de dirigirse al este, hacia la ciudad, tomó Reagan Tollway hacia el oeste. No había vuelto a ver a Coop desde su encuentro bajo las sábanas, hacía dos noches, pero le había llamado el día anterior por la mañana para asegurarse de que no tenía intención de aparecer en eventos multitudinarios ni de realizar caminatas solitarias.

—Voy a ver el partido de los Stars con Heath y Annabelle —le había respondido él.

Ella le había preguntado por qué no iba a ver los partidos en persona. Y él le señaló que sería muy injusto para el nuevo *quarterback* ver cómo las cámaras de televisión del estadio seguían la reacción que tenía su antecesor ante cada una de las jugadas.

—Deidre nos ha invitado a los dos a una fiesta en la granja que tiene en el campo el lunes por la noche —había anunciado él.

—Eso te hará feliz.

—Lo que me hará feliz es conseguir una unión financiera con ella.

—Entonces ¿vas a seguir adelante con eso? —había respondido ella—. Quieres levantar un imperio.

—Claro que sí. ¿Por qué lo preguntas?

Porque poseer una cadena de discotecas no le parecía adecuado para él, aunque se había reservado su opinión. Tampoco le había mencionado que podría conseguir un compromiso más personal con Deidre. Aunque seguramente ya lo sabría.

—Me cae bien Deidre —le había comentando de forma casual—. A pesar de que me despidió.

—A mí también me cae bien. Muy bien.

¿Y por qué no iba a ser así?

Piper salió en Farnsworth y se dirigió hacia el norte. No quería pasar la noche en casa de Deidre por culpa de la fiesta, pero tampoco quería perder a Coop de vista durante dos días, por lo que había accedido a reunirse allí con él.

St. Charles era un bonito pueblo a orillas del río Fox, a unos ochenta kilómetros al oeste del centro de Chicago. La granja de la familia Joss se encontraba al noroeste de la población. La entrada estaba marcada por unos pilares de piedra y una valla blanca. Las hojas doradas de los árboles que bordeaban el camino cayeron sobre el capó del coche mientras se dirigía a la enorme casa blanca de dos pisos. Aparcó el coche entre el Tesla de Coop y un Lexus rojo. Aquello parecía una granja escuela, con establo, granero y corral. Los campos ya estaban preparados para la siembra del año siguiente.

Su único contacto con las fiestas en granjas en el campo provenía de la lectura de novelas inglesas, pero la casa era típicamente americana, con un porche amplio decorado con calabazas multicolores, mazorcas de maíz y coles rizadas por encima de la escalera. Había un conjunto de mecedoras de madera con cojines de color naranja y marrón a cada lado de la puerta de entrada de color verde, en la que colgaba una corona natural de hojas, vainas y pequeñas calabazas. Parecía la portada de una revista.

Una gobernanta de mediana edad vestida con vaqueros y camisa blanca la rescató de la familiar sensación de anhelo.

—Ahora están todos montando a caballo —la informó el ama de llaves mientras le enseñaba su habitación—. Pero pronto estarán de vuelta. No se corte, explore lo que quiera.

Dado que había estado sentada la mayor parte del día, se sintió feliz investigando el granero y las demás dependencias. El ama de llaves le había dicho que en la granja producían maíz, soja y algo de trigo, pero también había un huerto de tamaño considerable donde había algunas calabazas, coles, brócoli y acelgas, un vegetal que jamás hubiera reconocido si Coop no se lo hubiera enseñado en su huerto urbano. En el establo descubrió tres boxes vacíos con camas de paja fresca esperando a que regresaran sus ocupantes.

Los vio antes de que la vieran. Deidre montaba una yegua

ruana que avanzaba entre Noah y Coop, que cabalgaba sobre un animal gris moteado. Con su porte erguido, el pelo oscuro recogido en la nuca, sombrerito y pantalones de montar, Deidre parecía preparada para un espectáculo ecuestre. En cuanto a Coop... Ella jamás lo había visto más cómodo. Su cuerpo se movía en perfecta sincronía con la montura, y una vez más se hizo evidente que se encontraba tan a gusto en el campo como en la gran ciudad.

Mientras Piper permanecía en la puerta, el mozo de cuadras, que se había presentado como Lil Wayne, se levantó para realizar su tarea. Coop desmontó con la misma elegancia que esquivaba a los defensas. Piper observó la forma en que los vaqueros se ceñían a sus muslos y se obligó a apartar la vista.

Después de que Deidre desmontara, Coop le pasó un brazo por los hombros. Parecía un hombre enamorado. El pelo revuelto. La sonrisa fácil. Una bomba explotó en el corazón de Piper.

Por fin, él la vio y bajó el brazo con el que había enlazado a Deidre, no porque se sintiera culpable, sino para pasar las riendas al mozo de cuadras.

—Deberías haber llegado antes, Pipe. Hemos dado un buen paseo.

—Eres un jinete nato, Cooper. —El elogio de Deidre fue simple, sin una pizca de amaneramiento—. Es evidente que pasaste mucho tiempo a lomos de un caballo cuando eras niño.

—Jamás aprendí a montar al uso —confesó él—, pero sí para trabajar.

Deidre le brindó una sonrisa de oreja a oreja.

—Creo que lo haces muy bien.

Piper quiso vomitar.

Por primera vez, notó la presencia de Noah. Su chaqueta de ante de marca y la camisa vaquera planchada sugerían que estaría mucho más feliz detrás de un escritorio.

Muy pronto se hizo evidente que Deidre había planeado

una fiesta muy pequeña, a la que solo estaban invitados ellos cuatro. Piper no necesitaba sus habilidades como detective para descubrir que Deidre estaba haciendo de celestina. Quizá disfrutaba simplemente mezclando a la gente, o quizás albergaba la esperanza de que Piper y Noah se gustaran para tener el camino libre hacia Coop. Sin embargo, Piper sabía que jamás entablaría una relación con Noah Parks. Era inteligente, y sus rasgos bastante atractivos, pero no parecía poseer ni pizca de humor.

Coop hizo un gesto señalando el huerto.

—Deidre, ¿cómo es que se te ha dado tan bien el trigo con todo lo que llovió este verano?

—Me avergüenza decir que no lo sé. Tenemos un arrendatario que cultiva el lugar. Cuando mi marido vivía, sabía todo lo que pasaba por aquí, pero yo solo vengo a pasear y relajarme.

—Sam adoraba la granja —intervino Noah—. Pertenecía a su familia desde hace tres generaciones.

Al salir del establo, Deidre contó cómo su difunto marido y ella habían derribado la antigua casa de labranza para levantar una nueva. Habló de Sam de forma casual. Sin duda Deidre Joss era una mujer que mantenía las emociones dentro del pecho.

Noah se colocó junto a Piper, y ella le hizo un interrogatorio no demasiado sutil.

—Tiene que ser muy difícil para Deidre haber perdido a su marido a una edad tan temprana. Fue un accidente con moto de nieve, ¿verdad?

—Iba demasiado rápido.

—¿Cómo era él?

—¿Sam? A su alrededor todo resultaba fácil y divertido. Era un poco irresponsable. Caía bien a todo el mundo, era difícil otra cosa. Solo estuvieron casados cinco años.

—¿Fue un matrimonio feliz?

No esperaba que Noah le respondiera, pero lo hizo.

—Estaban locos el uno por el otro, pero era ella la que hacía todo el trabajo pesado.

Habían llegado a la casa y Deidre anunció que ofrecería un cóctel una hora después, en el patio.

—Coop, permíteme que te enseñe tu habitación.

Que no estaría cerca de la de Piper.

Ella aprovechó aquel impasse para maquillarse un poco, pero no se cambió ni el pantalón ni el jersey que había llevado a la sede de los Stars. Al ir a buscar el móvil en el bolso de bandolera para comprobar los mensajes, recordó que lo había dejado en el coche y bajó a por él.

Una ligera brisa agitaba las ramas de los árboles cercanos a la casa. El olor del otoño flotaba en el aire, un aroma que adoraba. Era casi de noche y los reflectores de la esquina del granero iluminaban el Sonata, el Tesla de Coop y el Lexus. Mientras caminaba hacia los vehículos, se fijó en la matrícula del Lexus: ARARAT.

Sobre su cabeza, ululó un búho antes de precipitarse hacia un grupo de árboles más allá del granero. En su memoria había un fleco suelto que le atormentaba, pero no tomaba forma. Recogió el bolso y envió un mensaje a Jen para averiguar si su amiga había respondido a la llamada de Eric. Luego se dirigió hacia la parte de atrás de la casa.

Los otros tres estaban sentados alrededor de un hogar de piedra. El patio tenía un fogón exterior con parrilla incorporada, un fregadero y una encimera de azulejos. El jardín perimetral estaba iluminado con antorchas que proyectaban una tenue luz sobre la piscina, cubierta para atravesar el invierno. Noah estaba examinando a Coop.

—... y también ha habido mala publicidad. Perdóname por ser tan contundente, pero es una señal de mala gestión.

—Solo es una señal de mala suerte —contrapuso Coop.

—Sabes que he estado en contra de esto desde el principio —confesó Noah—. Nunca me ha gustado la idea de confiar

317

una gran inversión a los caprichos de deportistas profesionales que tienen más dinero del que pueden gastar. Excluyendo lo presente, por supuesto.

—Si ese fuera el plan, tendrías razón, Noah. Pero estás olvidando una cosa. Los deportistas se retiran jóvenes. Claro, algunos se sienten más que felices gastando su dinero, pero no hablo de esos chicos. Quiero a los ambiciosos, a los inteligentes que aceptan un nuevo reto pero no están dispuestos a financiarlo solos. Hay muchos así.

Deidre permanecía en silencio, asimilando tanto las respuestas de Coop como las preguntas de Noah.

—Para nosotros es una inversión demasiado arriesgada —aseguró el ejecutivo—. No conocemos esa industria y no entendemos el mercado.

—¿Entendisteis el mercado chino de sistemas de purificación de agua antes de hacer esa operación? —Coop se volvió hacia Deidre—. Asumir algunos riesgos calculados hace que los negocios sean más interesantes, ¿verdad?

Deidre habló por primera vez.

—Me encanta la idea de invertir en las denominadas industrias del pecado, a pesar de que Noah ha planteado algunas buenas dudas. El hecho de que no se suela equivocar es mi única reticencia en realidad.

—Esta vez se equivoca —aseguró Coop—. Y, Deidre, por mucho que esté disfrutando de tu hospitalidad..., y por mucho que me guste trabajar contigo, es el momento de que tomes una decisión. Te voy a dar un par de días. Luego tendré que continuar adelante.

No era eso lo que Coop quería. Piper sabía de sobra que solo deseaba tener un socio: Deidre.

Lejos de sentirse presionada, la otra mujer sonrió.

—No creo que vaya a necesitar tanto tiempo.

—¡Piper! —Noah se puso en pie al verla—. Permíteme traerte algo de beber. ¿Un cóctel? ¿Una copa de vino?

—Prefiero una cerveza. —Salió bajo la luz de las antorchas—. Lo que esté bebiendo Coop.

—Coop y tú parecéis tener los mismos gustos. No es de extrañar que trabajéis juntos. —Noah se acercó a la barra al aire libre—. Esa es otra pregunta que me hago. Pareces ser la confidente de Coop y...

¿Era su imaginación o él estaba dotando a la palabra «confidente» todo tipo de significados ocultos?

Cogió una jarra helada de la pequeña nevera.

—Sabemos que es un gran estratega, pero ¿es también un gran empresario?

Deidre mostró su primer signo de impaciencia.

—¿De verdad crees que ella te va a responder a eso?

—Es una pregunta sencilla —afirmó Noah—. Piper le conoce mejor que cualquiera de nosotros, y he llegado a tener un saludable respeto por su opinión. Así que, Piper, dinos, ¿ves a Coop como un buen empresario?

—Creo que Coop alcanzará el éxito en todo lo que se proponga —replicó ella de forma diplomática.

Noah le ofreció una jarra de cerveza helada.

—Sí, bueno, pero ¿pondría el corazón en alcanzarlo con una cadena de discotecas? Confiesa, ¿qué te dice tu instinto?

«No. Claro que no.»

Coop arqueó una ceja, leyéndole la mente una vez más.

Ella aceptó la jarra.

—No dudo de los sueños y esperanzas de Coop, y debo añadir que no hay nadie más honesto y trabajador que él a la hora de hacer negocios.

El ama de llaves interrumpió la conversación. Parecía nerviosa. La razón se hizo patente de inmediato cuando un par de policías uniformados la siguió al patio.

—Deidre, estos hombres pertenecen al Departamento de Policía de St. Charles.

Piper se puso de pie. Deidre se limitó a mostrar una leve curiosidad.

—¿En qué puedo ayudarlos?

Ellos la ignoraron, centrándose en Coop.

—Señor Graham, debe acompañarnos. Tenemos orden de detenerlo.

Noah dio un paso adelante.

—Eso es absurdo. ¿Con qué cargo?

El oficial miró a Coop con gravedad.

—Agresión sexual.

19

La orden de detención provenía de Chicago. Una mujer había acusado a Coop de haber abusado de ella en el club el último miércoles por la noche.

Deidre lo miró con algo parecido a la repulsión.

—No seas estúpida —dijo Piper con dureza—. Él no ha abusado de nadie. Por el contrario, están abusando de él.

Coop la observó con una expresión indescifrable.

Los agentes se lo llevaron esposado, lo que la habría dejado devastada si no estuviera tan cabreada. Estaba hablando con su abogado antes de que el coche patrulla abandonara la granja.

A Deidre le temblaba la mano mientras se servía una bebida fría.

—N-no puedo imaginármelo haciendo nada por el estilo.

—Los deportistas profesionales siempre se consideran por encima de la ley. —Noah parecía casi satisfecho—. Cuanto más sé sobre el mundo de Cooper Graham, menos me gusta.

Y entonces fue cuando Piper recordó.

ARARAT.

Coop había sido detenido fuera de la ciudad, por lo que pasarían algunas horas antes de que se pudiera pagar la fianza para liberarlo, pero Piper no pensaba quedarse en la comisaría esperando a que lo soltaran. Por el contrario, se había cubierto la cabeza con la capucha de la sudadera negra y se había dirigido a casa de Noah Parks.

Fue bastante fácil abrir la cerradura, pero la renovada urbanización de Streeterville disponía de un sistema de alarma y la sirena solo le proporcionaría unos minutos antes de que apareciera la policía.

El interior olía a pintura fresca. El temporizador que iluminaba el pasillo y la sala le proporcionaba la suficiente iluminación para ver por dónde iba.

ARARAT.

Había visto esa matrícula la noche del jueves, cuando Deidre visitó Spiral, y ella la acompañó al coche. Al volver al club, un Lexus rojo había acelerado de una forma tan irresponsable que había tomado nota del vehículo. Aquel modelo llevaba la matrícula ARARAT. La montaña donde se había posado el Arca de Noé.*

El Arca...

Noah Parks había seguido a Deidre esa noche hasta el club. Quizás estaba preocupado por su seguridad, pero la señora Joss era más que capaz de cuidar de sí misma. Lo más probable era que no hubiera querido perderla de vista. Y después de haberlo visto con ella unas horas antes y de notar su mal disimulado rechazo hacia Coop, creía saber la razón.

Los minutos estaban pasando demasiado rápido. El portátil no estaba en el despacho de la parte posterior de la casa. Corrió escalera arriba y asomó la cabeza en los dormitorios. Parks era demasiado adicto al trabajo para no disponer de ordenador en casa, pero ¿dónde estaba? ¿Y qué tenía en él?

Había sustraído el móvil de Noah del bolsillo de su chaqueta justo después de que la policía se marchara y se había

---

* Noah es Noé en inglés. *(N. de la T.)*

ocultado para examinarlo en una sala vacía del primer piso. Como la mayoría de las personas que dependían del teléfono para todo, Noah se había descuidado a la hora de ponerle una contraseña y ella había encontrado y memorizado con rapidez cierta información interesante. Pero necesitaba más y solo podía permanecer en aquella sala vacía por un tiempo limitado. Dejó el móvil en el patio, donde él pensaría que se le había caído, y se excusó diciendo que pasaría la noche en la ciudad. Donde estaba en ese momento, perpetrando su primer robo.

Corrió otra vez escalera abajo mientras la alarma le taladraba los tímpanos. No podía permitirse el lujo de permanecer allí mucho más tiempo. Una ojeada más. Entró en la sala de estar. Nada. Tenía que marcharse antes de que llegara la policía. Ya. Pasó de nuevo por la cocina... Y allí estaba. En la encimera de granito. Lo agarró y corrió hacia la puerta posterior, y luego por el callejón hacia su coche.

Una vez en su despacho, cuando había dejado de temblar, se hizo una taza de café cargado para mantenerse despierta. A continuación se instaló detrás del escritorio y comenzó a hacer una copia del disco duro del portátil.

Una hora después, lo tenía.

El sonido del móvil la despertó. Levantó la cabeza del escritorio para mirar la pantalla. Eran las ocho. Se había quedado dormida hacía solo una hora.

—Hola —respondió con la voz ronca.

—Me alegro de saber lo mucho que te preocupas. —El inusual tono de mal humor en la voz de Coop le indicó lo mucho que importaba.

—Sí, ya, es que tenía cosas que hacer. Y llamé a tu abogado, ¿verdad? —Cogió la taza, dio un sorbo al café frío y se estremeció.

—¿No vas a preguntarme nada?

Ella se frotó los ojos.

—¿Sobre qué?

—¡Me han acusado de violación! —exclamó él—. ¡Estoy fuera de la cárcel porque he pagado una fianza!

—Ah, eso...

—¿Es que piensas que es una especie de broma?

—No vayas por ahí. —La rabia que había reprimido a duras penas hervía a fuego lento en su interior, rozando la superficie—. Hay miles de mujeres que no denuncian que han sido violadas porque temen que les digan que mienten. Y luego está esto. Es demasiado, Coop. Te juro que voy a ir a por la que te acusa.

Hubo una larga pausa, tan larga que pensó que él había colgado. Pero luego lo oyó aclararse la garganta.

—Gracias. —La voz de Coop sonaba extraña. Constreñida.

—De nada.

—¿Qué es lo que has estado haciendo? —No lo dijo como si fuera un casual «¿Qué pasa?». No. Era más bien un «Quiero un informe completo de tus actividades».

—Tengo cosas que hacer. Te llamaré más tarde. —Colgó y apagó el móvil. A la mierda el trabajo en equipo.

Mientras trataba de aliviar la postura del cuello, se concentró de nuevo en el portátil, donde los boletines de noticias se hacían eco de la detención de Coop. La injusticia del hecho la espabiló por completo.

En la papelera de reciclaje del ordenador de Noah había encontrado un correo electrónico de la Granja de Insectos Bendah, Gracias por su pedido. Aquello era tan satisfactorio que palidecía al lado del resto de la información que había descubierto. Cuando examinó el móvil de Noah, había encontrado un número al que él llamaba a altas horas de la noche, a veces incluso a las dos de la madrugada. El número aparecía con tanta frecuencia que ella había ignorado todos los principios éticos en los que creía y entrado en su casa para robarle el portátil, un equipo informático que le facilitaría todavía más información sobre la vida secreta de Noah Parks.

Pocas horas después, la investigación digital le había dado lo que quería: un vínculo entre el número y un nombre, Rochelle Mauvais, nacida Ellen Englley. En el móvil no había fotos, pero sí en el ordenador que le había robado. Se trataba de una joven rubia muy guapa. En las imágenes aparecía sola... y desnuda. Luego, al amanecer, había dado con la veta madre. Una misteriosa transferencia bancaria de diez mil dólares realizada dos días antes.

Los restos de la inyección de adrenalina todavía no se habían desvanecido. Desde que asumió la dirección de la agencia, nada había sido tan satisfactorio como el trabajo que acababa de realizar con sus dedos y un teclado. Pero esa sensación de victoria no podía borrar la certeza de que Noah Parks no era la única persona involucrada en los hechos.

Clavó los ojos en los pósters de *True Detective* que colgaban de las paredes del despacho. Jamás se había imaginado a sí misma transgrediendo la ley y, sin embargo, lo había hecho. Había vuelto la espalda a sus propios principios e ignorado las leyes como si hubieran sido escritas para otras personas. Cuando todo eso terminara, necesitaba echar una larga y desagradable mirada a eso en lo que se estaba convirtiendo.

—No te pido que me des su nombre —dijo a Eric al hablar con él por teléfono unos minutos después—. Lo único que quiero es que mires si el nombre que te he dado coincide con el de la mujer que acusó a Coop. Solo se trata de un simple sí o no.

Él la llamó diez minutos más tarde.

—¿Cómo has conseguido esa información?

En lugar de responder a su pregunta, ella le dio la dirección de Ellen/Rochelle y quedó con él allí al cabo de media hora.

La entrevista con Ellen fue corta y brutal. Ellen había comenzado a trabajar como acompañante para pagar el préstamo universitario, pero pronto descubrió que esa labor era una forma más lucrativa de ganarse la vida que en los puestos de trabajo que podría conseguir cuando se licenciara. Noah había sido uno de sus primeros clientes. Aunque Piper no tenía ninguna prueba de que los diez mil dólares hubieran terminado en la cuenta de Ellen, había suficientes detalles para determinar que así había sido y, finalmente, la joven se derrumbó y admitió que había mentido sobre Coop.

«Esto —pensó mientras Eric se llevaba a la amante de Noah a la comisaría— va por todas las mujeres que dijeron la verdad y nadie las creyó.»

Deidre había regresado a la ciudad, así que Piper llamó a sus oficinas y concretó una cita para las tres. Eso le daba tiempo justo para ducharse y cambiarse. Al salir de la agencia, se imaginó la multitud de reporteros que habría apostados ante el apartamento de Coop y deseó poder interponerse entre él y cada uno de ellos.

La necesidad de protegerlo era tan feroz que la asustaba. Trató de planificar su próxima reunión con Deidre, pero estaba tan atontada por la falta de sueño que tomó automáticamente un desvío a través de Lincoln Square. Y allí, sentado junto a la fuente, había un hombre mayor con un casco con cuernos de los Vikings.

Un casco de aficionado a los Minnesota Vikings.

No podía encargarse ahora de eso, pero, en lugar de seguir adelante, detuvo el coche en un lugar donde estaba prohibido aparcar, saltó del vehículo y se dirigió hacia él. El hombre no la detectó hasta que estaba a unos cinco metros de distancia, y luego, cuando él se levantó y empezó a correr, ella se precipitó delante de él.

—¡Policía!

Resultaba deprimente lo difícil que era detenerse una vez que se había traspasado la línea.

En cuanto lo acorraló, vio que no era Howard Berkovitz. Tenía la cara más delgada y el cabello más canoso. Sin embargo, eran de la misma altura, poseían la misma constitución y edad, y eso se traducía en un aire muy similar.

—No he hecho nada malo —se defendió él, con el familiar acento de alguien nacido y criado en Chicago.

—Ya lo sé. —Trató de parecer amable, así se daría cuenta de que ella no era peligrosa—. Y no soy agente de policía.

—Entonces ¿por qué me sigue? La he visto antes. Usted es la misma mujer que me persiguió hace un par de semanas.

—Es una larga historia, pero le juro que soy inofensiva. ¿Podría hacerme el enorme favor de permitir que le invite a una taza de café para poder explicárselo?

—No me gusta hablar.

—No será necesario que hable. Por favor. Apenas he dormido, y he tenido unos días horribles. Lo apreciaría muchísimo.

Él entrecerró los ojos, lo que hizo que sus pobladas cejas grises se unieran todavía más.

—Está bien, pero nada de chistes.

—Se lo prometo.

Muy pronto estuvieron sentados ante una mesa en una de las cafeterías de Western Avenue, con paredes de color púrpura y resistentes suelos de madera. Ella no le preguntó nada, ni su nombre o por qué había elegido caminar por Lincoln Square con tocados de hincha deportivo. Sin embargo, le habló de Berni.

—¿Y esa mujer pensó que yo era su marido muerto? —preguntó él, cuando ella terminó—. Me parece que está como una cabra.

—Berni es un poco excéntrica, pero no está loca. Solo echa de menos a su marido.

Él se frotó la barbilla, moviendo el casco de los Vikings lo suficiente como para que los cuernos quedaran torcidos.

—Creo que la entiendo. Perdí a mi mujer el año pasado.

—Lamento escuchar eso.

—Debería haberla apreciado más.

Piper mantuvo su expresión neutra. El tiempo pasaba volando. Tenía que poner punto final a la conversación si esperaba poder darse una ducha antes de presentarse en el despacho de Deidre.

—Debe de ser muy aficionado al fútbol americano.

—Lo cierto es que me gusta más el béisbol. Soy seguidor de los Sox. Puedes sacar al niño del South Side, pero no el South Side del niño.

—Entiendo. —No lo hacía y señaló el tocado con un gesto de cabeza.

—Oh, ya. ¿Lo dice por esto? —Se quitó el casco con cuernos y lo dejó sobre la mesa, entre ellos—. Me pongo estas cosas para evitar que la gente me moleste. Desde que Ellie murió, no me gusta hablar con nadie.

Piper empezaba a entenderlo.

—El casco, la porción de queso... Son para mantener alejada a la gente.

Él asintió, satisfecho.

—Porque así piensan que estoy loco.

—¿Igual que usted lo piensa de Berni?

Él pareció meditar al respecto.

—Soy un tipo justo, y ese es un buen apunte.

—¿Estaría dispuesto a hablar con Berni? Podríamos quedar aquí los tres.

—No me gusta hablar con la gente —repitió él, por si acaso ella no lo había asimilado las otras dos veces que lo mencionó.

—De acuerdo. A Berni le encanta hablar. Y todo lo que tendría que hacer es asentir con la cabeza. Creo que necesita verlo para poder dejar marchar a Howard.

Él se quedó mirando la taza de café.

—Es difícil dejarlos marchar.

—Me lo imagino.

—Debo reconocer que suena interesante. Mi vida es muy aburrida ahora. Cuando estaba trabajando era diferente...

Aunque había dicho que no le gustaba hablar, una vez que empezó, no quiso detenerse. Se llamaba Willie Mahoney. Había nacido en Chicago y trabajado en la compañía del gas hasta su jubilación. Su mujer, con la que había estado casado durante cuarenta y ocho años, había sido su impulso. Sus hijos, ya mayores, vivían fuera del estado. Ahora estaba solo. En el momento en que él terminó de hablar, ella tenía una multa por mal aparcamiento y había perdido la oportunidad de ducharse.

Condujo directamente hacia Lakeview y recogió a Coop en el callejón, cuatro puertas más allá de la suya. La imagen de él esposado y escoltado por la policía todavía ardía en su mente, y tuvo que agarrar el volante para no abrazarlo. Por suerte, él estaba de mal humor.

—No me gusta salir a escondidas de mi propia casa.

—¿Prefieres dar una rueda de prensa en la explanada que hay delante?

Él gruñó por lo bajo y se encogió en el asiento del copiloto del Sonata.

—¿De qué va todo esto? ¿Adónde vamos?

Ella esquivó las preguntas.

—Gracias por confiar en mí.

—¿De dónde has sacado esa idea?

—Estás aquí, ¿verdad?

Por los pelos. Tenía los ojos rojos y la barba incipiente le cubría la mandíbula. Quiso consolarlo, pero estaba segura de que él no apreciaría el gesto.

—Espero que tuvieras mejor aspecto cuando hicieron la ficha policial.

Él casi sonrió.

—No tienes piedad.

Era lo último que él quería de ella, y Piper lo sabía.

—Y tú tampoco estás en tu mejor momento —continuó Coop—. De hecho...

—Han sido dos días muy largos. —Puso KISS FM y subió el volumen para poner fin a la conversación.

Esperó hasta estar a punto de aparcar detrás del edificio que albergaba las oficinas del Joss Investment Group para explicárselo.

—Hemos quedado con Deidre.

—Ya veo. —Él se frotó los ojos—. No quiero ver a Deidre.

—Trabajo en equipo, ¿recuerdas?

—Esto no es un trabajo en equipo. No tengo ni idea de qué estamos haciendo aquí, y no me lo has explicado.

Lo estudió en toda su cansada magnificencia.

—Es la última vez que te voy a pedir que confíes en mí. Te lo prometo.

Él abrió la puerta del coche.

—¿Por qué no? ¿Qué más da otro día de mierda?

Ella recogió el portátil de Noah del maletero. Coop debió de asumir que era de ella, porque no hizo ninguna pregunta al respecto. Sin embargo, fue lo primero que vio Noah cuando la secretaria de Deidre los hizo entrar en su despacho. Él se puso de pie desde el lado de la mesa en el que había estado revisando unos documentos con su jefa.

Deidre, por su parte, recibió a Coop con una fría inclinación de cabeza, cualquier muestra de calor había desaparecido de ella y se dirigió al escritorio, como si quisiera poner una barrera entre ellos.

—Piper, no me has dicho que te iba a acompañar Coop. Me has hecho creer que solo nos reuniríamos contigo.

—¿Fue eso lo que has pensado? Un error por mi parte.

Coop se colocó entre la puerta y un retrato al óleo del padre de Deidre, donde cruzó los brazos y apoyó el hombro contra la pared, dejando que Piper se adelantara. Ella deseaba hacer eso por él, lo necesitaba, sería como poner a sus pies un trofeo de la Super Bowl. Entregó el ordenador a Noah.

—Creo que esto te pertenece. Es de lo más extraño; alguien lo dejó anoche ante mi puerta. Pero, bueno, no pasa nada, ya te lo devuelvo.

Noah apretó los labios de tal forma que las comisuras de su boca se contrajeron, pero no podía acusarla de habérselo robado sin arrojar sospechas sobre sí mismo.

Deidre juntó los dedos sobre el escritorio.

—¿De qué va todo esto, Piper?

—Se trata de tu mano derecha. Es un criminal. ¿Puedo suponer que no lo sabías?

Noah se puso como un basilisco.

—Largo de aquí.

La expresión de desconcierto que apareció en la cara de Deidre resultaba extraña en una mujer acostumbrada a tener el control.

Piper se encaró con Noah.

—¿Te suena de algo el nombre de Ellen Englley?

Noah se acercó al escritorio de Deidre.

—Voy a llamar a seguridad.

—¿Quizá la conoces como Rochelle Mauvais? —continuó Piper—. Es un nombre fabuloso para una puta.

Noah se quedó pálido.

—No sé de qué estás hablando.

Deidre se había puesto en pie con las manos apoyadas en el escritorio.

—Ellen es la... novia de Noah desde hace mucho tiempo —explicó Piper—. Y también es la mujer que acusó a Coop de violación. Resulta interesante, ¿verdad?

Coop se enderezó en su posición contra la pared.

Noah se inclinó y apretó el botón del intercomunicador que había sobre el escritorio de Deidre.

—¡Que venga alguien de seguridad!

—Ellen me lo ha contado todo —dijo Piper.

Deidre parecía aturdida.

—Noah, ¿es cierto eso?

—¡No! Claro que no es verdad.

—Ahora mismo está en la comisaría —añadió Piper—. Junto con la copia del disco duro de tu ordenador.

Noah corrió hacia la puerta, pero Coop era demasiado rápido para él. Hizo un placaje que consiguió que Noah se tambaleara hacia atrás. Antes de que pudiera caer, Coop lo agarró y lo lanzó al sofá que había en el despacho.

—Vamos a escuchar todo lo que Piper tenga que decir.

Y ella tenía mucho que decir.

—Noah ha pagado diez mil dólares a la señorita Englley para que acuse a Coop de violación. Noah quería destruirlo, sacarlo de tu vida. Incluso utilizó un dron para espiarlo. —Noah se dejó caer en el sofá con la cabeza entre las manos. Deidre se quedó paralizada. Piper continuó—. La policía encontrará muy interesantes los datos de ese disco duro. Por cierto, deberías vaciar de vez en cuando la papelera de reciclaje de tu correo, aunque lo de haber soltado las cucarachas en el club es poca cosa en comparación con el resto.

—Me lo robaste —dijo él, con la cabeza hundida entre los dedos.

—¿Por qué, Noah? —exclamó Deidre—. ¿Por qué hacer algo así?

Él apretó los dientes, negándose a hablar, por lo que Piper respondió por él.

—Quiere ser el hombre más importante de tu vida. Se acostumbró a que confiaras en él después de morir tu marido. Quizás alberga la esperanza de convertirse en el próximo señor Joss, pero ya fuera eso o no, quiso asegurarse de ser tu hombre de confianza. El interés que mostrabas por Coop suponía una amenaza para él. Así que Coop y Spiral debían desaparecer de escena.

Coop lo escuchó todo sin decir nada.

Deidre se dejó caer en la silla. Se pasó las manos por la cara y luego lo miró.

—¿Cómo has podido hacer todo esto?

—¿Qué otra cosa podía hacer? —Noah torció el gesto con amargura—. No pude evitar que te casaras con Sam, a pesar de que todos veíamos que no era lo suficientemente bueno para ti. No iba a perderte por Graham.

—Confiaba en ti más que en ninguna otra persona.

—¡Necesitaba tiempo! —exclamó él—. Te amo. Siempre te he amado.

Lo que él amaba era Joss Investment Group.

La puerta se abrió de golpe y aparecieron dos guardias de seguridad.

Deidre se levantó de la silla, completamente dueña de sí misma.

—Llevadlo a su despacho y retenedlo allí hasta que llegue la policía. —Mientras desaparecían con él, ella se acercó a Coop—. No sé qué puedo hacer para compensar esto.

A Piper se le ocurrieron algunas ideas, y odió cada una de ellas.

Coop se sentó detrás del volante del Sonata de Piper y se dirigió hacia Spiral.

—¿Cómo has conseguido su portátil?

Piper se apoyó en el reposacabezas y cerró los ojos. Las palabras se agolpaban en sus labios, las emociones y los sentimientos eran tan contradictorios como dolorosos los agitados pensamientos, así que no podía dejarlos escapar.

—No puedo hablar contigo hasta que haya dormido un poco.

—Necesito respuestas.

—Lo digo en serio, Coop. No he dormido nada desde el domingo por la noche y tengo que hacerlo.

—Muy bien. Mañana estaré casi todo el día con mis abogados, pero te recogeré a las cinco para llevarte a cenar.

Ella abrió los ojos.

—¿Qué tienes? ¿Ochenta años? ¿A quién se le ocurre querer cenar tan temprano?

—Te pones insoportable cuando no duermes.

—Lo sé. Muy bien, quedamos para tomar el té de las cinco.

—Te voy a recoger a las cinco porque quiero disponer de tiempo suficiente para emborracharte.

—En ese caso... —Volvió a cerrar los ojos.

Cuando Piper se despertó al día siguiente, la policía había emitido un comunicado diciendo que Coop había sido falsamente acusado. No nombraron a Noah, sino que hicieron referencia a «una persona con un gran resentimiento contra el ex *quarterback* de los Stars». Al mediodía, los canales locales mostraban imágenes de Ellen Englley con la cabeza cubierta por la capucha de su sudadera tratando de esquivar las cámaras de los reporteros. Piper contempló la pantalla con disgusto. La amante de Noah seguramente terminaría protagonizando un *reality show*.

El abogado de Coop convocó una breve rueda de prensa a las tres, en la que, entre otras cosas, Piper se enteró de que Coop era miembro desde hacía mucho tiempo de la comisión de la NFL contra la violencia de género. Su abogado leyó una declaración sobre las graves repercusiones que tenían las falsas acusaciones sobre las víctimas de violaciones reales. ¿Cómo no iba a querer proteger ella a alguien así?

Eric la llamó un poco después con la desagradable noticia de que Noah Parks tenía una coartada perfecta tanto para la noche en que Coop fue atacado al salir del garaje como para la noche en que echaron a Karah de la carretera. Piper había supuesto que Noah había contratado a alguien para llevar a cabo el primer ataque, pero que era él quien pilotaba el vehículo misterioso que había estado detrás del volante en el segundo caso. A menos que la policía encontrara otra conexión, Noah podría salir de la situación con un simple tirón de orejas.

Se obligó a concentrarse en el vestido de punto color naranja que había desenterrado del fondo del armario. La última vez que se lo puso fue en la boda de un amigo de la universidad, hacía ya un par de años. El escote barco destacaba su largo cuello, algo en lo que, por lo general, no pensaba, pero esa noche quería sentirse al menos un poco guapa.

Coop había cambiado los vaqueros y las botas por una camisa blanca con el cuello abierto y una chaqueta sport de color gris oscuro que se adaptaba a su cuerpo como si hubiera crecido allí. La admiración que él sintió al verla se vio reflejada en sus ojos.

—¡Joder, Pipe! Sin duda sabes cómo resultar femenina.

—Te dije que sabía hacerlo —repuso ella—. ¿Dónde vamos a cenar?

—Primero vamos a tomar una copa a un sitio del que me han hablado genial.

—Te van a acosar.

—Eso está controlado.

Él tenía razón. El lugar resultó estar justo debajo, lo que explicaba la temprana hora de su cita.

A pesar de que Spiral tardaría en abrir otras cuatro horas más, una luz suave brillaba desde el interior de las mesas de cóctel en forma de cubo, y las luces que colgaban sobre las barras como estalactitas doradas también estaban encendidas. Las banquetas de cuero resultaban acogedoras y la música sonaba en segundo plano. No había nadie a la vista.

Coop se puso detrás de la barra.

—Faltan tres horas para que aparezca el personal —dijo—. El lugar está bloqueado por el momento, y he dado órdenes estrictas para que no entre nadie hasta las ocho.

—No dejas mucho margen para prepararlo todo antes de que abra el club.

—Lo superarán. —Coop descorchó un Cabernet muy caro y llenó dos copas.

—Lo siento, no podía hacer una jugada de equipo —explicó ella al tiempo que se subía a un taburete—. Y tú no estabas disponible precisamente para consultarte.

—Estás perdonada.

Ella alzó la copa que él le dio.

—Por la inocencia.

—No con ese vestido.

El amplio escote del vestido se extendía hasta su clavícula, pero el resto de la prenda se ceñía a su cuerpo.

—Me refería a ti.

—Lo sé. —Coop sonrió—. ¿Cómo te diste cuenta?

Le contó lo de la matrícula de Noah.

—No era mucho de lo que tirar.

—Intuición. Siempre estaba revoloteando alrededor de Deidre, y había algo en su actitud hacia ti que parecía más personal que profesional.

Él apoyó la mano en la barra y le lanzó una de sus penetrantes y analíticas miradas.

—¿Cómo te hiciste con su portátil?

Habían llegado a lo que no quería decir.

—No fue demasiado legal. —Piper miró la copa de vino—. Me estoy convirtiendo en alguien que no respeto. Una persona tan centrada en el objetivo final que no le importa cómo llegar a él.

—A eso se le llama pasión.

Ella tenía otra palabra: «inmoral».

Coop la observó beber un sorbo de vino. Ella no era feliz, y él quería que lo fuera. Tenía que estar contenta.

Tomó un plato con rodajas de carne, queso, aceitunas y rollitos de primavera de la nevera que había debajo de la barra y lo llevó a la mesa más cercana. Ella lo siguió con las copas de vino tan derecha como podía con aquellos tacones de aguja que detestaba. Piper no había creído ni por un momento que él hubiera violado a nadie. Se había mostrado impaciente cuando la presionó al respecto, como si sacar el tema fuera una pérdida de tiempo. Nadie había mostrado nunca esa fe ciega en él. ¿Qué coño hacía un hombre con una mujer así?

Ella se sentó en el taburete y la falda se tensó sobre sus muslos lo suficiente como para que él dejara de pensar. Incluso sin el rímel que se había puesto esa noche, sus pestañas eran largas y espesas, y su brillante boca de color canela, una abierta invitación. Adoraba verla con la cara lavada, pero también saber que se había molestado en maquillarse solo para él.

—Esto parece casi una ceremonia —comentó ella.

—Lo es. Es una celebración. —Ella había puesto en peligro su licencia como investigadora al hacer lo que había hecho, y le molestaba todavía más saber que había necesitado a otra persona para resolver sus problemas.

—No pareces muy contento —dijo Piper.

—Me siento muy contento.

—Entonces ¿por qué estás frunciendo el ceño?

—Porque estoy intentando no actuar como el animal que soy al imaginar lo que hay debajo de tu vestido. No me siento muy orgulloso de mí mismo.

Ella sonrió.

Él dejó la copa a un lado.

—Vamos a bailar.

—¿Lo dices en serio?

—¿Por qué no?

Ella aceptó la mano que le ofrecía y se levantó del taburete. Coop la llevó hasta la pista. Era muy extraño darse cuenta de que era la primera vez que iba a bailar en su propio club solo por placer.

Y era un placer. Sentir la dulce presión de su cuerpo contra el de él resultaba casi doloroso, aunque deseó haber evitado esa balada de Ed Sheeran tan sentimental cuando programó la música. Sin embargo, por otro lado, se adaptaba a su estado de ánimo.

—Esto es, sencillamente, muy raro —comentó ella, apoyando la parte superior de la cabeza en su barbilla e inclinándose todavía más hacia él.

—Ojalá no fueras tan romántica...

Ella se rio. ¿Por qué seguía preocupándose por cómo debía abordarla cuando ella tenía los pies tan firmemente plantados en el suelo y no tenía la cabeza a pájaros?

Bailaron en silencio, con las manos entrelazadas mientras sus cuerpos se balanceaban, respirando el aire del otro. La canción de Sheeran terminó y Etta James comenzó a cantar *At last*. Coop la condujo de nuevo al taburete.

La vio picotear los aperitivos de aquella forma deliciosa que siempre le hipnotizaba. Tenía que decirle lo que aquella confianza ciega significaba para él. En cambio, le pidió que le contara todo lo que había hecho desde el momento en que la policía lo arrestó en la granja de Deidre.

—Te voy a dar una exclusiva. —Piper le contó cómo había encontrado al hombre que la señora Berkovitz creía que era su marido muerto.

—Increíble —comentó él cuando terminó la historia—. Y ¿cuánto te paga la señora B para que hagas ese trabajo?

—Doscientos dólares. Tenía intención de llevarla a cenar, pero ahora espero poder llevarlos a los dos.

—Tienes un buen corazón, Piper Dove.

Ella pinchó un cuadradito de queso.

—Y una ética muy flexible.

Coop se levantó para coger la botella de Cabernet de la barra.

—Adelante, desahógate —le dijo él.

—No quiero.

—¿Tan malo es?

—Depende de lo que pienses de un allanamiento de morada, por no hablar de un robo. También he mentido a la que te acusó sobre la transferencia del dinero, pero por eso no me siento mal. Además está lo de tu anillo...

Él dejó la botella sobre la mesa.

—¿No te parece que estás siendo un poco dura contigo misma?

—¿El fin justifica los medios? Me gustaría creerlo, pero no puedo.

—Eres una mujer cumplidora, Pipe. Así es como eres.

—Así era como la había hecho Duke.

Ella esbozó una falsa y brillante sonrisa.

—No hablemos de cosas deprimentes. Háblame de la cárcel. ¿Alguien intentó convertirte en su novia?

—Me llevaron a una sala de conferencias llena de policías que querían que les hablara de la Super Bowl del año pasado. Así que no.

—Vaya decepción.

Él se metió una aceituna en la boca.

La música volvió a animarse y regresaron a la pista de baile. Un rato después, ella se quitó los zapatos de tacón y él se deshizo de la chaqueta. A medida que las melodías se volvían más eróticas, también lo hizo la forma en que ellos bailaban. De Pharrell pasaron a Rihanna; de Bowie a Beyoncé. Piper se puso de puntillas. Frotó ese dulce culo con fuerza contra su cuerpo, contoneándose. A continuación, giró hacia él con el rostro encendido y los párpados pesados. Volvió a contonearse de nuevo... A rozarle con el trasero una vez más. Si ella no se detenía, aquello acabaría con una repetición de su primera vez, por lo que la agarró por los brazos y la apretó contra la pared.

La besó. Con la boca abierta. La besó y la volvió a besar una y otra vez. En la boca, en el cuello, y de nuevo en los labios. Exploraciones largas y profundas. Los dos llegando tan lejos como podían. Devorándose. Con la ropa pegada a la piel. Una canción tras otra.

Marvin Gaye... *Let's get it on...* «Continuemos...»

Missy Elliott... *Let me work it...* «Déjame hacerlo...»

Y volvieron a besarse. Como si estuvieran haciéndolo pero para todos los públicos.

Do it all night... All night... «Vamos a hacerlo toda la noche... Toda la noche...»

Él agarró el borde del vestido y se lo subió hasta la cintura. Ella le desabrochó el cinturón.

How does it feels... It feels... «¿Cómo se siente... Se siente...?»

Ropa interior. Cremalleras. Lana y nailon desparramados por la pista de baile.

Up against the wall. In the hall... Hot against the wall. «Contra la pared. En el vestíbulo... Desenfrenado contra la pared.»

Freefall... «En caída libre...»

Ella le rodeó las caderas con las piernas. Él le sujetó las nalgas con las manos y sintió su humedad en los dedos al introducirlos en su interior.

Work it. Work it. Work it. «Hazlo. Hazlo. Hazlo.»

Dentro.

Like that. And that. «Así. Y así.»

And that. «Y así...»

El vestido de punto había sobrevivido a aquel emocionante abuso, pero las bragas habían desaparecido, y resultaba extraño llevar solo sujetador. Así que se puso el vestido sobre la piel desnuda. Se tocó la boca. Estaba hinchada. Al día siguiente estaría sensible... Y no solo en los labios.

Sintió que le castañeteaban los dientes y que las piernas no le funcionaban correctamente. Se dejó caer en el sofá de la sala para señoras.

Le había ocurrido lo peor que podía ocurrirle en el mundo.

20

Estaba enamorada de él. Se había enamorado de Cooper Graham. Había tenido un montón de avisos; el zumbido que experimentaba cada vez que aparecía, el deleite que suponía hacerlo reír, las reglas que había transgredido por él. ¿Cómo podía no haber identificado correctamente la intensa oleada de emociones que la envolvía en los momentos más inesperados?

Se sintió tan mareada que puso la cabeza entre las rodillas, lo que solo sirvió para empeorar la situación. Las señales habían estado allí, pero se había negado a prestarles atención. Se había creído que era inmune, que no podía enamorarse. Y tal vez había sido así. Era inmune a enamorarse de alguien que no fuera Cooper Graham. Pero ver cómo se lo llevaban esposado había abierto la trampa de acero que había enjaulado su corazón durante toda su vida... Hasta ese momento.

Se obligó a incorporarse. Ella no se enamoraba. No tenía recursos para gestionarlo. ¿Cómo iba a ser capaz de salir por esa puerta y actuar como si todo fuera normal? Él era muy perspicaz, sabía leer su mente demasiado bien. Coop percibiría sus sentimientos en cuanto la mirara a la cara. Y si los viera... Sería amable. Así era él.

Pasaron unos minutos. En cualquier momento Coop entraría para ver cómo estaba. Piper quiso esconderse allí para siempre, pero no podía hacerlo, y se obligó a ponerse de pie. Solo existía una manera de salvarse a sí misma. Una sola manera de evitar su piedad, su bondad.

Tenía que salir y poner fin a eso.

Él salió de la cocina con la camisa arremangada. Sus labios parecían tan hinchados como los de ella. ¿Le había mordido? Vio que había dispuesto los cubiertos en la mesa que había junto a los taburetes, junto con dos ensaladas de rúcula y manzana tan perfectamente emplatadas que estaba segura de que no eran obra de él.

—*Risotto* con langosta —anunció Coop al tiempo que dejaba los dos cuencos que llevaba en las manos—. Directo desde el calientaplatos. Extracremoso. —La recorrió de arriba abajo con los ojos entrecerrados—. Igual que tú.

El estremecimiento erótico que la atravesó le demostró exactamente lo vulnerable que era. Se dejó caer en el taburete.

Obligarse a comer fue todavía más difícil que actuar como si no hubiera cambiado nada.

—Eres un auténtico *chef* —lo alabó.

Ella sabía —y él sabía que lo sabía— que no había preparado ninguna de esas delicias, pero Coop le siguió el juego.

—Me he hecho un corte en el dedo al preparar la carne.

—Gajes del oficio. Todos los grandes *chefs* se lesionan.

Él sonrió. Ella atacó de forma implacable el *risotto*. Estaba cremoso, justo como él había apuntado. Con cuerpo, salpicado de suculentos trozos de langosta que amenazaban con deshacerse en la boca. Hablaron, o principalmente, habló él, de todo lo que había ocurrido con Parks. A la postre, ella le explicó cómo había obtenido el portátil de Noah, pero ni siquiera eso era tan difícil como lo que tenía que decirle, así que finalmente dejó de intentar comer.

—¿No está bueno? —preguntó él.

—El embarazo me quita el apetito.

Él dejó caer el tenedor, y su cruda expresión de terror fue la prueba evidente de que se estaba esforzando demasiado para actuar con normalidad.

—Estoy bromeando —aclaró.

—¡No me parece divertido! —rugió él.

—Ya sabes que me paso de lista cuando estoy nerviosa.

—Me da igual que estés nerviosa. No vuelvas a bromear sobre... ¿Por qué estás nerviosa?

Quizá podía dejarlo estar durante unos días. Unas pocas semanas... La posibilidad resultaba tan seductora como la serpiente en el Jardín del Edén, e igual de destructiva. Tenía que cortar por lo sano. De forma rápida. Ser tan implacable consigo misma como acostumbraba serlo Duke cuando ella lloraba porque se le había pinchado un globo o tenía un rasguño en la rodilla. Era hija de su padre, y se obligó a mirarlo a los ojos.

—Porque quiero cortar contigo.

—Sí, claro.

«Háblale racionalmente. Los hombres entienden la lógica.»

—Mi trabajo se ha terminado. Por fin tengo un poco de dinero en el banco. Incluso tengo otro lugar donde alojarme.

—Ya tienes un lugar donde alojarte.

—Un lugar mejor. Amber se va dentro de un par de días con el coro, y no volverá a cantar en Chicago hasta diciembre, así que me mudaré a su casa. —No había hablado con Amber. Ni siquiera se le había ocurrido alojarse allí hasta ese mismo momento.

El ceño de Coop se hizo más profundo.

—Eso es completamente innecesario.

—Ya he terminado el trabajo para el que me contrataste.

—Eso no tiene nada que ver con nosotros dos.

Piper se tragó el nudo que tenía en la garganta.

—Claro que sí. El trabajo ha terminado y, por tanto, nosotros también.

Él cerró el puño sobre la mesa.

—¿De qué estás hablando? Estamos genial juntos. El sexo es fabuloso. Eres la única mujer con la que quiero estar.

—La única mujer con la que quieres estar en este momento.

—¿Y eso tiene algo de malo?

Otro pedazo de su corazón se quebró.

—Para ti, nada. Pero para mí es muy malo. —Permitió que la verdad asomara la cabeza—. No puedo soportar tanto bombo publicitario. Ese no es mi mundo. Soy una chica normal de Chicago y tú... Tú eres de los Stars. —Esbozó una sonrisa temblorosa—. Una estrella brillante, y todo eso.

—Eso no tiene sentido. —Él abrió la mano y la apuntó—. Me has contado cuál es tu visión de la vida, no estás buscando un anillo de compromiso.

La forma en que lo dijo fue como si le clavara una navaja en el corazón. Piper no era romántica. No lo era. No quería anillos y velos de novia. Ella no era así. Pero renunciar a esa clase de futuro le había secado la boca.

Tenía que ser dura. Eso es lo que era, lo que se esperaba de ella. Respiró hondo.

—Jamás te ha dejado una mujer, ¿verdad?

—No se trata de eso.

—En otras palabras, no. Eres tú el que se aleja. No sabes cómo enfrentarte a otra posibilidad. ¿No lo ves? Esto no es por mí ni por nuestra relación. Viene dado por tu necesidad de ganar. —Era la verdad y quizás él también lo supiera, porque su hostilidad creció.

—No necesito que me psicoanalices.

—Es por tu propio bien y, sí, estoy cortando contigo de verdad.

Lo vio apretar los labios.

—Eres una cobarde, Piper Dove. Jamás pensé que diría eso de ti, pero estás huyendo de nuestra relación como una adolescente asustada.

Muy cierto. Pero, cuando la supervivencia emocional estaba en juego, ¿qué otra cosa podía hacer?

—No estoy huyendo. Estoy siendo realista. Pertenecemos a mundos diferentes, Coop. Ha llegado el momento de que vuelva al mío y que tú continúes en el tuyo.

—¿Es lo que quieres de verdad?

—Sí, lo es.

Él se levantó y arrojó su servilleta. Jamás le había visto una expresión tan fría.

—Puedes irte al infierno.

Coop se fue directo a su despacho. ¿Cómo había podido ella distanciarse así? Se suponía que esa noche sería una celebración. Había planeado darle la sorpresa de pedirle que se fuera a vivir con él, una invitación que jamás había hecho a ninguna otra mujer. ¿Y qué hacía ella? Echarlo todo a perder.

Dejar algo sencillo en manos de Piper Dove era convertirlo en un problema. Se divertían juntos. Veían la vida de la misma manera. ¿Por qué le resultaba tan difícil entenderlo? Pero no, en vez de apreciar lo que tenían, le daba por meter la pata.

Sin embargo, ella tenía razón en algo. No le gustaba perder. Sobre todo cuando no había necesidad de ello. Tomó una decisión. La ignoraría durante un par de días, le daría un poco de tiempo para que echara de menos lo que tenían. Sí, tendría mano dura con ella. La dureza era un lenguaje que sí entendía Piper Dove.

Las últimas cuatro noches en el club fueron un infierno, pero le había prometido a Tony que se quedaría hasta el final de la semana y no podía dejarlo en la estacada. La historia de Coop y la falsa acusación había resultado una buena medida publicitaria y Spiral se estaba llenando todas las noches. Cada vez que se dabá la vuelta, allí estaba Coop.

Por fin llegó el sábado. Su última noche. Toda la publicidad, las discusiones sobre si dejar solo a Coop o no habían terminado. Jonah había organizado que siempre estuviera a su lado uno de los guardias. Hasta esa noche, Piper había podido pedirle que cubrieran a Coop porque siendo la única mujer del cuerpo de seguridad, ella tenía demasiado terreno del que ocuparse. Pero el sábado, Ernie se puso enfermo y ella tuvo que cubrir su puesto.

Coop había conseguido que le resultara fácil mantener la distancia al actuar como si no existiera. Le estaba demostrando lo que ya sabía; que odiaba perder. Ella echaba de menos tanto su cercanía que le dolía, extrañaba las miradas íntimas que intercambiaban, la diversión compartida sobre algunas cuestiones que solo ellos encontraban hilarantes. Todo había desaparecido.

También sería la última noche que dormiría en el apartamento encima del club. Amber se había mostrado feliz de que alguien le cuidara el piso, y Piper se mudaría por la mañana. Al día siguiente, aquel capítulo de su vida habría terminado. El peor capítulo de su existencia.

No, el mejor capítulo.

Mientras observaba a las rubias de bote cayendo sobre él como pirañas, acercándose lo suficiente para mancharle de maquillaje la camisa, Jonah le dio un golpecito en el hombro.

—Ha llegado el momento de que te ocupes de Coop —le indicó mirando al jefe—. Por cierto, ¿qué os pasa? No os habéis hablado en toda la semana.

Ella se marchaba, y Coop se quedaba. Tenía que hacerle quedar bien.

—Coop me ha dejado. De la mejor manera posible, claro está. Es un caballero.

—¿En serio? Se os veía muy bien, pensé que duraríais más.

—No pasa nada. Tenía que ocurrir. Mejor cuanto antes.

Jonah le dio una torpe palmadita en la espalda. A pesar de que era un cretino, había desarrollado un reacio afecto por él.

Poco después de que se alejara el jefe de seguridad, la multitud volvió a presionar a Coop y ella tuvo que hacer su trabajo.

—Este hombre necesita algo de espacio.

La gente no le dio problemas, y los pocos que se negaron estaban borrachos y eran fáciles de manejar. Tuvo suerte de que nadie se fijara en ella, porque necesitaba un desahogo para aquellas crudas y dolorosas emociones que se arremolinaban en su interior. Solo faltaban unas horas...

Un tipo con sombrero de fieltro y jersey de cuello de pico se plantó ante Coop. Ella se puso cada vez más furiosa al escuchar cómo aquel tarado revivía todas las jugadas en las que Coop había perdido el balón y cada pelota que había lanzado mal. Coop estaba llevándolo bastante bien, pero ella no. Cuando el hombre comenzó a criticar las pésimas habilidades de liderazgo de Coop, todos los horribles sentimientos que se agitaban en su interior encontraron una vía de escape y explotó. Se coló entre los colegas del tipo, subida a sus tacones de aguja, y agarró al hombre por la pechera.

—Mira, capullo, lárgate o te arranco la cabeza, ¿me has entendido?

Coop arqueó las cejas. El tipo parpadeó y luego adelantó la mandíbula con falsa valentía.

—¿Sí? ¿Tú y quién más?

348

—Es mi guardaespaldas —intervino Coop en tono neutro—. Será mejor que no te metas con ella.

El chico empezó a alejarse.

—¿Quién necesita estar en este lugar de mierda?

Bryan alejó al imbécil entre la multitud y Coop la miró con desagrado.

—Mucho tacto.

—Me estaba irritando.

—Corta el rollo.

Ella no iba a poder manejar aquello durante más tiempo, y se alejó. Solo quedaba una hora para poner punto final a su trabajo.

Comprobó la sala de señoras y la zona VIP. Todo estaba en orden. Cuando por fin llegó a la planta baja, se encontró a Coop rodeado por un grupo de hombres cerca de la escalera. Un tipo de constitución especialmente fuerte era el que más próximo estaba y se dedicaba a hacerle gestos con su cerveza.

—Tú y yo, Coop, sabemos lo que se siente. Una zorrita trató de joderme una vez... Justo como te ha ocurrido a ti.

—No sigas... —Coop se dio la vuelta.

Pero el tipo no le hizo caso.

—Esa zorra se lo buscó. Ella quería. Cualquiera podía verlo.

Y luego, el idiota cometió el error de agarrar el brazo de Coop. Este se volvió y, sin más advertencia, llevó el puño atrás y golpeó al muchacho, enviándolo hacia la multitud.

«¡Mierda!» Piper salió disparada. El chico cayó al suelo y se puso de rodillas con una mano en la mandíbula. Ella se arrodilló a su lado y alzó la mirada hacia su ex amante.

—Mucho tacto, Coop.

Él la miró fijamente.

—Me estaba irritando. —Le devolvió también las palabras.

A pesar de su expresión feroz, estuvo a punto de abrazarlo.

«Esto va por todas esas mujeres que dijeron la verdad, pero nadie las creyó.»

Las tres de la madrugada llegaron finalmente. Piper se quitó los zapatos de tacón y se arrastró escalera arriba para pasar la última noche en el apartamento. Al día siguiente dormiría en la cama de matrimonio de Amber debajo de un póster de *Aída*.

Se desnudó y se puso una camiseta marrón con las bragas. Bajó la vista hacia el callejón por la ventana trasera. Coop se había marchado; el lugar donde aparcaba el coche estaba vacío, aunque no tanto como el vacío que sentía por dentro.

Se metió en aquella cama demasiado grande y se quedó mirando el techo. Había hecho lo correcto. No podía creer que pudiera estar peor de lo que se sentía en ese momento, pero permanecer más tiempo con él —ocultándole lo mucho que le importaba— solo haría que la inevitable ruptura fuera más angustiosa todavía.

Por fin, concilió un sueño inquieto plagado de figuras con caras de payaso, botas y palos de *selfie*. En la pesadilla la perseguían por una selva carmesí donde había mujeres muertas colgadas cabeza abajo de los postes de teléfono. Quería gritar, pero no tenía aire. Debía respirar. Se esforzó por encontrar un grito en alguna parte, la que fuera.

Se despertó de golpe. Todavía no había amanecido. Tenía la camiseta pegada a su piel y había babeado la almohada. El corazón le latía desbocado. Solo había sido un sueño... Solo un sueño.

Percibió una presencia en la puerta. Una oscura y silenciosa silueta. Su voz salió como un graznido agradecido.

—¿Coop?

El extraño se precipitó hacia la cama.

Todo ocurrió muy rápido. Primero estaba atrapada en una pesadilla y luego un hombre la agarraba. Un hombre que no era Coop.

Se puso a gritar.

—¡Cállate! —Él la agarró por el brazo. La sacudió. Trató de luchar, pero la sábana le coartaba los movimientos. Él tiró y ella sintió una fuerte sacudida en el cuello. Logró liberar un brazo y le arañó la cara, pero él respondió con una bofetada que resonó en sus oídos. La lucha se volvió frenética; solo oía sus propios jadeos. Después, incluso eso se detuvo, cuando aquellos dedos se cerraron alrededor de su cuello y los pulgares le apretaron la tráquea.

La luz del techo se encendió.

La presión sobre su garganta se aflojó cuando el hombre se dio la vuelta. Ella rodó al lado opuesto de la cama, luchando para liberarse de las sábanas. Cayó al suelo. Unos segundos después, estaba de rodillas, parpadeando para que sus ojos se acostumbraran a la luz repentina.

Jada estaba en la puerta, con la pistola Nerf en la mano, mirando al atacante, un hombre que Piper no conocía.

—¿Hank? —balbuceó la niña con la voz temblorosa.

El tipo tenía la cabeza afeitada y una pistola en la mano. Una Beretta de nueve milímetros con el cañón plateado, con la que apuntaba directamente a Jada.

Y luego a Piper.

Él frunció el ceño. Era grande y musculoso. En un tiempo pasado, podía haber tenido un aspecto decente, pero la fealdad del odio había transformado su cara alargada en una máscara llena de maldad.

—¿Qué coño...? ¿Dónde está Karah? ¿Por qué no está aquí?

Jada gimió desde la puerta. Él retrocedió hasta la pared del fondo para poder tener a las dos al alcance del arma. Se había

351

colado en el apartamento equivocado. Estaba buscando a Karah... Piper ahogó las palabras.

—Ella... Ella no está aquí. Jada se queda conmigo.

Él giró el arma hacia la chica.

—¿Dónde está tu madre?

Piper rezó para sus adentros, pidiendo que Jada no dijera que estaba durmiendo en el apartamento de al lado.

—No... No lo sé —sollozó la muchacha.

—Estás mintiendo, puta.

—Esta noche... Esta noche tenía un seminario —logró decir Piper—. De unas clases. Ahora, ¡largo de aquí!

—¡Mientes! —El hombre estaba sudando, con la cara muy roja, quizá bajo el efecto de la metanfetamina—. Está con Graham. Se acuesta con ese cabrón.

Apuntó a Piper con el arma.

—Acabaré con ella.

Piper se acercó a Jada muy despacio, que se había quedado paralizada mientras la inútil pistola Nerf caía al suelo. Pasó un brazo por los hombros de la joven y rezó para que la madre de la chica no se despertara.

—Karah no está aquí. Vete. Déjanos en paz.

—Me las pagará por ser una puta. Ella me las pagará.

—No hay nada que pagar —repuso muy despacio—. Solo vete.

—Sí, ya sé que todos queréis que desaparezca. Olvidar lo que me hizo.

—Eso forma parte del pasado. Déjalo marchar.

Él se acercó a ellas sin bajar la pistola. Tenía la atención concentrada en Jada.

—Y tú eres su muñequita, que ya no es tan pequeña.

Piper sintió que el terror se apoderaba de ella. Y entonces lo oyó. El clic que anunciaba que alguien había abierto la puerta del apartamento. *Karah*. Él la mataría. Y quizá también a Jada.

Jamás se había sentido más indefensa. Su Glock estaba encerrada en el maletero del coche, y mientras él estuviera apuntando a Jada, todos los movimientos de autodefensa del mundo eran inútiles.

Pero no fue la voz de Karah la que resonó en la sala. Fue la de Coop, y el terror la dejó helada.

—No podía dormir —oyó que decía.

Hank agarró a Jada, apretó la pistola contra su sien y la señaló a ella con la cabeza, indicándole que atravesara la puerta por delante de él.

Coop se quedó paralizado al verla. Primero salió ella y luego Hank con Jada.

—Coop... —sollozó la niña, presa del terror.

—Está buscando a Karah. —Piper intentó adelantarse para que Hank apuntara a su cabeza con el arma.

—¡Quédate quieta o te vuelo la cabeza!

Piper sintió el cañón de la pistola contra el cráneo. Trató de ignorar los sollozos de Jada, que parecía enfrentarse a un terror tan intenso que amenazaba con desmayarse. Ella, sin embargo, no apartó la mirada de Coop.

«Trabajo en equipo.»

—Baja el arma. —La voz de Coop fue ronca y firme.

—¿Has venido en busca de tu puta? —se burló Hank.

—Está hablando de Karah —intervino Piper—, no de mí.

Coop no preguntó nada. Era un jugador que daba lo mejor de sí mismo cuando estaba sometido a presión, y en ese momento estaban en el último cuarto y solo quedaban unos segundos para anotar.

—Suelta la pistola —ordenó sin apenas mover los labios.

—¿Por qué debería hacerlo? —El arma seguía firmemente clavada en la sien de Piper—. Voy a castigarla. Me dejó y corrió hacia ti, con las faldas por la cabeza.

—Tienes una mente muy sucia —repuso Coop—. No hay nada entre Karah y yo.

—¡Mientes! ¡Siempre mientes!

—No tengo ninguna razón para mentir. —Coop estaba actuando con frialdad, con medida despreocupación, tan solo desmentida por la intensa mirada de sus ojos y el músculo que palpitaba en su mandíbula.

Sin ninguna advertencia, Piper notó que la presión desaparecía. Hank había puesto la pistola contra la sien de Jada. La niña gimió al sentir el cañón.

—Quería volarle a Karah la cabeza, pero eso no es lo suficientemente malo. Voy a hacer que le duela más. —Pasó el otro brazo por la garganta de Jada—. Antes le voy a volar la cabeza a su hija.

Jada se puso más pálida. Se estremeció.

Piper notó que un hilo de sudor se deslizaba entre sus pechos. Tenía la piel fría y húmeda, el corazón acelerado.

—¿Por qué piensas que Coop y Karah son amantes? —Necesitaba hablar, decir algo, lo que fuera—. La amante de Coop soy yo. Siempre lo hemos sido. De hecho, somos más que amantes. Estamos enamorados. —Habló sin cesar. Tratando de ganar tiempo, distrayéndolo de la pistola que apretaba contra la cabeza de Jada—. Karah ni siquiera le cae bien. Se ríe de ella a sus espaldas.

—Mentirosa.

Com el rabillo del ojo, vio que Coop se movía. Despacio. Un cuarto de paso hacia la izquierda. Siguió hablando.

—Ya sabes que es una perdedora. Lo sabes mejor que nadie. Ni siquiera se ocupa de Jada. De su propia hija. Por eso se queda conmigo. Karah odia a su hija. —Coop dio otro paso. «Trabajo en equipo. Trabajo en equipo.»—. ¿Cómo puedes seguir interesado por una mujer así? Dijo que no quería volver a ser madre. Que Jada es una carga. Que quiere ser libre.

Un grito estrangulado salió desde el fondo de la garganta de Jada. Hank se sacudió y Coop saltó por el aire. Aquel cuerpo largo y fibroso, extendido... Se lanzó al más importante bloqueo de su carrera. Una trituración, un bloqueo ilegal con el que le golpeó las rodillas y rodó por el suelo.

Piper agarró a Jada y se tiró sobre ella, protegiendo a la chica con su propio cuerpo cuando sonó un disparo.

21

Piper curvó su cuerpo sobre Jada para mantenerla a salvo. Temía levantar la cabeza y dejar expuesta cualquier parte de la niña. Fueron segundos de pesadilla. ¿Estaba muerto Coop o había sido Hank el que recibió la bala? Quizás había dado en la pared. O en el suelo. En cualquier lugar menos en Coop. Tenía que seguir con vida. Tenía que seguir vivo porque ella lo amaba —lo amaba con todo su corazón—, y porque ella tenía que proteger a Jada y debía ser él quien terminara el trabajo.

«Tiene que estar vivo.»

Se oyó un grito femenino. No era suyo. Ni de Jada. Karah.

—¡Eres una puta! —El aullido furioso de Hank hizo que Piper se quedara helada.

Una salvaje obscenidad de Coop.

«¡Está vivo!»

Piper se levantó de encima de Jada. ¿Dónde estaba el arma? Tenía que conseguirla. Giró la cabeza.

Coop tenía atrapado a Hank contra el suelo. Y había sangre por todas partes.

Empujó a Jada a un lado y se hizo con la pistola. Mientras se ponía de rodillas sujetando el arma con las dos manos, vio a Karah de pie junto a la puerta. Su boca estaba abierta en un óvalo de terror. Le gritó que llamara a la policía.

Lo que ocurrió después fue breve y brutal. Coop arrastró a Hank por el cuello y lo golpeó contra la pared. Siguió lanzándolo una y otra vez hasta que Hank se desplomó inconsciente en el suelo.

Jada sujetó su pistola Nerf y, sin poder detener los sollozos, se precipitó hacia Hank para disparar a su arrugada figura. Una bala de espuma tras otra.

Piper vio primero la mancha de sangre en la pared y luego, unos segundos más tarde, algo mucho peor. Una rosa carmesí brotaba a través del tejido de la chaqueta de Coop.

Los sanitarios tuvieron que impedirle que subiera a la ambulancia con él. Pero ella se metió en el coche y los siguió, sin pensar en los límites de velocidad, solo en las partes de él que podían haberse visto alcanzadas por la bala. Cuando llegaron a Urgencias, se negó a dejarlo solo un solo momento.

Coop había recibido un disparo en el costado. Había un orificio de entrada y otro de salida, lo que era bueno. No había afectado ningún órgano vital. Lo que también era bueno. Pero lo habían herido y eso era horrible. Inconcebible.

Hizo guardia junto a su camilla, interrogando a cada médico, enfermera, bedel o sanitario que se acercaba. Incluso trató de entrar con él en la sala de rayos X hasta que la amenazaron con llamar a seguridad.

Coop era plenamente consciente de todo, pero no hizo ningún intento de calmarla, limitándose a mirar con una especie de desconcierto.

Mientras hacían las radiografías a Coop, Piper comenzó a juntar las piezas. Había asumido que solo había un enemigo, Noah Parks, y se había equivocado. Noah era responsable de haber saboteado el club, del dron y de la falsa acusación. Pero el ex novio celoso de Karah era el psicópata responsable del resto. Hank pensaba que Coop estaba liado con Karah. Fue él quien atacó a Coop la noche que regresaron de llevar a Faiza a Canadá. Y también quien cortó los neumáticos. Sospechó que era la persona que estaba detrás del volante la noche que acosaron al Audi en la carretera. Si Karah no estaba con él, quería asegurarse de que no la tenía ningún otro hombre.

Ella le contó todo a la policía y trató de no imaginar lo que les podía haber ocurrido a Karah y a Jada si Hank no se hubiera confundido de apartamento. O lo que habría sido de todas ellas si Coop no se hubiera presentado cuando lo hizo.

Esperó hasta las ocho de la mañana para llamar a Heath, que apareció corriendo en Urgencias apenas media hora después, con el rostro tan pálido como una sábana de hospital. Sus preguntas fueron concisas pero completas, y en cuando asumió que Coop se pondría bien, volvió a recuperar su comportamiento habitual y señaló a su cliente, que permanecía tendido sobre la cama.

—Bonito camisón.

—Déjalo en paz —gruñó Piper.

Coop y Heath se miraron, pero ella los ignoró. No quería que nadie ni nada molestara a Coop en ese momento.

Esa misma mañana, Piper habló con Karah y Jada por teléfono. Hank estaba en la cárcel por intento de asesinato entre otros cargos. Karah se echó la culpa de todo.

—Cuando empezamos a salir era un hombre muy tierno, y cuando me di cuenta de lo mal que estaba, era ya demasiado tarde. Por eso me fui de St. Louis. Para alejarme de él. Jamás se me ocurrió que podría seguirme.

Piper trató de consolarla, y luego habló con Jada. Su conversación resultó bastante tranquilizadora.

—Mamá quiere que visite a un terapeuta durante un tiempo para asegurarse de que no tengo ningún trauma por lo que ocurrió, pero estoy bastante segura de que estoy bien. Y, ¿sabes qué? Después de que la poli se fuera, mamá me llevó a tomar tortitas y, con todo lo que había pasado, no presté atención y Clara me disparó. Estoy oficialmente muerta.

—¡Oh, no! Lo siento mucho.

—Ya, ya. Pensaba que me sentiría más deprimida, pero al final todo ha ido bien, porque fue Clara quien me disparó, y estamos a punto de ser amigas.

—Aun así, después de todo lo ocurrido hoy, es una pena.

—Sí, pero me di cuenta de que se sentía mal por ello, y ella necesita el dinero incluso más que yo, así que le dije que no pasaba nada. Mañana pasaremos el día juntas y trabajaremos en nuestro proyecto sobre el tráfico sexual. La parte buena es que ya no tengo que llevar esas estúpidas armas Nerf.

Los médicos ignoraron las protestas de Coop e insistieron en tenerlo toda la noche en observación. Coop ya había conseguido darle la patada a Heath, pero parecía esperar que ella siguiera revoloteando a su alrededor. Como si ella fuera a permitir que la alejara de él.

El bedel que llevó a Coop desde Urgencias hasta su habitación privada parecía un buen chico, pero Piper permaneció junto a la silla de ruedas mientras subía en el ascensor y recorría varios largos pasillos más. Coop echaba humo todo el rato, y no por el dolor, sino porque el personal médico no le permitía caminar.

Piper vio que había demasiada gente merodeando en las cercanías de la habitación y no dio tregua.

—Si no es médico o enfermera, no debería estar aquí, circulen.

Míster Buen Chico levantó la mano de la silla de ruedas y mostró su mejor sonrisa.

—Agradecemos la preocupación.

La adrenalina que la había estado sosteniendo desapareció finalmente, dejándola exhausta y abatida. Lo único que quería hacer era escapar, pero no podía dejar a Coop solo en un hospital lleno de gente que buscaba excusas para entrar en su habitación. Necesitaba a alguien que estuviera de guardia ante su puerta hasta que le dieran el alta, y mientras una enfermera comprobaba sus constantes vitales, llamó a Jonah y le contó lo ocurrido.

A Coop le habían dado la versión hospital de un ático con vistas. Cuando ella regresó después de hablar con Jonah, él estaba sentado en la cama, que había puesto casi en posición vertical.

—Deberías estar acostado —dijo ella.

Él la miró de una forma extraña, como si fuera una desconocida a la que estuviera tratando de ubicar, pero luego adoptó una expresión normal.

—No digas chorradas. Tuve lesiones peores en el instituto. No me puedo creer que no me dejen ir a casa hasta mañana.

—Es por tu bien. —Le dio la espalda y se dirigió a la ventana.

—Gracias, por cierto —añadió él—. Te agradezco que te preocupes por mí.

Parecía de mal humor, y ella se preguntó cuánto debía haberle costado decir esas palabras. ¿Cómo podía haberse hecho eso a sí misma? ¿Cómo podía haberse enamorado de alguien tan diferente?

—Soy yo la que te da las gracias —dijo ella—. Si no hubieras venido otra vez al apartamento... —Se volvió hacia la ventana—. ¿Por qué regresaste?

Él dejó caer la cabeza sobre la almohada.

—Quería hablar contigo.

—¿Y no podía esperar a mañana? —Piper se rodeó con los brazos, abrazándose a sí misma.

—Era importante —se limitó a decir él.

Ella lo miró con curiosidad.

Tenía la mandíbula apretada de esa forma obstinada que había llegado a conocer muy bien.

—Esperaba que te hubieras calmado lo suficiente como para darte cuenta de que todo eso de nuestra separación no tiene sentido. De hecho, creo que debemos dar el siguiente paso. Esto era lo que quería decirte en la cena, la noche del miércoles, antes de que te diera por soltar esa estupidez. Que nos fuéramos a vivir juntos. En mi casa, no en la tuya.

Piper sintió como si le clavaran un cuchillo en el pecho.

—¿Por qué debería irme a vivir contigo?

Él entrecerró los ojos.

—Menos mal que tengo un ego a prueba de bombas, porque si no, lo habrías destruido por completo. —Ella se tragó el nudo que tenía en la garganta cuando él se levantó—. No sé por qué te muestras tan obstinada con esto. Es de sentido común.

¿Era posible que él se hubiera convencido a sí mismo de que podía funcionar algo tan equivocado?

—No sé por qué lo dices.

—Esta semana he tenido un montón de ideas con respecto a nosotros. —Ella notó que Coop estaba recuperando el color—. Mírame a los ojos y dime que no es la mejor relación que has tenido, porque para mí, sin duda, es la mejor.

Eso hizo que ella se detuviera y tuviera que aplastar una peligrosa chispa de esperanza.

—¿De veras? Si esta es la mejor relación que has tenido, necesitas terapia con urgencia.

Vio que él la miraba con terquedad. La misma terquedad con la que se negaba a perder. La cualidad que lo convertía en un campeón, pero que también la hacía desconfiar. Tenía que hacer algo con rapidez. Algo definitivo. Sabía muy bien qué era, pero no estaba segura de poder llevarlo a cabo. Respiró hondo. Tenía que hacer eso porque lo amaba lo suficiente como para hacer lo mejor para él..., incluso aunque ella acabara con el corazón roto.

—Las cosas están así, Coop... —Respiró hondo—. En cuanto todo esto se tranquilice, es necesario que llames a Deidre.

Él se volvió a incorporar en la cama.

—Ya no quiero hacer negocios con ella.

—Lo que ocurrió con Noah no es culpa suya, y no estoy refiriéndome a los negocios. Hablo de vuestra relación personal. —Se obligó a decir las palabras—. Es mucho mejor que todas esas actrices de Hollywood. Estáis hechos el uno para el otro. Y está medio enamorada de ti. Si podemos sacar alguna conclusión de lo ocurrido anoche, es que la vida puede ser muy corta. Si sigues perdiendo el tiempo con otra mujer, o sea, conmigo, vas a arruinar la oportunidad de dar con la mujer perfecta.

Él la miró como si tuviera un agujero en el cerebro, y volvió a subir la cama.

—Deidre Joss no es la mujer perfecta para mí.

¿Cómo era posible que no se diera cuenta?

—¡Lo es! Inteligente, triunfadora, guapa, el tipo de mujer que siempre te respaldará. Y está loca por ti. Además es agradable, una buena persona.

—Ya es oficial —declaró él—. Estás loca.

—Tienes treinta y siete años. Ha llegado el momento de que sientes cabeza.

—A ver si lo he entendido bien. Estás tratando de cortar conmigo y emparejarme con otra mujer. Las dos cosas a la vez. ¿Es eso?

—No se trata de cualquier mujer. Deidre y tú sois perfectos. He visto la manera en que actuáis cuando estáis juntos. Podrías enamorarte de ella si te das la oportunidad. Puede que tú no veas demasiado claro lo que debes hacer con tu vida, pero yo sí.

—Venga, adelante —la animó con algo parecido a una mueca—. Dímelo, sé que te mueres por hacerlo.

—Vale. Tienes que dejar todo eso de la discoteca. No es lo tuyo. Compra un terreno, plántalo, mímalo. Haz que crezcan esas cosas tuyas... Asiéntate... con la mujer adecuada. Siendo tan deslumbrante como eres, tiene que ser espectacular. Inteligente, hermosa y con éxito, pero que esté en conexión con el mundo. Como tú.

—Sin duda —dijo él en un tono casi maravillado—, esto es tan abrumador como fascinante. Bien, pues ahora dime... ¿Qué hago con el hecho de que podría estar... —su mirada pareció vacilar un instante— un poco enamorado de ti?

Piper supo que estaba a punto de caer presa de los sollozos, pero, de alguna manera, se las arregló para soltar una carcajada áspera y sin humor.

—No lo estás.

—¿Y tú qué sabes?

Ella lo sabía. Estaba segura de ello. «Un poco enamorado.» Como si pudiera existir tal estado. No iba a llorar delante de él. «Jamás.»

—Estás hecho para ganar. Lo llevas en la sangre. Esa es la mentalidad que te ha llevado al éxito. Pero esto es la vida, no un partido. Y en vez de salirte por la tangente, piensa en lo que te he dicho. Sobre ti. Sobre Deidre. Sobre todo lo demás.

Eso pareció ponerlo furioso.

—Entonces ¿qué pasa con nosotros? Me refiero a después de que me haya enrollado con Deidre.

—No hay nosotros.

—¿No quieres que seamos amigos? —El movimiento de su brazo provocó que hiciera una mueca de dolor, pero no pareció preocuparle—. ¿Que quedemos de vez en cuando para tomar unas cervezas? ¿Que vayamos juntos a un club de *striptease*? ¿Una noche de póquer? Solo nosotros, los *chicos*.

Ella no pudo aguantar más.

—Esperaré en el pasillo hasta que llegue Jonah.

—Será lo mejor —repuso él.

«Podría estar... Un poco enamorado de ti.»

O se estaba enamorado o no. Ahora lo sabía. Lloró por primera vez desde que era niña. Durante todo el camino a su apartamento, grandes lagrimones brotaron de sus ojos y resbalaron por sus mejillas hasta gotear en su chaqueta. Lágrimas que venían de un pozo sin fondo.

Había esperado demasiado para enamorarse. Por eso le estaba resultando tan difícil. Debería haberse dejado llevar por el amor cuando era una adolescente, como cualquier chica normal. Y haberlo hecho en un par de ocasiones más después de esa primera vez. Si hubiera hecho las cosas de la forma normal, tendría cierta práctica para hacer frente a esa angustia, pero no tenía ninguna. Por eso se había derrumbado su mundo.

La rueda delantera del Sonata subió a la acera cuando giró hacia el callejón detrás de Spiral. Tenía que recoger todas sus pertenencias, pero no podía hacerlo con la nariz roja y las mejillas manchadas de lágrimas. No podía permitir que nadie la viera tan deshecha. Retrocedió y se dirigió a ciegas hasta la orilla del lago. Cuando llegó allí, se topó con la hierba que cubría los márgenes.

El viento era frío sobre el agua. Le atravesó la sudadera mientras las lágrimas seguían cayendo. Era como si todas las lágrimas que jamás había derramado se escaparan al mismo tiempo. Por una madre que no podía recordar; por un padre que había amado y odiado a la vez, por un antiguo *quarterback* que le había robado el corazón cuando ella no prestaba atención.

Comenzó a correr. No había muchos corredores en esa parte del paseo y algunos copos de nieve flotaban en el aire. Faltaban un par de días para noviembre, y luego llegaría el invierno. El frío invierno de Chicago. Corrió más rápido, tratando de escapar de la angustia.

Una mujer vestida con ropa deportiva a la moda que empujaba un cochecito corría hacia ella. A medida que se acerca-ba, la mujer aminoró el ritmo y luego se detuvo.

—¿Te encuentras bien? —le preguntó mientras su bebé dormía en la silla de paseo.

Piper sabía que debía parecer una loca.

Se detuvo el tiempo suficiente para agradecer la preocupa-ción de la mujer.

—Mi... Mi perro acaba de morir.

Vio cómo giraba la coleta de la mujer.

—Lo siento —le gritó.

Piper continuó corriendo. Había dicho otra mentira. Ja-más había sido mentirosa, pero estaba convirtiéndose en una profesional. Demasiadas mentiras.

«Me llaman Esme. Lady Esme, en realidad. Esmerelda es un nombre familiar... Lo cierto es que... soy tu acosadora.»

Se dio la vuelta.

—Acabo de dejar al hombre que amo con toda mi alma —gritó a la mujer—, sé que jamás me amará de la misma ma-nera y me duele tanto que no sé qué hacer.

La única indicación de que la joven la había oído fue la forma en que levantó el brazo del manillar del cochecito y lo agitó.

Piper contempló el lago con los puños cerrados, le casta-ñeteaban los dientes y las lágrimas se helaban en sus mejillas. Tenía que encontrar un nuevo yo. Uno que fuera indestructi-ble y no permitir que nunca, jamás, volviera a ocurrirle algo así.

Pasó una semana. Coop sabía que Piper se había ido. Era como si nunca hubiera estado allí. El personal de limpieza ha-bía borrado la sangre de la pared del apartamento y había vuel-vo a poner los muebles como estaban antes. Coop solo había entrado allí una vez, y no podía hacerlo de nuevo.

La imagen de Piper ante él, con una pistola apuntándole a la cabeza, se le había quedado grabada en el cerebro. Ese fue el momento exacto en el que lo entendió. Como si una ráfaga de aire hubiera barrido la niebla que oscurecía una verdad que debería haber reconocido mucho antes. Pero en lugar de ir a por ella de inmediato, lo había jodido todo cuando estaba en el hospital. No había dicho lo correcto, lo que resultaba irónico, teniendo en cuenta su reputación de saber decir lo más adecuado en cada ocasión. Tras años sufriendo que le metieran los micrófonos ante las narices había aprendido a divulgar exactamente lo que quería, a transmitir justo su intención. Pero cuando tuvo que decir las palabras correctas ante Piper, había metido la pata de una forma increíble, y ahora ella no respondía a sus llamadas.

La herida del costado estaba curando, pero el resto de su cuerpo era un desastre. Llamaron a la puerta de su oficina. Era la primera vez en muchos días que alguien osaba molestarle. No los culpaba por guardar la distancia. Se comportaba de forma brusca con los clientes, se mostraba descontento con los camareros y abiertamente hostil con los miembros del equipo de seguridad. Incluso había discutido con Tony porque el gerente insistía en que no le pasaba nada malo al sistema de climatización del club. Pero el aire estaba estancado, no circulaba. Resultaba tan pesado por el puto perfume y los licores que era como si le hubiera atravesado cada poro de la piel.

Apartó la vista del monitor del ordenador que llevaba mirando solo Dios sabía cuánto tiempo y dirigió su ira hacia la puerta.

—¡Fuera!

Jada irrumpió en el despacho.

—¡Has cortado con Piper! ¿Cómo has podido?

—Fue Piper la que pasó de mí. Y ¿cómo te has enterado?

—He hablado con ella por teléfono. Al principio no me lo dijo, pero por fin se lo sonsaqué.

Él se reclinó en el sillón intentando parecer casual, a pesar de que quería exprimir cada detalle.

—Entonces... ¿Qué te ha contado sobre mí?

—Que no os habéis visto desde el día del accidente.

—¿Y has deducido por eso que lo hemos dejado?

—Piper parecía muy triste. —Jada se dejó caer en el sofá—. ¿Por qué ha cortado contigo?

—Porque piensa que no me tomaba en serio nuestra relación. —No pudo permanecer sentado ni un momento más. La miró por encima del escritorio y, a continuación, se puso a ajustar las lamas de la persiana en la ventana que tenía detrás.

—¿Te dijo eso? —preguntó Jada.

—No con esas palabras, pero... —Se obligó a ir a la pequeña nevera junto a las estanterías—. Piper es extremadamente competitiva y piensa que yo también lo soy.

Jada se inclinó hacia delante con un pequeño encogimiento de hombros.

—¿Y no es así?

—No con ella. —Sacó una Coca-Cola y la sostuvo en alto—. ¿Quieres una?

Jada dijo que no con la cabeza.

—¿Vas a intentar volver con ella?

—Sí.

—No pareces demasiado confiado.

—Tengo confianza.

—Pues no lo parece.

Ella tenía razón. Hizo saltar la lengüeta de la lata a pesar de que no era capaz de beber nada en ese momento.

—No quiere hablar conmigo. No responde a mis mensajes ni a mis llamadas. —No sabía muy bien por qué estaba contándole todo eso a una adolescente, salvo porque había sido la única lo suficientemente valiente para preguntárselo.

—Tienes que ir a su casa y llamar a la puerta —indicó Jada—. Está viviendo en el apartamento de su amiga Amber.

O... Podrías esperar junto a su coche y saltar sobre ella cuando aparezca. Podrías conseguir que te escuche.

—Eso está muy bien en las películas, pero en la vida real se llama acoso. Quiero hablar con ella, no molestarla ni cabrearla.

Volvieron a llamar a la puerta.

—¡Fuera!

La puerta se abrió de todas formas. Esta vez era Deidre Joss. Ahora no le quedaba más remedio que ser educado, si todavía recordaba cómo se hacía.

—¿Llego en mal momento? —preguntó ella.

—Lo siento, Deidre. Pensé que era Tony.

—Pobre Tony.

Se volvió hacia Jada.

—Podemos seguir hablando más tarde.

La joven se levantó de un salto del sofá.

—Vale. Pero no se lo digas a mamá. No le gusta que te moleste.

—Es una pena que no todo el mundo piense igual —murmuró.

Deidre cerró la puerta después de que Jada se fuera. Él se dio cuenta de que todavía sostenía la lata de Coca-Cola en la mano y se la ofreció.

—¿Quieres una?

—No, gracias. —Deidre parecía tan cómoda y elegante como siempre con un traje negro. Nada de vaqueros arrugados o camisetas de los Bears. Ni de ojos con el color de los arándanos. Su cabello era una suave cortina oscura en lugar de un desordenado conjunto de mechones.

—¿Qué tal va tu herida? —preguntó ella.

—Apenas la noto. —A menos que se moviera demasiado rápido. Le dolía un poco, pero no se quejaba.

—Me alegro. —Ella avanzó—. No me has devuelto las llamadas. —Lo dijo sin acritud, solo mostraba simpatía. Esa mujer era demasiado agradable y por eso, exactamente, jamás podría enamorarse de ella. Piper debería conocerlo lo suficiente como para entenderlo—. He hablado con el abogado de Noah —continuó ella—. Va a intentar llegar a un acuerdo.

Coop se deshizo de la lata.

—Eso hará las cosas más fáciles.

—Fui a ver a Noah para asegurarme de que entiende que una vez que el sistema judicial haga justicia con él tendrá que encontrar otro lugar donde vivir. Muy lejos de aquí. Imagino que volverá con su madre. —Deslizó el bolso de su hombro y lo dejó en el sofá—. Me siento un poco idiota. Sabía que era posesivo, pero como hacía mi vida mucho más fácil después de que Sam muriera, lo ignoré. He venido a disculparme por no haber sido más lista con él, y por ser la culpable indirecta de que ocurriera todo eso.

—Todos tenemos nuestros momentos de ofuscación. —Sobre todo él. Necesitaba hablar con Piper. Tenía que explicarle cómo se había sentido cuando vio el arma apuntando a su cabeza, pero ella se lo estaba poniendo imposible.

Deidre esbozó una brillante sonrisa.

—Mañana recibirás una oferta formal por nuestra parte. Tengo plena confianza en tu idea y estoy deseando financiarla. Debería haber confiado en mi instinto y firmar el contrato hace semanas, pero permití que Noah me influenciara.

Había llegado el momento de decirlo en voz alta. Metió el pulgar en el bolsillo de los vaqueros y luego lo sacó.

—Me voy a deshacer del negocio, Deidre. Pondré el club a la venta. —Se sentía bien después de poner las cartas boca arriba sobre la mesa.

Le falló la cara de póquer.

—Siempre te has mostrado muy apasionado al respecto. ¿Estás seguro? ¿Por qué has cambiado de idea?

—La desazón ha crecido lentamente en mi interior. —Todo lo lentamente que podía acumularse cualquier cosa con Piper

Dove empujando sus recelos como una apisonadora. Pero Piper tenía razón. La satisfacción que acostumbraba experimentar al entrar en el club había desaparecido. Spiral era un sitio genial, y había disfrutado creándolo, pero no había contado con el día a día, y la idea de estar años pasando de un club a otro había perdido su atractivo—. Me gustó el desafío, me atraía la idea de crear algo desde cero, pero me he dado cuenta de que eso era todo lo que me gustaba. Pensaba que una red de discotecas sería un buen negocio para mí, con la dosis justa de riesgo y una buena recompensa, pero me equivocaba.

—¿Debido a...?

Él le dio la respuesta más sencilla.

—A que echo de menos las mañanas.

Ella no lo entendió, pero Piper hubiera entendido perfectamente que estaba cansado de multitudes, de tener que gritar para hacerse oír por encima de la música, de los olores y de las luces estroboscópicas y parpadeantes. Estaba harto de vivir de noche. Quería aire limpio. Quería dormir más de tres horas antes de salir a correr por la mañana. Anhelaba justo lo que Piper había dicho; hacer crecer esas cosas suyas. No sabía cómo iba a enfocarlo, pero tampoco sabía cómo iba a enfrentarse a otras muchas cosas en ese momento. Solo era consciente de que tenía que hacer grandes cambios.

Miró su camiseta, colgada en la pared, detrás de ella.

—Alguien trató de decirme que era el negocio equivocado para mí, pero he tardado un poco en darme cuenta por mí mismo.

—¿Piper?

No lo negó ni lo admitió.

—La llamé el otro día —confesó Deidre—. Hablamos un rato.

Era como si todo el mundo hubiera hablado con Piper menos él.

—¿Sabes que piensa que nosotros dos deberíamos salir juntos? —Deidre hizo girar un anillo de plata en su dedo—. Pero no va a ocurrir, ¿verdad?

Coop odiaba herir a las mujeres, pero debía ser sincero.

—Me temo que no. Y lo siento.

—No tanto como yo. —Vio cómo ella se ponía un mechón de pelo detrás de la oreja al tiempo que esbozaba una sonrisa triste—. Una vez que lo vi en perspectiva, entendí por qué no soy la mujer adecuada para ti. Necesitas a alguien... Menos convencional.

Era interesante que todas esas mujeres creyeran saber qué era lo que él necesitaba.

—Lamento que no vayamos a hacer negocios juntos —dijo ella—. Si cambias de opinión, házmelo saber.

—Lo haré. —Aunque sabía que no lo haría.

En cuanto Deidre se fue, agarró el teléfono. Clavó la mirada en él y envió a Piper otro mensaje de texto.

«Te quiero. No un poco, sino con todo mi corazón.»

El texto no llegó a ser entregado. Finalmente, Piper lo había bloqueado.

22

—No quiero quedar con él —protestó Berni mientras Piper la conducía a la cafetería donde se suponía que debían reunirse con Willie Mahoney al cabo de, exactamente, diez minutos—. Va a pensar que soy una vieja que ha perdido la chaveta.

Era una buena descripción para cómo se sentía Piper, demasiado vieja para su edad y apenas capaz de funcionar. Echaba de menos a Coop con desesperación. Levantarse de la cama cada mañana era un esfuerzo ímprobo y solo el sentido del deber la obligaba a cumplir lo que consideraba su obligación con Berni.

Se la jugó dirigiéndose directamente al buen corazón de la anciana.

—Es un buen hombre y se siente solo. Ya sabes lo que se siente al perder al compañero de toda la vida. Eres la persona perfecta para animarlo un poco.

—No entiendo que tenga que ser yo. Va a pensar que estoy chiflada.

—Pensará que eres interesante, y tienes que verlo con tus propios ojos para poder dejar todo esto atrás.

Quizás ella misma podría empezar a superar lo de Coop si él dejara de intentar ponerse en contacto con ella, pero era demasiado competitivo como para renunciar sin luchar a brazo partido. Pensó que debería haber hecho lo que quería. Tendría que haberse ido a vivir con él y dejar que la cubriera de tanto amor que dejara de ser un reto. Si lo hubiera hecho, él habría salido por la puerta lo más rápido posible. Pero no había tomado ese camino porque no era lo suficientemente fuerte.

Berni y ella llegaron con diez minutos de antelación, pero Willie ya estaba sentado en la misma mesa de la parte de atrás donde había estado hablando con Piper semana y media antes.

—Es él —señaló.

—No me dijiste que fuera tan guapo —susurró Berni.

Él se había peinado hacia atrás su escaso cabello. Parecía que había tratado de planchar la camisa, que había combinado con unos pantalones grises y lo que tenía todo el aspecto de ser un nuevo par de zapatillas blancas. Piper rodeó la cintura de Berni con el brazo, agradeciendo la sensación de solidez.

—Quería sorprenderte. Vamos.

Berni avanzó como si estuviera dirigiéndose a su ejecución. Willie se levantó y Piper los presentó.

—Sé que debes de pensar que soy una vieja chiflada... —Berni fue directa al grano.

Piper no podía dejar que ocurriera eso.

—La primera vez que viste a Willie llevaba una porción de queso en la cabeza.

—Eso es cierto —convino Willie mientras todos se sentaban—. Mantiene a la gente alejada.

Berni lo miró preocupada.

—¿Por qué quieres que ocurra eso? Las personas necesitan estar en contacto con otras personas.

—Eso es lo que me dicen mis hijos cuando me llaman. Hablo con ellos una vez a la semana, pero no se molestan en visitarme.

—Tienes suerte de tener hijos. Howard y yo no pudimos. Él tenía un recuento bajo, ya me entiendes.

Willie asintió.

—Eso es malo. Muy duro para los dos.

Berni dejó caer el bolso al suelo.

—¿Qué me vas a decir? Cuando Howard...

Piper se levantó de un brinco.

—Tengo que hacer algunas llamadas. —No era cierto, pero ya estaba lo suficientemente deprimida como para conocer los detalles del bajo recuento espermático de Howard Berkovitz.

Berni le indicó que se fuera.

Piper acampó fuera de la cafetería, sentada en una de las dos mesas metálicas diseñadas para días más cálidos en vez de para las sombrías horas de noviembre. Las nubes bajas y grises oscurecían cualquier posibilidad de que el sol se asomara. Se preguntó cuánto tardaba una persona media en superar un corazón roto. Quizá si triplicara ese tiempo podría hacerse una idea de cuándo regresaría a la normalidad, porque en ese momento se sentía como si se hubiera roto en un montón de piezas irregulares que pugnaran por atravesar su piel.

Sonó su teléfono.

—Piper, soy Annabelle Champion.

La alegre voz de Annabelle la hizo sentir un poco mejor. Annabelle conversó durante unos minutos antes de ir al grano.

—Me gustaría contratarte para que hicieras algunos trabajos para mí. La compañía que verifica los antecedentes comienza a entregarme los informes tarde, así que quiero que te hagas cargo del trabajo.

Un mes antes, Piper habría estado en éxtasis, pero en ese momento sus límites eran más suaves, como si su antiguo yo hubiera alcanzado su fecha de caducidad.

«No es trabajo para una niña. Debiste creerme», le susurró Duke al oído.

Su padre estaba completamente equivocado. Su infelicidad

no tenía nada que ver con el hecho de ser mujer y sí con la errónea creencia de que Investigaciones Dove era todo lo que quería en la vida.

Se frotó la palma de la mano en los vaqueros.

—¿Puedo volver a llamarte? Me siento muy agradecida, pero... Tengo que replantearme algunas cosas.

—¿Quieres contármelo?

Annabelle era una mujer tan abierta, tan carente de prejuicios, que Piper casi se sinceró con ella, pero ¿cómo iba a entenderla una mujer feliz, con un negocio que iba viento en popa y un marido que la adoraba?

Dejó caer una respuesta real pero poco reveladora.

—Resulta que las vigilancias me aburren de forma considerable, no me gusta decir a las mujeres que sus maridos les están engañando.

—Es comprensible —repuso Annabelle.

—Tengo que meditar sobre ello.

—Es bueno que todos lo hagamos de vez en cuando. Deshacernos de lo que no funciona y crear algo nuevo a partir de lo que sí lo hace.

Un gran consejo, aunque Piper no sabía qué era lo que funcionaba bien y mal en su vida.

Después de aquella conversación, Piper volvió a entrar en la cafetería, donde Berni la despidió con la noticia de que Willie la llevaría a casa.

Piper le había dicho que no. Y «no» quería decir «no», ¿verdad? Pero Coop no podía dormir. Se olvidaba de comer y comenzaba a mirar con nostalgia las botellas de licor que había detrás de la barra. Había estado seguro de que al final acabaría respondiendo a una de sus llamadas o, por lo menos, a un mensaje de texto, pero no iba a ocurrir. En ese momento no estaba más cerca de hablar con ella de lo que lo había estado cuando salió de su habitación en el hospital, hacía ya una semana y un día. No podía soportarlo más, así que se dirigió al viejo edificio donde estaba el apartamento de Piper.

En el camino, se siguió recordando a sí mismo lo que le había dicho a Jada sobre el acoso, pero tratar de mantener una simple conversación con Piper no podía considerarse acoso, ¿verdad?

Quizá pudiera considerarse una mera sombra.

Los chicos que vivían en la planta baja le habían dejado entrar con anterioridad, pero en esta ocasión no respondieron, a pesar de que vio movimiento en su apartamento a través de las ventanas de la fachada. A continuación, llamó al timbre en el piso de Jennifer MacLeish, pero no obtuvo respuesta. Apretó el botón de la señora Berkovitz.

—¿Quién es? —respondió ella por el intercomunicador.

—Soy Cooper Graham, ¿podría abrirme?

—¿Cooper qué?

—Graham. Cooper Graham. ¿Podría abrirme la puerta?

—Me gustaría —replicó ella con cierta vacilación—, pero... Me duelen las manos y no puedo apretar el botón.

Era mentira, evidentemente, ya que estaba usando el intercomunicador.

—Pruebe con el codo —indicó con paciencia infinita.

—Tengo artritis.

Él se lo pensó durante un minuto.

—Se me ha ocurrido que quizá podría dejarme probar un poco más de ese *toffee* tan bueno que hace. Es el mejor que he probado nunca.

Hubo una larga pausa, seguida de un ronco susurro.

—Ella no me deja. Piper nos dijo que no le abriéramos la puerta. —Luego dejó de susurrar—. No se puede jugar así con el corazón de una buena mujer, y no voy a añadir nada más.

El intercomunicador se apagó. Eso lo llevó a sentirse tan

irracional que hizo lo que había jurado no hacer nunca. Se puso a esperarla junto a su coche, como si no fuera mucho mejor que el ex novio de Karah, Hank Marshall. Necesitaba hablar con Piper y ¿qué otra cosa podía hacer?

Permaneció allí casi dos horas, muerto de frío, hasta que ella apareció por fin. Llevaba uno de esos plumíferos que usaban las mujeres de Chicago en invierno. Se había vuelto a cortar el pelo y los mechones se agitaban con suavidad, como si fueran plumas.

Ella lo vio de inmediato y se detuvo.

—¡Déjame en paz! —gritó, metiéndose las manos en los bolsillos. La vio darse la vuelta y volver al edificio.

Coop se sentía furioso consigo mismo. Ella le había enviado un mensaje muy claro, y él lo había ignorado. Necesitaba darse una ducha.

Condujo sin rumbo; ya no sabía qué hacer. Al final, se dirigió hacia el gimnasio, a pesar de que los médicos le habían prohibido que entrenara. En el camino, un policía lo detuvo por exceso de velocidad aunque, como era de prever, se negó a ponerle una multa aunque él insistió en ello. Piper tenía razón. Era un peligro al volante y debía ser responsable.

Piper apuntada por una pistola... Aquella imagen se había quedado grabada en su cabeza como el fotograma de una película pegado al proyector. Aquel fue el momento en el que la niebla por fin se despejó, y comprendió lo que su corazón había tratado de decirle durante semanas; amaba a Piper Dove con toda su alma. Era parte de él. Su risa, su consuelo.

Más que eso. Era también su conciencia y su equilibrio. Además suponía un reto, pero no de la forma en que ella pensaba. Estar con ella lo desafiaba a convertirse en alguien mejor, a encontrar un lugar en el mundo que no dependiera de una victoria en el marcador. Lo desafiaba a permitir que dependiera de otra persona y confiara en ella para que le ayudara a cargar el peso.

Pero ¿qué podía ser él para Piper? Gracias a Duke Dove jamás lo averiguaría.

Ella le había contado suficientes cosas sobre su infancia para que él imaginara el resto. Para Duke, ser agradable significaba que ella tenía que tragarse cualquier emoción que a él le disgustara. Su padre había castigado las lágrimas y recompensado el estoicismo. Duke se había encomendado la misión de formar a una guerrera lo suficientemente fuerte como para sobrevivir al duro mundo que había matado a su madre, y lo había conseguido. Pero luego la había coartado, negándole el campo de batalla que era su derecho por nacimiento.

Su niñez había sido muy diferente. A pesar de que su padre había luchado contra sus demonios particulares, nunca le había avergonzado cuando demostró las emociones normales que todos los niños experimentaban al crecer.

«Todos los hombres tienen que llorar a veces, hijo. Es bueno sacarlo fuera.»

Piper no sabía gestionar ni aceptar las emociones. Complacer a un padre que adoraba había significado no poder demostrar debilidad, ternura o vulnerabilidad.

Coop frenó de golpe tan bruscamente que el coche que iba detrás casi se empotró contra el suyo. Claro, eso era, ella tenía miedo a hablar con él. No estaba entrenada para verse forzada a mantener una conversación que se adivinaba llena de emociones, una conversación en la que él se aseguraría muy bien de decir todo lo que debía y que haría que a ella se le removiera hasta el alma.

Ver aquella pistola... Los sollozos de Jada... Y Pipe allí, de pie, sin poder hacer nada, con la mirada clavada en él... El mensaje era tan claro como si lo hubiera dicho en voz alta.

«Trabajo en equipo.»

Ver a Coop junto a su coche el día anterior había interrumpido cualquier microscópico progreso que Piper hubiera hecho para seguir adelante con su vida. Su figura alta y robusta, sus manos grandes y capaces caídas a los costados, las sombras que la tenue luz de noviembre arrojaba sobre sus pómulos... Todo ello había hecho crecer un alocado anhelo tan doloroso que había estado a punto de caer de rodillas.

Cuando Jada la llamó, miraba sin ver por la ventana del despacho.

—Eres detective —declaró la adolescente—. Clara y yo pensamos que deberías hacer algo al respecto.

—No estoy precisamente en condiciones de resolver el tráfico sexual de niños.

—Pero puedes hacer algo, como fingir que eres una niña en internet. Desenmascarar a todos esos tipos y detenerlos.

—Soy detective. No puedo detener a nadie.

—Podrías trabajar conjuntamente con la policía —insistió Jada—. Y hablar con gente importante, decirles que no pueden detener a esas chicas como si fueran prostitutas.

La pasión de Jada resultaba admirable, pero Piper casi no sabía cómo llegar al final del día, era impensable que pudiera resolver un problema de esa magnitud.

Cuando puso fin a la llamada, Piper se cubrió la cara con las manos. Annabelle le había ofrecido trabajo verificando antecedentes, y Deidre la había llamado para que hiciera algunas labores más para Joss Investment. Investigaciones Dove estaba empezando a despegar, pero ella no lograba motivarse con ello. La visita de la noche anterior al apartamento de Jen había sido el único momento agradable de la semana.

—Te envío por correo electrónico un enlace de YouTube —le había dicho a la meteoróloga más elegante de Chicago—. Utilízalo como creas conveniente.

—¿A qué te refieres?

—Ya lo verás.

Piper había sido capaz de ayudar a Jen sacando a la luz un vídeo que habían publicado recientemente, un vídeo que alguien había grabado en la universidad al tonto del culo. Piper lo había guardado para la posteridad. En la filmación, se veía al jefe de Jen a cuatro patas, sin camisa, con sujetador y un par de bragas sobre la cabeza mientras un compañero de hermandad universitaria de pelo en pecho montaba sobre su espalda.

—¡Oh, Dios mío! —había exclamado Jen—. Ese capullo pomposo es mío para siempre jamás.

Piper parpadeó para borrar el recuerdo. Era algo que hacía mucho últimamente.

En ese momento se abrió la puerta del despacho. Abrió mucho los ojos al ver entrar a Heath Champion.

—Cuánto tiempo sin verte... —la saludó el agente.

Ella no podía manejar más problemas. Pero, al mismo tiempo, era una buena distracción a sus cavilaciones.

—¿Qué deseas?

—Estoy aquí para negociar un acuerdo —explicó él—. Para Coop. Quiere que vayas a vivir con él.

—¿Qué? ¿Ha enviado a su agente para negociar eso?

—Jugadores de fútbol americano... —dijo él con aire de disgusto—. Son unos niños malcriados. No saben hacer absolutamente nada por sí solos.

Ella se clavó las uñas en las palmas de las manos.

—No me lo puedo creer.

—Al menos no tiene nada que ver con ganado. Odio tener que negociar sobre ganado.

—Señor Champion...

—Heath. Creo que nos conocemos lo suficiente como para tutearnos.

—Heath... No voy a vivir con tu cliente. —Había comenzado a dolerle el cuello, y también el estómago. Y quería llo-

rar. Se clavó las uñas con más fuerza—. Solo por curiosidad...
Los agentes cobran un diez por ciento de los acuerdos que hacen para sus clientes, ¿verdad?

—El porcentaje varía, dependiendo del tipo de negociación.

—Así que si consigues llegar a un acuerdo conmigo, algo que no va a ocurrir, ¿qué es lo que obtendrás?

—Verduras. El próximo verano.

—Entiendo.

Él se balanceó sobre los mocasines de marca.

—Solo quiero tener claro algo. ¿No quieres vivir con él?

—Exacto. —Si se mudara al piso de Coop estaría comportándose como si no fueran más que *follaamigos*. Antes de que terminara el primer día le estaría pidiendo que se enamorara de ella. El mero pensamiento hizo que comenzara a sudar.

—Bien, haz una contraoferta —repuso Heath.

—¡No voy a hacer ningún tipo de oferta!

—Esto es una negociación. Eso forma parte de ella.

Su exagerada paciencia hizo que ella quisiera saltar por encima del escritorio y estrangularlo.

—Mi contraoferta es que salga de mi vida.

Él tuvo el descaro de parecer decepcionado con ella.

—Eso no es una contraoferta. Es un ultimátum. Según mi experiencia, y tengo mucha, estas cosas salen mejor cuando ambas partes negocian de buena fe.

Había caído justo en medio de la Ciudad de la Locura y eso, por irónico que fuera, consiguió estabilizarla. Recordó su primer encuentro con Heath, cuando Coop había firmado el contrato que Heath había negociado por más dinero. Más dinero para ella. Aquellos dos hombres no mantenían una relación normal entre cliente y agente, y querían volverla loca. ¡Genial! A loco, loco y medio. Eso era algo que podía permitirse.

—¿Una contraoferta? ¿Qué te parece esto? Si se aleja de mi

381

vida, prometo que le regalaré todas mis camisetas de los Bears.

—Te puedo garantizar que no va a aceptar un par de camisetas a cambio de vivir en un apartamento de lujo. Sin duda, puedes hacerlo mejor.

Ella solo quería que aquel sufrimiento se detuviera, y eso no ocurriría hasta que Coop la dejara en paz. Miró a la Pitón.

—Si sale de mi vida, le arreglaré personalmente una cita con Deidre Joss.

—Sigues sin tomártelo en serio.

Estaba tomándoselo más en serio de lo que imaginaba. ¿Por qué Coop la hacía pasar por eso? Debería haber hablado con él el día anterior. Debería haber permanecido junto a él soportando el frío para que le dijera lo que creía que debía decir, sin responder ni una palabra. Pero había sido una cobarde. Y seguía siéndolo.

—Trabajaré un mes gratis en la página web del club. Pero solo hablaré con Tony, y solo si Coop se olvida de que existo.

—Tres meses.

—Dos.

—Es razonable. —Sacó el teléfono—. Voy a consultarlo con él.

—Hazlo... —dijo ella.

Él se dirigió al aparcamiento. Lo vio hablando por el móvil a través de la ventana. Observó que se paseaba entre el Sonata y su SUV. Por fin, guardó el teléfono y volvió a entrar.

—No hay trato. Quiere un encuentro cara a cara.

No podía. No podía hacerlo.

—No.

—¿No querías deshacerte de él?

—Más de lo que nunca he deseado algo.

—Entonces, ofrécele algo que no pueda resistir. Además de ti.

Ella se levantó de golpe de la silla.

—¿Cuándo me he convertido en alguien tan condenadamente irresistible? ¿Puedes decírmelo?

—No soy quien debe responder. Y no es que no te encuentre encantadora.

Ella le enseñó los dientes.

—¡No quiero hablar con él!

—Lo entiendo. Pero esto es una negociación.

Era una locura, eso era.

—Dos meses con la página web y verificar los antecedentes de sus empleados durante un año. ¡Un año entero!

—Ahora empezamos a hablar. —Él volvió a salir al aparcamiento, y ella se dejó caer en la silla, detrás del escritorio. Habían firmado un pacto para torturarla.

Al otro lado de la ventana, Heath seguía hablando. Vio cómo llevaba una mano a la cadera, empujando hacia atrás el borde de la chaqueta sport. Siguió hablando un poco más antes de, por fin, volver a entrar.

—Ha rechazado la oferta.

—Claro que sí —replicó ella con amargura—. Odia tanto perder que es capaz de hacer lo que sea para ganar. No importa lo inconcebible que sea.

—No es una opinión demasiado amable para venir de una mujer enamorada.

Ella clavó los ojos en el punto medio entre sus cejas.

—No estoy enamorada. Y quiero que te vayas.

—Podría hacerlo, pero... Annabelle ha metido la nariz en este asunto y ha decidido que Coop y tú necesitáis una especie de cierre. No sé qué es lo que os ocurre a las mujeres con eso, pero así están las cosas. Debo advertirte de que esto, al final, se ha convertido en una manera de que me sea más fácil lidiar con mi esposa. Sé que parece una mujer normal, pero cuando se pone es una fiera.

—¿Annabelle quiere que me hagas pasar por esto?

—Es una firme devota de eso, del «cierre». —Él sonaba triste—. Si no consigo nada, le he prometido que la llamaría para que se presentara aquí enseguida.

Piper se derrumbó. Podía luchar contra los hombres, pero no contra Annabelle.

Cayó sobre ella una oleada de cansancio.

—Me reuniré con él a solas, pero en un lugar público. —Se reclinó sobre la silla—. Mañana por la tarde en el Big Shoulders Coffee. Y solo si me da su palabra de honor de que no intentará volver a ponerse en contacto conmigo más adelante.

De alguna manera, se había sosegado lo suficiente como para enfrentarse a él. La cafetería estaría bien iluminada, y era lo bastante pequeña para tener que conversar en voz baja, y él no podía resultar demasiado irresistible, allí estaba garantizado que se dejaría la ropa puesta.

—Espera. —Heath sacó el móvil de nuevo.

Ella quiso gritar. O llorar.

En esta ocasión, la Pitón se quedó dentro.

—Coop, se reunirá contigo, pero solo en un lugar público. En Big Shoulders Coffee mañana por la tarde, y solo si te comprometes a no volver a ponerte en contacto con ella. —Heath escuchó y frotó la pierna con la mano—. Er... Hummm... Vale. —Colgó y se volvió hacia ella—. Tiene que ser hoy. Y no en Big Shoulders. Tiene una reunión en el ayuntamiento, así que te encontrarás con él en la plaza del Daley Center después. A las dos. No puedes pedir un lugar más público que ese. Creo que deberías aceptar.

¿Cómo era posible que a él le importara tanto ganar? Ya tenía su corazón. Ahora quería pisotearlo hasta destrozarlo.

—¿De acuerdo? —preguntó Heath.

Ella hundió los hombros.

—De acuerdo.

—No volveré a quejarme nunca de los tratos sobre ganadería —murmuró él mientras se acercaba a la puerta y salía.

Ella voló por encima de la alfombra y abrió la puerta trasera.

—¡Espero que te atragantes con las putas verduras! —gritó al aparcamiento.

Él se dio la vuelta y le mostró el pulgar hacia arriba, significara lo que significase.

23

Piper se dirigió hacia el Daley Center como si fuera una rea camino de su ejecución. La ira habría sido una emoción más útil que el pánico que la atenazaba. Tenía que salir de eso con al menos una pizca de dignidad intacta. No importaba lo mucho que lo amara, lo mucho que anhelara caer en sus brazos, tendría que ser fuerte.

La escultura de un alien de Picasso dominaba la gran plaza frente al rascacielos de treinta y un pisos del Daley Center. El propio Picasso había donado la escultura a la ciudad y, una vez entregada, nadie había tenido el valor de devolvérsela. A medida que se acercaba, los ojos metálicos de la escultura la fulminaron con la mirada, que ella también fulminó a su vez. Fruncir el ceño era mejor que salir corriendo.

El viento hizo ondular la bandera de Estados Unidos y la larga melena de una mujer. La sudadera con cremallera no abrigaba lo suficiente para un día tan frío y húmedo. Debería haber llevado su plumífero, pero para eso habría tenido que ocurrírsele antes.

Coop ya estaba allí. Permanecía de pie a la sombra de la escultura de Picasso con la cabeza gacha, intentando que la gente no lo reconociera. Por un momento, ella se olvidó de respirar.

Cuando él la vio, no se acercó. Esperó a que ella llegara a

su lado. Llevaba un traje oscuro, de vestir, con camisa blanca y una corbata de rayas rojas. Piper se detuvo a unos pasos de distancia, lo bastante lejos para evitar sentir el calor de su pecho.

—Tú ganas —le dijo con frialdad—. Dime lo que quieres que sepa y luego déjame en paz.

Él la miró como si estuviera aprendiéndose su rostro de memoria. Ella esperó que de su boca saliera algo profundo, pero no fue así.

—¿Qué has estado haciendo? —preguntó él.

—Evitarte. Ha sido un trabajo a tiempo completo.

Él asintió con la cabeza como si estuviera de acuerdo con ella. La estaba mirando con tanta intensidad que tuvo que apartar la mirada.

—Acaba de una vez, Coop. ¿Por qué me has enviado al tiburón que tienes por agente?

—Necesitaba hablar contigo y tú me lo estabas poniendo imposible.

No podía ablandarse ante él.

—Aquí me tienes. Dime lo que quieras.

—Es posible que no te guste.

—Entonces, quizá sea mejor que te lo reserves.

—No puedo. Es... —Lo vio encogerse de hombros contra el viento—. Es difícil, eso es todo.

Ella creyó comprenderlo.

—Quieres que esto termine siguiendo tus términos y no los míos, así que adelante. Rompe conmigo. Te sentirás mejor si lo haces tú, y a mí me da igual.

—No quiero romper contigo.

—Entonces ¿qué es lo que quieres? —explotó—. ¡No pienso irme a vivir contigo!

—Lo entiendo. —Un par de palomas revolotearon entre ellos—. Ya sé que no eres lo suficientemente fuerte para decir lo que sientes por mí, así que seré yo el que diga lo que siento por ti.

La estaba acusando de ser débil. Eso no se lo consentía a nadie y pasó a la ofensiva.

—Ya lo hiciste —le acusó—. Me dijiste que quizás estabas un poco enamorado de mí, ¿no lo recuerdas?

—Lo dije de esa manera para no asustarte.

Y la había desequilibrado por completo.

—Te muestras muy indecisa con respecto a nosotros —continuó él—. Ha sido así desde el principio, y si te hubiera dicho la verdad, habrías salido corriendo. Es posible que todavía lo hagas, porque con respecto a lo que sientes por mí, solo puedo hacerme conjeturas. Aunque soy capaz de adivinar lo que piensas sobre casi todo, soy incapaz de leerte la mente sobre esto.

Ella sintió una agridulce punzada de alivio al saber que había logrado protegerse, al menos un poco.

—No soy capaz de verle el sentido a esta conversación, pero ¿cuándo he sido capaz de entender lo que hacéis tú y tu gemelo malvado? —soltó refiriéndose a su agente.

—Te amo, Piper. No me enamoré un poco de ti. Me enamoré de la cabeza a los pies.

El viento ululó en sus oídos mientras el corazón le daba un vuelco.

Coop no se movió. No la tocó. Un mechón de pelo se agitó contra su mejilla.

—Creo que lo sé desde hace mucho tiempo —continuó él en voz baja—, pero no entendí del todo lo que sentía hasta que ese capullo te apuntó con la pistola. Entonces fue como si me abrieran una grieta en el pecho.

Ella metió las manos en los bolsillos de la sudadera sin creerle, luchando contra el señuelo de la esperanza.

—Una descarga de adrenalina puede hacer sentir un montón de cosas raras.

—No me hables de adrenalina, sé todo lo que produce. Y es algo efímero. Mis sentimientos no lo son.

Piper dejó que la amargura hablara por ella.

—Todavía no han pasado dos semanas. Dale tiempo.

—¿Cómo puedes ser tan cínica?

Ella no se sentía cínica, sino tan frágil como el azúcar hilado. Había empujado a su campeón hasta arrinconarlo contra la pared, y él estaba luchando por salir de la única manera que sabía, por la fuerza.

—Arriésgate, Piper —insistió él—. Yo no soy Duke Dove. Dime lo que sientes de verdad. Me amas o no. Mira en tu interior. Necesito saberlo.

No tenía que mirar en su interior. Pero le resultaba imposible decirlo en voz alta. Sin embargo, si no lo hacía, ¿no estaría tomando la salida de los cobardes?

Era dura. Y vivía así, con la dureza como compañera. Cerró los puños en las profundidades de los bolsillos.

—Sí, te amo. Claro que lo hago. ¿Cómo podría no hacerlo? —escupió las palabras—. Y te amo lo suficiente para no dejar que esto vaya más lejos. Somos demasiado diferentes para tener un futuro juntos, así que da igual.

—Lo único diferente entre nosotros es nuestra cuenta bancaria.

—Es una gran diferencia.

—Solo si piensas que el dinero es lo único importante.

—Y la fama. Y las discotecas. Y el anillo de la Super Bowl.

—Algo que no tenemos ninguno.

—... Y amigas en Hollywood.

—Dicen que los opuestos se atraen. Lo curioso de todo esto es que ni siquiera somos opuestos. Somos iguales, diferentes caras de la misma moneda. —Vio que le palpitaba un músculo en la mandíbula—. Pero yo tengo la cabeza despejada y tú no.

—Eso no es...

—Hay algo que no entiendo. ¿Por qué te resulta tan difícil aceptar que te amo?

Estaba tratando de confundirla, y ella soltó lo primero que se le pasó por la cabeza.

—No soy guapa. Y tú eres famoso. Y tampoco soy hogareña.

—¿Es en lo único que puedes pensar? —replicó él con beligerancia.

—Y en tu dinero.

—Eso ya lo has dicho.

Un grupo de hombres vio a Coop y se dirigieron hacia él. Ella se volvió hacia ellos.

—¡Ahora no!

Por una vez, Coop no trató de suavizar su brusquedad con una sonrisa de chico bueno. Ni siquiera los miró.

Los hombres le lanzaron una mirada de reproche pero se alejaron. Como si le importara. Sería el poli malo si así le protegía.

—Esto es lo que está claro. —La intensidad de Coop comenzó a asustarla—. Puede que tu padre no lo haya hecho tan mal, pero te ha endurecido tanto que has perdido el contacto con tus sentimientos. Eres tú contra el mundo, y te mueres de miedo ante cualquier cosa que te hace sentir vulnerable.

—Y esto lo dice el señor Duro en persona —replicó ella con acritud.

—Sí, soy terco e impulsivo, pero jamás he pretendido ser invencible. Eres tú la que muestra una voluntad de acero.

—¡Eso no es verdad! —exclamó ella—. Me he enamorado de ti, ¿verdad? Nada puede hacerme sentir menos invencible que eso.

—Entonces ¿por qué exactamente estás tan empeñada en alejarme?

Estaba equivocada, solo había una manera en que pudiera hacer a Coop todo aquello y terminar para siempre. Tendría que pasar por ello. Pegarse a él hasta que estuviera cegadoramente claro para... ambos... que eran una pareja imposible. Alzó la barbilla y lo miró.

—Vale. Lo haré. Iré a vivir contigo. Nos daremos un par de semanas y luego ya veremos.

Coop la apretó contra su pecho.

—Oh, nena...

Piper cerró los ojos. Apoyó la mejilla contra su corazón. Rindiéndose.

Él le encerró la cara entre las palmas de las manos y apretó la frente contra la de ella. Sus narices se rozaron y él le frotó la punta suavemente con la suya.

—La cosa es que... —continuó Coop—, esa oferta ya no está sobre la mesa.

—¿¡Qué!? —Ella se echó hacia atrás. Él le había tendido una trampa. Una típica trampa de *quarterback*.

—Soy capaz de confiarle mi vida a Piper Dove. —La hirió la ternura que había en sus ojos—. Pero no de confiarle mi corazón a la hija de Duke Dove.

—Entonces ¿qué quieres de mí? —gimió.

—Quiero un documento legal.

—¿De qué hablas?

—De matrimonio.

Ella se apartó de él.

—¡No puedes hablar en serio!

—No pensaba sacar el tema todavía. Tenía intención de darte un poco de tiempo para que te tranquilizaras y te acostumbraras a la idea de que te amo, pero ahora veo que sería un gran error. Estás tan nerviosa que lo único que harías es buscar razones para separarnos.

—¡Eso no es cierto! —Por desgracia, sí lo era. La plaza comenzó a difuminarse a su alrededor y percibió un pitido en los oídos.

—Eres tan terca como yo. —Coop le pasó los nudillos por la mejilla—. Tal y como yo lo veo, en cuanto estemos legalmente casados, vamos a ponernos a tope para encontrar la manera de hacer que vaya adelante.

—¡Es una locura! Nadie hace eso.

—Está claro. Pero estas son circunstancias extraordinarias, y esta es la única manera en que lograremos que funcione.

—¡Es una locura! —repitió.

—Seguramente lo sea para la mayoría de la gente. Nosotros somos diferentes. Así que tienes que tomar una decisión.

—¿No es suficiente con que te haya confesado que te quiero? —Sus palabras fueron casi un sollozo—. Eres el mejor hombre que he conocido nunca. Solo tengo que escuchar tu voz para derretirme. Pero eso no significa que debamos casarnos. Ya te dije que viviría contigo. ¡Esto es intimidación!

—Algo así. —Él le acarició el pelo con los dedos—. Sin embargo, ponte en mi lugar. Si fueras yo, ¿qué harías por ti?

—Yo... Yo... Es imposible responder a eso.

—Solo porque no te gusta la respuesta. —Él señaló con la cabeza el edificio que tenían detrás—. Me parece recordar que hay una oficina de licencias de matrimonio en el interior.

En ese momento lo supo.

—Lo has planeado todo, ¿verdad? Por eso querías reunirte aquí conmigo. No fue una ubicación elegida accidentalmente.

—Admito que se me ocurrió, pero solo como un plan de emergencia, y parece que ahí es donde estamos ahora. —Coop la agarró por el codo y comenzó a tirar de ella a través de la plaza hacia el edificio de vidrio—. No te preocupes de nada. No es más que un pedazo de papel. No tienes nada que temer.

—No estoy...

—Respira hondo. Es lo único que tienes que hacer. Yo me encargo de todo lo demás.

En ese momento, ella se rindió. En lugar de clavar los talones en el suelo para impedirle avanzar, se dejó llevar. Caminó a su lado como si no tuviera voluntad propia. No lo miró, no habló con él, pero tampoco escapó. Simplemente cedió a su imparable determinación.

La oficina de licencias de matrimonio estaba en el primer piso, ocupando una amplia zona frente a la fachada de cristal con un largo mostrador tras el que había una fila de ordenadores. Un fornido empleado se levantó detrás de uno de los ordenadores y atendió a Coop. Unos segundos después entraron en un despacho privado.

Todo ocurrió como un borrón. El empleado le pidió el carnet de conducir, y Coop tuvo que sacárselo de su cartera. Luego, cuando llegó el momento de que estampara su firma, él le guio la mano hasta la línea de puntos. Y, durante todo el proceso, le frotó la espalda como si estuviera tratando de calmar a un animal asustado.

Con el papeleo final en la mano, la condujo al exterior. Al llegar a la plaza de nuevo, él le puso los dedos debajo de la barbilla.

—Sé que estás enfadada. Que tienes miedo. Y puesto que el miedo es algo que no sabes manejar demasiado bien, tenemos que superar esto lo antes posible. Yo me encargo de todos los arreglos. Invita a quien quieras. Lo único que tienes que hacer es presentarte en mi casa. Mañana a las seis de la tarde.

—¿Mañana? —Aquella aguda voz aflautada no podía ser suya.

—Llama a Heath si necesitas algo antes de esa fecha. Es mejor que él se ocupe de ti.

—Pero...

En su rostro apareció la expresión más grave que le hubiera visto nunca.

—Necesito un compromiso firme por tu parte, Piper. Soy fuerte con respecto a muchas cosas, pero no cuando se trata de ti. Por lo que a partir de ahora tendrás que hacerlo sin que yo te presione. Te he llevado hasta la línea de anotación. Serás tú la que la cruce.

—Pero ¿mañana? ¿No podemos... posponerlo un poco?

—¿Cuánto tiempo? ¿Un año? ¿Cinco? ¿Cuándo te sentirás lo suficientemente cómoda para hacerlo?

Ella bajó la mirada.

—Pues a eso me refiero. Cuanto más tardemos, más difícil será para ti.

—Pero ¿mañana?

—No soy tan duro como tú, nena. Es mejor acabar de una vez y poner fin a tanto sufrimiento.

—No creo que pueda hacerlo.

—Espero que estés equivocada, porque yo te he dado mi palabra. Te prometí que si hoy hablabas conmigo no intentaría ponerme en contacto contigo otra vez. —Él inclinó la cabeza, y cuando ella volvió a levantar la vista percibió tanto sufrimiento en sus ojos que sintió como si viera reflejadas sus propias emociones—. Esta es mi única baza, Pipe —susurró él—. No puedo hacer la última parte por ti. Depende de ti que continúes adelante... o no.

Y eso fue todo. Coop se alejó.

Annabelle tenía grandes contactos y un talento natural para hacer milagros, por lo que Coop dejó en sus manos todos los preparativos de la boda. Aunque solo después de que le hubiera hecho sentarse para soltarle un sermón.

—El matrimonio es un compromiso serio, Coop. No es algo que se deba hacer de forma impulsiva, y de sopetón... —Una y otra vez, él trató de hacerle entender que aunque podía parecerlo, jamás en su vida había hecho nada menos impulsivo. Pipe lo entendería. Tenía que hacerlo. Si se presentaba... Porque si no lo hacía... No, no quería pensar en ello.

El día siguiente lo pasó tratando de encontrar algo que hacer hasta las seis de la tarde, algo que no fuera emborracharse.

La prensa se había enterado de que había pasado por la oficina de licencias de matrimonio, pero no quiso hablar con los medios de comunicación. Finalmente, comprobó si se había recuperado corriendo cuatro o cinco kilómetros, luego se tomó una taza de café, y corrió un par más. A continuación se fue a su oficina y se puso a mirar el ordenador. Encendió el televisor para ver ESPN. Lo apagó. Trató de leer.

A eso de la una, le llamó Heath.

—Tengo aquí a tu investigadora favorita. He de decirte que está un poco nerviosa. Y que grita.

Coop agarró el teléfono con más fuerza.

—Entre otras cosas.

—No puedes casarte sin firmar un acuerdo prematrimonial —oyó que gritaba Piper al fondo—. Eres idiota. ¡Y no se puede redactar un acuerdo en solo dos horas!

—Me temo que ella tiene razón, campeón.

—¡Vales millones de dólares! —seguía gritando ella, seguramente para Heath, aunque lo hacía con la fuerza suficiente para que Coop alejara el teléfono de la oreja—. ¿Ves a lo que me enfrento? Es un adicto a la adrenalina.

—Es evidente que ella está usando la cabeza —comentó Heath—. Bajo las circunstancias actuales, te recomiendo no llegar más lejos sin hablar con tus abogados.

—De lo contrario, ¡te voy a dejar sin un centavo! —Incluso con el móvil alejado de la oreja, pudo escucharla sin problemas.

—¿La has oído? —preguntó Heath.

—Es difícil no hacerlo. Dile que se preocupe de sí misma.

Y colgó.

Annabelle creó magia. Los muebles de jardín y las macetas habían desaparecido de la terraza. Los empleados llevaron sillas, así como calentadores para aire libre con los que mantener calientes a los invitados aquella fría tarde de noviembre. Cuando los profesionales de la restauración se apropiaron de la cocina, él se encerró arriba, cada vez más ansioso. Cuando no pudo soportarlo más, llamó a Heath.

—¿Va a aparecer?

—Ni idea. Calculo que tienes un cincuenta por ciento de posibilidades a tu favor en el mejor de los casos.

Eso no era lo que él quería oír.

La persona que oficiaría la ceremonia llegó a las cuatro y media. Y, en ese momento, Coop estaba hecho polvo.

Poco después, comenzaron a aparecer los invitados. Era una lista pequeña, pues había elegido a personas que Piper conocía y con las que se sentiría cómoda: Tony y los miembros del equipo de seguridad; Jada y Karah; la señora B, que apareció con un tipo bastante cohibido al que presentó como Willie Mahoney, su novio. Le hubiera gustado que estuviera presente Faiza, pero todavía era muy pronto para que abandonara Canadá. Jennifer MacLeish llegó con un muy feliz Eric Vargas de su brazo.

Coop la llevó a un lado.

—¿Has hablado con ella?

Jen parecía preocupada.

—Berni y yo llamamos a su puerta, pero nos dijo que nos fuéramos de malas maneras, y no responde al teléfono. Creo que este no ha sido un movimiento inteligente.

Temió que ella tuviera razón, y trató de recordar por qué había estado tan seguro de que funcionaría.

Jonah se acercó a él.

—¿Quieres que envíe a los chicos a por ella?

Se sintió tentado, pero negó con la cabeza.

—Tiene que hacerlo porque quiere.

—Es arriesgado, jefe. Muy arriesgado.

Como si no lo supiera ya.

Llegaron las seis. La hora del fin del mundo. Todos habían

aparecido ya. Todos, salvo la novia. Había sido una locura darle un ultimátum. A nadie le gustaba que lo arrinconaran, y a Piper menos todavía.

Pasaron cinco minutos más. Y otros diez. Pronto tendría que salir a la terraza para hacer el humillante anuncio de que debía suspender la boda.

En aquel momento, se abrieron las puertas del ascensor, y allí estaba ella.

Mostraba una expresión insegura. Llevaba un vestido corto de encaje, con los hombros al aire que, seguramente, había comprado en H&M y que le hacía pensar en helado de vainilla. Se había retirado el pelo de la cara con una estrecha diadema de diamantes falsos que dejaba al descubierto sus pómulos. Era perfecta de pies a cabeza. Salvo aquellos grandes ojos azules, a los que asomaba una expresión de terror que nunca había visto en ella.

Se acercó a ella con tres zancadas. Cuando lo miró, Coop vio algo que jamás había imaginado. Algo tan inconcebible que pensó que era un truco de la luz. Pero no lo era. Piper Dove tenía los ojos llenos de lágrimas.

Ver aquello hizo que le picaran sus propios ojos y le cogió las manos.

—Nena...

Ella alzó la mirada hacia él, una sola y hermosa lágrima quedó atrapada en sus pestañas.

—Estoy asustada.

Nunca la había amado tanto como en ese momento. A pesar de que pudiera parecer una locura, estaba haciendo lo correcto.

—Lo sé. —La besó en los ojos. Saboreó la sal, comprendiendo lo que le costaba revelar tanto.

—¿No tienes miedo? —preguntó ella.

—Ahora no. Pero hace un par de minutos..., no quieras saberlo.

—Tenías miedo de que no apareciera —concluyó con labios temblorosos.

—Estaba aterrado.

—No podía hacerte eso. Te amo demasiado.

El nudo que se le puso en la garganta hizo que le saliera la voz ronca.

—Ya veo. Porque si no fuera así, no estarías aquí.

Ella apretó las palmas contra las solapas de la chaqueta.

—No tengo ni idea de cómo debe comportarse una esposa. ¿Estás seguro de esto?

—Al sesenta por ciento.

Eso la hizo sonreír. La sonrisa más dulce que hubiera visto nunca. Una sonrisa tan querida que tuvo que aclararse la garganta para poder hablar.

—¿Qué te parece si hacemos un trato? —propuso poniéndole el pulgar en la comisura de la boca—. Después de que hayan pasado un par de horas, fingiremos que esta noche no ha ocurrido. Viviremos juntos, avanzaremos hacia delante sin volver a pronunciar la palabra matrimonio.

Ella sonrió de oreja a oreja.

—¿Harías eso por mí?

—Claro que sí.

—De acuerdo.

Entonces le agarró la mano y la colocó en el hueco de su codo.

—Finge que es un mal sueño.

—No es malo, en absoluto —le pareció que susurraba ella.

La condujo hasta el otro lado de la sala, hasta la puerta de la terraza. Juntos, salieron al país de cuento que habían creado en la azotea.

Los invitados estaban sentados en sillas Chiavari doradas bajo un dosel blanco en el que colgaban hilos con cientos de lucecitas centelleantes. Había flores en grandes jarrones, exhibiendo todos los colores del otoño: dalias doradas, rosas de color vino, hortensias verdes y calas naranja.

Los invitados volvieron las cabezas cuando entraron y se oyó más de un suspiro de alivio seguido por el agudo silbido de Jonah. Piper esbozó una temblorosa sonrisa. Amber había viajado en un jet privado desde Houston para dar la sorpresa a Piper, así que le hizo una seña y comenzó a cantar *Come away with me* con su exquisita voz de soprano.

Unas cintas de terciopelo marrón y las moreras marcaban un improvisado pasillo, y las luces se reflejaban en los diamantes de imitación de la diadema. Piper se concentró tanto en la voz de Amber que no se dio cuenta de quién los esperaba en la parte delantera de la carpa, no la vio hasta que el coro final se desvaneció y miró hacia delante.

Coop notó que le clavaba los dedos en el brazo.

—¡No puede ser! —susurró ella.

—Alguien tenía que casarnos —repuso él en voz baja.

—Pero...

Cuando las últimas notas se apagaron, él puso la mano sobre la de ella, en el hueco de su brazo, y la condujo el resto del pasillo hasta el lugar donde Phoebe Somerville Calebow, propietaria de los Chicago Stars, esperaba para unirlos en matrimonio.

—Te advertí desde el principio que uso a los hombres —dijo Piper a su marido esa misma noche mientras yacía entre sus brazos, mareada y saciada de sexo.

—¿Cuánto tiempo más crees que seguiré siéndote útil?

—Mucho. —Se acurrucó sobre su pecho. No sabía exactamente cómo iba a conseguirlo, pero tenía intención de ser la esposa ideal de una celebridad—. No puedo creerme que estemos casados —suspiró.

—Pensaba que no íbamos a hablar de ello.

—Solo lo haremos esta noche. —Se puso sobre la espalda—. Ahora que me he atado a un hombre, estoy pensando en dejarme llevar. No más vestidos, maquillaje o cortes de pelo...

—Ya no le dedicas demasiado tiempo al pelo —señaló él, atrayéndola de nuevo.

—Los vestidos son muy incómodos.

—Me parece bien, pero vas a echar de menos las miradas que te echo cuando te los pones.

Su sonrisa se convirtió en un ceño.

—Tienes que redactar un acuerdo prenupcial. O postnupcial. En serio, Coop. Para presumir tanto de ser un *crack* en los negocios eres completamente irresponsable.

Él bostezó y deslizó la mano por su muslo.

—Ya os dedicaréis a ello Heath y tú.

—¿Es así cómo va a funcionar este matrimonio? ¿Los tres? ¿Tú, yo y tu agente?

—Así es como son las cosas cuando te casas con un privilegiado ex deportista.

Ella se rio y levantó la mano, admirando con la tenue iluminación del dormitorio el anillo que él había comprado. Una espiral de diamantes de pequeño tamaño envolviendo una estrecha banda de oro.

—Podías haberte permitido uno más grande.

—Cierto. —Él besó la curva de sus pechos—. Pero me habrías matado.

La conocía demasiado bien. No solo con respecto a sus preferencias en cuestión de joyas, sino también sus defectos e inseguridades, así como cada una de sus obsesiones. Y la quería de todas formas.

—Yo también tengo un anillo para ti —declaró ella—, aunque tardaré un par de semanas en recibirlo.

Él hizo girar en su dedo la alianza de platino que ella le había comprado con una buena parte de sus ahorros.

—Ya tengo uno.

—No es un anillo de ese tipo.

Él levantó la cabeza de la almohada.

—No me digas que...

—Tenía que hacerlo. Me remordía la conciencia. La señora Calebow y yo mantuvimos una larga conversación después de la ceremonia, y llegamos a un acuerdo. Un anillo de la Super Bowl a cambio del trabajo de seguridad informática que haré para los Stars este invierno.

—Pipe, me importa un comino ese anillo.

—¡Pues será mejor que no te importe un comino! —exclamó ella—. Porque ahora sí que voy a tener que renunciar de verdad a mis camisetas de los Bears.

Él se rio.

—Es una suerte que seas tan fuerte.

No era demasiado fuerte, pero sí bastante resistente. Porque cuando una se casaba con un campeón, había que estar preparada para jugar a lo grande.

Epílogo

Jada se sentó con las piernas cruzadas en el suelo de casa de Piper y Coop, en Lincoln Park, y observó a Isabelle Graham y a su hermano gemelo, Will, de once meses, bamboleándose de un mueble al otro como si estuvieran borrachos. Acababan de pasar por el baño y estaban jugando con un ajado cerdito rosa mientras balbuceaban entre sí en un lenguaje que solo entendían ellos, lo que los hacía todavía más adorables. Los quería con todo su corazón.

Recordó cuando Piper se había enterado de que iba a tener gemelos. Jada estaba con ellos porque su madre había ido a Lansing a conocer a los padres de Eric. Estaba ya en el penúltimo curso del instituto y tenía edad suficiente para quedarse sola, pero le encantaba pasar tiempo con Coop y Piper, y no había protestado.

Piper se había puesto muy nerviosa cuando supo que estaba embarazada, pero eso no fue nada comparado con lo que ocurrió cuando le hicieron la primera ecografía. Como Jada había elegido Biología —y porque les había suplicado que le permitieran acompañarlos— estaba presente en esa cita con el médico. Cuando Piper descubrió que estaba esperando gemelos, se había puesto como una fiera. Saltó de la mesa, con la pegajosa sustancia de la ecografía todavía sobre su vientre.

—¡Uno! —acusó a Coop—. ¡Me dijiste que solo tendríamos un hijo! —gritó—. ¡Y accediste a cuidar de él! Jamás se mencionó que pudieran ser dos. ¿Por qué siempre tienes que ganar en todo?

Coop la había apretado contra su pecho, provocando que la sustancia pegajosa le manchara toda la ropa y le dijo que sería la mejor madre de gemelos del mundo debido a su naturaleza competitiva. Luego, ella le gritó que era él quien tenía un carácter competitivo y que ella era demasiado emocional para tener gemelos. Coop reconoció que era cierto antes de preguntarle si tenía ganas de llorar. Cuando ella dijo que sí, él la animó a desahogarse. Piper lo hizo, pero no por demasiado tiempo. Al final, ella le devolvió el abrazo. Y durante todo el tiempo, el técnico sanitario permaneció allí, con el instrumental en la mano, mirándolos como si estuvieran locos.

Coop había tenido razón; Piper era una gran madre, pero Coop también era un padre magnífico. Los dos habían realizado un montón de cambios en sus vidas a lo largo de los tres años transcurridos desde que se casaron. Coop había vendido Spiral y puesto en marcha un programa de huertos urbanos. Ya había siete huertos en terrenos abandonados que solían estar llenos de neumáticos viejos y botellas rotas. Coop había captado a antiguos miembros de bandas para sembrar y cosechar junto con ancianos y madres solteras, y todos trabajaban en armonía para alimentar a sus comunidades. En septiembre, Coop había abierto un centro de entrenamiento para ayudar a los jóvenes a encontrar trabajo en la industria alimentaria. Piper le había dicho que transformar los barrios era la ocupación perfecta para un hombre como él, que adoraba los grandes retos.

Pero, para Jada, el trabajo de Piper era todavía más interesante. Investigaciones Dove estaba ahora especializada en verificar antecedentes e investigar fraudes para empresas. El negocio había crecido tanto que Piper había tenido que contratar a dos ayudantes. Aunque no era eso lo que le parecía más fascinante. Cuanto más le había hablado a Piper sobre el tráfico sexual infantil, más la había motivado, hasta que, al final, se había apasionado con el tema más que ella misma. Así que había comenzado a utilizar sus conocimientos informáticos para atrapar proxenetas y degenerados que se excitaban con niños. Entre otras cosas se había hecho pasar por una chica de catorce años en algunos chats. También había creado páginas web falsas para que la policía identificara a los culpables. Eric, que ahora era teniente, había tomado las riendas a partir de ese momento. Piper había dicho que era trabajo sucio, del que revolvía el estómago, pero que jamás se había sentido más limpia.

Jada escuchó que los del catering hacían tintinear los platos en la cocina. Aquella noche era el aniversario de Coop y Piper, e iban a ofrecer una gran fiesta para compensar lo que Coop llamaba su boda de tapadillo. Aunque Piper y Jada no pensaban que hubiera sido así. Piper decía que había sido la boda más bonita del mundo, y a Jada le encantó porque fue la ocasión en la que su madre conoció a Eric, y se lo robó a Jen, la amiga de Piper. Sin embargo, todo había salido bien porque Jen también había conocido a un buen hombre y además había conseguido un premio como meteoróloga. En cuanto a Eric... Era el padrastro más guay del universo; podía hablar con él sobre cualquier cosa, y adoraba a su madre. Casi nunca pensaba ya en lo que había ocurrido con Hawk. Quizá fuera un poco sanguinaria, pero se alegraba de que lo hubieran matado en una pelea en la cárcel.

Mientras los empleados del catering disponían una pequeña mesa en el pasillo, Coop se detuvo en la puerta de la sala. Jada había estado cuidando a Isabelle y Will para que Pipe y él tuvieran tiempo de vestirse para la fiesta de esa noche. Incluso habían podido echar uno rapidito, todo un lujo desde que nacieron los gemelos.

Miró al otro lado de la sala. Piper se había arrodillado con el elegante vestido de fiesta rojo que, sin duda, había adquirido en algún saldo. Los gemelos tiraban de ella, cada uno por un lado.

—Venga, niños —les arrulló Piper contra el cuello—. Es hora de dormir.

Se acercó para reunirse con su familia.

—Ya los acuesto yo —dijo él—. Relájate antes de que lleguen los invitados.

—Estoy muy relajada. —Él esperó que Jada no hubiera percibido el malicioso brillo en los ojos de Piper—. Ya me ocupo yo.

—No pasa nada. Lo hago yo.

—En serio, no es necesario. Ve a hablar con Jada.

—Ya he hablado con Jada —repuso él con firmeza.

Jada se rio.

—Sois ridículos. Sabéis de sobra que acabaréis llevándolos los dos.

Él la miró.

—Eres mi testigo. Estabas presente cuando Piper lo dijo. Una vez que estuvieran fuera, se suponía que yo debía ocuparme de ellos. Teníamos un acuerdo.

—El cual he cumplido —replicó Piper con un gesto cursi.

—Sí, a las tres de la madrugada.

Piper esbozó una sonrisa que le derritió hasta los huesos. Una sonrisa que los funcionarios municipales y estatales nunca llegaban a ver cuando ella luchaba para proteger a las niñas de la calle que se habían ganado tanto su corazón como su voluntad. Era la mujer más dura que conocía... hasta el momento en que entraba en casa.

—Venga, niños. Es hora de dormir. —Tomó a Isabelle en brazos mientras Piper hacía lo mismo con Will.

No mucho después, permanecía de pie entre las dos cunitas mientras Piper besaba a sus hijos antes de dormir. Era un hombre con suerte. Tenía buenos amigos, un trabajo en el que creía, unos hijos adorables y una mujer a la que apreciaba por encima de todo. Oyó el timbre de la puerta. Agarró la mano de Piper y juntos bajaron la escalera para recibir a sus amigos.

Era una buena noche para ser Cooper Graham. Pero todas las noches lo eran.

Agradecimientos

¿Por dónde puedo empezar a dar las gracias al increíble equipo de Willian Morrow y Avon Books por su arduo trabajo? Y no son solo ellos, sino también las muchas amistades que he hecho allí a lo largo de los años: Carrie Feron, mi editora, confidente y apoyo desde hace mucho tiempo; Pamela Spengler-Jaffee, que me cuida cuando no estoy haciéndola beber champán en la ducha de mi habitación (es una larga historia); Liate Stehlik, la increíble mujer que quiero ser cuando sea mayor; Tavia Kowalchuk, que me lleva en su corazón cuando va de excursión. Gracias a la incomparable Lynn Grady, a la supereficiente Nicole Fischer y a Leora Bernstein, también al entusiasta equipo de ventas de Harper: Brian Grogan, Doug Jones, Rachel Levenberg, Carla Parker, Dale Schmidt y Donna Waitkus. Agradezco muchísimo la ayuda que he recibido de Shawn Nicholls y Angela Craft, así como el apoyo en publicidad digital de Tobly McSmith. Virginia Stanley, has sido mi más ferviente animadora desde hace más años de los que puedo recordar. Elsie Lyons, gracias por la hermosa portada, y Shelly Perron, tú no solo eres la correctora más valiente, sino la mujer más paciente de la tierra.

En el frente interno, si no fuera por mi increíble ayudante, Sharon Mitchell, el tiempo entre mis novelas sería mucho mayor. Mi marido, Bill Phillips, es un hombre con muchos talentos, entre los que debo incluir haberle puesto el título a este libro. Mi hermana, Lydia, es mi compañera del alma de toda la vida. Hace tanto tiempo que trabajo con Steven Axelrod y Lori Antonson, de Axelrod Agency, que es como si fueran parte de mi familia.

Me siento muy afortunada por los maravillosos amigos que tengo. Me hacen reír y pensar, me animan y me inspiran, en especial Nicki Anderson, Robyn Carr, Jennifer Greene, Kristin Hannah, Jayne Ann Krentz, Lindsay Longford, Dawn Struxness, Suzette Van, Julie Wachowski y Margaret Watson. Andy Kamm y Allison Anderson, gracias por responder a mis preguntas. Y, Jules, tú eres mi guardián Down Under.

A mis editores en todo el mundo, que me han hecho sentir como en casa. Un agradecimiento especial a mi querida Marisa Tonezzer, de Ediciones B, en Barcelona, así como al notable equipo de Blanvalet, en Múnich, en concreto a Nicola Bartels, Berit Bohm, Anna-Lisa Hollerbach y Sebastian Rothfuss. Y también a mi querida Angela Spizig, que es mi «voz» en Alemania.

A mis lectores y *bloggers* internacionales, gracias por hablar de mis libros a otros. Y a todos mis lectores, me encanta que me exigierais otro libro de los Chicago Stars. Aquellos que no estéis familiarizados con la forma en que Heath y Annabelle se convirtieron en pareja, creo que disfrutaréis con *Cázame si puedes* (un libro al que también puso título mi marido, algo que nunca deja de recordarme). Gracias a todos los que sois mis amigos en Facebook, Twitter e Instagram. Si estáis interesados en conocer el resto de mis libros y de saber el orden correcto de los libros de los Chicago Stars, por favor, visitad mi web, *susanelizabethphillips.com*, donde también podéis apuntaros a mi boletín de novedades.

¡Feliz lectura, amigos míos!

SUSAN ELIZABETH PHILLIPS